參軍戲與元雜劇

曾永義 著

永義賢弟精研劇曲卓然名家

占此二十八字贈之

曾融高讀存義氣每因對酒露

豪情宏揚雅俗人間劇耀眼篇章

著令名

叔岷未是艸

辛未仲夏

傳存地戲飄洋過海山川閱歷徐霞客

年假中偶成此聯以狀永義兄近年功績頗覺恰切自慚白首一事无成但有幸爲博士師得附驥尾聊堪解嘲耳

研考劇文傍史依經曲藝究鑽王靜安

壬申春分清薇張敬

附記：此書付印之際，忽得清徽師製聯嘉勉，榮寵之餘，何從當之。然不敢違拗師命，且王師叔岷謂即此可以見清徽師性情風格；乃商請聯經公司設法編置卷首，用為惕勵，庶幾有日不負吾師期望者也。

民國八十一年三月二十六日曾永義謹識

洪序

自古豪傑之士，必有其過人之處。永義是否為豪傑，還未可定論，然他有過人之處，殆無疑問。他好酒，幾乎日日宴飲，酒量甚大，被推為酒黨黨魁。有人懷疑他怎麼有時間作學問，然而報章雜誌常有他的文章，學術刊物也常有他的論著，幾乎年年有專著出版；得過國家文藝獎、國科會傑出獎。他好友，藝文界人士幾乎很少不與他交往的。我是自以為懂音樂、懂書畫的，永義常自稱樂盲、畫盲，然而書畫家開展覽，寄給他請帖，不一定寄給我，音樂家的朋友開音樂會，寄給他精華區的票，卻往往會忘了我。他的朋友，從新詩人到舊詩人，從中國音樂家、畫家到西洋音樂家、畫家，從大學教授到民間藝人……尤其民間藝人，各行各類，幾乎沒有不認識他的，他的朋友可謂遍滿天下。他大而化之，不拘小節，論文中多有小疵，然而，結構謹嚴，綱舉目張，常能洞悉他人所未易見者；小疵雖多，終令人不忍棄。

我第一次見到永義，大約是民國六十一、二年在台灣大學舉辦的戲曲討論會上，那時他剛得到博士不久，議論宏發、神采飛揚，很受矚目。他不認識我，我也沒主動去和他認識。直到民國六十四、五年間，我代聲伯師到東吳大學教授曲選，永義則同一時間教戲曲選，課後，兩人飲酒論學，他作品很多，我多指其瑕疵；我作品很少，他多談我的長處。通常飲盡半打啤酒，各自回家，我大睡一場，醒來和他通電話，他已寫好一篇文章。從此我們成了摯友，經常相聚論學，一起策畫民間劇場，以至近年共同執行崑劇傳習與錄影計畫。也不記得從什麼時候開始，我們兩人養成了鬥嘴的習慣，見面就要貶損對方兩句；然而在我的貶抑中，他學問越做越大了，從劇本的研究到演出形式的探討，從古典劇曲到地方劇種，以至於民間藝術、民間文學……靡不有所論述，又有雜文、劇本的創作。現在又要出書，還找我作序；我懷著嫉妬的心情策勵自己，也有更多的祝福，祈願他永遠酒量不減，創作力不衰！

壬申年初春　碎夢樓主洪惟助於中央大學

自序

本書收論文十篇，算是我三四年來的一點研究成績，內容都和詞曲有關。其中寫作時間稍早的〈參軍戲及其演化之探討〉和〈元雜劇體製規律的淵源與形成〉兩篇，分別於七十九年和八十年獲國科會甲種和優良獎助，為了表示感謝之意，乃將本書題作「參軍戲與元雜劇」。

其他八篇中，〈宋代福建的樂舞雜技和戲劇〉是參加台灣大學所舉辦宋代學術思想研討會的論文，〈所謂元曲四大家〉是河北石家莊國際元曲關王馬白研討會提出的論文，〈從項王祠記的劉項論說起〉是參加漢城第三屆域外漢學會議的論文，〈九宮大成北詞宮譜的又一體〉是參加揚州國際散曲會議的論文，〈國劇的過去現在與未來〉是應二十一世紀基金會之請為文建會所作的文化評估，〈也談蘇軾念奴嬌赤壁詞的格式〉則是應香港中文大學之請的論評。可見我的「學術研究」，多半停留在「有所為而為」，比較長遠而整體的計畫，迄未有顯著的成績。

中國戲曲和俗文學是我從事研究的主要課題，內人陳媛和好友麥堅城都敦促我寫出像樣的書，甚至以「中國戲曲史」和「俗文學概論」相責成。我深感美意，也深知要使之略有突出和創發的艱難。為此除在台大中文系所開設相關課程外，也利用寒暑假到大陸作戲曲田野調查和資料蒐集，近日又行將參預聯經公司出版中研院史語所所藏俗文學資料工作撰寫敘論；希望藉此使自己鍥而不捨，兩書果然有完成的一天。而《台灣布袋戲及其藝術》一書的資料，堆積書房角落已歷半年，也希望與許王先生的合作諾言能早日實現。我把這些尚屬「空中樓閣」的學術事業寫出來，就是要使自己非做到不可。

感謝王師叔岷賜詩鼓勵，感謝孔師達生五度題端，感謝摯友洪惟助教授作序；也感謝及門林鶴宜、李惠綿仔細校對；更感謝聯經公司為我出版這本銷路不看好的書。而海內外博雅君子，如有以教我，更是感謝無盡。

中華民國八十一年三月一日曾永義序於台大長興街宿舍

目次

洪序……（一）
自序……（三）
參軍戲及其演化之探討……一
宋代福建的樂舞雜技和戲劇……一三
宋元南戲的「活標本」……一五一
元雜劇體製規律的淵源與形成……一五五
所謂「元曲四大家」……二三三
國劇的過去、現在與未來……二三七
從〈項王祠記〉的劉項論說起……二八一

《九宮大成北詞宮譜》的又一體……三一五
也談蘇軾〈念奴嬌〉赤壁詞的格式……三三九
「人家」與「平沙」……三五七

參軍戲及其演化之探討

前言

「參軍戲」和「踏謠娘」是唐人戲劇中最具代表性的劇種，大抵說來，前者是倡優用以諷諫的滑稽戲，後者是藝人供為笑樂的歌舞戲，二者均尚未脫離小戲的範疇。「踏謠娘」筆者已有專文論述①，本文擬就「參軍戲」，在任半塘「唐戲弄」之後，重新加以探討，庶幾有所補正和闡發，並緣此以考其遞變演化之跡；在宋金雜劇院本中如何保持其遺規，如何汲取新滋養而形成「小戲群」；在南戲北劇中，如何先作插入性演出，而終於以淨丑的插科打諢涵融其中；

①筆者有〈唐戲踏謠娘及其相關問題〉一文，原載香港浸會學院《唐代文學論文集》，收入拙著《詩歌與戲曲》，臺北聯經出版事業公司。

甚至於今日之所謂「相聲」，與之亦有傳承關係可尋。凡此皆為本文所擬探討的問題。

壹、參軍戲之源起與考述

一、參軍戲之源起

關於「參軍戲」的源起，有以下二說：其一見唐段安節《樂府雜錄》「俳優」條：

開元中，黃幡綽、張野狐弄參軍。始自後漢館陶令石躭。躭有贓犯。和帝惜其才，免罪。每宴樂，即令衣白夾衫，命優伶戲弄，辱之，經年乃放。後為「參軍」，誤也。開元中有李仙鶴善此戲，明皇特授韶州同正參軍，以食其祿，是以陸鴻漸撰詞云「韶州參軍」，蓋由此也。武宗朝有曹叔度、劉泉水，鹹淡最妙。咸通以來，即有范傳康、上官唐卿、呂敬遷等三人②。

其二見《太平御覽》卷五六九〈優倡門〉引《趙書》云：

石勒參軍周延，為館陶令，斷官絹數百疋，下獄，以八議宥之。後每大會，使俳優，著

②此據《中國古典戲曲論著集成》校印本。其中「武宗朝有曹叔度、劉泉水」下舊本有「鹹淡最妙」四字，此本據《文獻通考》一百四十七刪，今再據舊本補入。

介幘，黃絹單衣。優問：「汝為何官，在我輩中？」曰：「我本為館陶令」，斗數單衣，曰：「正坐取是，故入汝輩中。」以為笑③。

可見「參軍戲」之源起，段氏時已有始於東漢和帝（八九～一〇五）館陶令石躭的說法，而《趙書》記載後趙石勒（約三一九～三三五）參軍館陶令周延也有相類似的演出：即贓官入於優中，受他優戲弄，以此為笑樂。（「使俳優」意謂石勒使周延為俳優）其所不同者，惟石躭不出身參軍，而周延則出身參軍。所以段氏指出，謂石躭「後為參軍，誤也。」而兩者年代相差二百餘年。鄙意以為：若論其表演形式，則「參軍戲」當如段氏所云之始於東漢和帝，而若論其名稱，則當定於後趙石勒。請申其說如下：

唐侯白《啟顏錄》云：

尚書郎自兩漢已後，妙選其人；唐武德貞觀以來，尤重其職。吏兵部為前行，最為要據。

---

③唐虞世南《北堂書鈔》卷一一二所引略同，唐歐陽詢《藝文類聚》引《趙書》：「石勒參軍周雅為館陶令，盜官絹數百匹，下獄。後每設大會，使與俳兒著介幘，絹單衣。優問曰：『汝為何官？在我俳中。』曰：『本館陶令。』計斗數單衣，曰：『政坐取是，故入輩中。』以為大笑。」《十六國春秋》載此事，略同《趙書》，唯「數百匹」作「八百匹」；「汝為何官」作「延為何官」；「我」作「吾」；「曰」作「延曰」，無「斗數」至「取是」九字。

自後行改入，皆為美選。考功員外專掌貢舉人，員外郎之最望者。司門、都管、屯田、虞、水、膳部、主客，皆在後行，閒簡無事。時人語云：「司門、水部、入省不數。」角觝之戲：有假作吏部令史，與水部令史相逢，忽然俱倒。良久起云：「冷熱相激，遂成此疾。」

像這場「冷熱相激」的表演，明明是優伶假官為戲，屬於「參軍戲」的範疇（詳下文），而竟謂之為「角觝戲」。則「參軍戲」與「角觝戲」必然有淵源傳承的關係。

「角觝戲」早見於先秦，本為「角其材力以相觝鬥」的技藝，漢武帝時已由角力衍生為角技藝，亦即凡兩兩相競賽的技藝皆屬之。因之涵括的內容非常廣泛，隋代之「角觝大戲」，乃包括「天下奇伎異藝」，可以說就是「百戲」的代稱④。

東漢張衡〈西京賦〉，有一段描寫漢武帝時長安御前獻藝的「角觝戲」，其中最可注意的是「東海黃公」的一場表演。〈西京賦〉云：

---

④有關「角觝戲」見《史記・大宛列傳》：「於是大觳抵，出奇戲、諸怪物，……及加其眩者之工。而觳抵奇戲歲增變甚盛，益興。」文穎注：「名此樂為角抵者，兩兩相當，角力、角技藝、射御。」另外《史記》〈李斯傳〉、〈樂書〉，梁任昉《述異記》、後魏楊衒之《洛陽伽藍記》，《隋書・煬帝紀》、宋高承《事物紀原》九皆有相關記載。

東海黃公，赤刀粵祝，冀厭白虎，卒不能救；挾邪作蠱，於是不售。

《西京雜記》卷三對此事的記載更加詳細：

余所知有鞠道龍，善為幻術，向余說古時事：有東海人黃公，少時為術能制蛇御虎，佩赤金刀，以絳繒束髮，立興雲霧，坐成山河。及衰老，氣力羸憊，飲酒過度，不能復行其術。秦末有白虎見於東海，黃公乃以赤刀往厭之。術既不行，遂為虎所殺。三輔人俗用以為戲，漢帝亦取以為角觝之戲焉。

按《西京雜記》非西漢末葉劉歆所著，乃晉葛洪采掇所成之書，已為學者所公認。而「東海黃公」既已見諸〈西京賦〉，葛洪所記又有所依據，則所言大致可信。由此可見：表演時有兩個演員，老人黃公用絳繒束髮，手拿赤金刀，他的對手必須扮成虎形。他們的「搏鬥」雖然深合「角觝」之義，但已非著重以實力角勝負，而是依循一定的發展，充分表演舞蹈的趣味，其結果是黃公為白虎所殺，則已頗具故事性質。再從〈西京賦〉「赤刀粵祝」一語看來，老人必是手持赤刀，口中念念有詞，很可能有賓白或歌唱。總結起來說：「東海黃公」的表演，已具演員妝扮，合歌舞以代言體演故事的戲劇條件。它原是漢代三輔，也就是今日陝西關中一帶的地方小戲，後來被吸收到宮廷的角觝戲中來表演。它也可以說是文獻上第一個出現的「小戲」。

其次再看《三國志》卷四十二〈蜀書〉第十二〈許慈傳〉：

許慈字仁篤，南陽人也。……時又有魏郡胡潛，字公興，……先主定蜀，……慈、潛並

> 為博士，與孟光、來敏等典掌舊文。值庶事草創，動多疑議，慈、潛更相克伐，謗讟忿爭，形於聲色；書籍有無，不相通借。時尋楚撻，以相震攄。其矜己妒彼，乃至於此。先主愍其若斯，群僚大會，使倡家假為二子之容，傚其訟鬩之狀，酒酣樂作，以為嬉戲，初以辭義相難，終以刀仗相屈，用感切之。

所云倡家傚慈、潛訟鬩之狀以為嬉戲，不正是類似「東海黃公」的角觝遺風嗎？也就是說蜀漢先主是以角觝戲的模式來搬演慈、潛平居所為；而這種情形，豈不也正像東漢和帝之以角觝模式來戲弄石躭平居所為一樣嗎？它們和「東海黃公」不同的是，由優伶假扮官員；而這一點正是東漢和帝「戲弄石躭」的開展。如此說來，「戲弄石躭」其實上承「東海黃公」而下啟「慈潛訟鬩」，它已具「參軍戲」的實質，所缺少的只是冠上名稱而已。

那麼，是否東漢時沒有「參軍」的官名，所以「戲弄石躭」一劇，誠如段氏所云根本冠不上「參軍」之名呢？按蜀馬鑑《續事始》云：

> 六曹參軍，後漢置，在府曰曹，在州曰司。六曹者：公曹、倉曹、戶曹、兵曹、法曹、士曹，為州府之掾屬也。……參軍之號，其始初立，名位尤重。《漢書》：靈帝時，陶謙以幽州刺史、參司空張溫軍事。〈魏志〉：太祖以荀彧為侍中，持節，參丞相軍事。又晉干寶司徒儀掾屬，有行參軍。又石苞拜大司馬，以孫楚為鎮軍參軍，楚負才氣，初至，長揖，謂苞曰：「天子命我參卿軍事。」其後號參軍。自晉以大都督府置參軍，掌

出使彈責非違之事，其職漸卑，列於六曹之下。

由這段文字可見「參軍」之號蓋始於東漢靈帝時（一六八～一八九），後於和帝六十餘年，其為州府掾屬，當更在有其號之後，因之可以斷言在東漢和帝時的石躭是不可能有「參軍」之號的。（王國維《宋元戲曲考》謂「後漢之世尚無參軍之官」，未知何據。）而自晉代以後，參軍之職漸卑，列於六曹之下，則後趙石勒自然可以有一位為館陶令的參軍周延。鄙意以為，有關周延事應當是這樣子的：石勒的參軍周延，正好和和帝時的石躭一樣，都官館陶令，都貪贓枉法，於是石勒就效和帝故事，使周延為俳優，並命其他優伶來戲弄他，就因為石勒命周延以本官「參軍」的身分在劇中接受他優的戲弄，於是就把這一類型的演出叫做「參軍戲」。所以說，「參軍戲」論實質的演出形式始於東漢和帝，而若論名稱的奠定，則在後趙石勒。

另外，尚值得注意的是，南北朝時，尚有所謂「弄癡」。（《魏書》卷十一〈前廢帝廣陵王紀〉普泰元年（五三一）云：

夏四月，癸卯，幸華林都亭。燕射，班錫有差。太樂奏伎，有倡優為愚癡者，帝以非雅戲，詔罷之。

又《北齊書》卷四十九〈皇甫玉傳〉云：

皇甫玉，不知何許人，善相人，常遊王侯家。……顯祖（高洋）既即位，試玉相術，故以帛巾袜其眼，而使歷摸諸人。至於顯祖，曰：「此是最大達官。」於任城王，曰：「當至丞相。」於常山、長廣二王，並亦貴，而各私掐之。至石動統，曰：「此弄癡人。」至供膳，曰：「正得好飲食而已。」⑤

由所云「有倡優為愚癡者」和「此弄癡人」二語，可見裝瘋賣傻的所謂「弄癡」，在北朝的宮廷宴樂中必然也是愉悅人主的技藝之一。這種「弄癡」的技藝，在唐代猶見記載。《太平廣記》卷二四九「高崔嵬」條引《朝野僉載》云：

唐散樂高崔嵬，善弄癡。太宗命給使捺頭向水下，良久，出而笑之。帝問，曰：「見屈原，云：『我逢楚懷王，無道，乃沉汨羅水；汝逢聖明主，何為來？』」帝大笑，賜物百段⑥。

《朝野僉載》為武后時人張鷟所集，所云「弄癡」，應當與當時流行的「參軍戲」有密切的關係。關於這一點，唐代沒有直接資料，下文再詳予論述。

二、唐五代參軍戲考述

從後趙石勒俳優「戲弄周延」之後，直到唐五代才又有與「參軍戲」相關的資料。請先臚

---

⑤《北史》卷八十九〈皇甫玉傳〉亦有類似記載：文宣即位，試玉相術，故以帛巾抹其眼，使歷摸諸人。至文宣，曰：「此最大達官。」至任城王，曰：「當至宰相。」至石動桶，曰：「此弄癡人。」

列如下：

1.唐趙璘《因話錄》卷一：政和公主，肅宗第三女也，降柳潭。肅宗宴於宮中，女優有弄假官戲，其綠衣秉簡者，謂之「參軍樁」。天寶末，蕃將阿布思伏法，其妻配掖庭，善為優，

---

⑥此段所引據乾隆乙亥槐蔭草堂天都黃曉峰校刊本。疑文中「出而笑之」之「之」字，當移置「帝問」之下。亦即當作「出而笑」、「帝問之」。又唐高擇《群居解頤》「見屈原」條亦有類似之記載：「散樂高崔嵬，善弄癡大。帝令給事捺頭向水下，良久。帝問之，曰：『見屈原，云：我逢楚懷王，乃沉汨羅水；汝逢聖明君，何為亦來此？』帝大笑，賜物百段。」又唐段成式《酉陽雜俎》續集卷四云：「相傳玄宗嘗令左右提優人黃幡綽入池水中，復出。幡綽曰：『向屈原，笑臣：爾遭逢聖明，何遽至此！』據《朝野僉載》：『散樂高崔嵬，善弄癡大。帝令沒首水底，少頃，出而大笑。上問之，曰：臣見屈原，謂臣云：我遇楚懷無道，汝何事亦來耶？帝不覺驚起，賜物百般。』又《北齊書》：『顯祖無道，內外各懷怨毒。曾有典御丞李集面諫，比帝甚於桀紂。帝令縛致水中，沉沒久之，後令引出。謂曰：我何如桀紂？集曰：向來你不及矣！如此數四，集對如初。帝大笑曰：天下有如此癡漢，方知龍逢、比干非是俊物！遂解放之。』蓋事本起於此。」按高洋令縛李集致水中事，《北齊書》、《北史》之〈齊文宣帝紀〉與《通鑑》卷一六六均有記載，誠如段氏所云，為此類優諫暴君之所本。又唐無名氏《朝野僉載補》六云：「敬宗時，高崔嵬善弄癡大。帝令給使撩頭向水下。良久，出而笑之。帝問，曰：『見屈原，云：我逢楚懷王，無道，乃沉汨羅水；汝逢聖明主，何為來？』帝大笑，賜物百般。」除將太宗時事移作敬宗時事外，別無新意；而高崔嵬既為太宗時人，則焉能屬之一兩百年後之敬宗時。

因使隸樂工。是日，遂為假官之長，所為椿者。上及侍宴者笑樂，公主獨俛首，嚬眉不視。上問其故，公主遂諫曰：「禁中侍女不少，何必須得此人！使阿布思真逆人也，其妻亦同刑人，不合近至尊之座；若果冤橫，又豈忍使其妻與群優雜處，為笑謔之具哉！妾雖至愚，深以為不可。」上亦憫惻，遂罷戲，而免阿布思之妻。由是賢重公主⑦。

2.唐范攄《雲溪友議》卷九「豔陽詞」條：元稹……乃廉問浙東，別濤已逾十載，方擬馳史往蜀取濤，乃有俳優周季南、季崇，及妻劉采春，自淮甸而來，善弄陸參軍，歌聲徹雲。篇詠雖不及濤，而華容莫之比也。元公似忘薛濤。……元公贈采春曰：「新妝巧樣畫雙蛾，慢裹恆州透額羅。正面偷輪光滑笏，緩行輕踏皺紋靴。言辭雅措風流足，舉止低回秀媚多。更有惱人腸斷處，選詞能唱望夫歌。」望夫歌者，即羅嗊之曲也。采春所唱一百二十首，皆當代才子所作，五六七言，皆可和者。其詞曰：「不喜秦淮水，生憎江上船。載兒夫婿去，經歲又經年。……」采春一唱是曲，閨婦人，莫不漣洏。

---

⑦《新唐書》八三〈諸公主列傳・政和公主傳〉：「阿布思之妻隸掖庭，帝宴，使衣綠衣為倡。主諫曰：『布思誠逆人妻，不容近至尊；無罪，不可與群倡處。』帝為免出之。」宋錢易《南部新書》己：「弄參軍者，天寶末，蕃將阿布思伏法，其妻配掖庭，善為優，因隸樂工，遂令為此戲。」此兩段記載較為簡略，均無所謂「參軍椿」之名，但亦可見阿布思妻確曾主演參軍戲。

3.唐薛能〈吳姬〉詩第八首：樓臺重疊滿天雲，殷殷鳴鼉世上聞。此日楊花初似雪，女兒絃管弄參軍。

4.唐無名氏《玉泉子真錄》云：崔公鉉之在淮南，嘗俾樂工集其家僮，教以諸戲。一日，其樂工告以成就，且請試焉。鉉命閱於堂下，與妻李坐觀之。僮以李氏妒忌，即以數僮衣婦人衣，曰妻曰妾，列於傍側。一僮則執簡束帶，旋辟惟諾其間。張樂，命酒，笑語，不能無屬意者，李氏未之悟也。久之，戲愈甚，悉類李氏平昔所嘗為。李氏雖稍悟，以其戲偶合，私謂不敢而然，且觀之。僮志在於發悟，愈益戲之。李果怒，罵之曰：「奴敢無禮！吾何嘗如此！」僮指之，且出曰：「咄咄！赤眼而作白眼諱乎！」鉉大笑，幾至絕倒。

5.李商隱〈驕兒〉詩：忽復學參軍，按聲喚蒼鶻。

6.《五代史》卷六一〈吳世家〉：徐氏之專政也，隆演幼懦，不能自持，而知訓尤凌侮之。嘗飲酒樓上，命優人高貴卿侍酒。知訓為參軍，隆演鶉衣髽髻為蒼鶻。知訓嘗使酒罵坐，語侵隆演⑧。

7.宋鄭文寶《江表志》：魏王知訓為宣州帥，苛暴斂下，百姓苦之。因入覲，侍宴，伶人戲作綠衣大面胡人，若鬼神狀者。傍一人問曰：「何為？」此綠衣人對曰：「我宣州土地神，王入覲，和地皮掠來，因至於此。」

以上七條資料除第四條「崔公療妒」和第七條「魏王掠地皮」外，均自言弄「參軍」，為

「參軍戲」無疑；而「崔公療妒」中一僮「執簡束帶」，「魏王掠地皮」中「伶人戲作綠衣大面胡人」，證以第三條阿布思妻「參軍樁」之為「綠衣秉簡」，可知為「參軍」之妝扮，因之亦當為「參軍戲」。

從以上資料加上前文所引《樂府雜錄》，可見唐五代「參軍戲」相當的盛行。而由這些可憑據的資料，可以獲得有關參軍戲的一些訊息：

由阿布思妻事，可知參軍戲又稱「假官戲」（據此則上文所引述自稱「角觝戲」之「冷熱相激」即當屬「參軍戲」），其主演之「假官之長」則謂之「參軍樁」。參軍樁之扮相是「綠衣秉簡」。

---

⑧有關「徐楊合演參軍戲」事，尚見諸以下三段資料：《通鑑》卷二七〇後梁貞明四年：「六月，吳內外馬步都軍使、昌化節度使、同平章事徐知訓，驕倨淫暴!……知訓狎侮吳王，無復君臣之禮。嘗與王為優，自為參軍，使王為蒼鶻，總角敝衣，執帽以從。」又馬令《南唐書》卷八〈徐知訓傳〉：「優人高貴卿侍酒，知訓為參軍，隆演鶉衣髽髻，為蒼鶻。」又姚寬《西溪叢語》下引《吳史》：「徐知訓怙威驕淫，調謔王，無敬長之心。嘗登樓狎戲，荷衣木簡，自稱參軍，令王髽髻鶉衣，為蒼頭以從。」姚氏所引《吳史》特別標明參軍之服飾為「荷衣木簡」，「荷衣」當取其顏色，亦即「綠衣」；而所云「蒼頭」，當為「蒼鶻」之誤。

由劉采春和吳姬事，可知婦女可以男裝充任參軍。參軍戲演出時有鳴鼉和絃管伴奏，可以歌聲徹雲。參軍戲已由宮廷流入民間。名演員劉采春表演時的妝扮是：巧畫雙眉，頭上裹透額的羅巾，手執光滑之笏，足登皺紋之靴；她表演時講究言辭的雅措風流和身段的低回秀媚。

由〈驕兒詩〉和徐知訓事，可知參軍戲中和「參軍」演對手戲的是「蒼鶻」。「蒼鶻」的妝扮是「鶉衣髽髻」。但由阿布思妻、崔公療妒事，可知「參軍」之對手為「群優」；又由石躭、周延事，亦隱然可見其對手為「群優」。

由石躭、周延、阿布思妻、崔公療妒諸事可知「參軍」為被戲侮與調謔之對象，但由徐知訓事，則蒼鶻被侮，參軍反成為侮人者。

由石躭、周延、阿布思妻、崔公療妒諸事，可知參軍戲旨在笑樂。

由魏王掠地皮事，可知參軍戲亦可旨在諷刺。

由劉采春所弄之陸參軍動人如此，可知參軍戲搬演之旨趣，已經有超出宴會中俳優笑樂與諷諫之範圍者。而所云「陸參軍」應當是《樂府雜錄》所謂的陸鴻漸撰詞的「韶州參軍」。陸鴻漸既能為李仙鶴參軍戲作劇本，可能對參軍戲的演出方式有所改良和發展，而這種改良和發展就應在劉采春這位民間藝人的身上。

由崔公療妒事，可知樂工可以教戲，家僮可以充任優伶，且可以男扮女妝為妻妾，又由「張樂」一語，可知搬演時不止科白而已。

根據以上所獲得的「訊息」為基礎，又可以輯得以下五條有關唐五代參軍戲的資料：

1.《通鑑》卷二一二開元八年（七二〇）正月：侍中宋璟，疾負罪而妄訴不已者，悉付御史臺治之。謂中丞李謹度曰：「服，不更訴者，出之；尚訴未已者，且繫！」由是人多怨者。會天旱，有魃。優人作魃狀，戲於上前。問：「魃何為出？」對曰：「奉相公處分。」又問何故。魃曰：「負冤者三百餘人，相公悉以繫獄，抑之，故魃不得不出。」上心以為然。

2.唐高彥休《唐闕史》卷下「李可及戲三教」云：優孟、師曾見於史傳，是知伶倫優笑，其來尚矣！其開元中黃幡綽，玄宗如一日不見，則龍顏為之不舒。而幡綽往往能以倡戲匡諫者。「漆城蕩蕩，寇不能上！」信斯人之流也。咸通中，優人李可及者，滑稽諧戲，獨出輩流；雖不能託諷匡正，然智巧敏捷，亦不可多得。嘗因延慶節緇黃講論畢，次及倡優為戲。可及乃儒服儒巾，褒衣博帶，攝齊以升講座，自稱「三教論衡」。其隅坐者問曰：「既言博通三教，釋迦如來是何人？」對曰：「是婦人。」問者驚曰：「何也？」對曰：「《金剛經》云：『敷座而坐。』或非婦人，何煩夫座，然後兒坐也。」上為之啟齒。又問曰：「太上老君何人也？」對曰：「亦婦人也。」問者益所不喻。乃曰：「《道德經》云：『吾有大患，是吾有身；及吾無身，吾復何患？』倘非婦人，何患乎有娠乎？」上大悅。又問文宣王何人也？對曰：「婦人也。」問者曰：「何以知之？」對曰：「《論語》云：『沽之哉！沽之哉！吾待價者也。』向非婦人，待嫁奚為？」上意極歡，寵錫甚厚。翌日，授環衛之員外職。……開成初，文宗皇帝，……

有太常寺樂官尉遲璋者，善習古樂，……遂成霓裳羽衣曲以獻，……命授尉遲璋官。……時有左拾遺竇洵直上疏，以為樂官受賞，不如多予之金，無令浼汙清秩。今可及以不稽之詞，非聖人之論，狐媚於上，遽授崇秩。雖員外環衛，而名品稍過。時非無諫官，竟不能證引近例，抗疏論列者，吁⑨！

3.唐尉遲偓《中朝故事》：咸通中，中書侍郎平章事劉瞻以清儉自守，忠正佐時。……時路岩、韋保衡恃寵，忌之，出瞻為荊南節度使，中外咸不平之。……僖皇初立，用元臣蕭倣佐佑大政。倣舉瞻自代。……瞻至京，俄入中書。時宰相劉鄴，先與韋、路相熟，深有憂色。方判鹽鐵，乃於院中置會，召瞻飲，中寘毒而薨。鄴尋授淮南節度使，僖皇於麟德殿置宴。伶人有詞曰：「劉公出典揚州，庶事必應大治，民瘼康泰矣！」諸伶人皆倡和曰：「此真最藥王菩薩也！」人皆哂之。

4.宋孫光憲《北夢瑣言》卷十四：劉仁恭……軍敗於內黃。爾後，汴帥攻燕，亦敗於唐河。

---

⑨唐高擇《群居解頤》亦載「三教論衡」，除「攝齊」作「攝齋」（當作「齋」為是，《漢書・朱雲傳》：「有薦雲者召入攝齋升堂。」師古注：「齋，衣下之裳。」）「講座」作「崇座」，「有娠」作「有身」，「吾待價」作「我待賈」外，餘均同《唐闕史》。又「三教論衡」北魏始見，北周已盛，降及唐宋皆為熱門論題。詳見《唐戲弄》第三章〈劇錄〉。

他日，命使聘汴，汴帥開宴，俳優戲醫病人以譏之。且問：「病狀內黃，以何藥可瘥？」其聘使謂汴帥曰：「內黃，可以唐河水浸之，必瘉。」賓主大笑。

5.宋鄭文寶《江表志》：張崇帥廬州，好為不法，士庶苦之。嘗入覲江都，廬人幸其改任，皆相謂曰：「渠伊必不復來矣！」崇歸，聞之，計口征「渠伊錢」。明年，再入覲，盛有罷府之議，人不敢指實，道路相目，皆捋鬚為慶。崇歸，又征「捋鬚錢」。其在建康，嘗為伶人所戲：使一伶假為人死，有譴，當作水族者。陰府判曰：「焦湖百里，一任作獺。」崇亦不慚⑩。

仔細觀察這五條資料，「繫囚出魃」這一條，作魃狀的優人顯然就是參軍，和他問答的人應就是蒼鶻。「三教論衡」這一條，李可及是參軍，隅坐者是蒼鶻。「焦湖作獺」這一條，譴作水族者的是參軍，陰府判官是蒼鶻。它們很明顯的都在演對手戲，和上文所引錄的〈驕兒詩〉、徐知訓、魏王掠地皮諸條都可以呼應，因此都是參軍戲無疑。而「真最藥王菩薩」這一條，說詞的伶人是參軍，和他演對手戲的是群優，也和上文所引錄的阿布思妻、崔公療妒可以呼應，因此也都是參軍戲無疑。所可注意的是「病狀內黃」這一條，發問的伶人扮病人是蒼鶻，而呈答的人卻是戲外的聘使，這是很奇怪的現象。比較合理的推想是：因為朱全忠意在藉伶人譏笑劉全恭兵敗內黃，而聘使為了反彈，所以在戲中扮醫生的參軍未出口之前，就代為呈答了；如

⑩「作獺」取其諧音「作蹋」；即作踐、遭踏之義。

此一來，就使觀眾和演員打成一片，基本上它還是參軍戲。

這五條中，「繫囚出魃」旨在諷刺宋璟治獄之嚴苛，「真最藥王菩薩」旨在譏刺劉鄴之鴆殺劉瞻，「病狀內黃」旨在互嘲兵敗，「焦湖作獺」旨在譏諷張崇貪墨害民；只有「三教論衡」在取悅人主。

結合以上十四條資料，我們可以進一步探討以下三個問題：

其一，參軍戲的兩個源頭，石躭和周延都是被戲弄的對象，他們正是所謂「參軍」；而何以縱觀唐代相關資料，參軍在戲中多處於主位，其被戲侮譏刺者反多在其對手蒼鶻方面⑪？

關於這個問題，可能是因為石躭和周延都是贓官，理當受辱弄，但唐代的「參軍」官員則有其特殊的身分。《全唐文》卷七百三十六載穆宗長慶二年（八二二）沈亞之所作〈河中府參軍廳記〉云：

> 國初設官無高卑，皆以職受任；不職而居任者，獨參軍焉。觀其意，蓋欲以清人賢冑之子弟將命，試任使，以雅地出之耳。不然，何優然曠養之如此！其差高下，則以五府六雄為之次第。蒲河中界三京，左雍三百里。且以天子在雍，故其地益雄！調吏者必以其人授焉。噫！今之眾官多失職，不失其本者亦獨參軍焉。長慶二年，余客蒲河中城，某

---

⑪劉采春與阿思布妻止於被調謔，未至於被戲侮譏刺。

參軍，某族，世皆清胄，又與始命之意不失矣。乃相與請余記職官之本於其署。

任氏《唐戲弄》第二章〈辨體〉引此，並謂「據此所云，當時之參軍皆由清貴賢胄之子弟充之，以培養其行政才能，然後轉入更寬之仕途。曰『悠然曠養』，何其尊也！曰『不失其本』，何其榮也！——去罪人之身分與境地，毋乃太遠！蒲河如此，他地可推；長慶如此，他時可推。戲弄內之假吏，必多為現實之反應；現實之參軍如此，戲內之參軍又可知矣。」這大概就是唐代參軍戲，參軍不扮贓官，乃至於不作被戲侮對象的緣故吧！但是唐代的「參軍」官，也確有可以效「參軍戲」妝扮戲弄的本事。《太平廣記》卷四九六〈雜錄〉四「趙存」條引《乾𦠆子》云：

馮翊之東窟谷，有隱士趙存者，元和十四年，壽逾九十。……自云父諱君乘，亦享遐壽，嘗事兗公陸象先，言袞公之量，固非凡可以測度。兗公崇信內典……及為馮翊太守，參軍等多名族子弟，以象先性仁厚，於是與府寮共約戲賭。一人曰：「我能旋笏於廳前，硬努眼眶，衡揖使君，唱喏而出，可乎？」眾皆曰：「誠如是，甘輸酒食一席。」其人便為之。象先視之如不見。又一參軍曰：「爾所為全易。吾能於使君廳前，墨塗其面，著碧衫子，作神舞一曲，慢趨而出。」群寮皆曰：「不可。誠敢如此，吾輩當斂俸錢五千，為所輸之費。」其二參軍便為之。象先亦如不見。皆賽所賭以為戲笑。其第三參軍又曰：「爾之所為絕易，吾能於使君廳前，作女人梳粧，學新嫁女拜舅姑四拜；則如之何？」眾曰：「如此不可。仁者一怒，必遭叱辱。倘敢為之，吾輩願出俸錢十千，充所輸之費。」其第三參軍，遂施粉黛，高髻笄釵，女人衣，疾入，深拜四拜。象先又不以為怪。景融大怒曰：「家兄為三輔刺史，今乃成天下笑具。」象先徐語景融曰：「是渠參軍兒等笑具，我豈為笑哉！」

由此亦可印證唐代參軍官果然多「名族子弟」充任，而這些名族子弟的參軍官，居然也學樣扮戲起來。他們既然「旋笏」、「著碧衫子」，則所學的戲樣，自然是「參軍戲」。由此我們又可得知，戲中「參軍」的妝扮還可「墨塗其面」，身段可以硬努眼眶、作揖唱喏、作神舞一曲；也可以像崔鉉家僮那樣男扮女妝：施粉黛，高髻笄釵，女人衣。

其二靜安先生《宋元戲曲考》謂唐五代參軍戲為「滑稽戲」，任二北謂參軍戲不全為滑稽，故改稱「科白戲」；他們雖然都承認劉采春弄「陸參軍」，歌聲徹雲，顯然有音樂歌唱，但卻都以為那只是偶然的現象。難道「參軍戲」果然為科白戲，只是偶然間用音樂嗎？

關於這個問題，鄙意以為：參軍戲的演出雖然重在散說的滑稽詼諧和匡正諷諫，但音樂歌唱的襯托與搭配也是很自然而平常的事。《史記．滑稽列傳》中的「優孟衣冠」是大家熟悉的掌故，優孟早就載歌載舞來諷諫楚莊王；又《漢書》卷六十八〈霍光傳〉云：

（昌邑王）大行在前殿，發樂府樂器，引內昌邑樂人，擊鼓歌吹作俳倡。

「擊鼓歌吹作俳倡」一本作「擊鼓歌唱作俳優」，師古注：「俳優，諧戲也。倡，樂人也。」可見俳優諧戲歌舞的本事自古已然。「參軍戲」在宮廷官府演出，其演員既是俳優，則戲中歌舞自是很自然。前引資料中，像「慈潛訟閱」條明白說「酒酣樂作」；像《魏書・前廢帝廣陵王紀》記弄愚癡，亦謂「太樂奏伎」；像「崔公療妒」條亦謂「張樂，命酒」；又唐孟棨《本事詩・嘲戲》第七云：

中宗朝，御史大夫裴談，奉釋氏。妻悍妒，談畏之如嚴君。……時韋庶人頗襲武氏之風軌，中宗漸畏之。內宴，唱迴波詞，有優人詞曰：「迴波爾時栲栳，怕婦也是大好！外邊只有裴談，內裡無過李老！」韋后意色自得，以束帛賜之。

又五代王定保《摭言》云：

宰相張濬嘗與朝士萬壽寺閱牡丹。抵暮，飲不息。伶人皆御前供奉第一部，恃寵肆狂，無所畏懼。中有張隱者，忽躍出，揚聲引詞云：「信乖燮理致傷殘，四面牆匡不忍看。正是花時堪下淚，相公何必更追歡。」唱訖，遂去，闔席愕然，相盼失色而散⑫。

可見宮廷優伶承應時歌唱是很平常的事；而所以致使王、任二氏一再強調「參軍戲」重在滑稽或科白的緣故，是因為就所得的資料大都只記言而不記唱。但是王、任二氏忽略了一點，那就

---

⑫《太平廣記》卷二五七引《南楚新聞》，亦載此事。惟「抵暮」句作「俄有雨降，抵暮不息。群公飲酣未闌。」又「伶人」作「左右伶人」；「懼」作「憚」；「中有」作「其間一輩」；「唱訖」作「告訖」；「而散」作「一時俱散，張但慚恨而已」。

是資料的來源不是史傳就是叢談，他們都不是要記錄演出的全部過程，而只是摘取適合他們寫作旨趣的部份來記錄⑬，就因為記言比記演出歌舞情況來得有意義，所以如果就資料的表象來觀察，就要教人誤以為「參軍戲」是「科白戲」了。

參軍戲歌唱時自然有唱詞，《樂府雜錄》說陸鴻漸（名羽，著《茶經》）曾為開元中參軍戲名伶李仙鶴「撰詞」，《全唐文》卷四三三陸羽自傳說他以身為伶正，弄木人、假吏、藏珠之戲，並寫作三本參軍戲。前文也說過劉采春所擅長的「陸參軍」可能就是用他創作的劇本。又《唐才子傳・沈佺期篇》說「帝詔學士等，為回波舞，佺期作弄辭。」「弄辭」應當就是「戲弄之辭」，為劇本無疑。又宋王堯臣《崇文總目》更謂後周世宗朝趙上文等輯有「燕優曲辭二

⑬像以下這些記載，也有可能是參軍戲，但由於過份簡略，其戲劇面貌就很模糊：

1.《舊唐書》卷一二八〈顏真卿傳〉：希烈大宴逆黨，召真卿坐視，觀倡優斥讟朝政為戲。真卿怒曰：「相公，人臣也，奈何使此曹如是乎！」拂衣而起。希烈慙，亦呵止。

2.《舊唐書》卷一四四〈李元諒傳〉：李懷光反於河中。絕河津。詔元諒與副元帥馬燧、渾瑊同討之。時賊將徐庭光以銳兵守長春宮，元諒遣使招之。庭光素輕易元諒，且慢罵之；又以優胡為戲於城上，辱元諒先祖，元諒深以為恥。及馬燧以河東兵至，庭光降於馬燧，……河中平。燧待庭光益厚。元諒因遇庭光於軍門，命左右劫而殺之。（《新唐書》卷一五六〈李元諒傳〉、《通鑑》卷二三二貞元元年八月亦見記載）

卷」。所以說「參軍戲」之有劇本是絕對的事，既有劇本，那麼臨場散說、科汎，乃至於歌唱，自然應付自如了。也因此，「參軍戲」就不只是臨場「隨機應變」的優諫而已了。

其三，上文提到南北朝以來就已流行的「弄癡」，其與「參軍戲」之關係，唐代沒有直接的資料，降及五代，則有陶穀《清異錄‧作用門》所載「無事歌」條：

長沙獄掾任興祖，擁騶吏出行。有賣藥人，行吟無事歌：「呵呵亦呵呵！哀哀亦呵呵！不似荷葉參軍子，人人與個拜，須木大作廳上假閻羅。」

3.宋孫光憲《北夢瑣言》卷十八「劉皇后笞父」條：莊宗劉皇后，魏州成安人，家世寒微。……及笈，姿色絕眾，聲伎亦所長。太后賜莊宗，為韓國夫人侍者。後誕生皇子繼笈，寵待日隆。他日，成安人劉叟詣鄴宮，見上，稱夫人之父。有內臣劉建豐認之，即昔黃鬚丈人，后之父也。劉氏方與嫡夫人爭寵，皆以門族誇尚。劉氏恥為寒家，白莊宗曰：「妾去鄉之時，妾父死於亂兵，是時環屍而哭，妾固無父。是何田舍翁，詐偽及此！」乃於宮門笞之。其實后即叟之長女也。莊宗好俳優，宮中暇日，自負蓍囊、藥篋，令繼笈破帽相隨，似后父劉叟，以醫卜為業也。后方晝眠，乃造其臥內，自稱「劉衙推訪女。」后大恚！笞繼笈，然為太后不禮。（其事亦見《五代史記》卷三十七〈莊宗紀〉，同書卷四十九〈劉后傳〉及《新五代史》卷十四〈劉后傳〉）

4.宋張唐英《蜀檮杌》卷下：廣政元年，上巳，遊大慈寺，宴從官於玉溪院，賦詩。俳優以王衍為戲，命斬之。

所云「荷葉參軍子」，證以姚寬《西溪叢語》卷下引《吳史》謂徐知訓「荷衣木簡，自稱參軍」，為參軍戲中「綠衣秉簡」之「參軍」無疑；而所謂「木大」，證以金元院本名目「呆木大」、「呆太守」、「呆秀才」、「呆大郎」等，可知指愚癡之男性而言；再從「須木大作廳上假閻羅」一語來觀察，正和前引資料「焦湖作獺」條可以相呼應，則此「木大」的地位就是和參軍演對手戲的「蒼鶻」。黃庭堅《山谷詞・鼓笛令》四首，第一首下注明「戲詠打揭」，其第四首有云：

副靖傳語木大，鼓兒里且打一和。

「副靖」即「副淨」，為宋雜劇正雜劇之主演。其前身即唐參軍戲之「參軍」⑭。也可見「木大」即使在宋雜劇裡，其演出對手仍保持參軍戲的傳統。那麼「木大」為什麼不稱「蒼鶻」而獨稱「木大」呢？個人以為，凡稱「木大」者，旨在標明它與北朝以來的「弄癡」是一脈相承的。「弄癡」顧名思義是裝瘋賣傻以為笑，顯然是「智愚」對比的一種演出，多少也有一點「角觝」的遺意；因為它的演出形式，基本上和「參軍戲」很接近，無形中就被參軍戲所吸收了，因此才會有「參軍」與「木大」，乃至於宋代「副靖」與「木大」對舉的情況。

---

⑭其說詳拙作〈中國古典戲劇腳色概說〉，收入拙著《說俗文學》一書，聯經出版事業公司。關於此點，下文亦將論及。

《樂府雜錄》特別說到「武宗朝有曹叔度、劉泉水，鹹淡最妙。」「鹹淡」和「智愚」，乃至於像官本雜劇段數中的「急慢酸」、「陰陽孤」，以及明朱有燉《誠齋雜劇‧牡丹園》一劇中的「酸淨、甜淨」、「淡淨、辣淨」一樣，都是取其性質對比之義。唐代戲劇中，「弄癡」的對比最為明顯，因此曹、劉二氏所擅長者，可能就是被參軍戲所吸收的「弄癡」，所謂「鹹淡」，亦不過在強調其演出時對比的鮮明而已。而如果欲分其主從，則當以鹹為主，以淡為從。鄙意以為：若參軍戲，則以參軍為主，蒼鶻為副；若弄癡，則以木大為主，參軍為副。

三、小結

說到這裡，似乎可以給參軍戲作這樣的結論：「參軍戲」是上承漢代角觝遺風所發展出來的宮廷優戲。論其表演形式，則始於東漢和帝之石躭；論其名稱，則定於後趙石勒之周延。唐代以前以戲弄贓官為主要內容，唐代以後因參軍官多以名族子弟充任，因之戲中不再扮飾贓官，而發展為「假官戲」，其主演之「假官之長」，謂之「參軍樁」，他的扮飾一般是「綠衣秉簡」，頭裹透額羅、足登皺紋靴，臉面可以「俊扮」，也可以「墨塗」，大概是依所扮人物而定。與「參軍」演出的對手，有時只有一個人，中唐以後，這個對手叫「蒼鶻」，他的扮相可以是「鶉衣髽髻」；而參軍有時也與群優合演，但未知在這「群優」中是否也有一位主要的對手叫「蒼鶻」。唐代的「參軍」在戲中最多只充作被調謔的對象，被戲侮的情況則沒有；倒是他的對手往往成了被他戲侮的對象。參軍戲的旨趣有純以滑稽為笑樂的，也有寓諷刺匡正於滑稽的，仍有先秦優伶的餘韻。參軍戲起碼在五代時已吸收了北朝以來的「弄癡」，這種情況之下，參軍演出的對手就叫「木大」，於是參軍戲中「鹹淡」的對比就更加明顯。參軍戲的演出，固然以散說、科汎為主，但也配合音樂歌舞演出，這應當是經常的而非止於偶然。參軍戲的演員不止可以男扮女妝，也可以女扮男妝；其演出場合原本是宮廷宴會的御前承應，後來也在官府宴會演出，有的大官貴人更以家僮為家樂；而在元稹廉問浙東的時候（文宗朝，約大和初，八二七），參軍戲就已經流入民間了；也許是受到民間戲曲的滋養，參軍戲在表演藝術上不再止於硬努眼眶、作揖唱喏和歌舞，而像劉采春那樣優秀的演員，表演時是很講究言辭的雅措風流、身段的低迴秀媚和歌聲的嘹亮徹雲的。這樣的參軍戲已具備妝扮、代言、賓白、音樂、歌唱、舞蹈、身段等戲劇條件，只是故事性還很薄弱，往往止於一時一地的應景之演出而已。然而開元間陸羽既然已為參軍戲編劇，則其演出必有一定的內容和程序可以依循，應當已不止於即興式的滑稽唱念而已。

貳、參軍戲的發展——宋金雜劇院本考述

一、宮廷官府的宋金雜劇院本

五代以後，到了宋金有所謂「雜劇」，金代後期又有所謂「院本」，宋金雜劇院本都和唐五代參軍戲有直接的關係，可以說只是參軍戲的進一步發展。茲分宮廷官府和民間兩方面來考述宋金雜劇的情況，先說宮廷官府方面，請看以下所引錄的資料：

1.宋江少虞《皇朝類苑》卷六四引張師正《倦遊雜錄》：景祐末（宋仁宗景祐四年，一〇三七），詔以鄭州為奉寧軍，蔡州為淮康軍。范雍自侍郎領淮康，節鉞鎮延安。時羌人旅拒戍邊之卒，延安為盛。有內臣盧押班者為鈐轄，心常輕范。一日，軍府開宴，有軍伶人雜劇。參軍稱：「夢得一黃瓜，長丈餘，是何祥也？」一伶賀曰：「黃瓜上有刺，必作黃州刺史。」一伶批其頰曰：「若夢鎮府蘿蔔，須作蔡州節度使？」范疑盧所教，即取二伶杖背，黥為城旦。

2.宋邵伯溫《邵氏見聞錄．聞見前錄》卷十：潞公謂溫公曰：「吾留守北京，遣人入大遼偵事。回云：『見遼主大宴群臣，伶人雜劇。作衣冠者，見物必攫取，懷之。有從其後，以挺扑之者，曰：「司馬端明耶？」』君實清名，在夷狄如此。」溫公愧謝。

3.宋彭乘《續墨客揮犀》卷五：熙寧九年（宋神宗，一〇七六），太皇生辰，教坊例有獻香雜劇。時判都水監侯叔獻新卒。伶人丁仙現假為一道士善出神，一僧善入定。或詰其出神何所見。道士云：「近曾出神至大羅，見玉皇殿上有一人，披金紫，熟視之，乃本朝韓侍中也，手捧一物。竊問旁立者，曰：『韓侍中獻國家金枝玉葉、萬世不絕圖。』」僧曰：「近入定到地獄，見閻羅殿側有一人，衣緋，垂魚。細視之，乃判都水監侯工部也，手中亦擎一物。竊問左右，云：『為奈河水淺，獻圖，欲別開河道耳。』」時叔獻興水利，以圖恩賞，百姓苦之，故伶人有此語。

4.宋王闢之《澠水燕談錄》卷十：頃有秉政者，深被眷倚，言事無不從。一日，御宴，教坊雜劇：為小商，自稱姓趙，名氏。負以瓦瓿，賣沙糖。道逢故人，喜而拜之。伸足，誤踏瓿倒，糖流於地。小商彈指歎息曰：「甜采，你即溜也！怎奈何？」左右皆笑。俚語以王姓為「甜采」⑮。

5.宋陳師道《後山談叢》卷一：王荊公改科舉，暮年乃覺其失。曰：「欲變學究為秀才，不謂變秀才為學究也。」蓋舉子專誦王氏章句，而不解義，正如學究誦注疏爾。教坊雜劇亦曰：「學詩於陸農師，學易於龔深之。」蓋譏士之寡聞也。

6.洪邁《夷堅志》丁集卷四：俳優侏儒，周技之下且賤者；然亦能因戲語而箴諷時政，有合於古矇誦工諫之義，世目為雜劇者是已。崇寧初（徽宗，一一〇二），斥遠元祐忠賢，禁錮學術，凡偶涉其時所為所行，無論大小，一切不得志。伶者對御為戲：推一參軍作宰相，據坐，宣揚朝政之美。一僧乞給公據遊方，視其戒牒，則元祐三年者，立塗毀之，而加以冠巾。道士失亡度牒，聞被載時亦元祐也，剝其衣服，使為民。一士以元祐五年獲薦，當免舉，禮部不為

⑮王國維《優語錄注》：「此恐指介甫。」

引用，來自言，即押送所屬屏斥。已而，主管宅庫者附耳語曰：「今日在左藏庫，請相公料錢一千貫，盡是元祐錢，合取鈞旨。」其人俯首久之，曰：「從後門搬入去。」副者舉所挺杖其背，曰：「你做到宰相，元來也只要錢。」是時至尊亦解顏。

7.宋周密《齊東野語》卷二十：宣和間（徽宗，一一一九～一一二五），徽宗與蔡攸輩在禁中自為優戲。上作參軍。趨出。攸戲上曰：「陛下好個神宗皇帝！」上以杖鞭之，曰：「你也好個司馬丞相！」⑯

8.宋沈作喆《寓簡》卷十：偽齊劉豫既僭位，大宴群臣，教坊進雜劇。有處士問星翁曰：「自古帝王之興，必有受命之符。今新主有天下，抑有嘉祥美瑞以應之乎？」星翁曰：「固有之。新主即位之前一日，有一星聚東井，真所謂符命也。」處士以杖擊之曰：「五星非一也，乃云聚耳；一星又何聚焉？」星翁曰：「汝固不知也。新主聖德比漢高祖，只少四星兒裡！」

9.宋張端義《貴耳集》卷下：壽皇（高宗）賜宰執宴，御前雜劇妝秀才三人。首問第一秀

---

⑯《宋史・蔡攸傳》：「為鎮海軍節度使，少保。進見無時，或侍曲宴，則短衫窄袴，塗抹青紅，雜倡優侏儒。每道市井淫媟詼浪語，以蠱帝心。」又宋徐夢莘《三朝北盟會編・靖康中帙》卷六：「皺面潔白，若美婦人，而目睛鬚髮盡金黃，且豺聲。……皺又同蔡攸每朝罷出省，時時乘宮中小輿，召入禁中，為談笑。或塗抹粉墨作優戲，多道市井淫言媟語以媚惑上。時因詼浪中以譖人，輒無不中。」可與此條參看。

才：「仙鄉何處？」曰：「上黨人。」次問第二秀才：「仙鄉何處？」曰：「澤州人。」又問第三秀才：「仙鄉何處？」曰：「湖州人。」又問上黨秀才：「汝鄉出甚生藥？」曰：「某鄉出人參。」次問澤州秀才：「汝鄉出甚生藥？」曰：「某鄉出甘草。」次問湖州：「出甚生藥？」曰：「出黃蘗。」「如何湖中出黃蘗？」「最是黃蘗苦人！」當時皇伯秀王在湖州，故有此語。壽皇即日召入，賜第，奉朝請⑰。

10.宋岳珂《桯史》卷七：秦檜以紹興十五年（高宗，一一四五）四月丙子朔賜第望仙橋；丁丑，賜銀絹萬匹兩，錢千萬，綵千縑。有詔：「就第賜燕，假以教坊優伶。」宰執咸與，中席，優長誦致語，退。有參軍者，前，褒檜功德。一伶以荷葉交椅從之。諧語雜至，賓歡既洽。參軍方拱揖謝，將就椅，忽墜其幞頭。乃總髮為髻，如行伍之巾；後有大巾鐶，為雙疊勝。伶指而問曰：「此何鐶？」曰：「二勝鐶。」伶遽以朴擊其首曰：「爾但坐太師交椅，請取銀絹例物，此鐶掉腦後，可也！」一坐失色。檜怒，明日，下伶於獄，有死者。於是語禁始益繁。

11.宋張知甫《可書》：金人自侵中國，惟以敲棒擊人腦而斃。紹興間，有伶人作雜戲，云：「若要勝其金人，須是我中國一件件相敵，乃可。且如金國有粘罕，我國有韓少保；金國有柳葉鎗，我國有鳳凰弓；金國有鑿子箭，我國有鏁子甲；金國有敲棒，我國有天靈蓋！」人皆笑之。

---

⑰此以「黃蘗」諧音「皇伯」。秀王趙子偁為孝宗生父。

12.宋岳珂《桯史》卷十：淳熙間（孝宗，一一四七～一一八九），胡給事元質既新貢院。嗣歲庚子（七年，一一八〇），適大比，乃侈其事。命供帳考校者，悉倍前規。鵠袍入試，茗卒饋漿，公庖繼肉。坐案寬潔，執事恪敬。誾誾于于，以鬯於文，士論大愜。會初場試題，出《孟子》「舜聞善若決江河」，而以「聞善而行，沛然莫禦」為韻。士既案矣，蜀俗敬長，而尚先達；每在廣場，不廢請益焉。晡後，忽一老儒擿禮部韻示諸生，謂「沛」字惟十四泰有之，一為「顛沛」，一為「沛邑」，注無「沛決」之義。惟它有「霈」字，乃從「雨」為可疑。眾曰：「是！」鬨然叩簾請。出題者偶假寐，有少年出酬之，漫不經意。擅云：「禮部韻注義既非，增一『雨』頭無害也。」揖而退，如言以登於卷。坐遠於簾者或不聞知，乃仍用前字。於是試者用「霈」、「沛」各半。明日，將試《論語》，籍籍傳：凡用「沛」字者皆窘，復叩簾。出題者初不知昨夕之對，應曰「如字」。廷中大諠，侵不可制，譟而入曰：「試官誤我三年，利害不細！」簾前闈木如拱，皆折。或入於房，執考校者一人，毆之。考校者惶遽，急曰：「有『雨』頭也得，無『雨』頭也得。」或又咎其誤，曰：「第二場更不敢也。」蓋一時祈脫之辭。移時，稍定，試司申：「鼓譟場屋。」胡以不稱於禮遇也，怒，物色為首者，盡繫獄，韋布益不平。既拆號，例宴主司以勞。還畢三爵，優伶序進。有儒服立於前者，一人旁揖之，相與詫博洽，辨古今，岸然不相下。因各求挑試所誦憶。其一問：「漢四百載名宰相凡幾？」儒服以蕭曹而下枚數之，無遺，群優咸贊其能。乃曰：「漢相，吾言之矣；敢問唐三百載，名將帥何人也？」旁揖者亦詘指英、衛，以及季葉，曰：「張巡、許遠、田萬春。」儒服奮起，爭曰：「巡、遠是也；萬春之姓雷，歷考史牒，未有以雷為田者。」揖者不服，撐拒滕口。俄一綠衣參軍，自稱教授，前據几，二人敬質疑，曰：「是故雷姓。」揖者大詬，袒裼奮拳，教授遽作恐懼狀，曰：「有『雨』頭也得，無『雨』頭也得。」坐中方失色，知其諷己也。忽優有黃衣者，持令旗，躍出稠人中，曰：「制置大學給事臺旨：試官在座，爾輩安得無禮！」群優亟斂容趨下，喏曰：「第二場更不敢也！」夾阤皆笑，席客大慚。明日，遁去，遂釋繫者。故意其為郡士所使，錄優而詰之，杖而出諸境。然其語盛傳至今。

13.宋張端義《貴耳集》卷下：何自然中丞上疏，乞朝廷併庫，壽皇從之；方且講究，未定。御前有燕，雜劇伶人妝一賣故衣者，持褲一腰，只有一隻褲口。買者得之，問：「如何著？」賣者曰：「兩腳併做一褲口。」買者曰：「褲卻併了，只恐行不得。」壽皇即寢此議。

14.宋張端義《貴耳集》卷下：袁彥純尹京，專一留意酒政。煮酒賣盡，取常州宜興縣酒，衢州龍游縣酒，在都下賣。御前雜劇，三個官人：一曰京尹，二曰常州太守，三曰衢州太守。三人爭座位。常守讓京尹曰：「豈宜在我二州之下？」衢守爭曰：「京尹合在我二州之下。」常守問曰：「如何此說？」衢守云：「他是我兩州拍戶。」寧廟亦大笑。

15.宋張端義《貴耳集》卷下：史同叔為相日，府中開宴，用雜劇人。作一士人，念詩曰：「滿朝朱紫貴，盡是讀書人。」旁一士人曰：「非也。滿朝朱紫貴，盡是四明人。」自後相府開宴，二十年不用雜劇。

16.宋周密《齊東野語》卷十三：女官吳知古用事，人皆側目。內宴日，參軍肆筵，張樂，胥輩請僉文書，參軍怒曰：「我方聽觱篥，可少緩。」請至三四，其答如前。胥擊其首曰：「甚事不被觱篥壞了！」蓋是俗呼黃冠為「觱篥」也。

17.明田汝成《西湖遊覽志餘》卷二：（宋理宗寶祐間）丁大全作相，與董宋臣表裡，復以廟堂之力助之，有司奉行惟謹。修內司十百為曹，望青採斫，雖勳舊之塚，亦不免焉。一日，內宴，雜劇。一人專打鑼，一人扑之曰：「今日排當，不奏他樂，丁丁董董不已，何也？」曰：「方今事皆丁、董，吾安得不『丁董』？」

以上十七條資料，除第七條徽宗與蔡攸優戲、第十條二勝鐶、第十二條第二場更不敢、第十六條被觱篥壞了等四條與第十一條謂之「雜戲」外，皆自稱「雜劇」，則為「宋雜劇」無疑。「雜戲」之名，《周書》卷七及《北史》卷十〈宣帝紀〉已有「大陳雜戲」之語，其後歷代至唐皆有之⑱。而其內容，實與「百戲」不殊，亦即承角觝傳統，包羅甚廣。而「雜劇」之名，

⑱「雜戲」之名，如《南齊書》卷四十二〈蕭坦之傳〉有「後堂雜戲狡獪」、《通鑑》卷一七五陳宣帝大建十三年（五八一）四月有「悉放太常散樂為民，仍禁雜戲。」《通鑑》二一八玄宗酺宴有「教坊府縣散樂雜戲」，宋莊綽《雞肋編》卷上謂成都自上元至四月十八日，遊賞幾無虛辰。自旦至暮，「惟雜戲一色」。

則始見晚唐李文饒文集卷十二「第二狀奉宣更商量奏來者」，文中曾稱成都之「音樂伎巧」被當時南詔掠去者，有「雜劇丈夫兩人」。「雜劇」即使到了宋代，就其廣義而言，仍和角觝、百戲，乃至雜戲一樣，都是當時各種技藝的總稱⑲。但若就狹義而言，則「宋雜劇」當指「唐五代參軍戲」之嫡派而言。在首條軍伶人雜劇、第六條原來也只要錢、第七條徽宗蔡攸為優戲、第十條二勝鐶、第十二條第二場更不敢、第十六條被爝篥壞了等六條，都明言「參軍」演出，第十二條更云「綠衣參軍」，凡此皆可看出宋雜劇與參軍戲之傳承關係。但宋雜劇比起參軍戲來則有以下幾點值得注意：

其一，參軍戲固有不少是寓諷諫於滑稽，但也不乏純為笑樂者；宋雜劇則幾乎都合乎第六條洪邁所云「因戲語而箴諷時政」之旨，我們簡直找不到一條純為笑樂的演出。

其二，參軍戲演出時，未見優伶「扑擊」的動作，但宋雜劇則習以為常，譬如首條參軍批其對手另一伶之頰⑳、次條一伶挺扑作衣冠之伶、六條副者舉所挺杖參軍之背、八條處士以杖

⑲胡忌《宋金雜劇考》第一章〈名稱〉第一節〈宋雜劇解〉，謂當時之滑稽戲、歌舞戲、傀儡戲、雜技、南戲等，皆可冒「雜劇」之名。

⑳從首條記載觀之，其當場演出者看似三人，即參軍與其他二伶。但從上下文「一伶賀」、「一伶批其頰」揣摩，且證以下文「即取二伶杖背」之語，則批人頰之伶應屬參軍所為。

擊星翁、十條一伶擊參軍之首、十二條作揖之伶對綠衣參軍袒裼奮拳、十六條扮胥之伶擊參軍之首，十七條一伶扑打鑼之伶等皆明白記載；而參軍顯然由唐五代之可以戲侮其對手演變成完全反被戲侮之對象，因之每遭對手扑擊。按《五代史記》卷三十七：

莊宗嘗與群優戲於庭，四顧而呼曰：「李天下！李天下何在？」新磨遽前，以手批其頰。莊宗失色，左右皆恐，群伶亦大驚駭。共持新磨，詰曰：「汝奈何批天子頰！」新磨對曰：「李天下者，一人而已，復誰呼耶？」於是左右皆笑，莊宗大喜，賜與甚厚。

宋孔平仲《續世說》卷六與《通鑑》卷二七二亦皆載此事。這應當是演戲時演員扑擊對方的最早記載，未知宋以後相類似的演出是否據此而來。

其三，參軍戲在中唐之後，與參軍演出對手戲的腳色謂之「蒼鶻」；而宋雜劇演出資料中，未見有所謂「蒼鶻」。而第六條「副者舉所挺杖參軍之背」之「副者」，蓋因以「參軍」為主，則其對手為「副」之義。

其四，次條「伶人雜劇」一語，王國維《宋元戲曲考》與《優語錄》引作「伶人戲劇」，胡忌《宋金雜劇考・宋雜劇解》引作「伶人雜戲」，當係所據版本不同，則第十一條所云之「雜戲」亦可視之為「雜劇」。

其五，宋雜劇之演出不在宮廷則在官府，未有如參軍戲之流入民間者。但就田野考古資料與其他文獻觀之，則又不然。請詳下文。

就以上證實宋雜劇與參軍戲有傳承關係之資料為基礎，我們又可以找到以下之資料，應當也屬於宋雜劇演出的記錄：

1.宋劉攽《中山詩話》：祥符、天禧中（真宗，一〇〇八～一〇二一），楊大年、錢文僖、晏元獻、劉子儀以文章立朝。為詩皆宗尚李義山，號「西崑體」，後進多竊義山語句。嘗內宴，優人有為義山者，衣服敗裂，告人曰：「吾為諸館職撏撦至此！」聞者歡笑。

2.宋范鎮《東齋紀事》卷一：賞花釣魚會賦詩，往往有宿構者。天聖中（仁宗，一〇二三～一〇三一），永興軍進山水石。適置會，命賦山水石，其間多荒惡者，蓋出其不意耳。中坐，優人入戲，各執筆，若吟詠狀。其一人忽仆於界石上，眾扶掖起之。既起，曰：「數日來作一首賞花釣魚詩，準備應制，卻被這石頭擦倒。」左右皆大笑。翌日，降出其詩，令中書銓定，祕閣校理韓義最為鄙惡，落職，與外任。

3.宋蘇象先《蘇魏公語錄》：仁宗賞花釣魚宴賜詩，執政諸公、洎禁從館閣，皆屬和。而詩中「徘徊」二字別無他義，諸公進和篇皆押「徘徊」字。及詩罷，再就座，而教坊進戲，為尋訪稅第者：至前堂，觀玩不去，曰：「徘徊也。」至後堂，復環顧而不去，問之，則皆曰：「徘徊也。」一人笑曰：「可則可矣，但未免徘徊太多！」

4.宋李廌《師友談紀》：東坡先生近令門人輩作〈人不易物賦〉。（原注：物為一，人重輕也。）或戲作一聯曰：「伏其几而襲其裳，豈惟孔子！學其書而戴其帽，未是蘇公。」（原

注：士大夫近年傚東坡桶高簷短帽，名曰「子瞻樣」。）廌因言之公，笑曰：「近扈從宴醴泉觀，優人以相與自夸文章為戲者。一優（原注：丁仙現者）曰：『吾之文章，汝輩不可及也！』眾優曰：『何也？』曰：『汝不見吾頭上子瞻乎？』上為解頤。」

5.洪邁《夷堅志》丁集卷四：蔡京作宰，弟卞為元樞。卞乃王安石壻，尊崇婦翁。當孔廟釋奠時，躋於配享而封舒王。優人設孔子正坐，顏孟與安石侍側。孔子命之坐，安石揖孟子居上，孟辭曰：「天下達尊，爵居其一，軻近眾公爵，相公貴為真王，何必謙光如此。」遂揖顏曰：「回也陋巷匹夫，平生無分毫事業，公為命世真儒，位貌有間（一本貌作號），辭之過矣。」安石遂處其上，夫子不能安席，亦避位。安石惶懼拱手，云不敢。往復未決，子路在外，情憤不能堪（一本情作憤），徑趨從禮室（一本作祀堂），挽公冶長臂而出。公冶為窘迫之狀，謝曰：「長何罪？」乃責數之曰：「汝全不救護丈人，看取別人家女婿。」其意以譏卞也。時方議欲升安石於孟子之上，為此而止。

6.宋楊萬里《誠齋集》卷一四〇〈詩話〉：東坡嘗宴客，俳優者作伎萬方，坡終不笑。一優突出，用棒痛打作伎者：「內翰不笑，汝猶稱良優乎？」對曰：「非不笑也，不笑者，乃所以深笑之也。」坡遂大笑。蓋優人用東坡「王者不治夷狄，非不治也，不治者，所以深治之也。」見子由五世孫奉新縣尉懋說。

7.宋朱彧《萍州可談》卷三：王德用為使相，黑色，俗稱「黑相」。嘗與北使伴射，使已中的，黑相取箭鍔頭一發，破前矢，俗號「劈筈箭」。姚麟亦善射，為殿帥，十年伴射，嘗蒙獎賜。崇寧初（徽宗，一一〇二），王恩以遭遇，處位殿帥，不習弓矢，歲歲以伴射為窘。伶人對御作俳，先一人持一矢入，曰：「黑相劈筈箭，售錢三百萬。」又一人持大矢八，曰：「老姚射不輸箭，售錢三百萬。」後二人挽箭一車入，曰：「車箭都賣一錢。」或問：「是何人家箭？賤價如此。」答曰：「王恩不及垛箭。」

8.宋曾敏行《獨醒雜志》九：崇寧二年鑄大錢，蔡元長建議俾為折十，民間不便之。優人因內宴，為賣漿者，或投一大錢，飲一杯，而索價其餘。賣漿者對以方出市，未有錢，可更飲漿。乃速飲至於五六，其人鼓腹曰：「使相公改作折百錢，奈何！」上為之動容，法由是改。

9.宋朱彧《萍州可談》卷三：崇寧鑄九鼎，帝鼐居中，八鼎各鎮一隅。是時行當十錢，蘇州無賴子弟冒法盜鑄。會浙中大水，伶官對御作俳：「今歲東南大水，迄遣彤鼎往鎮蘇州。」或作鼎神，附奏云：「不願前去，恐一例鑄作當十錢。」朝廷因治章綖之獄㉑。

10.宋董弅《閒燕常談》：政和中（徽宗，一一一一～一一一七），何執中為首臺，廣殖貲

㉑宋李元綱《厚德錄》卷一：「崇寧更錢法，以一當十。小民嗜利亡命，犯法者紛紛。或捕得數大缶，誣以樞密章粢之子綖之所鑄也。……綖竟坐刺配，籍沒其家。」事詳《宋史》卷三二八〈章粢傳〉。此所謂「章綖之獄」。

貨，邸第之多，甲於京師。時有以舊印行吉觀國所試「為君難」小經義，稱為上皇御製者，人競傳誦。會大宴，伶官為優戲，相謂曰：「官家萬幾之暇何所為？」曰：「不過燕樂爾。」曰：「不然，亦如舉子作文義。」問：「何以知之？」遂舉「為君難」義誦一過。乃以手加額，北鄉讚嘆說：「聖意匪獨俯同韋布之士，留神經術，仰見兢兢圖治，不安持守之深意，天下幸甚！」又問：「宰相退朝之暇何所為？」曰：「亦作文義。」問：「何義？」曰：「為臣不易義。」乃批其頰曰：「日掠百二十貫房錢，猶自『不易』哩！」蓋俚語以貧窶為「不易」也。

11.宋周密《齊東野語》卷十：宣和中（徽宗，一一一九～一一二五），童貫用兵燕薊，敗而竄。一日，內宴，教坊進伎；為三婢，首飾皆不同。其一當額為髻，曰：「蔡太師家人也。」其二髻偏墜，曰：「鄭太宰家人也。」又一人滿頭為髻，如小兒，曰：「童大王家人也。」問其故。蔡氏者曰：「太師觀清光，此名朝天髻。」鄭氏者曰：「吾太宰奉祠就第，此嬾梳髻。」童氏者，曰：「大王方用兵，此三十六髻也。」㉒

12.宋龔明之《中吳紀聞》卷六：初，（朱）勔之進花石也，聚於京師艮嶽之上。以移根自遠，為風日所殘，植之未久，即槁瘁。時時欲一易之，故花綱旁午於道。一日，內宴，諢人因

㉒《南齊書》卷二十六〈王敬則傳〉：「檀公（道濟）三十六策，走是上計。汝（指東昏侯）父子惟應疾走耳。」即俗所云「三十六計，走為上計。」「髻」諧音「計」。

以諷之：有持梅花而出者，軍人指以問其徒曰：「此何物也？」應之曰：「芭蕉。」有持松、檜而出者，復設問，亦以芭蕉答之。如是者數四。遂批其頰曰：「此某花，此某木，何為俱謂之芭蕉？」應之曰：「我但見巴巴地討來，都焦了！」天顏（徽宗）亦為之少破㉓。

13.洪邁《夷堅志》丁集卷四：又嘗設三輩為儒道釋，各稱頌其教。儒者曰：「吾之所學，仁義禮智信，曰五常。」遂演暢其旨，皆采引經書，不雜媟語。次至道士曰：「吾之所學，金水木火土，曰五行。」亦說大意。末至僧，僧抵掌曰：「二子腐生常談，不足聽；吾之所學，生老病死苦，曰五化，藏經淵奧，非汝等所得聞，當以現世佛菩薩法理之妙，為汝陳之。盍以次問我？」曰：「敢問生？」曰：「內自太學群雍，外至下州偏縣，凡秀才讀書者，盡為三舍生。華屋美饌，月書季考，三歲大比，脫白掛綠，上可以為卿相。國家之於生也如此。」曰：

㉓宋周煇《清波雜志》卷六：「宣和間，鈞天樂部焦德者，以諧謔被遇，時借以諷諫。一日，從幸禁苑，指花竹草木以詢其名。德曰：『皆芭蕉也。』上詰之，乃曰：「禁苑花竹，皆取於四方。在途甚遠，巴至上林，則已焦矣！。』上大笑。亦猶『鍬、澆、焦、燒』四時之戲：掘以鍬，水以澆，既而焦，焦而燒也。其後毀艮嶽，任百姓取花木以充薪，亦其識也。」任二北《優語集》按云：「依龔說為雜劇，依周說為優諫。足見此等傳說，通過文人筆下，每有編排，遂多出入。」據此亦可證上文所云，此等史傳叢談不過記錄零言片語，並非戲劇演出的全部過程。

「敢問老？」曰：「老而孤獨貧困，必淪溝壑，今所在立孤老院，養之終身。國家之於老也如此。」曰：「敢問病？」曰：「不幸而有疾，家貧不能拯療，於是有安濟坊，使之存處，差醫付藥，責以十全之效。其於病也如此。」曰：「敢問死？」曰：「死者人所不免，惟貧民無所歸，則擇空隙地為漏澤園；無以斂，則與之棺，使得葬埋；春秋享祀，恩及泉壤。其於死也如此。」曰：「敢問苦？」其人瞑目不應，陽若惻悚。然促之再三，乃蹙額答曰：「只是百姓一般受無量苦。」徽宗為惻然長思，弗以為罪。

14.明劉績《霏雪錄》：宋高宗時，饔人瀹餛飩不熟，下大理寺。優人扮兩士人，相貌各異。問其年，一曰「甲子生」，一曰「丙子生」。優人告曰：「此二人皆合下大理。」高宗問故，優人曰：「餃子餅子皆生，與餛飩不熟者同罪！」上大笑，赦原饔人。

15.宋洪邁《夷堅志》丁集卷四：「壬戌（紹興十二年，一一四二）省試，秦檜之子熺、姪昌時、昌齡，皆奏名，公議籍籍，而無敢輒語。至乙丑（一一四五）春首，優者即戲場，設為士子，赴南宮，相與推論知舉官為誰。指侍從某尚書某侍郎，當主文柄。優長者非之曰：「今年必差彭越。」問者曰：「朝廷之上，不聞有此官員。」曰：「漢梁王也。」曰：「彼是古人，死已千年，如何來得？」曰：「前舉是楚王韓信、彭越一等人，所以知今為彭王。」問者嗤其妄，且扣厥指，笑曰：「若不是韓信，如何取得他三秦！」四座不敢領略，一鬨而出。秦亦不敢明行譴罰云。

16.宋羅點《武陵聞見錄》：紹興間，內宴，有優人作善天文者，云：「世間貴官人，必應星象，我悉能窺之。法當用渾儀，設玉衡，若對其人窺之，則見星而不見其人。玉衡不能猝辭，用銅錢一文亦可。」乃令窺光堯，云：「帝星也！」秦師垣，曰：「相星也！」韓蘄王，曰：「將星也！」至張循王，曰：「不見其星。」衆皆駭。復令窺之，曰：「終不見星，只見張郡王在錢眼內坐。」殿上大笑。俊最多貲，故譏之。

17.《金史》卷六十四〈后妃傳〉：元妃李氏師兒……明昌四年（金章宗，一一九三）封為昭容。明年，進封淑妃。……兄喜兒，舊嘗為盜，與弟鐵哥，皆擢顯近，勢傾朝廷，風采動四方。射利競進之徒，爭趨走其門。……自欽懷皇后沒世，中宮虛位久，章宗意屬李氏，而李氏微甚，至是，章宗果欲立之。大臣固執不從，臺諫以為言。帝不得已，進封為元妃，而位勢熏赫，與皇后侔矣。一日，章宗宴宮中，優人玳瑁頭者，戲於前。或問：「上國有何符端？」優曰：「汝不聞鳳凰見乎？」其人曰：「知之，而未聞其詳。」優曰：「其飛有四所，應亦異：若嚮上飛，則風雨順時；嚮下飛，則五穀豐登；嚮外飛，則四國來朝；嚮裡飛，則加官進祿。」上笑而罷。

18.宋岳珂《桯史》卷五：韓平原在慶元初（寧宗，一一九五），其弟仰胄，為知閤門事，頗與密議。時人謂之「大小韓」，求捷徑者爭趨之。一日，內宴，優人有為衣冠到選者，自敘履歷才藝，應得美官，而留滯銓曹，自春徂冬，未有所擬，方徘徊浩嘆。又為日者，弊帽，持扇，過其旁。遂邀使談庚申，問以得祿之期。日者厲聲曰：「君命甚高，但於五星局中，財帛宮微有所礙。目下若欲亨達，先見小寒；更望成事，必見大寒，可也！」優蓋以「寒」為「韓」。侍宴者皆縮頸匿笑。

19.宋岳珂《桯史》卷十三：蜀伶多能文，俳語率雜以經史，凡制帥幕府之燕集，多用之。嘉定初，吳畏齋帥成都，從行者多選人，類以京削繫念。伶知其然。一日，為古冠服數人，遊於庭，自稱孔門弟子，交質以姓氏。或曰常，或曰於，或曰吾。問其所莅官，則合而應曰：「皆選人也。」固請析之。居首者率然對曰：「子乃不我知，《論語》所謂『常從事於斯矣』，即某其人也。官為從事，而繫以姓，固理之然。」問其次，曰：「亦出《論語》：『於從政何有。』蓋即某官氏之稱。」又問其次，曰：「某又《論語》十分篇所謂『吾將仕』者。」遂相與嘆詫，以選調為掩抑。有從　其旁者，曰：「子之名不見於七十子，固聖門下第，盍叩十哲，而請教焉？」如其言，見顏閔。方在堂，群而請益。子騫蹙額曰：「如之何？何必改？」哀公應之曰：「然，回也不改。」眾憮然不怡，曰：「無己，質諸夫子。」如之，夫子不答，久而曰：「鑽遂改火，急可已矣！」坐客皆愧而笑。聞者至今啟顏。優流侮聖言，真可誅絕！特記一時之戲語如此。

20.宋周密《齊東野語》卷十三：近者己亥歲（理宗嘉熙三年，一二三九），史嵩之為京尹，其弟以參政督兵於淮。一日，內宴，伶人衣金紫，而幞頭忽脫，乃紅巾也。或驚問：「賊裹紅巾，何為官亦如此？」傍一人答云：「如今做官底都是如此。」於是褫其衣冠，則有萬回佛自懷中墜地。其傍曰：「他雖做賊，且看他哥哥面！」㉔

21.宋周密《齊東野語》卷十三：王叔知吳門日，名其酒曰：「徹底清」。錫宴日，伶令持一樽，誇於眾曰：「此酒名『徹底清』，既而開樽，則濁醪也。」傍誚之云：「汝既為『徹底清』，卻如何如此？」答云：「本是『徹底清』，被錢打得渾了！」

22.宋周密《齊東野語》卷十三：蜀優……有袁三者，名尤著。有從官姓袁者，制蜀頗乏廉聲。群優四人，分主酒色財氣，各誇張其好尚之樂，而餘者互譏笑之。至袁優，則曰：「吾所好者，財也。」因極言財之美利，眾亦譏誚不已。徐以手自指曰：「任你譏笑，其如袁丈好此何！」

以上二十二資料所記，不是內廷就是官府的優戲，而且都是以問答見義，寓諷諫譏刺於滑稽詼諧之中；其第六條不治者所以深治也、第十條為臣不易義、第十二條巴蕉、第十五條取三秦等四條都有撲擊的動作。它們都應當是記載宋雜劇的演出片段。其演員有一場兩人，也有群優共演，譬如第十九條就有九人同場，參軍戲已經有這種情況。所可注意的是第十四條記宋高

㉔明田汝成《西湖遊覽志餘》卷二十三〈委巷叢談〉：「宋時，杭城以臘月祀萬回哥哥。……云是和合之神，祀之，可使人在萬里之外亦能回來，故曰『萬回』。」因「萬回佛」亦稱「萬回哥哥」，故文中謂「且看他哥哥面」。

宗以戲外身分同劇中的優伶問答。如果不是記載錯誤，就是因為觀劇的高宗皇帝，不明何以甲子生和丙子生的人「皆合下大理」推問，所以等不及劇中他優發問，自己不覺也墮入劇中了。這種情形正和前文所引述的參軍戰「病狀內黃」相近似。

關於這種狹義的「宋雜劇」，吳自牧成書於宋度宗咸淳十年（一二七四）的《夢粱錄》卷二十「妓樂」條有比較具體而詳細的記載：

散樂傳學教坊十三部，唯以雜劇為正色。舊教坊有篳篥部、大鼓部、拍板部，色有歌板色、琵琶色、箏色、方響色、笙色、龍笛色、頭管色、舞旋色、雜劇色、參軍色。但色有色長、部有部頭。上有教坊使副、鈐轄、都管、掌儀、掌範，皆是雜流命官。其諸部諸色，分服紫、緋、綠三色寬衫，兩下各垂黃義襴。雜劇部皆諢裡，餘皆幞頭帽子。更有小兒隊、女童採蓮隊。……紹興年間，廢教坊職名，如遇大朝會、聖節，御前排當及駕前導引奏樂，並撥臨安府衙前樂人，屬脩內司教樂所集定姓名，以奉御前供應。向著汴京教坊大使孟角毬曾做雜劇本子，葛守誠撰四十大曲，丁仙現捷才知音。……且謂雜劇中末泥為長，每一場四人或五人。先做尋常熟事一段，名曰「豔段」。次做「正雜劇」，通名兩段。末泥色主張，引戲色分付，副淨色發喬，副末色打諢。或添一人，名曰「裝孤」。先吹曲破斷送，謂之「把色」。大抵全以故事，務在滑稽，唱念應對通徧。此本是鑒戒，又隱於諫諍，故從便跣露，謂之無過蟲耳。若欲駕前承應，亦無責罰。一時取聖顏笑。凡有諫諍，或諫官陳事，上不從，則此輩妝做故事，隱其情而諫之，於上顏亦無怒也。又有「雜扮」，或曰「雜班」，又名「紐元子」，又謂之「拔和」，即雜劇之後散段也。頃在汴京時，村落野夫，罕得入城，遂撰此端：多是借裝為山東、河北村叟，以資笑端。今士庶多以從省。筵會或社會，皆用融合坊、新街及下瓦子等處散樂家，女童裝末，加以弦索賺曲，祇應而已。

此段記載大抵根據成書於宋理宗端平二年（一二三五）耐得翁《都城紀勝》「瓦舍眾伎」條修飾而成，其中「雜班」作「雜旺」，「拔和」作「技和」，當以《夢粱錄》為是㉕。由此可見：

1. 雜劇在教坊十三部色中已居「正色」而為主體，而十三部色中另有「參軍色」與「雜劇色」並列。

2. 紹興三十一年省廢教坊之後，每遇大宴，則撥差臨安府衙前樂等人充應㉖。

3. 汴京教坊大使孟角毬曾做雜劇本子，葛守誠撰四十大曲，丁仙現捷才知音；則雜劇劇本

㉕「旺」為「班」：形近而誤，「技」與「拔」亦然。「雜班」蓋言其組成之複雜，又「班」與「扮」音近。「拔和」即「拔禾」，為農夫之稱，元雜劇《薛仁貴衣錦還鄉》有「拔禾」，為薛仁貴之父，正是鄉下農夫。

㉖此段文字據《都城紀勝》「瓦舍眾伎」條。

和音樂多出諸教坊職官。

4.雜劇每一場四人或五人，每場包含先做的尋常熟事一段叫「豔段」和次做而通名兩段的「正雜劇」。所以一場完整的雜劇演出通常共有三段；後來又加入一段「散段」叫「雜扮」或「雜班」，又叫「紐元子」或「拔和」。所以發展完成的「宋雜劇」結構共有四段：豔段和散段是各自獨立的，前者是「尋常熟事」的引子，後者是「以資笑端」的結尾；而「正雜劇」的「通名兩段」自然是主體，而且也可以各自獨立。王國維《唐宋大曲考》引史浩劍舞，此舞曲演二事，一為項莊刺沛公，一為公孫大娘舞劍器；所以前有漢裝者，後有唐裝婦人服者。其動作姿勢記述頗詳。王國維所加的按語說：

大曲與雜劇二者之漸相近，於此可見。又一曲之中演二故事，《東京夢華錄》所謂雜劇入場，一場兩段也。

如果推測沒錯，那麼正雜劇「通名」的兩段，所演的即是同一名目、性質相類，但各自獨立的兩個故事。由此看來，宋雜劇的四段，事實上是由四個獨立的小戲所組成的，它可以說是一個「小戲群」。

5.雜劇的特質「務在滑稽」，作用「隱於諫諍」，可見是「優孟衣冠」、「參軍戲」的嫡派。《童蒙訓》云：「如作雜劇，打猛諢入，卻打猛諢出。」又曾慥《類說》卷五引王直方《詩話》云：「山谷云：『作詩如作雜劇：初時布置，臨了須打諢，方是出場。』蓋是讀秦少游詩，惡其終篇無所歸也。」亦可證雜劇「務在滑稽」；而就上文引錄之三十九條資料觀察，也的確合乎「隱於諫諍」，若御前承應，雖有唐突，但能博取聖顏一笑，亦無責罰；只是若碰到奸相惡吏，諷刺過甚，則不免災禍臨身，上引資料，亦不乏其例。

6.雜劇的內容要「全以故事」，藉此「隱其情而諫之」，表演時又要「務在滑稽」，講求「唱念應對通徧」，那麼顯然是指「正雜劇」的演出而言。因為「豔段」只是尋常熟事，「散段」又是借裝村叟以資笑端，都不合乎這些條件。至其所云「故事」，按《史記．三王世家》云：

竊從長老好故事者，取其封策書，編列其事而傳之。

又《漢書．劉向傳》云：「宣帝循武帝故事。」則所謂「故事」，乃指「舊事」而言。今就所引錄之三十九條資料觀察，雖然大都合乎「妝做故事」之旨，但像曾敏行《獨醒雜志》之諷刺崇寧二年鑄大錢、董弅《閒燕常談》之諷刺何執中、周密《齊東野語》之諷刺童貫兵敗與吳叔之酒濁、龔明之《中吳紀聞》之諷刺花石綱，都顯然直假時事；因之若謂之「全以故事」，則有待商榷。又此三十九條資料，無一處可見其演出時配合音樂歌舞，但《夢粱錄》既云「唱念」，又云「吹曲破」，則顯然有音樂和歌唱。

7.雜劇每場四人或五人，所見腳色有末泥、引戲、副淨、副末、裝孤，如果加上吹曲破的就有六人。按周密《武林舊事》卷四〈乾淳教坊樂部〉下先列「雜劇色」，包含：

(1)德壽宮：劉景長等十人。其中劉景長下注「使臣」，蓋門慶「末」，侯諒「次末」，李泉現「引兼舞三臺」。

(2)衛前：龔士美等二十二人。其中龔士美「使臣都管」、劉恩深「都管」、陳嘉祥「節級」、吳興祐「德壽宮引兼舞三臺」、金彥昇「管幹教頭」、孫子貴「引」、潘浪賢「引兼末、部頭」、王賜恩「引」、周泰「次」、郭明顯「引」、宋定「次」、劉幸「副部頭」、成貴「副」、陳煙息「副」、王侯喜「副」、孫子昌「副末、節級」、楊名高「末」、宋昌榮「副」。

(3)前教坊：伊朝新等二人。

(4)前鈞容直：仵榖豐等二人。

(5)和顧：劉慶等三十人。其中劉慶「次劉袞」、朱和「次貼衙前」、蔣寧「次貼衙前」、郝成「次衙前」、宋昌榮「二名守衙前」、王原全「次貼衙前」、張顯「守闕祗應」。

又列「雜劇三甲」：

(1)劉景長一甲八人：

戲頭：李泉現。　引戲：吳興祐。

次淨：茆山重、侯諒、周泰。　副末：王喜。

裝旦：孫子貴。

(2)蓋門慶進香一甲五人：

戲頭：孫子貴。　引戲：吳興祐。
次淨：侯諒。　副末：王喜。

(3)內中祇應一甲五人：
戲頭：孫子貴。　引戲：潘浪賢。
次淨：劉袞。　副末：劉信。

(4)潘浪賢一甲五人：
戲頭：孫子貴。　引戲：郭名顯。
次淨：周泰。　副末：成貴。

又列「雜班」：
雙頭：侯諒。　散耍：劉袞、劉信。

又另列「雜劇」：
王喜、侯諒、吳興祐、劉景長、張順。

以上姑不論其腳色名稱之參差異同，雜劇演員事實上有超過一場四五人的現象，前舉洪邁《夷堅志》汝全不救護丈人條就用演員六人、岳珂《桯史》鑽遂改火條用九人、周密《齊東野語》鑽彌遠條用六人，都是明證。也因此「乾淳教坊樂」所列雜劇色，像德壽宮就有十人、衙前有二十二人、和顧有三十人、劉景長一甲有八人；但像前教坊和前鈞容直都只有二人，看來止能做「參軍、蒼鶻」式的小型演出；而「雜劇三甲」（其實應作四甲）中蓋門慶、內中祇應、潘浪賢等三甲都是五人，而另列的「雜劇」下所屬有六人，可見一場四、五人是就通常而言的。

8.散段「雜扮」的內容和情味，與北齊傳到唐代的「踏謠娘」很近似，充滿的是民間的野趣；而「正雜劇」既是「參軍戲」的嫡派；則「宋雜劇」實質上就是唐參軍戲與踏謠娘的合流，也就是宮廷優戲與民間小戲的整合；但由於它們尚各自獨立，所以筆者稱之為「小戲群」。

9.這種四段的雜劇，主要用於宮廷或官府宴會，所以周密《武林舊事》卷十所著錄的目錄，便說它是「官本雜劇段數」；一般士庶之家只用散樂「女童妝末，加以絃索賺曲」來祇應而已。

雜劇既為教坊十三部色中的「正色」，那麼它與其他部色在內廷中演出的情況又是如何呢？孟元老《東京夢華錄》卷九「宰執親王宗室百官入內上壽」條云：

> 教坊樂部，列於山樓下綵棚中，皆裹長腳幞頭，隨逐部服紫緋綠三色寬衫，黃義襴，鍍金凹面腰帶。前列柏板，十串一行，次一色畫面琵琶五十面，次列箜篌兩座……下有臺座，張二十五絃，……以次高架大鼓二面……後有羯鼓兩座……杖鼓應焉。次列鐵石方響……次列簫、笙、塤、篪、觱篥、龍笛之類，兩旁對列杖鼓二百面。……諸雜劇色皆諢裹，各服本色紫緋綠寬衫，義襴，鍍金帶。自殿陛對立，直至樂棚。每遇舞者入場，則排立者叉手，舉左右肩，動足應拍，一齊群舞，謂之「挼曲子」。第一盞御酒，歌板色……第三盞左右軍百戲入場……第四盞……參軍色執竹竿拂子，念致語口號，諸雜劇

色打和，再作語，勾合大曲舞。……第五盞御酒，獨彈琵琶……參軍色執竹竿子作語，勾小兒隊舞。……參軍色作語，問小兒班首近前，進口號，雜劇人皆打和畢，樂作群舞合唱，且舞且唱，又唱破子畢，小兒班首入進致語。勾雜劇入場，一場兩段。是時教坊雜劇色鼈膨劉喬、侯伯朝、孟景初、王顏喜而下，皆使副也。內殿雜戲，為有使人預宴，不敢深作諧謔，惟用群隊裝其似像，市語謂之「拽串」。雜戲畢，參軍色作語，放小兒隊。……第七盞御酒慢曲子，……參軍色作語，勾女童隊，……女童進致語。勾雜劇入場，亦一場兩段訖，參軍色作語，放女童隊。……第九盞御酒……

又《武林舊事》卷一聖節條「天基聖節排當樂次」云：

樂奏夾鍾宮，觱篥起萬壽永無疆引子，王恩。

上壽第一盞，觱篥……第二盞，笛……第三盞，笙……第四盞，方響……第五盞，觱篥……第六盞，笛……第七盞，笙……第八盞，觱篥……第九盞，方響……第十盞，笛……第十一盞，笙……第十二盞，觱篥……第十三盞，諸部合萬歲無疆薄媚曲破。

初坐樂奏夷則宮，觱篥起上林春引子，王榮顯。

第一盞，觱篥……舞頭豪俊邁，舞尾范宗茂……第二盞，觱篥……琵琶……第三盞，唱延壽長歌曲子，李文慶……嵇琴……第四盞，玉軸琵琶……拍……觱篥……進彈子笛哨……杖鼓……拍……進念致語等，時和……恭陳口號……吳師賢以下，上進小雜劇：雜劇，吳師賢已下，做君聖臣賢爨，斷送萬歲聲。第五盞，笙……拍……笛……雜劇，周朝清已下，做三京下書，斷送遶池遊。第六盞，箏……拍……方響……聖花……第七盞；玉方響……拍……箏……雜手藝……第八盞，萬壽祝天基斷隊。第九盞，簫……笙……第十盞，諸部合齊天樂曲破。

再坐第一盞，觱篥……笛……第二盞，笙……嵇琴……第三盞，觱篥……笙……第四盞，琵琶……方響……雜劇，何晏喜已下，做楊飯，斷送四時歡。第五盞，諸部合老人星降黃龍曲破。第六盞，觱篥……雜劇，時和已下，做四偌少年遊，斷送賀時豐。第七盞，鼓笛……弄傀儡……第八盞，簫……第九盞，諸部合無射宮碎錦梁州歌頭大曲，雜手藝……第十盞，笛……第十一盞，琵琶……撮弄……第十二盞，諸部合萬壽興隊樂法曲。第十三盞，方響……傀儡舞鮑老。第十四盞，箏、琶、方響合纜令神曲。第十五盞，諸部合夷則羽六么，巧百戲……第十六盞，管……第十七盞，鼓板，舞綰……第十八盞，諸部合梅花伊州。第十九盞，笙……傀儡……第二十盞，觱篥起萬花新曲破。

其後附有各部色「祗應人」，其中「雜劇色」有：吳師賢、趙恩、王太一、朱旺、時和、金寶、俞慶、何晏喜、沈定、吳國賢、王壽、趙寧、胡寧、鄭喜、陸壽等十五人。由上舉樂次，《東京夢華錄》所記宰執親王入內上壽，雜劇在第五第七盞御酒間演出，一場兩段。《武林舊事》

所記天基聖節雜劇一共演出四次，兩見於初坐之第四盞與第五盞，兩見於再坐之第四盞與第六盞；只是其十五位雜劇色祇應人中獨不見「周朝清」。又《夢粱錄》卷三「宰執親王南班百官入內上壽賜」條，其樂次中，有關雜劇色者如下：

諸雜劇色皆諢裹，各服本色紫、緋、綠寬衫，義襴，鍍金帶。自殿陛對立，直至樂柵。每遇供舞戲，則排立叉手，舉左右肩，動足應拍，一齊群舞，謂之「挼曲子」。……第四盞進御酒，……參軍色執竹竿子拂子，奏俳語口號，祝君壽，雜劇色打和畢，且謂：「奏罷今年新口號，樂聲驚裂一天雲。」參軍色再致語，勾合大曲舞。……第五盞進御酒……參軍色執竿奏數語，勾雜劇入場，一場兩段。是時教樂所雜劇色何雁喜、王見喜、金寶、趙道明、王吉等，俱御前人員，謂之「無過蟲」。……第七盞進御酒……參軍色作語，勾雜劇入場，三段。

可見在第五盞時有「雜劇入場，一場兩段」，第七盞時有「雜劇入場，三段」。所謂「一場兩段」，與《夢華錄》所記一樣，當指「正雜劇兩段」而言；所謂「三段」，則當指「豔段」與「正雜劇兩段」而言。雜劇的演出，和《夢華錄》所記一樣，都要通過「參軍色」的指揮，即所謂「勾引」；宋祁春宴樂語，其「勾雜劇」之詞有「宜參優孟之滑稽，式助都場之曼衍。童裳卻立，雜劇來歟」之語，蘇軾集英殿宴樂語，其「勾雜劇」之詞云：

金奏鏗純，既度九韶之曲；霓裳合散，又陳八佾之儀。舞綴暫停，優伶問作。再調絲竹，雜劇來歟！

像這樣的「勾雜劇詞」應當就是執竹竿拂子來作樂舞戲劇指揮的「參軍色」，在導引雜劇出場演出時所念。

以上敘述，已可概見雜劇在內廷宴會儀式中搬演的情況。再由下面兩段資料，更可以看出其宴樂愉人的一般。宋曾慥《類說》卷十五引《晉公談錄》「御宴值雨」條云：

太祖大宴，雨暴作，上不悅，趙普奏曰：「外面百姓正望雨，官家大宴，何妨只是損得些陳設，濕得些樂官衣裳；但令雨中作雜劇，更可笑。此時雨難得，百姓快活些，正好飲酒。」太祖大喜。宣令雨中作樂，宜勸滿飲，盡歡而罷。

又宋朱弁《曲洧舊聞》卷六云：

宋子京修《唐書》，嘗一日，逢大雪……其間一人來自宗子家。子京曰：「汝太尉遇此天氣，亦復何如？」對曰：「只是擁鑪命歌舞，間以雜劇，引滿大醉而已，如何比得內翰！」

宋代的雜劇，在北方的遼國亦稱「雜劇」，由前文所引宋邵伯溫《邵氏見聞錄》所敘遼主大宴群臣伶人雜劇演溫公事，可見與宋雜劇不殊。又《遼史》卷五十四〈樂志〉敘其皇帝生辰樂次有云：

酒一行，觱篥起歌。酒二行，歌手伎入。酒三行，琵琶獨彈。餅茶致語，食入，雜劇進。酒四行……

則遼人雜劇亦間入其他樂舞演出。至於金人，也同樣有「雜劇」，《金史》卷三十八〈禮志〉云：

初盞畢，樂聲盡。坐至五盞後，食。六盞、七盞雜劇。八盞下酒畢……至九盞下酒畢，教坊退。

其情況與宋遼內宴不殊。又宋徐夢莘《三朝北盟會編》卷二十〈政宣上帙〉二十引《宣和乙巳奉使行程錄》敘金咸州州守出迎宴樂情況，有云：

酒三行，則樂作，鳴鉦擊鼓，百戲出場：有大旗、獅豹、刀牌、砑鼓、踏索、上竿、鬥跳、弄丸、撾簸旗、築毬、角觝、鬥雞、雜劇等，服色鮮明，頗類中朝。

又樓鑰《北行日錄》記其使金於宴席時，「亦有雜劇逐項，皆有束帛銀椀為犒。」也因此上文所引錄《金史・后妃傳》記章宗李妃事，其中宴優戲與宋雜劇如出一轍。但金代雜劇，後來則被稱作「院本」。元陶宗儀《輟耕錄》卷二十五「院本名目」條云：

金有院本、雜劇、諸公（當作宮）調，院本、雜劇，其實一也。國朝，院本、雜劇始釐而二之。院本則五人：一曰副淨，古謂之參軍；一曰副末，古謂蒼鶻，鶻能擊禽鳥，末可打副淨，故云；一曰引戲，一曰末泥，一曰孤裝。又謂之「五花爨弄」。或曰：宋徽宗見爨國人來朝，衣裝鞵履巾裹，傅粉墨，舉動如此；使優人效之以為戲。又有燄段，亦院本之意，但差簡耳；取其如火燄，易明而易滅也。其間副淨有散說，有道念，有筋斗，有科汎，教坊色長魏武劉三人鼎新編輯。魏長於念誦，武長於筋斗，劉長於科汎，至今樂人皆宗之。

從這段話可見金院本與宋雜劇不殊，「院本」不過由「雜劇」改稱而已，所以腳色名目相同。而副淨之為參軍、副末之為蒼鶻，則亦可見其為唐參軍戲嫡派。魏武劉三人於念誦、筋斗、科汎各擅一長，則戲劇藝術之講求可知。而所謂「院本」，題為明朱權所著的《太和正音譜》有這樣一句話：「院本者，行院之本也。」王國維《宋元戲曲考》據《張千替殺妻》雜劇，首先釋為：「行院者，大抵金元人謂倡伎所居；其所演唱之本，即謂之院本云爾。」其後鄭振鐸於〈行院考〉一文，則力主行院乃是沖州撞府的流動歌舞演出班，反駁王氏之說。近年胡忌《宋金雜劇考》更綜輯各種資料，考定「行院」的含義，所得的結論是：行院實包括了舊時所稱的妓女、樂人、伶人、乞丐等類人的含義，範圍頗廣。這些人都以技藝糊口，所以就把他們所據以演出的底本稱作「院本」了。

「雜劇」和「院本」的腳色，除了「裝孤」和「孤裝」顛倒其詞外，其他都相同。但令人感到奇怪的事，則有以下兩點：

其一，末泥、副末、副淨，已是今日所習見的腳色，那麼引戲和裝孤呢？末泥可以說就是正末，那麼何以有「副淨」而沒有「正淨」呢？

其二，如果副淨就是參軍戲中的「參軍」，而副末就是「蒼鶻」；那麼引戲、末泥、裝孤又是什麼呢？又前引三十九條有關宋金雜劇的資料，其出現「參軍」者有六條之多，而教坊十三部色中又有「參軍色」與「雜劇色」並列，且參軍色於樂次進行中執竹竿拂子指揮勾引樂舞戲劇之演出，這又是什麼緣故呢？

關於這兩個問題，在拙作〈中國古典戲劇腳色概說〉一文中㉗已有詳細考述，所獲得的結論是：中國古典戲劇的腳色名稱皆起於市井口語，通過俗文學之省文與訛變而形成符號性之腳色專稱，但市井口語之俗稱仍與專稱錯雜並用。末、淨已成為符號之專稱，而參軍、蒼鶻、引戲、裝孤則尚為市井口語之俗稱。「淨」是由「參軍」演變而來，其歷程是「參軍」二字之促音近於「靚」，靚為「粉白黛綠」之意，正是參軍之扮相，故取「靚」以代參軍；但因「靚」字不是一般人所能認識之字，所以取同音訛變為「靘」、「淨」二字，又因「淨」字最簡易通俗，於是遂淹「靚」、「靘」二字而成為腳色之專稱。至於「末」則由「蒼鶻」演變而來，其歷程是：「鶻」為入聲八點韻，「末」為入聲七曷韻；蒼鶻例扮男子，而「末」一向作為男性自謙之辭；於是乃因其音近聲轉，由「蒼鶻」之市井口語變為腳色之專稱「末」。「末」又稱「末泥」，乃因「泥」為詞尾，故云。

至於宋金雜劇院本但見「副淨」而不見「正淨」的緣故，則是因為唐參軍戲「假官之長」的「參軍椿」到了宋代，成為教坊十三部色中的「參軍色」，職司導演，本身不再演戲，而把

㉗原載《國立編譯館館刊》六卷一期，收入拙著《說俗文學》一書，聯經出版事業公司。

演戲的任務交由其他的參軍亦即他的副手去承當；而原本在參軍戲中主演的參軍椿，其演變為腳色專稱既然是「淨」，那麼他的副手自然是「副淨」了。而「參軍色」如果用來指揮勾引隊舞演出，則俗稱「引舞」，如果用來指揮勾引雜劇搬演，則俗稱「引戲」。因此，「引戲」就是「參軍色」，也就是「正淨」的俗稱，它是就其職務來稱呼。

其次我們進一步再來觀察「雜劇三甲」和乾淳教坊樂部中「雜劇色」的成員。

「雜劇三甲」，其實應當是「四甲」，一甲通常五人；「裝孤」是妝扮官員，那麼「裝旦」就是妝扮婦女的意思㉘，它們都是臨時加入，非屬正色。「一甲」大概就是我們現在所說的「一班」，它的成員顯然可以跨越班際，而且職務也可以變更。譬如孫子貴一人屬四甲，職務有「裝旦」、「戲頭」之別，吳興祐、王善也有跨班的現象，潘浪賢更由內中祗應之引戲自組班社而為「甲長」，劉景長、蓋門慶也同樣是「甲長」，論腳色應屬「末泥」。「次淨」即「副淨」，「次」、「副」同表次於正色之義。而「戲頭」當為表演豔段之演員，其義當同於上文所引天基聖節樂次之「舞頭」、「舞尾」，皆因其表演次序之先後而命名之俗稱。再由「裝孤」、「裝旦」以及劉景長一甲「次淨」有三人的現象看來，其演員有逐漸增加的趨勢。

在乾淳教坊樂部中的「雜劇色」，其所屬人員名單下，有些注有該員之諢號、官職和腳色，

㉘同註㉗，詳拙作〈中國古典戲劇腳色概說〉。

上文所引，凡注有官職和腳色的，都特予摘出。其中德壽宮和衙前所屬的人員，就有劉景長、王善、茆山重、蓋門慶、侯諒、李泉現、吳興祐、孫子貴、潘浪賢、周泰、郭名賢、劉信、成貴等十三人即為「雜劇四甲」中的成員，而惟一不見其中的劉袞則與侯諒、劉信又同見於「雜班」之中。另外，其後所列的「雜劇」成員，亦有王善、侯諒、吳興祐、劉景長四人為「雜劇四甲」中人物。可見雜劇演員的「流動性」。

劉景長是「教坊使臣」，龔士美是「使臣都管」、劉恩深是「都管」，地位在教坊中都相當崇高，而他們都兼任雜劇演員，這大概是因為雜劇是教坊十三部色中「正色」的緣故。其他注有所屬腳色的，像蓋門慶、楊名高之為「末」，蓋門慶為「四甲」中進香一甲之長，由此亦可證甲長乃「末泥」無疑。像孫子貴、郭名顯之為「引」，當指「引戲」，郭名顯正是「四甲」中之引戲。像陳煙息、王侯喜、成貴、宋榮昌之為「副」，則當為「副末」，成貴正是「四甲」中之「副末」。而侯諒逕云「次末」，孫子昌更云「副末節級」，次末亦當為副末，而陳嘉祥亦為節級，節級當為教坊官銜㉙。其他像李泉現、吳興祐都是「引兼舞三臺」，應當是「引戲」兼任「舞三臺」，《夢粱錄》卷三「宰執親王南班百官入內上壽賜宴」條所記樂次，每一盞酒

㉙「節級」，元明雜劇每作「捷譏」，胡忌《宋金雜劇考》第三章〈腳色名稱〉曾試為考證，然其義仍疑不能明。筆者別有說，詳下文。

的儀節之中都有「舞三臺」。又潘良賢為「引兼末、部頭」，劉信為「副部頭」。「引兼末」為「引戲兼末泥」，「部頭」當為雜戲色之「色長」，潘氏為一甲之長可證；而如果「部頭」為「正末」，則「副部頭」當為「副末」，劉信為在內中祇應一甲中正是如此。此外，疑不能明的是：和顧中的劉慶「次劉衮」，朱和、蔣寧、王原全三人「次貼衙前」、郝成「次衙前」，其所謂「次貼衙前」，是否意謂當加入「衙前雜劇色」演出時職務為「次淨」呢？因為「貼」有「外加」之意。而「次劉衮」是否「劉衮」為其次而已為正呢？因為劉衮在內中祇應一甲中正擔任「次淨」；而「次衙前」，可能脫一「貼」字，亦當作「次貼衙前」。凡此就只能略作揣測而已。

宋金雜劇院本的腳色，較之唐參軍戲之為「參軍」與「蒼鶻」已顯然複雜得多，這說明了雜劇院本雖然為參軍戲的嫡派，但本身有進一步的發展。宋雜劇對參軍戲如此，金院本對宋雜劇亦然。

在《武林舊事》卷十有「官本雜劇段數」，《輟耕錄》卷二十五有「院本名目」，前者有二百八十本，後者有六百九十種，這九百七十個名目，是我們考證宋金雜劇院本體制和內容的重要資料，因為完整而具體可信的劇本，現在一個也不存在了。

院本的「燄段」應當就是雜劇的「豔段」，為一聲之轉。鍾氏以火燄為喻，恐係附會。不過說它是簡短的院本，應屬正確。豔段為宋金雜劇院本的首段，亦猶宋郭茂倩《樂府詩集》所說的「古樂府有辭有聲有趨有亂，豔在曲前，趨與亂在曲後。」㉚在曲為引曲，在劇為引場，亦如平話的入話，院本名目中有「衝撞引首」一百九十目，「拴搐豔段」九十二目；前者疑是以武術、雜技為開場的豔段，後者疑是以簡單情節為開場的豔段。

院本名目中有和曲院本十四目、上皇院本十四目、題目院本二十目、霸王院本六目、諸雜大小院本一百八十九目，都屬於「正院本」，也就是「正雜劇」的範圍。根據胡忌《宋金雜劇考》的研究，和曲院本是一種可能不用賓白，勾合大曲演奏，以頌揚應對為內容的院本；上皇院本即是演宋徽宗事的院本；題目院本的內容為以公卿、名士和宮妓做對象的院本，其演法是因題目對答或隨時抓取題目來歌唱取笑；霸王院本就是行院表演武將故事的本子；諸雜大小院本則包含各方面的人物和內容，「大小」應是指上場人物多寡和演出內容繁簡的區別。由此可見「正院本」的內容極為廣泛。

院本名目中另有打略拴搐一百十目，諸雜砌三十目。胡氏謂打略拴搐普通是一人所擔任的數板念詞，由「猜謎」及「難字兒」推想，有時也是二人以上的演出，內容是以各種名目做為滑稽打諢，而諸雜砌則是各種戲謔表演的名稱。凡此推應屬院本的「散段」，以作為「散場」之用。

㉚明方以智《通雅》卷二十九〈樂曲〉引南齊王僧虔之語云：「大曲有豔，有趨，有亂，豔在曲前，趨與亂在曲之後，亦猶吳聲西曲，前有和後有送也。」

在「院本名目」中，尚有「院么」一類，含「海棠軒」等二十一目，據筆者考證，它已是改良式的院本，也就是元雜劇「么末」的前身㉛。由此看來，宋金雜劇院本，不止「花樣百出」，而且逐漸進步到元雜劇那種「大戲」的邊緣了。也因此，如果我們執著上文引錄的三十九條資料，認為那才是宋金雜劇院本的紀錄，則不免要蒙昧許多真相。而我們現在知道，那三十九條資料所記，不過是繼承唐參軍戲宮廷、官府滑稽諷諫的遺風，為文人所喜聞樂記而已，宋金雜劇院本中，它們不過是「正雜劇」、「正院本」的一部分現象而已，而事實上，宋金雜劇院本的內容是多采多姿的；三十九條所記雖然無一語及於民間，而其實宋金雜劇院本的段數和名目，有許多已經顯示是來自民間，所謂「官本」不過言其為官府所用，同樣可以包括流入官府的民間劇本。

二、民間的宋金雜劇院本

宋金雜劇院本之流入民間，無論文獻資料和田野考古都有不少證據。

上文引述《夢粱錄》妓樂條，有「今士庶多以從省，筵會或社會，皆用融和坊、新街及下瓦子等處散樂家，女童裝末，加以弦索賺曲，祗應而已」諸語，所云「散樂家」就是民間藝人。

㉛見拙作〈中國古典戲劇的形成〉，原載《中國國學》第十期，收入拙著《詩歌與戲曲》，聯經出版事業公司。

又《東京夢華錄》卷五「京瓦伎藝」條所記：崇觀（徽宗崇寧、大觀，一一〇二～一一一〇）以來，在京瓦肆伎藝中，有張翠蓋等八人「般雜劇」，劉喬等八人「雜㖌」，「雜㖌」應即「雜班」，又有楊望京一人兼「小兒相撲、雜劇、掉刀、蠻牌」諸藝；《武林舊事》卷六「諸色伎藝人」中與書會、演史、說經、諢經、小說、影戲、唱賺、小唱等並列的「雜劇」人有趙太等三十九人，「雜扮」有鐵刷湯等二十六人。其「雜扮」所舉二十六人中，魚得水、王壽香、自來俏等三人注明為「旦」腳，可見「旦」腳在雜扮中已經成立。又蘇軾〈和周邠長韻〉律詩有云：

俯仰東西隔數州，老於路歧豈伶優。

南宋曾三異《同話錄》云：

「散樂」出周禮，注云：「野人之能樂舞者」，今乃謂之「路歧人」，此皆市井之談，入士大夫之口，而當文之，豈可習為鄙俚！

又吳處厚《青箱雜記》（曾慥《類說》卷四引此，頗有出入）云：

今世樂藝亦有兩般格調，若朝廟供應，則忌粗野嘲哳，至於村歌社舞，則又喜焉玆。

可見所謂「散樂」所謂「路歧人」所謂「村歌社舞」的民間藝人，在南北宋已經相當普遍，他們應當就是宋雜劇在民間的推動者。而最可注意的是《東京夢華錄》卷八「中元節」條所云：

构肆樂人，自過七夕，便般「目連救母」雜劇，直至十五日止，觀者增倍。

「目連雜劇」不應當再是以滑稽諷諫為內容和目的的優戲，而它可以連演一星期，如果不是重復做場，那麼和「張協狀元」那樣的長篇戲文其實已經不殊。而孟元老的《東京夢華錄》著成於南宋初期的高宗紹興十七年（一一四七），內容則為追記北宋都城汴梁事，而以徽宗崇寧到宣和（一一〇二~一一二五）年間情況為主。如果「目連雜劇」不是一般所了解的宋雜劇，而其實就是「戲文」，那麼南曲戲文就不是如徐渭所云「始於宋光宗朝」，乃至「或云宣和間已濫觴」了㉜。

在田野考古方面，有關宋金雜劇院本的資料也出土了一些，茲簡述如下：

1.《文物》一九五九年第九期，刊載河南省偃師縣酒流溝所發掘的一座宋墓，墓室北壁下半部嵌有六塊人物雕磚，其中第四塊右方一人戴長腳幞頭，穿寬袖長袍，左手捧笏，右手按在笏上。左方一人戴高檐巾，穿圓領窄袖長袍，腰間束帶，掖起前襟，右手捧一印匣，左手向右

㉜徐渭《南詞敘錄》云：「南戲始於宋光宗期，永嘉人所作趙貞女、王魁二種實首之，故劉後村有『死後是非誰管得，滿村聽唱蔡中郎』之句。或云：宣和間已濫觴，其盛行則自南渡，號曰『永嘉雜劇』，又曰『鶻伶聲嗽』。其曲，則宋人詩而益以里巷歌謠，不叶宮調，故士夫罕有留意者。」徐氏所引劉後村詩應屬陸游所作，其詩題為「捨舟步歸四絕之一」，全詩作「斜陽古柳趙家莊，負鼓盲翁正作場；死後是非誰管得，滿村聽說蔡中郎」。今泉州線偶「目連救母」可演七天七夜，若此處之雜劇實指傀儡戲而言，則另當別論。

方的人指著。第五塊一人戴簪花幞頭，長袍束帶，面朝左方。雙手正展開一幀畫的一半以示人。第六塊一人戴軟包巾而束其上端，簪花，短後衣以帶束腰，披搭膊，以右手食拇兩指置口內作哨聲。左方一人，戴有腳包巾，短後衣，袒胸露乳臍，裹腿著圓口鞋，左手托一鳥籠，籠中有鳥，右手指鳥，目視右方之人。

對於這三塊人物雕磚，徐苹芳在一九六〇年的《文物》第五期，寫了一篇〈宋代雜劇的雕磚〉，認為它們是「雜劇雕磚」，而把第五塊展示畫幅那一人物「懷疑他是豔段或引首」；把第四塊戴長腳幞頭和捧印匣的兩個人（他把印匣認作包袱），認為正合乎雜劇的演出形式；把第六塊吹口哨和擎鳥籠的兩人，認為是雜劇中的散段雜扮。

2.一九五二年春，河南省禹縣白沙東，發掘了一座北宋墓葬，其中有十一塊人物雕磚，徐苹芳又在一九六〇年的《考古》第九期，寫了一篇〈白沙宋墓中的雜劇雕磚〉，據云這十一塊雕磚係分為兩組嵌於兩壁。一組是由四個人物組成的「雜劇」，另一組七人則為「散樂」。其中四人一組的是：左起第一人；頭戴花腳幞頭，身著圓領長袍，腰素帶，歪首嬉戲，左手插腰，右手下垂，正在甩袖。左起第二人：頭戴展腳幞頭，著圓領寬袖長袍，兩手執笏。左起第三人：頭裹軟巾，上穿短衫，腰束帶，下著褲，右手下垂，左手置於右肩。左起第四人：軟巾諢裹，著圓領長袍，腰束帶，左手執物，右手拿杆。由七人組成的散樂雕磚，自左至右，所奏之樂器為：大鼓、拍板、觱篥、腰鼓、腰鼓、觱篥、笛。擊大鼓與拍板者為女子，其他皆為男子。男子都著圓領長袍，腰束帶，或戴展腳幞頭，或戴東坡巾。

按照四人一組排列的次序，徐氏認為「左起第一、二人應是正雜劇，第三、四人應是雜扮。」其一組七人的很清楚是樂隊無疑。

3.一九八二年四月河南省溫縣發現一座北宋墓葬，其墓室東北壁和西北壁均雕有人物圖像。其中五人為一組者，第一人：裹幞頭，著圓領長袍，束帶，右手二指前指，左手執骨朵，骨朵塗為赭黃色。此人之妝裹與河南偃師宋墓人物雕磚左第四人相同。第二人：裹展腳幞頭，著圓領大袖袍服，束帶，乘雲頭履，雙手秉笏。今存宋人畫像，官員執笏皆較短，此圖中卻甚長，或者有意加長而做為戲劇道具。偃師宋墓雕磚人物，即與此相類。此人物杏眼柳眉秀髮，細指纖纖，腦後露髻，似為女子。第三人，裹花腳幞頭，著圓領加肩補子四褑衫、綠帶長垂，系鞋打蝴蝶結，右手握帶，左手揮扇作舞蹈狀。扇面及左肩上補子為赭黃色。偃師宋墓雕磚人物、中間展卷軸之人及宣化遼墓壁畫樂舞圖中舞者所戴之裹花腳幞頭㉝，均與此相同。又其舞姿與侯馬金代董氏墓戲俑左第四人全同㉞。此舞者媚眉秀髮垂髻，纖指小足，明顯是一女性。第四人：諢裹簪竹枝、補子衩衫一角塞入腰帶，寬帛結帶，左手握帶穗木刀（？），右手拇食兩指

㉝見《文物》一九七五年第八期河北省文物管理處之〈河北宣化遼壁畫墓發掘簡報〉。

㉞見《文物》一九五九年第六期山西省文管會侯馬工作站〈侯馬金代董氏墓介紹〉。

入口作打唿哨狀。其幞頭藍色，眉、眼圈、鬢髮皆墨染，另有一條墨跡直貫右眼眉上下，右頰處亦有一團墨跡，其衫除肩補處外；皆塗為赭黃色，白襪皂鞋。其打唿哨與偃師雕磚左第二人相同。第五人：諢裹簪花幞頭加抹額，圓領補子寬緣短袍，鐵角帶，裸腿，筒襪翻裡，有鬢，作叉手狀。抹額，鬢皆墨染。其幞頭簪花，與左起第四人簪竹枝互相映襯。其光腿翻襪，則與偃師雕磚左第二人全同。其次雕磚中的樂隊共六人，皆裹展腳幞頭，四人著圓領大袖長袍，腰繫帶，二人穿交領缺胯衫、長褲、系鞋、戴窄套袖。其所執司為：杖一、琴一、杖鼓二、笛（？）一、方響一。

對此，廖奔在《文物》一九八四年第八期〈溫縣宋墓雜劇雕磚考〉中，認為五人一組的雕磚人物，自左至右分別是雜劇腳色中的末尼、裝孤、引戲、副淨、副末。至於墓中樂部圖與雜劇腳色圖同時出現，二者之間必有關係。其關係不外是奏樂與雜劇演出交叉進行；其二則是樂部作為雜劇的伴奏。而筆者以為：樂部奏樂既可與雜劇演出交叉進行，同時亦可作為雜劇之伴奏㉟。

4.一九七八年冬，河南省滎陽縣東槐西村發現一座北宋磚室墓，其石棺蓋上面正中豎鐫「大宋紹聖三年（哲宗，一〇九六）十一月初八日朱三翁之靈男朱允建」行書二十一字。其側棺板

㉟由上文所舉樂次知樂部與雜劇可以交叉運作；又由上文所述，雜劇搬演時有音樂伴奏為不爭之事實。因此，筆者乃有此推論。

之線畫由前至後分為三組，第一組為墓主人夫婦飲宴觀雜劇圖。墓主人夫婦二人皆著斜襟寬袖長袍，恭手端坐在椅子上，其後一貓蹲臥，一僕人頭裹巾子，穿圓領長袍叉手站立。其前為一高足長方桌，桌上置有碗、盞、杯、箸、酒注子、菜肴和饅頭糕點，桌旁有兩件小口瓷酒瓶。桌前四人在表演雜劇：左起第一人；裹帕頭，著圓領窄袖長袍，腰繫帶，右手持杖，左手靳指另一發科者，似作喝斥狀。其執杖與溫縣雜劇雕磚左起第一人相同；又山西省稷山縣馬村二號金墓左起第三人與化峪三號金墓左第四人亦是如此㊱。第二人：幞頭諢裹作獨角斜挑狀，脖繫巾打結於前，著窄袖長袍、裸腿，雙手執一物似倒拿拍板，神情注視於左第三人。其頭裹獨角偏墜，與溫縣雜劇雕磚人物左第四人頗類。第三人：頭戴尖頂冠，著圓領寬袖袍服，左肩背處有一大塊補丁，高顴大頤，嘻眉笑眼，叉手躬身向第一人作揖拜狀。其尖頂冠，稷山馬村八號金墓左第二人、化峪三號左第二人，以及永樂宮元潘德沖石棺院本圖左第三人所戴皆類似㊲。第四人：作女子裝束，披髮，著交領衣，系百褶裙，眼睛上斜貫二條墨迹，雙手翻掌向外，五指叉開作擊掌狀。其眼上斜貫二條墨迹，與溫縣宋墓雕磚第四人，侯馬金墓戲俑左第五人，稷山馬村一號金墓一殘俑皆類似。

㊱見《文物》一九八三年第一期山西省考古研究所〈山西稷山金墓發掘簡報〉。

㊲潘德沖墓見《考古》一九六〇年第八期徐苹芳〈關於宋德方和潘德沖墓的幾個問題〉。

對此，呂品在《中原文物》一九八三年第四期〈河南滎陽北宋石棺線畫考〉中認為這幅北宋雜劇畫「所反映的是家庭私宴上的演出場面。」廖奔在一九八五年九月《戲曲研究》第十五輯〈北宋雜劇演出的形象資料——滎陽石棺雜劇雕刻研究〉中認為「這四個演員，左邊三個互有科範，動作、表情配合明顯，顯然正在進行一場戲的演出。右邊一人則獨自立於一旁，未加入表演，可能是尚未上場的角色，其擊掌，大概是為場上人物掌握節奏。以掌擊節，在漢代百戲演出的陶俑、壁畫、畫像石中即常見，稱作『抃』，這一場雜劇演出中沒有樂器伴奏，所以臨時以擊掌代之。」

5.一九七八年秋、七九年冬在山西省稷山縣馬村百墓地發現其中六座有戲曲舞臺及人物雕磚㊳，此墓群為段氏歷代祖墳，其上限為北宋政和年間（一一一一～一一一八），下限為金大定二十一年（一一八一），所以整個墓地可以看作金代早期遺物。各墓南壁中間砌舞臺，臺上雕戲曲人物，面對北屋墓主人，作演出姿態。

在稷山縣化峪鎮，一九七九年也發現五座磚墓，其墓2、墓3各有一組戲曲人物雕磚，均由五人組成。又縣城西南汾河大橋北之苗圃，也發現一座磚墓，墓室南壁中間磚砌舞臺一座，並有一組戲曲人物。

㊳見《文物》一九八三年第一期〈山西稷山金墓發掘簡報〉。

馬村、化峪、苗圃三處墓葬，共有戲曲舞臺及人物磚雕九幅，統稱之為稷山戲曲磚雕。其中馬村墓1、4、5號都有樂隊伴奏，馬村墓2戲雕更有表演場面。例如馬村4號墓共雕戲俑九人，分前後兩排站立，前排四人為演員，左一：正面站立，臉稍偏右，目視右上方。頭戴平頂帽，短衫束帶，半露胸；雙手合抱，置於胸前，長褲，圓口鞋，削肩頎頸，肌肉豐滿，面目清秀，似一女性。左二：正面站立、頭載平頂帽，凹面、扁鼻、聳肩、傴背；長衫齊膝，腰繫羅巾，雙手拱於胸前，兩眼直視前下方；足蹬長筒靴，雙腿叉開。左三，正面站立，頭載皂隸帽，身穿衫袖長衫；左手撫胸，右手搭於腹前；臉略偏左，雙目斜視左前方；面目圓潤，肌肉豐頤，上身向前，似在演唱。左四，正面站立，頭戴方巾，身穿長袍，袖闊過膝，雙手撫膝。後列之五人為樂隊；左一，頭戴展腳軟巾，身穿緊袖長衫；面前置一大鼓，鼓架齊胸，左手持鼓槌，正在擊鼓；右手按鼓面，鼓槌平放手邊。左二，頭戴平頂帽，身著緊袖長衫，腹前挎一腰鼓，右手執槌，左手伸掌，交互擊鼓。左三，頭戴幞頭。帽翅平直，寬袖長袍，正吹笛。左四，較左三略瘦高，正面站立，臉微偏左，頭戴方巾，寬袖長袍，正拍板。左五，較左四稍矮，頭戴方巾，寬袖長袍，束帶，面目清瘦，正吹篳篥。

對此，張之中在一九八五年《戲曲研究》第十四輯〈從稷山戲曲磚雕看金院本的演出〉中，認為前排四個演員，由左依次為引戲、副淨、副末、末泥。又說：「馬村墓5與墓4相似，共八人。前排四個演員依次為末泥、副末、次末、付淨，後排樂隊四人，樂器有拍板、篳篥、橫笛。馬村墓1的演奏場面較大，共六人，除大鼓、笛子、篳篥、拍板外，增加了兩個腰鼓。馬村墓2無樂隊伴奏，四名演員有坐有立，或前或後，目光表情十分集中，場面生動，中心突出。其他五幅的各個腳色，都是單人磚雕，一字排列，雖不像演出場面，但其腳色排列各有一定順序，也反映了當時舞臺的實際演出情況。」

6.一九五九年山西省侯馬市郊發掘兩座同是金衛紹王大安二年（一二一〇）的墓葬，據墓中兩張地契，知墓主為董玘堅、董明兩兄弟，董玘堅墓完好無損，其墓之北壁上端磚砌舞臺一座，臺上五個泥塑彩繪陶俑，正做表演姿態。其左起第一人，戴黑色幞頭，黃衣黃褶裙，衣無扣，露胸，左手置於腹間，握一黃色物件，足穿黑靴，面容愁苦，眉目不展，似為平民身分。與左起第二人的怒容，構成鮮明的對比。左起第二人，黑色帽，形狀與今日舞臺上皂隸所戴者相似，黑衣圓領，窄袖，腰繫黃帶，衣角斜掖於腰間。右手握拳置胸前，左手掖住衣襟，面孔微向左傾斜，怒目而視。左起第三人，著圓領紅袍，黃色襯領、黃色襯袖，袖口寬大及膝，雙手捧笏斜貼於左胸，戴黑色展角幞頭，足穿黑靴。腰間繫帶。左起第四人，著團花紅襖、窄袖，腰繫黃帶，頭梳高髻，髻上插一紅色簪子，髻後戴一頂黑色花紋圖案的帽子，髮鬢及耳，係一女子模樣，右手握一紈扇，食指小指伸作舞扇狀，左手握腰帶，右腳在後，腳尖及地，腳跟向上，左腳在前，雙足微蹲，張口露齒作舞蹈狀，體形向右，面容朝左，忸怩多姿，神情活潑。左起第五人，比其他四人都矮，穿黃色虎皮花紋鑲滾黑色厚邊的衣服，露胸，紅褲，黑靴，頭上梳一偏髻，臉呈肉色，白粉抹鼻作三角形狀，今天舞臺上丑腳勾臉的「豆腐塊」與之相近。用墨粗粗地在眼睛上從上到下勾了一筆，作為眉毛的誇張表現；面頰兩側各抹一團不規則的墨，兩隻手腕各戴一隻紅色鐲子，左手的衣袖僅及臂膀，食指及大拇指放置口中，其他三根指頭貼著面頰作口哨狀。左手握一黃色大棒，上粗下細㊴。

對此，周貽白《戲劇論文選・侯馬董氏墓中五個磚俑的研究》中，認為這五個戲俑由左至右分別是：裝孤（孤不是當場妝官者，而是當時市語「孤老」之省稱，此為周氏原注，下同。）、捷譏色（即副末）、末泥色（即正末）、引戲色（即裝旦）、副淨色。

7.近年在山西芮城永樂宮舊址，發現元初宋德方墓石槨前壁上有一座舞臺雕刻，上立四人：左起第一人，頭裹軟巾，身著長衫，口含拇指和食指，正在吹哨，左手撩著衫襟。左起第二人，戴展腳幞頭，穿圓領大袖袍，雙手抱笏。左起第三人，頭戴尖帽，著長衫，敞懷露腹，腰束帶，右手作指點的手勢，左手上舉，肘間掛一布袋，撇著嘴，正和吹口哨的人相招呼。左起第四人，頭戴卷腳幞頭，穿長袍，雙手叉拜。

對此，徐苹芳在《考古》一九六〇年第八期〈關於宋德萬和潘德沖墓的幾個問題〉中，認

㊴有關金代董氏墓見《文物》一九五九年第六期簡報，劉念茲〈中國戲曲舞台藝術在十三世紀初葉已經形成——金代侯馬董墓舞台調查報告〉。

為「這四個人，毫無疑問，正是一場雜劇。演員的排列，與侯馬發現的金大安二年董氏墓的雜劇俑極相似，只不過是少了一人，而演出的段子，仍與偃師宋墓中的雜劇雕磚相同，有正雜劇和雜扮，缺豔段。這個元代初年的石槨上所刻的雜劇，不論在演出的形式和內容上以及舞臺的布置上，都和宋金雜劇相同，而不像山西洪趙明應王廟內的代雜劇壁畫中所表現的那麼進步。」㊵

田野考古出土的資料之外，尚有兩幅傳世的宋代人物畫，也描繪了宋雜劇演出的情況。《文物精華》第一期，影印了兩幅南宋畫頁，其一左方畫著一個面目清秀的劇中人，戴著下圓上尖的高帽子，穿著寬袍大袖的長袍，在帽子上和他所穿長袍的前襟後背，畫著許多眼睛。右脇下懸著一個布囊，布囊上也畫著一隻眼睛。用右手向右方一人的右眼指著。右方畫著一人，有鬚，頭上戴著軟布巾，但把上端用帶子扎起來，使其向上伸出。這種妝扮，在南宋的雜劇裡，叫作「諢裹」，多數作為「市井小民」或農村中人的扮相。這個人，左手持著一枝竹篦，右手指著自己的眼睛，而恰與左方那人指他的那個手指相呼應。這人的腰間插著一把破油紙扇，上面的字迹雖然寫得很草率，但可辨認出是個「淨」字。其身後擺著一面有架的平面鼓。

其次一幅畫頁，畫的是兩人對面作揖，左方一人，戴軟腳巾，但以腦後兩隻軟腳扎在頭頂，

㊵詳見周貽白《戲劇論文選・元代壁畫中的元劇演出形式》。拙作〈有關元雜劇的三個問題〉亦論及，收入拙著《中國古典戲劇論文集》，聯經出版事業公司。

右耳上還畫出了一隻巾環。內穿對襟紅衫而罩以短袍，腰間所繫，似為一包裹。腳脛上套有裹腿、穿襪、著尖頭鞋。身後置有笠帽及尖擔繩索，好像是個從事體力勞動的人。他向右方這人作揖，似乎是告別或初次相見的樣子。右方這人也在作揖，其扮相也穿的是對襟衫子，內有抹胸。腰間扎著圍腰，長褲下露出穿著紅鞋的小腳。但頭上卻戴著今日仍常見的羅帽，帽邊有一叢牡丹花，背後插著一把破油紙扇，上面楷書「末色」兩字。前面腰間斜插著的好像是一束柴棒，其實是用作扑擊的所謂「磕瓜」一類的東西，和第一幅所畫竹篦的作用相同。這兩人顯然為女子所妝扮。

對此，周貽白《戲劇論文選・南宋雜劇的舞臺人物形象》認為，第一幅所演出的，應當是南宋官本雜劇中「眼藥酸」這個節目，圖中顯示：右方有鬚的人害了眼病，左方那個前後畫著許多眼睛的人，是一個售賣眼藥的眼科醫生。他的模樣兒很清秀，顯示出是當時讀書士子的貌相，而穿的衣服又是寬襟大袖的長袍，可能是「酸」一類人物。而另一幅畫應當是勾欄中「弟子雜劇」演出時的寫真。這就是說，這兩位演員都是女性，而她們所扮演的劇中人物則都為男性。

另外，故宮博物院藏有一幅石渠寶笈三編題為「宋蘇漢臣五瑞圖」的繪畫，畫男女五人在牡丹花下圍欄旁邊，舞蹈作戲。圖中右下方一人綠衣持笏，頂冠束帶，面戴花臉面具，作逃避姿勢，左下方一人傅粉甚厚，以女子妝成，扮相俊美，戴冠束帶。其中心一人，嘴上鈎畫墨圈；其左上方一人，手執如鼓形之器二，衣服簡陋。其右上方一人，背後插有如招子之物，五人中此人鬢最長。

對此，李家瑞〈蘇漢臣五花爨弄圖說〉㊶，否定所謂「五瑞圖」之說，認為即是《輟耕錄》所說的「五花爨弄」，依上文所敘述的五個人物，分別是：副淨、裝孤、引戲、副末、末泥。

綜觀以上所舉田野考古資料和傳世繪畫，其為北宋者有河南省偃師、白沙、溫縣、滎陽等四縣宋墓之雕磚，其為南宋者有畫頁二幅與所謂「蘇漢臣五瑞圖」，其為金代者有山西省稷山縣早期金墓雕磚和侯馬董墓舞臺陶俑，其為元初者有山西省芮城永樂宮舊址宋德方墓雕磚。對於這些雕磚人物，雖然有人不完全同意它們都是宋金雜劇院本的腳色扮相或演出場面，但經比較參核，並證以滎陽石棺之家宴雜劇演出場面㊷，以及稷山金墓雕磚之劇樂同場，南宋畫頁之明書「末」色「淨」色，這些田野考古資料和傳世繪畫之為雜劇院本提供寫實資料，應當是可以憑信的。而由此又給我們提供了一些訊息：

其一，除宋德方為蒙元全真教之重要人物外㊸，其他墓主應當都是「士庶」者流，尤其滎

㊶原載《雲南大學學報》第一期，民國二十八年四月，今收入《李家瑞先生通俗文學論文集》，學生書局。

㊷周貽白《戲劇論文選・北宋墓葬中人物雕磚的研究》一文，對於徐苹芳〈宋代雜劇的雕磚〉（《文物》一九六〇年第五期）和〈白沙宋墓中的雜劇雕磚〉（《考古》一九六〇年第九期）二文持不同的看法，認為那些雕磚人物不是雜劇搬演中的腳色。

陽宋墓墓主「朱三翁」更可以看出是百姓人家㊹；而皆有雜劇院本之雕磚或陶俑，可見宋金雜劇院本已成為民間的娛樂。

其二，雕磚或陶俑人物，其所表徵的「腳色」，諸家雖然努力考證，各有付與和說法，但由於對腳色名目，諸如引戲、戲頭、裝孤、裝旦的認識有所紛歧和偏失㊺，所以所得結論自然

㊸宋德方為邱處機弟子，曾晉見成吉思汗。詳見徐苹芳〈關於宋德方和潘德沖墓的幾個問題〉，《考古》一九六〇年第八期。

㊹廖奔〈北宋雜劇演出的形象資料——滎陽石棺雜劇雕刻研究〉有云：「由石棺及此圖所顯示的情況看，這一棺主人身份顯係平民。宋制：品官『諸葬不得以石為棺槨。』（《宋史・禮志》卷二十七）又，棺主之子在為父親造棺時於棺蓋上只題『朱三翁』，未具官封，稱××翁是當時對無功名老者的尊稱，一般以姓氏加上排行，此多見於文獻記載。而對有功名者則要稱其官封，洛陽出土的『大宋宣和五年癸卯金紫光祿大夫孫王十三秀才』石棺，甚至還將棺主人祖父的官秩冠於其名字前面以相標榜。另外，據陸游《老學庵筆記》卷四：往時士大夫家婦女坐椅子，則被人譏笑為無法度。此棺主人夫婦並坐椅子之上觀看雜劇表演，可見亦非士大夫家庭，沒有這項規矩。再由石棺雕刻來看，刀法十分簡拙，圖像失形，亦明顯出自一般民間石匠之手，這也可反映出棺主人的身份。（見《戲曲研究》第十五輯）據此，白沙宋墓墓主「趙大翁」亦為平民，稷山段氏墓群和侯馬董氏墓雖知墓主而皆不書官銜，其他墓亦無貴族跡象可言，因之，皆當為平民百姓之墓。

難於確定。而若就其腳色數目來說，則偃師四人，白沙四人，溫縣五人，滎陽四人，稷山四人，侯馬五人，永樂宮四人，正與所謂雜劇「每一場四人或五人」之語相合。

其三，就其樂隊與所司樂器來說，白沙有六人，樂器種類有拍板、觱篥、腰鼓、笛；溫縣有六人，樂器有琴，杖鼓、笛、方響；稷山有五人，樂器有大鼓、腰鼓、笛、拍板、觱篥；可見雜劇院本之演出有樂器伴奏，而以鼓板節奏，以笛和觱篥為主奏，間或以琴演奏。溫縣六人中，有一人執杖，當是所謂「竹竿子」，為樂隊之指揮。

其四，滎陽所表現的家宴雜劇演出場面，應當極具寫實性，但卻未見樂隊伴奏。這種情況可以作如下兩種解釋：第一，朱三翁只是一介平民，所請來演出的雜劇因節省而趨於簡陋，其歌舞只用「抃」來節奏，圖中妝扮為女子者，正作「抃」之姿勢可證。第二，雜劇之演出，事實上有純以科白而不用歌舞的，這幅演出場面正是明證。這兩種解釋都有可能。

其五，南宋畫頁二幅所描繪的情況，正是雜劇主演者末、淨演出的對手戲，其所表現者應當止是局部而已，因之沒有其他腳色，樂器止顯露鼓架的一部份。又其腳色名自書「末」和「淨」，而非如《夢粱錄》、《輟耕錄》所云之「副末」和「副淨」，即此亦可見「淨」與「副淨」，「末」與「副末」未能絕然畫分，所以常有類舉和混淆的現象。

㊺有關戲劇腳色之名稱與命義，筆者別有說法，詳拙作〈中國古典戲劇腳色概說〉。

其六，雕磚人物的妝扮和文獻上雜劇色的服飾每有可以關合的地方㊻，但「參軍」或「淨」腳的臉部化妝，卻未必非「抹土擦灰」不可，由南宋畫頁二幅可以證知。即參軍戲亦然。

其七，據《圖畫寶鑑》說：「蘇漢臣，開封人，宣和畫院待詔，師劉宗古，釋道人物臻妙，尤善嬰兒。紹興間復官，孝宗隆興初，畫佛像稱旨，授承信郎。」則蘇漢臣供奉內廷跨越南北宋，達四十餘年（一一一九～一一六三），如果他這幅畫，果然如李家瑞所證據的，就是「五花爨弄」圖的話，那麼就是現存惟一描繪宮廷雜劇的圖像。李氏之論圖中右下方一人綠衣持簡者為副淨，左下方傅粉冠帶者為妝孤，大抵言之成理，可與文獻記載牽合。即此其為「五花爨弄」的可能性就非常大，而由此我們也依稀重睹宮廷雜劇的面貌。又其可注意者，李氏謂此圖五人中有三人帶面具，但筆者仔細觀察，卻未必然，亦應為臉部化妝，且文獻亦無雜劇腳色戴面具之記載。

三、小結

說到這裡，我們可以給唐參軍戲發展為宋金雜劇院本的情況作這樣的描述：

宋金乃至於遼，都有所謂「雜劇」，「雜劇」有廣狹二義，廣義的「雜劇」與漢代「角觝」、

㊻上文所舉諸家對於田野出土雕磚人物的考述，每每論及其妝扮與雜劇色服飾之比較。請參閱其原作。

東漢六朝「百戲」、隋唐「雜戲」不殊，都是各種技藝的總稱，而「雜劇」之名，已始見於晚唐李文饒文集。狹義的「雜劇」，在教坊十三部色中已居為「正色」，從其演出內容考察，其所謂「正雜劇」，正是唐參軍戲的嫡派，只是在宮廷和官府演出時，根據所見資料則偏向於寓諷諫於滑稽，而幾無純為滑稽笑樂的；至其演出方式，由於五代後唐優人敬新磨之批天子頰而發展為宋代「扑」的演出特色。雜劇和參軍戲一樣，都由宮廷官府流入民間，又由民間流入宮廷官府，因而豐富了演出內容，由官本雜劇段數可以看出這種現象，由田野考古資料可以印證這種情形。其中滎陽的家宴雜劇圖寫實了民間雜劇的搬演，而蘇瑞臣的五花爨弄圖則是宮廷雜劇的寫照。

金遼雜劇與宋人雜劇不殊，金雜劇改稱院本，由《輟耕錄》之始見記載推之，應是晚期的事。因之元初院本與金院本乃一脈相承。田野考古資料中稷山金墓與元初宋德方墓，其雕磚人物與宋雜劇人物大抵可以相呼應；由此可以證明《輟耕錄》所云「院本、雜劇，其實一也。」而院本名目多至六百九十種，其「正院本」當如「正雜劇」，為參軍戲之嫡派。而雜劇之「豔段」與「散段」，則是以「正雜劇二段」為基礎所吸收之「小戲」。因之完整之宋金雜劇四段，其實是個「小戲群」，它對參軍戲來說，首先將其直接承襲之主體「正雜劇」擴充為兩段，然後再吸收民間之雜技小戲為前後兩段，形成整體雖為四段，而四段其實各自獨立的「小戲群」。金院本雖然與宋雜劇大抵一致，但也有它的進一步發展，其所謂之「院么」，正是已達到元雜劇前身的境地。筆者以為，侯馬董墓舞臺陶俑，可能就是一場「院么」的演出㊼。

宋金雜劇院本和參軍戲一樣，有劇本㊽，有音樂㊾，應當是沒問題的事。但是滎陽家宴的一場雜劇寫實演出，卻不見音樂，所以應當也有以散說滑稽為主或至多加入徒歌的演出方式。雜劇如此，參軍戲應該也如此。

參軍戲為首的參軍叫作「參軍樁」，可見不止一位「參軍」，中唐以後，和參軍演對手戲的叫「蒼鶻」。到了宋雜劇，像前文所舉資料第一條記仁宗景祐末軍伶人雜劇、第六條記徽宗崇寧初內廷雜劇、第十條記高宗紹興十五年教坊雜劇，第十二條記孝宗淳熙間官府宴會雜劇，第十六條周密記內宴雜劇，皆有「參軍」主演之語，尤其第六條更云「推一參軍作宰相」，亦可證演出之「參軍」非止一人。凡此皆可見宋雜劇之正雜劇實際上是承襲參軍戲而來，直到南宋淳熙以後，甚至於理宗度宗間㊿，主演者尚稱之為「參軍」。而吳自牧《夢粱錄》成於度宗

㊼「院么」為元雜劇之前身，其說詳見拙作〈中國古典戲劇的形成〉。

㊽除前舉《夢粱錄》卷二十伎樂條所云「汴京教坊大使孟角毬曾做雜劇本子」外，《宋史・樂志》亦云：「真宗（九九八～一〇二二）不喜鄭聲，而或為雜劇詞，未嘗宣布於外。」又官本雜劇二百八十本與院本名目六百九十種都應當是宋金雜劇院本的劇本名稱。

㊾除前文所論述及田野考古出土者外，從官本雜劇段數中，起碼可以確知其音樂包括大曲、法曲和詞曲調。

咸淳十年（一二七四），其卷二十妓樂條已記載雜劇腳色有「末泥色、引戲色、副淨色、副末色、裝孤」，可見雜劇在南宋中葉前後，其腳色已逐漸由俗稱演變為專稱，誠如上文所云，末泥、副淨、副末，皆為腳色專稱，而引戲、裝孤，乃至《武林舊事》所云之戲頭、裝旦，則仍保持俗稱。雜劇之所以有「副淨」而無「正淨」，乃因為「正淨」實為參軍戲之「參軍樁」。而「參軍樁」起碼在《東京夢華錄》成書之際，亦即宣和間[51]，已經退出演出而成為與「雜劇色」並列的教坊十三部色中的「參軍色」，作為樂舞和雜劇的導演；因之，雜劇之主演者乃由參軍樁之其他副手「參軍」擔任，而「淨」既為「參軍」之合音，故「參軍樁」之副手，乃稱為「副淨」；而參軍樁若在樂舞中導演，則俗稱「引舞」；若在雜劇中導演，則俗稱「引戲」。所以雜劇中的「引戲」乃是實質上的「正淨」。而宋金雜劇院本之腳色所以增加的緣故，一方

㊿戴表元〈齊東野語序〉作於元世祖至元二十八年（一二九一），時周密六十歲，其所記內宴雜劇當為其親聞時事，時在理宗、度宗間。

[51]《東京夢華錄》題「孟元老著」，他的事跡無考。「元老」應該是字，名亦不傳。據清代藏書家常茂徠的推測，認為這人可能就是為宋徽宗督造艮嶽的孟揆。理由是：艮嶽是宣和時代汴都的一大名勝，書中卻無一字提及，為的是這個窮奢極侈的勝跡，勞民傷財，加重外患，招致民憤很大，著者應負其責，因此在寫述本書時，不敢提及，而且諱了自己的真名。

面是應付戲劇內容的自然演進，一方面恐怕也是自參軍戲以來，參軍有時與「群優」同演而非止與蒼鶻演對手戲的緣故。

叁、參軍戲的變化——南戲北劇中的院本成分

筆者在〈中國古典戲劇的形成〉一文中有這樣的話語：

北曲雜劇簡稱北劇或雜劇，可以說是金院本加上北諸宮調而形成的，它在金代叫「院么」，在元代叫「么末」，後來繼承宋雜劇的名稱而叫「雜劇」；南曲戲文簡稱南戲或戲文，可以說是宋雜劇加上村坊小曲而初步形成，再汲取南諸宮調，也就是「覆賺」而成立。這裡所說的「諸宮調」是做為提供戲劇南北曲和故事題材的講唱文學的代表，事實上南戲北劇所汲取的講唱文學，並不止諸宮調而已。而南戲北劇成立，中國戲劇便進入「大戲」的時代了。

中國戲劇由小戲發展成為大戲以後，表面上看來，做為參軍戲嫡派的「院本」從此也跟著消失了。而事實上不然，它先與北劇同臺先後演出，繼而在南戲北劇中作插入性的搬演，終於融入其中而成為南戲北劇的一份子。

一、南戲北劇中插入性的院本

關於院本與北劇同臺先後演出，繼而插入北劇中搬演的情況，筆者在〈有關元人雜劇搬演的四個問題〉一文中52已經有所論述。其中明周憲王《呂洞賓花月神仙會》雜劇第二折中所插入演出的「長壽仙獻香添壽」院本，可以說是現存最早的典型院本。茲引錄如下：

〔扮藍采和上〕貧道乃仙人藍采和，有洞賓邀貧道來扮作樂官與同韓湘、張果、李岳四人去湖州張行首家飲酒，要度脫那女子，今日便索去也。（下）

（卜、旦、梅上）老身是張珊奴的親母……今日是雙秀士的生辰貴降，家中安排下酒等待雙秀士來也。（末上）

〈大石調六國朝〉……（做與卜旦見科）（說生辰了，置酒科，末）小生昨日街上閑行，見了四個樂工，自山東瀛洲來到此處打趁覓錢，小生邀他今日到大姐家慶會小生之生辰，偌早晚尚不見來。

〈喜江南〉……

（扮淨同捷譏、付末、末泥上，相見科，做院本長壽仙獻香添壽，院本上，捷）歌聲纔

52原載《中外文學》第十三卷第二期，收入拙著《詩歌與戲曲》一書，聯經出版事業公司。

住。（末泥）絲竹暫停。（淨）俺四人佳戲向前。（付末）道甚清才謝樂。（捷）今日雙秀士的生日，您一人要一句添壽的詩。（捷）檜柏青松常四時。（付末）仙鶴仙鹿獻靈芝。（末泥）瑤池金母蟠桃宴。（付淨）都活一千八百歲。（付末打科）這言語不成文章，再說。（淨）都活二千九百歲。（付末）也不成文章。（淨）有了有了，都活三萬三千三百歲，白了髭鬚白了眉。（付末）好好！到是個壽星。（捷）我問您一人要一件祝壽的物，我有一幅畫兒，上面三個人兒，兩個是福祿星君，一個是南極老兒。（付末）我有一幅畫兒，上面四科樹兒，兩科是青松翠柏，兩科是紫竹靈芝。（末泥）我有一幅畫兒，上面兩般物兒，一個是送酒黃鶴，一個是啣花鹿兒。（淨趨搶云）我也有，我有一幅畫兒，上面一個靶兒，我也不識是甚物，人都道是春畫兒。（付末打）這個怎的將來獻壽。（淨）我子願得歡樂長生。（淨趨搶云）俺一人要兩般樂器，一般是絲，一般是竹，與雙秀士添壽咱。（捷）我有一管玉笙，有一架銀箏，就有一個小曲兒添壽，名是：〈醉太平〉有一排玉笙，有一架銀箏，將來獻壽鳳鸞鳴。感天仙降庭，玉笙吹出悠然與，銀箏搊得新詞令，都來添壽樂官星，祝千年壽寧。（末泥）我也有一管龍笛，一張錦瑟，就有一個曲兒添壽：品龍笛鳳聲，彈錦瑟泉鳴。供筵前添壽老人星，慶千春百齡。瑟呵！冰蠶吐出絲明滑，笛呵！紫筠調得音相應。我將這龍笛錦瑟賀昇平，飲香醪玉瓶。（付末）我也有一面琵琶，一管紫簫，就有個曲兒添壽：撥琵琶韻美，吹簫管音齊。琵琶簫管慶樽席，向筵前奏只。琵琶彈出長生意，紫簫吹得天仙會，都來添壽笑嘻嘻，老人星賀喜。（淨趨搶云）小子也有一條絃兒的，一個眼兒的絲竹，就有一個曲兒添壽！彈綿花的木弓，吹紫草的火筒，這兩般絲竹不相同，是俺付淨色的受用。這木弓彈了綿花呵！一生溫暖衣衾重，這火筒吹著紫草呵！一生飽食憑他用。這兩般不受飢不受冷過三冬，比您樂器的有功。（付末打）付淨的巧語能言。（淨）說遍這絲竹管絃。（付末）藍采和手執檀板。（淨）漢鍾離捧真筌。（付末）鐵拐李忙吹玉管。（淨）白玉蟾舞袖翩翩。（付末）韓湘子生花藏葉。（淨）張果老擊鼓喧闐。（付末）曹國舅高歌大曲。（淨）徐神翁慢撫琴絃。（付末）東方朔學踏焰爨。（淨）呂洞賓掌記詞篇。（付末）總都是神仙作戲。（淨）慶千秋福壽雙全。（付末）問你付淨的扮個甚色。（淨）哎哎！哎哎！我扮個富樂院里樂探官員。（付末收住）世財紅粉高樓酒，都是人間喜樂時。（末）深謝四位伶官，逢場作戲，果然是錦心繡口，弄月嘲風。……

上例長壽仙獻香添壽院本，可見是插在《神仙會》雜劇第二折中演出，亦即在末所扮的雙秀士唱完〈喜江南〉一曲之後，作為樂官向雙秀士祝壽的演出場面。王國維《宋元戲曲考》第十三章〈元院本〉，謂「明周憲王《呂洞賓花月神仙會》雜劇中，有院本一段。此段係憲王自撰，或翦裁金元舊院本充之，雖不可知；然其結構簡易，與北劇南戲，均截然不同。故作元院本觀可，即金人院本，亦即此而可想像矣。」又云：

此中腳色，末泥、付末、付淨（即副末、副淨）三色，與《輟耕錄》所載院本中腳色同，惟有捷譏而無引戲。案上文說唱，皆捷譏在前，則捷譏或即引戲。捷譏之名，亦始於宋。《武林舊事》（卷六）「諸色伎藝人」中，商謎有捷機和尚是也。此四色中，以付淨、付末二色為重。且以付淨色為尤重，較然可見。此猶唐宋遺風。其中付末打付淨者三次，亦古代鶻打參軍之遺；而末一段，付淨付末各道一句。又歐陽公與梅聖俞書，所謂如雜劇人上名下韻不來，須副末接續者也。此一段之為古曲，當無可疑。即非古曲，亦必全做古劇為之者。

所論甚是。惟「其中付末打付淨者三次，亦古代鶻打參軍之遺」，蓋受《輟耕錄》所誤㊸，因為如上文所云，「扑打」的演出動作，是宋雜劇正雜劇的特色，在唐參軍戲參鶻鹹淡的演出中，未見其例。又此院本中或云「淨」，或云「副淨」，明白可以見出實為同一腳色，則「淨」、「副淨」可以混稱無別。實者此中與付末同為主演者，當為「副淨」，而所以或稱為「淨」，一方面是將就類別，一方面也是二者性質相同的緣故。至於何以四色中有「捷譏」而無「引戲」，則有進一步探討的必要。

㊸前文所引《輟耕錄》卷二十五「院本名目」條有云：「院本則五人：一曰副淨，古謂之參軍；一曰副末，古謂之蒼鶻，鶻能擊禽鳥，末可打副淨，故云。」

王氏提出《武林舊事》卷六諸色藝人中有一位商謎的「捷機和尚」，另外在同書卷四乾淳教坊樂部的「雜劇色」中，尚有陳嘉祥「節級」、孫子昌「副末、節級」。「捷機」與「節級」音甚接近，其間或有關係。且先將相關資料臚列如下：

1.《金瓶梅》卷四演出一段「王勃院本」（擬名），中有云：「當先是外扮節級上開：法正天心順，官清民自安；妻賢夫禍少，子孝父心寬。小人不是別人，乃上廳節級是也，手下管著許多長行樂俑匠。」外所扮之「節級」，在院本中與「傅末（亦作末）」、「淨」同演。

2.無名氏《玎玎璫璫盆兒鬼》雜劇第三折〈黃薔薇〉：俺這裡高聲叫有賊，慌走到街裡。又無一個巡軍捷譏，著誰來共咱應對。

3.明周憲王《宣平巷劉金兒復落娼》雜劇首折〈混江龍〉：擔著箇女娘名器，迎新送舊覓衣食。止不過茶房趕趁，酒肆追陪。陷了些小根腳兔羔兒新子弟，攞了些大饅頭羊背皮好筵席。每日價坐排場做句欄秦箏象板，迎官員接使客杖鼓羌笛，著鹽商留茶客過從情意，應官身喚散唱費損精力，虛盟誓說托空家傳戶授，假慈悲佯孝順口是心非。粧旦的穿一領銷金衫子，踏爨的著兩件彩綉時衣，捷譏的辦官員穿靴戴帽，付淨的取歡笑抹土搽灰。今日箇酒席中求摽手散了些美恩情，明日箇大街頭花招子寫上箇新雜劇。看了俺猱兒每砌末，都是些豹子的東西。

4.元明無名氏《梁山七虎鬧銅臺》雜劇第三折朱仝云：曾在鄆縣為捷譏，今歸山內度時光。一朝聖主招安去，可作擎天架海梁。

5.《雍熙樂府・醉太平》「風流小猱」：著青衫會耍，騎竹馬學踏，紫鸞簫打捷譏手中拏，未曾行要串瓦。

由以上資料綜合觀察：《盆兒鬼》所云「巡軍捷譏」，顯然是一種軍職，責任在緝捕盜賊，這種職分正適合水滸英雄朱仝，所以他說「曾在鄆縣為捷譏」。而王勃院本所云之「上廳節級」，顯然是樂官，因為他手下管著許多長行樂俑匠。如此說來，乾淳教坊樂部中雜劇色陳嘉祥和孫子昌也都是節級樂官，大概因為孫子昌又充任副末，所以注明「副末節級」。而長壽仙獻香添壽院本中之「捷譏」與《復落娼》中扮官員之「捷譏」以及〈醉太平〉被紫鸞簫扑打之「捷譏」，顯然都是院本和雜劇的腳色，亦屬樂官者流；若此，則「節級」與「捷譏」實為音近異寫，其間並無分別。《太和正音譜》云：

捷譏，古謂之滑稽，院本中便捷譏謔者是也。俳優稱為樂官。

雖屬望文生意，但頗符合「捷譏」在院本中的職分；然而又如何解釋其為軍職以緝捕盜賊呢？鄙意以為：在宋元之間，縣級之地方政府原有「節級」之官職，其手下有若干兵丁以維持治安，本來和「樂官」無關，觀《夢粱錄》「妓樂」條所舉教坊官職無「節級」一稱可知。後來因雜劇院本每有扮演節級者，乃寖假而為腳色，亦即為俗稱之腳色，又因其繼承軍中節級率領兵丁之遺意，故在教坊中又為樂官。後來又因為在雜劇院本中「節級」每為便捷譏謔之人物，乃取其音近而為「捷譏」。「捷譏」一語既通行，終於將「節級」淹沒不彰，既連應作「巡軍節級」

者亦作「巡軍捷譏」。「捷譏」在長壽仙院本與王勃院本中均有導引之作用，因之當如王氏所云，實即「引戲」。也就是說，如就戲劇之導引而言，則稱引戲；如就其便捷譏詭之特質而言，則為「捷譏」。上文曾云，引戲若就腳色專稱而言，則為「正淨」，於捷譏亦然。至於王勃院本所云「外扮節級」，則尚以「節級」為職官名，故由外腳充任；而王氏所舉「捷機和尚」，當為擅長商謎之和尚為自己所取之諢號，其所云「捷譏」，實與雜劇院本之「捷譏」無關。

另一個插入元雜劇中搬演的院本，則見於劉唐卿《降桑椹蔡順奉母》雜劇第二折：

〔卜兒抱病同蔡員外領淨與兒旦兒上〕……〔正末上〕〔云〕小生蔡順是也。為因老母，廟上燒香，感了些風寒，見今病枕著床。……小生恰才去那周橋左側，請下箇醫士，調治母親病證，太醫隨後便來也。……〔唱〕

〈商調集賢賓〉……

〈逍遙樂〉……

〔正淨扮太醫上〕〔云〕我做太醫最胎孩，深知方脈廣文才，人家請我去看病。著他準備棺材往外抬，自家宋太醫的便是，雙名是了人，若論我在下手段。比眾不同，我祖是醫科，曾受琢磨，我彈的琵琶，善為高歌。好飲美酒，快嚐肥鵝，那害病的人請我，我下藥就著他沉痾，活的較少，死者較多。〔外呈答云〕名不虛傳，得也麼。〔太醫云〕我這門中，有箇醫士，姓胡，雙名是突蟲。他老子就喚是胡蘿蔔，我和他兩箇的手段，也差不多。俺因此上結為兄弟，有人家來請我看病，俺兩箇一同都去的，少一箇也不行。我看病，兄弟便下藥，兄弟看病，我便下藥。俺兩箇說下呪願。有一箇私去看病的，嘴上就生殭疙疸，今日有本處蔡秀才來請我。說他母親害病，請我去下藥。我使人約兄弟去了也，我在周橋上等著兄弟，這早晚敢待來也。〔淨扮糊突蟲上〕〔云〕我做太醫溫存，醫道中惟我獨尊，若論煎湯下藥。委的是效驗如神，古者有盧醫扁鵲，他則好做我重孫。害病的請我醫治，一貼藥著他發昏。〔外另答云〕得也麼，這廝。〔糊突蟲云〕在下是箇太醫，姓胡，雙名是突蟲，小名兒是胡十八。祖傳三輩行醫，若論我學生的手段，我指上不明，醫經不通。人家看病，先打三鍾，兩椀瓶酒，五個燒餅。喫將下去，就要發風。看病不濟，我喫食倒有能。〔外呈答云〕兩箇一對兒，得也麼。〔糊突蟲云〕我這醫門中有箇醫士，姓宋，雙名是了人。俺兩箇的手段，都塌八四，因此上都結做兄弟。他為兄，我為弟，人家來請看病，俺兩箇都同去，少一箇也不行。宋無胡而不走，胡無宋而不行。胡宋一齊同行，此為胡虎乎護也。〔外呈答云〕念等韻哩，得也麼。〔胡突蟲云〕早間宋先兒，使人來請我，我說蔡秀才的母親害病，請俺下藥，有哥在周橋上等著我哩。見咱哥走一遭去，可早來到也。〔做見科〕〔云〕哥也，你兄弟來遲，莫要見罪。若要見怪，哥就是蝦蟆養的。〔外呈答云〕得也麼，這廝。〔太醫云〕你還說嘴哩，你平常派賴。冬寒天道，著我在這裡久等，險些兒凍的我腿轉筋。〔糊突蟲云〕哥也，休怪您兄弟來遲，我有些心氣疼的病，今日起的早了些兒。把你兄弟爭些兒不疼死了，你兄弟媳婦兒慌了。請了太醫來，與了我一服藥喫，我才不疼了。〔外呈答云〕你是太醫，怎麼喫別人的藥。〔糊突蟲云〕我的藥中喫，是我也喫了。〔外呈答云〕可怎麼不中喫。〔糊突蟲答云〕我若喫了我自家的藥呵，我這早晚，死了有兩箇時辰也。〔外呈答云〕你可是盧醫不自醫，得也麼。〔太醫云〕兄弟，自從俺打官司出來，一向無買賣。〔外呈答云〕為什麼打官司來。〔太醫云〕俺兩箇為醫殺了人來。〔外呈答云〕兩箇一對兒油嘴，得也麼。〔太醫云〕兄弟，今日蔡長者家婆婆害病，請俺去下藥，他是財富之家。俺到那裡，他有一分病，俺說做十分病，有十分病，說做百分病。到那裡胡針亂炙，與他服藥喫，若是好了，俺兩箇多多的問他要東西錢鈔。猛可裡死了，背著藥包，望外就跑。〔外呈答云〕得也麼，這廝。〔糊突蟲云〕哥也，言者當也。憑著俺兩箇一片好心，天也與半椀飯喫。〔外呈答云〕得也麼。〔太醫云〕兄弟俺去，可早來到也。報復去，道有兩箇高手的醫士來了也。〔家童云〕您則在這裡，我報復去。〔做報科〕〔云〕報的長者得知，太醫來了也。〔蔡員外云〕道有請。〔家童云〕理會的，有請。〔糊突蟲云〕哥也看仔細，莫要掉將下來。〔外呈答云〕怎的。〔糊突蟲云〕是，有請有請。〔外呈答云〕慌做什麼，得也麼。〔太醫云〕俺是箇官士大夫，上他門來看病。消不的他接待接待，就著俺過去。〔外呈答云〕你休要怪他，他家有病人，過去罷。

〔太醫云〕好兒，看著你的面上，老子過去罷。〔外呈答云〕這廝做大，得也麼。〔太醫做讓科〕〔云〕兄弟請了。〔糊突蟲云〕不敢，兄長請。〔太醫云〕賢弟請。〔糊突蟲云〕兄長差矣，想在下雖不讀孔孟之書。頗知先王之禮，豈不聞聖人云，徐行後者謂之弟。疾行先長者謂之不弟，耕者讓畔，行者讓路，長者為兄，次者為弟。兄乃我之長，我乃兄之弟，既有長幼。須分尊卑，先王之禮，亦不差矣。我若先行，我就是驢馬畜生，真油嘴也。〔外呈答云〕什麼文談，得也麼。〔糊突蟲云〕不敢不敢，吾兄請。〔太醫云〕不敢，賢弟乃善良君子，我乃是愚魯之人。區區無寸草之能，賢弟有九江之德。據賢弟醫於病，神功效驗，治於病，多有良方，賢弟乃大成之人。我乃蛆皮而已，我若先行，我學生就是真狗骨頭之類也。〔外呈答云〕得也麼，潑說，過去了罷。〔做見卜兒科〕〔太醫云〕老母懨懨身不快。〔糊突蟲云〕太醫下藥除患害。〔太醫做拏左手科〕〔糊突蟲做拏右手科〕〔太醫云〕看俺雙雙把脈。〔太醫拏卜兒左手科〕〔唱〕〈南青哥兒〉入門來審了他這八脈。〔糊突蟲拏卜兒右手科〕〔唱〕瘦伶仃有如麻稭。〔太醫唱〕俺快把這藥包兒忙解開。〔糊突蟲云〕可憐也脈息不好了。〔唱〕快疾忙去買。〔太醫唱〕快疾忙去買。〔正末云〕太醫買什麼。〔太醫唱〕去買一箇棺材。〔糊突蟲唱〕去買一箇棺材。〔外呈答云〕幾時了，得也麼。〔太醫拏藥包兒打倒卜兒科〕〔卜兒云〕打殺我也。〔外呈答云〕他是病人，怎麼打他。〔太醫云〕不妨事，不妨事，還好哩，還知疼痛哩。〔外呈答云〕不知疼痛，可不死哩，得也麼。〔太醫云〕胡先兒，他這箇是什麼病。〔糊突蟲云〕吾兒，不是我誇嘴，我恰才才覷了他面目。審了他脈息，你摸他這半身子如火相似，他害的是熱病。〔太醫云〕你又胡說了，他這箇脈息，跳的有一寸高，你怎麼說是熱病。你看他這半邊身子，如冰一般涼，他害的是冷病。〔糊突蟲云〕吾兒也，不難把老人家鼻子為界，用一條繩拴在他鼻頭上。把這繩兒扯下來，就地下釘箇橛兒拴住，你醫這左半邊冷病。我醫這右半邊熱病，吾兒弟意下何如。〔太醫云〕好好好，俺兩箇說的明白。假似你一服藥，著老人家喫將下去，醫殺了這右半邊呵呢。〔糊突蟲云〕管不干你那左半邊的冷病事。〔太醫云〕說的有事。〔糊突蟲〕假若你一服藥，著這老人家喫將下去，醫殺了你那左半邊呵呢。〔太醫云〕管不干你那右半邊的熱病事。〔糊突蟲云〕我說假似走了手，都醫殺了呵呢。〔太醫云〕管大家沒事。〔外呈答云〕謅弟子孩兒，得也麼。〔蔡員外云〕太醫，你如今下一服什麼藥。〔太醫云〕我如今下一服是奪命丹，第二服促死丸。〔蔡員外云〕你為什麼與他兩樣喫。〔太醫云〕你不知道，我有主意。兩樣藥喫下去，著這老人家死也死不的，活又活不的。〔外呈答云〕得也麼，這廝。〔糊突蟲云〕蔡老官兒，你要你這婆婆好麼。〔蔡員外云〕可知要好哩。〔糊突蟲云〕我有箇海上方兒，一莊物件，你捨的麼。〔蔡員外云〕要我這婆婆好，不問要什麼，都的捨。〔糊突蟲云〕把你這兩隻眼，拏尖刀子剜將下來。用一鍾熱酒吃將下去，你這婆婆就好了。〔蔡員外云〕他便好了，我可怎麼了。〔糊突蟲云〕你敢拄著明杖兒走。〔外呈答云〕得也麼，這廝胡說。〔蔡員外云〕住住住，你兩箇休要胡廝嚷。你二位端的那一位高強，讓一箇醫了罷。〔二淨拏著藥包一遞一箇打著念科〕〔太醫打糊突蟲云〕我能調理四時傷寒。〔糊突蟲打太醫云〕我善醫治諸般雜症。〔太醫云〕我療小兒吐瀉驚疳。〔糊突蟲云〕我治婦女胎前產後。〔太醫云〕我會醫四肢八脈。〔糊突蟲云〕我會醫五勞七傷。〔太醫云〕我會醫左癱右瘓。〔糊突蟲云〕我會醫緊癆慢癆。〔太醫云〕我會醫兩腿酸麻。〔糊突蟲云〕我會醫四肢沉困。〔太醫云〕我會醫口苦舌澀。〔糊突蟲云〕我會醫胸膈膨悶。〔太醫云〕我會醫瘸臁跛臂。〔糊突蟲云〕我會醫喑啞癡聾。〔太醫云〕我會醫發寒發熱。〔糊突蟲云〕我會醫發傻發瘋。〔太醫云〕我會醫水蠱氣蠱。〔糊突蟲云〕我會醫頭疼額疼。〔太醫云〕我會醫胸膛上生著孤拐。〔糊突蟲云〕我會醫肩膀上害著腳疔。〔太醫云〕老長者著俺下藥。〔糊突蟲云〕將這箇老人家喪了原本衍喪了二字這殘生。〔太醫云〕用涼水滿滿的一椀。〔糊突蟲云〕用巴豆足足的半升。〔太醫云〕著這箇老人家喫將下去。〔糊突蟲云〕叫喚起滿肚裡生疼。〔太醫云〕發時間直腸直肚。〔糊突蟲拏藥包打倒卜兒科〕〔云〕瀉殺這箇老媽媽，也是場乾淨。〔外呈答云〕賊弟子的孩兒，去了罷，去了罷。〔打二淨下〕

……〔正末燒香料〕……〔唱〕

〔梧葉兒〕……〔正末做警醒科〕〔唱〕

〔醋葫蘆〕……

從上邊所引錄的文字看來，顯然也是插入雜劇中演出的一個院本。關於這個院本，胡忌《宋金雜劇考》認為即是《輟耕錄》院本名目「諸雜大小院本」中的所謂「雙鬥醫」院本。而《北西廂記》第三本第四折，當張生因相思成病時，有「潔引太醫上，雙鬥醫科範了。」所謂「科範」即指劇中種種表演程式，有現成規範可遵循者，則「雙鬥醫」院本被插入雜劇中演出，事實上已成了習套，劉唐卿的《蔡順奉母》一劇，不過正好保持原貌而已。也因此，像吳昌齡《張天師斷風花雪月》雜劇楔子張千替陳世英請醫一段，無名氏《薩真人夜斷碧桃花》雜劇第二折興兒請醫一段，雖然未必是完整的「雙鬥醫」，但起碼也保留了不少這種「院本科範」。

這本「雙鬥醫」的演出腳色，由正淨扮太醫，淨扮糊塗蟲；所云「淨」，當如長壽仙院本，即「副淨」之混稱；又因「正末」已為雜劇之主唱者，故不再用末色與淨演對手戲，而以正淨任之。其可注意者，劇中每有「外呈答」之演出方式，此「外」並非扮蔡員外之「外」，顯然指劇外之人物，並非腳色名稱。此種情形在元明雜劇中頗為習見。如元明無名氏《劉關張桃園三結義》第四折云：

〔屠戶上〕〔云〕敲牛宰馬為活計，全憑屠戶作營生。小可人屠戶的便是。今日是箇好日辰，張飛哥拜義了兩箇哥哥，一箇姓劉，一箇姓關。那箇姓劉的便臉白，姓關的便臉紅，俺哥哥便臉黑。我要做四哥，嫌我花臉不要我，不要的也是。〔外呈答云〕怎麼也是。〔屠戶云〕皆因我色道不對。……

又明無名氏《廣成子祝賀齊天壽》雜劇第二折云：

〔淨無影道人上〕〔云〕……〔淨做見科〕〔云〕稽首，貧道來了也。〔九靈仙云〕無影道人，你往那裡去來。〔淨云〕我去採藥去來，好遠路，我過了三道河，四座嶺，六座崖，一箇洞。〔外呈答云了〕〔淨云〕我過三道河，是無奈河、難奈河、怎奈河，……直至無底鄉空虛觀脫博洞裡走了一遭才來。〔外呈打住〕〔淨云〕我門你耍哩，師父便來也。

像這種「外呈答」的情形，頗使我們想起宋教坊十三部色中「參軍色」竹竿子的作用，他在樂舞和戲劇之外作導引和指揮。而上文說到的「引戲」和「捷譏」也有類似的情形。只是「引戲」和「捷譏」可以加入劇中演出而成為劇中腳色，而這裡的「外呈答」則為劇外人物，也可能就是「引戲」和「捷譏」發展的結果，不再在劇中充任腳色而游離於劇外，專任導引呈答之事，更加恢復了「參軍色」本來的面目。

在此，要特別說明的是「外呈答」之「外」，並非元雜劇「外淨」、「外末」、「外旦」之「外」，因為那是淨、末、旦正腳之外又一次要腳色的意思；後來「外」由「外末」所專屬，至傳奇而為「老生」之義，則又寖假衍變的結果。

又此院本「雙門醫」，止由「正淨」和「淨」分唱一曲〈南青哥兒〉，可見其偏重於散說滑稽。在南戲傳奇之中，雖未有明顯插入院本演出的例子，但稍加觀察，隱然其中者亦所在多有。譬如《永樂大典》戲文三種《張協狀元》，在開頭生所扮的張協唱完〈燭影搖紅〉之後，因夜來一夢不詳，找他的兩個朋友討論：

（生）噯！休訝男兒未際時，困龍必有到天期；十年牕下無人問，一舉成名天下知。小子亂談。（末）噯！（淨）尊兄也噯！（末）可知是件人之所欲。（末噯）（末）這噯卻與貪字不同。（末噯，淨又噯）（末）也得，詩書未必困男兒，飽學應須折桂枝，一舉首登龍虎榜，十年身到鳳凰池。小子亂談。（淨）尊兄開談了。（生）亂道。（淨）小子正是潭，正是潭。（末）到來這裡打杖鼓。（淨）喫。（末）喫得多少便飽了。（淨）昨夜燈前正讀書。（末）奇哉！（淨）讀書直讀到雞鳴。（末）一夜睡不著。（淨）外面囉唣。（末）莫是報捷來。（淨）不是，外面囉唣開門看。（末）見甚底。（淨）老鼠拖個馱貓兒。（末）只見貓兒拖老鼠。（淨）老鼠拖貓兒。（三合）（末爭）（淨）笑韻腳難押，胡亂便了。（末）杜工部後代。（生）尊兄高經？（淨）小子詩賦。（末）默記得一部韻略。（淨）韻略有甚難，一東二冬。（末）三和四？（淨）三文醬，四文葱。（末）那得是市賣帳。（生）夜來夢見兩山之間，俄逢一虎，傷卻左肱，又傷外股。似虎又如人，如人又似虎。（淨）惜乎尊兄正夢之間獨自了。（末）如何？（淨）若與子路同行，一拳一踢打未著。（介）〔末〕我卻不是大蟲，你也不是子路。〔淨〕這夢小子員不得。〔末〕法糊消食藥。〔淨〕見說府衙前有個員夢先生，只是請它過來問它仔細。〔生〕尊兄說得是。〔淨〕明朝請過李巡來。〔生〕造物何常困秀才。〔末〕萬事不由人計較。〔合〕算來都是命安排。〔末淨下〕〔生唱〈粉蝶兒〉〕……

這場戲雖然演的是張協找他的朋友「圓夢」，但卻說了一大堆與劇情無關的「廢話」，以此「廢話」來作為發人笑樂的科諢；如果把這段「淨末鬥嘴」提出戲外，其實也沒關係，可見其實它是插入性的演出；和前文所引的「長壽仙」和「雙鬥醫」很接近，所以它可以看作是院本被戲文吸收的例子。像這樣淨末搭檔演出作為滑稽調笑的例子，在《張協狀元》中有很多，如張協的父母、李大公夫婦、五雞山二路人等都是如此。這裡的「末」和「淨」，也就是宋金雜劇院本的「副末」和「副淨」；因為在南戲北劇中，「淨」「末」已失去其在宋金雜劇院本中的地位和作用，而只保持了其腳色綱目中滑稽詼諧之特質，因之就無所謂正副之分了[54]。

另外在《張協狀元》中，尚有末丑配搭演出科諢的，如「員夢」一場，此時之「丑」實取代「淨」之地位。甚至於還有淨末丑同時出現打諢的場面，如五雞山二路人遇強人一場，淨末扮路人丑扮強盜；張協遇賊一場，淨末丑三人扮神鬼等。「丑」這個腳色的來源，即宋雜劇之

---

[54] 說詳拙作〈中國古典戲劇腳色概說〉。

「紐元子」省文而來，為雜劇散段「雜扮」之主演，其性質與副淨相同，所以到了南戲亦被用作科諢之腳色，而在北劇保持「淨」腳之傳統，不用「丑腳」[55]。

二、南戲北劇中融入性的院本

以上所敘述的插入性院本，止是假藉院本的滑稽詼諧來調劑南戲北劇的演出，就劇情而言，它是可以游離劇外的；也因此像劉兌《嬌紅記》上下卷二本八折中，所插入的七處院本，便直書「院本上」或「院本說仙法」、「院本店小二哥」、「院本黃丸兒」、「院本師婆旦」，而不著錄院本的形式和內容；但是所謂「融入性的院本」，則是指雖屬院本性質，但事實上與南戲北劇的劇情已血脈關合、渾融一體了。對此，請先看所謂「傳奇之祖」，第一本被「文士化」的元末南戲《琵琶記》，其陸貽典鈔本《元本蔡伯喈琵琶記》第三出云：

〔末上白〕……好怪麼！只見老姥姥和惜春養娘舞將來做什麼？〔淨扮老姥姥丑扮惜春舞上唱〕

〈雁兒舞〉深院重重，怎不怨苦？要尋個男兒，並無門路。甚年能彀，和一丈夫，一處裡雙雙雁兒舞？

---

[55] 其說亦見拙作〈中國古典戲劇腳色概說〉。

〔唱舞介〕〔末白〕老姹姹拜揖。〔淨白〕院子萬福。〔末白〕惜春姐拜揖。〔丑白〕院公萬福。〔末白〕我且問你兩個，每常間不曾恁地戲耍，怎的今日十分快活？〔丑白〕院公，你不得知，我吃小娘子苦，並不許我一步胡踏，並不要說男兒邊廂去。苦咳！你弗要男兒，我須要他。他道我和他相似，也不放我笑一笑。今日天可憐見，吃我千方百計去說化他，只限我一個時辰，去花園中賞玩一番。苦咳！我如何的不快活？〔淨白〕便是我，也千不合萬不合前生不種福地，把我這裡做丫頭，苦如何說得？做丫頭老了，並不曾有一日得眉頭開。今日得老相公出去，我且來這裡游賞歇子。〔末白〕原來恁地，可知你快活也。〔淨白〕院子，你伏侍老相公，公的又撞著公的；我伏事小娘子，雌的又撞著雌的。〔末白〕又道是鳳隻鸞孤。老姹姹，惜春年紀小，也怪他傷春不得。你老老大大，也這般說，什麼樣子？〔淨〕哱嗯！老畜生，吃你識秋茄晚結，遲花晚發；老自老，似京棗，外面皺，裡面好。你不見東村李太婆？年七十歲，頭光光的，也只是要嫁人。人問他：你老了，嫁什的？這婆子做四句詩，做得好。〔末〕四句詩如何說？〔淨〕道是：人生七十古來稀，不去嫁人待何時？下了頭髻做新婦，枕頭上放出大播槌。〔末〕你有些欠尊重。〔丑〕便是西村有個張太婆，年六十九歲，一個公公見他生得好，只是要取他。這婆子道：你做得四句詩。做得好。〔末〕如何說？〔丑〕道是：青春年少莫蹉跎，床公尚自討床婆。紅羅帳裡做夫婦，枕頭上安著兩個大西瓜。〔淨〕休閑說，今日能彀得在此閑戲歇子，也不是容易。正撞著院公在此，咱每兩三個自作耍歇子。〔丑〕還是做什麼要好？〔淨〕踢氣球耍。〔末〕不好。〔淨丑〕怎地不好？〔末白〕〈西江月〉白打從來逞勢，官場自小馳名。如今年老腳臁疼，圓社無心馳騁。空使繡襦汗濕，謾教羅襪生塵。兀的是少年子弟俏門庭，不似寶妝行徑。〔丑〕鬥百草耍。〔末〕也不好。〔淨〕怎的不好？〔末白〕〈西江月〉香徑里攀殘草色，雕欄畔折損花容。又無巧藝動王公，枉費了工夫何用？驚起嬌鶯語燕，打開浪蝶狂蜂。若還尋得並頭紅，早把你芳心引動。〔淨丑〕打鞦韆耍。〔末〕這個卻好。〔淨丑〕打鞦韆怎的便中？〔末白〕你聽我說：〈西江月〉玉體輕流香汗，繡裙蕩漾明霞。纖纖玉手把彩繩拿，真個堪描堪畫。本是北方戎戲，移來上苑豪家，女娘撩亂隔牆花，好似半仙戲耍。〔淨丑〕恁地便打鞦韆。只是那裡有鞦韆架？〔末〕我這花園裡那討鞦韆架？一來相公不欣，二來娘子又不好，縱有也拆了。〔丑〕院公，沒奈何，咱每三個在這裡，廝論做個鞦韆架，一人打，兩人抬。〔做架介〕〔末〕誰先打？〔淨丑〕我兩人抬，院公，你先打。〔介〕〔貼旦在戲房內叫〕老姥姥，將我的《列女傳》那裡去了？〔淨丑放〕〔末跌介〕〔末起白〕你兩人騙得我好也！〔淨〕今番當我打。〔末丑〕老姥姥打。〔淨打介〕〔貼旦又叫介〕惜春，將我針線箱兒那裡去了？〔末丑放〕〔淨不跌介〕〔末〕你奸得我索性。〔丑〕今番當我打，疾忙著。〔丑打介〕〔貼旦上白〕莫信直中直，須防仁不仁。〔末淨放走下〕〔丑做不知介〕〔白〕又耍，罷罷，來麼！輪當我打，便奚落人。……

像這段科諢，還保持《張協狀元》南宋中葉以來，淨末丑同場的情形，但「末」顯然已居其次，「丑」的地位已提升，而其演出情形與劇情已完全融合為一。請再看《六十種曲》本《荊釵記》第二十九出「搶親」：

〈梨花兒〉〔丑上〕姪女許了孫汝權，受他財禮千千貫，今日成親多喜歡。嗏！姑娘只要長長段。……〔前腔〕〔淨眾上〕今日娶親諧鳳鸞，不知何故來遲緩。莫非他人生異端，嗏！須知人亂法不亂。〔丑〕孫相公，來了麼？〔淨〕張姑媽，快請新人上轎，我在此親迎。〔丑〕曉得了，分付眾人在青龍頭轉一轉。〔淨分付眾轉介〕禮人與我快請新人。〔請介，丑帶兜頭哭上介，轉介，淨〕禮人祭了家廟就結親。〔喝禮介，拜介，淨揭蓋〕好也！好也！你受了我財禮，藏了姪女，賴我親事。〔丑〕我不是騙你，我姪女已投江死，拼得還你財禮，大家罷休。〔淨〕一倍還我十倍，我也只要老婆。〔丑〕呸！小鬼頭兒，你倚恃豪富，威逼我姪女投水已身死。你要怎的。〔淨〕這潑皮到來誣賴我。

〈恁麻郎〉我告你局騙人財禮，〔丑〕我告你威逼人投水。〔淨〕怎誤我白羅帕見喜。〔丑〕悶得他黃泉做鬼。〔末〕息怒威，寧耐取。〔淨〕休想我輕輕放過你。〔丑〕我怕你強橫小賊驢。〔淨〕我那怕你腌臢臭骯。〔末〕算從來男不和女敵，自古道窮不和富理。〔丑〕打你嘴。〔淨〕踢你的腿。〔末〕須虧了中間相勸的。〔丑〕這事情天知地知。〔淨〕這見識心黑又意黑。〔末〕怎辨別他虛你實，也難明他非你是。〔淨〕不放你。〔丑〕不放你。〔末〕自古饒人不是癡。〔淨〕你藏了女兒，誣賴人命，若見了屍首，萬事俱休，不見屍首，教你粉碎。

〔淨〕窩藏姪女忒無知　〔丑〕威逼成親事豈宜

〔淨〕好手中間逞好手　〔丑〕喫拳須記打拳時

這段「淨」、「丑」演出的對手戲，雖然不算什麼滑稽詼諧，但其對立鬥狠的意味非常明顯；其中「末」腳在此出末見上場，而亦加入其間作調人，則頗似上文所示「外呈答」之演出形式。所以這場戲也可以看作是院本被吸收在南戲中演出的例子。而其「吸收」，和《琵琶記》一樣，事實上已經與南戲融為一體，不像《張協狀元》之尚有「插入」之形迹。

其次再來看看《古本戲曲叢刊》本《金印記》第七出：

〔淨（卜課人）丑（算命人）吊場〕〔淨〕〈幞頭錢〉畜生不思忖！〔丑〕畜生不安分！〔淨〕都是主顧又來爭作甚！只好打瞎畜生！〔丑〕只好罵沒眼睛！〔淨〕無端惡語任傷人，不思君子甚談論。〔丑〕想你發課，全然不定！〔淨〕論你算命，全然不聖！〔丑〕全然不是，有何能行？害了那門庭！〔淨〕激得我生惡性。〔丑〕激得我生怒嗔。〔淨〕打教你皮見筋。〔丑〕打教你血遍淋身！〔打科，末上〕大家放手且饒人，權息怒，且停嗔。〔淨〕不用拐棒，只用拳頭打你心！〔丑〕把棍子著你打一頓。〔淨〕打頭巾放下，與你打一拳。〔末〕不要打。〔淨自揪髮，丑自咬手〕〔末〕住住住！你自手揪自家頭髮，你自家口咬自家手。

〈駐雲飛〉〔淨〕……

〈前腔〉〔丑〕……

〈前腔〉〔末〕二人聽知，若不和時人自欺。生意人同視，何故相爭敵。癡，省氣是便宜。收拳閉嘴，兩下和同，並不遭條律。各自收科，回家作道理。

〔淨〕賊潑賤休逞嘍囉　〔丑〕歪先生敢動干戈

〔淨〕你被我打心幾下　〔末〕來勸你兩個收科

由這段淨丑對手戲，也同樣可以清楚的看出院本的意味，而「淨」、「丑」爭執扑打，「丑」事實上已取代了「末」的地位，使得「末」退居為在淨丑爭執中，作為「呈答」的調人。而這場演出也已完全融入南戲之中，不再是插入的性質。

由以上諸例，可見南戲淨丑配搭演出，已逐漸取代宋金雜劇院本末淨對手科諢的方式。而由於淨丑性質相同，所以起先彼此之間尚未有明顯的輕重軒輊之分，如《張協狀元》中樞密使相王德用由丑所扮演，但同時淨丑的主從地位也逐漸露出端倪而趨於明顯，因為丑事實上是取代地位較次於淨的「末」色，所以像《張協狀元》中淨扮張協母、丑扮張協妹、淨扮神祇、丑扮小鬼；而入元以後，淨丑主從的地位就成了定式，譬如世德堂本《拜月亭》「試官考選」一折，淨扮考官，丑扮應試生就是明顯的例子⑯。

到了明清傳奇，這種淨丑，乃至於淨末科諢，保留院本遺規的例子，仍然所在多有。譬如最有名的兩個傳奇劇本《牡丹亭》和《長生殿》也不能免俗。在《牡丹亭》中，像第九出「肅苑」之貼與丑，第十七出「道覡」之淨腳與戲房中人所謂「內」者問答，此「內」擔任之職務，猶如上文所云之「外呈答」。第四十出「僕偵」之淨與丑，第四十七出「圍釋」之淨與丑；在《長生殿》中，像第五出「禊遊」之淨與丑，第十五出「進果」之淨、末與丑，第二十一出「窺浴」之副淨與丑。至於淨、丑各別以滑稽出現為融入性之演出，那更是隨處可見了。

元明北劇雖然插入性的院本，尚有如以上所舉數例，但是完整的插入性演出，其實非常的少。緣故是和淨演出對手戲的「末」，在北劇裡已成為主唱者，而「丑」又非北劇腳色，雖然「淨」腳在元刊本雜劇中已衍生為「淨、外淨」，在元曲中也有「淨、副淨、董淨、薛淨、胡淨、柳淨、高淨」等名目，但他們往往是「通同一氣」的人物，很少演出像宋金雜劇院本那樣的對手戲；也因此，元明北劇大抵止繼承院本中「副淨」滑稽詼諧的特質，而其人物類型則往

---

⑯此段參考鄭黛瓊《中國戲劇之淨腳研究》第二章〈淨腳之衍化〉。鄭小姐畢業於中國文化大學藝術研究所，此為其碩士論文，由筆者所指導。

不正經或邪惡方面逐漸定型。雖然，像關漢卿《竇娥冤》雜劇第二折云：

（賽盧醫上）小子賽盧醫的便是。自從賺蔡婆婆到郊外，欲待勒死，撞見兩箇人救了。今日開這藥舖，看有什麼人來。（淨上）小人張驢兒的便是。有竇娥不肯隨順我，如今那婆子害病，我討服毒藥與他喫了，藥死那婆子，那妮子好歹隨順了我。這裡是藥舖，太醫哥哥，我來討些藥兒。（盧）你討什麼藥？（淨）我討服毒藥。（盧）誰敢合毒藥與你，這廝好大膽也。（淨）你不與我這藥？你真箇不與是怎麼？（盧）我不與你，你怎地我？（淨做拖盧云）好呀！好呀！你在城外將那婆子要勒死，好的！是你來。你只說我不認的你哩！我拖你見官府去。（盧荒云）大哥！你放我，有藥！有藥。（做與藥科）（淨）既然有了藥，我往家中去也。（下）（盧云）原來討藥的這人，就是救那婆婆的，我今日與了他這服毒藥去了，只怕連累我，我今開不成藥舖，且往涿州賣藥去也。（下）

這場戲是根據《古名家雜劇》本引錄的，賽盧醫未注明何等腳色，《元曲選》本除賓白更為機趣詳密外，更以淨扮賽盧醫，副淨扮張驢兒，則這場戲成為淨、副淨的對手戲，有如南戲傳奇之淨、丑搭檔。也因此，這場戲尚有院本遺風。又如元無名氏《硃砂擔滴水浮漚記》雜劇《元曲選》本第一折，其中丑扮店小二，淨扮邦老，正末扮王文用，有云：

〔邦老云〕……兄弟喒都是撚靶兒的，你唱一個，我吃一碗酒。〔正末云〕您兄弟不會唱。〔店小二云〕你不會唱我替你唱。〔做唱科〕為才郎曾把曾把香燒。〔邦老做打科，云〕誰要你唱哩。兄弟，既然你不會唱，來，我唱一個你休笑。〔叫唱科〕哎！你你個六兒嗏。〔云〕只吃那嗓子粗，不中聽。〔店小二云〕恰似個牛叫。〔邦老打科云〕打這弟子孩兒。兄弟，你好歹唱一個。……

雖然「丑」腳是《元曲選》本所加，為元劇所無，但在本劇也確實合乎「店小二」的行當；於是這場戲就由淨末丑三腳演出，與上文所舉南戲體例近似，又淨一再扑打丑，更有宋金雜劇院本之遺規，所以這場戲也可以視之為在元雜劇中演出的院本，但它和所舉《竇娥冤》之例一樣，都已融入劇中了。

另外，在元雜劇中又有所謂「插曲」，鄭因百師《景午叢編・論元雜劇的結構》云：

在任何一折套曲的中間或是前後，可以插入曲子一兩支，這個沒有專名，借用現代語名之為插曲。這一兩支插曲，不必與本套同宮調韻部，反而是不同的居多。不一定用北曲，有時用南曲；有時用不入調的山歌小曲。插曲都是「打諢」性質，其詞句都是無理取鬧，詼諧滑稽的；大都由丑、淨或搽旦演唱。正旦向不唱插曲，正末偶爾來唱，也還是「打諢」，無關正經。

這種插科打諢的插曲，在元雜劇中有不少例子。而無論其由淨、丑、搽旦或末來演唱，既然都不出「打諢」性質，則自然是院本成分融入元劇中者。譬如張國賓《薛仁貴榮歸故里》雜劇第三折開首云：

〔丑扮禾旦上唱〕

〈雙調豆葉黃〉那裡那裡，酸棗兒林子兒，西裡俺娘看你早來也早來家。恐怕狼蟲咬你，摘棗兒，摘棗兒，摘您娘那腦兒。你道不曾摘棗兒，口裡胡兒那裡來。張羅張羅，見一個狼窩，跳過牆囉，諕您娘呵！

〔云〕伴哥！喒上墳去來，你也行動些兒波。〔正末扮伴哥上云〕你也等我一等兒波，今日正是寒食，好個節令也呵！〔唱〕

〈中呂粉蝶兒〉

像這一場戲，不禁使我們聯想宋雜劇中所謂散段「雜扮」的演出。又如關漢卿《望江亭中秋切鱠旦》雜劇第三折，開首由淨所扮之衙內及其隨從張千、李稍做一段科諢後，正旦再上場唱〈越調鬥鵪鶉〉套演出主戲，正旦唱完「收尾」後：

〔衙內云〕張二嫂，張二嫂，那裡去了。〔做失驚科〕〔李稍云〕張二嫂怎麼去了。看我的勢劍金牌，可在那裡。〔張千云〕就不見了金牌，還有勢劍共文書哩！〔李稍云〕連勢劍文書，都被他拿去了。〔衙內云〕似此怎了也。〔李稍唱〕

〈馬鞍兒〉想著想著跌腳兒叫。〔張千唱〕想著想著我難熬。〔衙內唱〕酩子裡愁腸酩子裡焦。〔眾合唱〕又不敢著傍人知道。則把他這好香燒，好香燒。兜的他熱肉兒跳。

〔衙內云〕這廝每扮戲那。〔眾同下〕

這一段仍是淨扮的衙內和他的隨從所作的科諢，兩個隨從若論腳色，也應當是淨丑者流。而由此可見，此折之結構，實由前後兩段院本夾著一套北曲和科白而形成。院本在元雜劇雖然已融入其中，但它的精神面貌，只要稍加注意，是不難發現的。而其精神面貌為何？那就是淨丑乃至於末的科諢及其所唱的插曲。明徐充《暖姝由筆》云：

有白有唱者名雜劇，用絃索者名套數，扮演戲跳而不唱者名院本。

這樣的話語證諸事實，雖然有極明顯的錯誤，但所云「扮演戲跳而不唱者名院本」，可能正可以說明當時的部分現象。因為根據我們上文所舉的院本，以及李開先現存的《打啞禪》和《園林午夢》兩個院本，其唱曲如果不是少至一二曲，就是純以散說科汎搬演，也難怪元雜劇融入院本的地方，絕大多數以散說科汎見滑稽，即使使用插曲也不過一兩支而已。

另外元雜劇中的「淨」腳，固然仍保持宋金雜劇院本滑稽科汎的特質，但已有逐漸扮飾罪惡奸邪人物的趨向，這種趨向在南戲傳奇中更加明顯，而到了今日之平劇與地方戲曲，淨腳的性質更有很大的轉變，不再扮飾女性人物，不再是滑稽詼諧人物，而止取人物性質之氣度恢宏與個性剛猛而不論其人品之正邪，於是滑稽詼諧之人物，便為丑腳所專屬。有關歷代淨腳之衍化，及其所充任之人物類型與在舞臺上所應講求之技藝，請詳拙作〈中國古典戲劇腳色概說〉與鄭黛瓊碩士論文《中國戲劇之淨腳研究》[57]，此不更贅。

57 鄭黛瓊《中國戲劇之淨腳研究》第二章〈淨腳之衍化〉所作之歷代劇種淨腳衍化表：

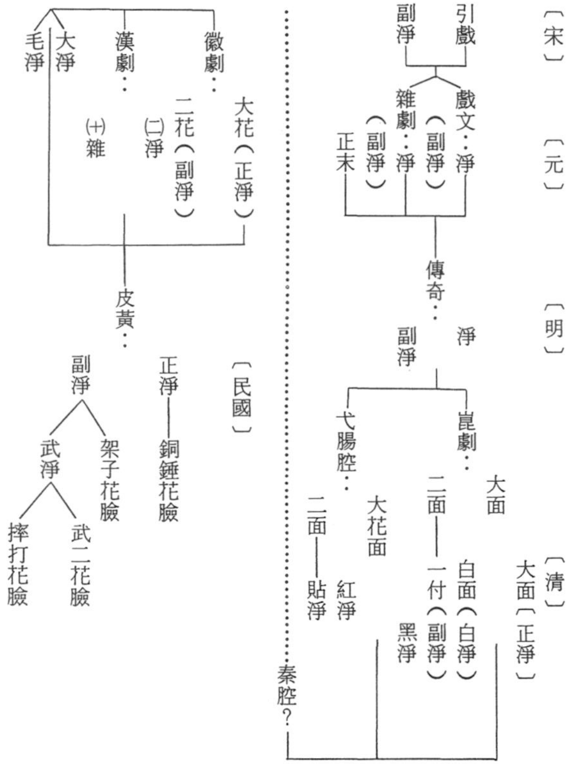

肆、參軍戲的轉型——曲藝「相聲」

一、學者的觀點

「相聲」直到現在仍是中國人喜愛的曲藝。許多學者都認為它和參軍戲有密切關係。《唐戲弄》所舉出的就有以下諸家：徐慕雲《中國戲劇史論・唐參軍戲》云：

以意度之：現今之相聲，殆沿此流而來者也。蓋參軍有一正一副，而相聲亦必一點一愚也。然二者之雅俗，相去遠矣！

董每戡〈說丑相聲〉云：

發展完成為戲劇，參軍戲的固有的成分沒有滅沒，參軍和蒼鶻兩個角色，變名而存在於戲劇中。而我的看法，參軍戲還另行單獨存在，及今仍保留其遺跡，那便是雜耍類的相聲。這個臆斷，自然不能保證絕對正確，由它的形式和內容上看來，不無百分之九十的相近似。

羅常培〈相聲的來源和今後的努力方向〉云：

參軍戲的演法是一個戴著幞頭、穿著綠衣服，叫做「參軍」；另外一個梳著髻角（俗作抓角）、穿著破衣服，像個僮僕的，叫做「蒼鶻」。參軍後來叫做副淨，蒼鶻後來叫做副末，鶻能擊禽鳥，末可以打副淨。──這種表演法，就是對口相聲裡一個逗哏的，一個捧哏。捧哏的也常拿扇子打逗哏的。……參軍戲的對話法，也很像現在的相聲。（下舉李可及演三教論衡為例）

趙景深《中國古典喜劇傳統概述》云：

「參軍」兩個字唸快了就是「淨」字。演員演這類戲，總有參軍和蒼鶻兩個角色。蒼鶻的「鶻」字與「末」字同一韻母。一淨一末，正如今天相聲裡的「逗哏的」和「捧哏的」。

林庚《中國文學簡史》十五云：

參軍戲，……就現存唐以來的記載看來，情形頗像今天的對口相聲。演時以參軍為主要腳色，而以蒼鶻為其配角。（又謂北京天橋名藝人徐狗子於說相聲時「引用古書，以發笑談」，與唐李可及演三教論衡所有，正是同一類型。）

陳墨香於《劇學月刊》二卷六期〈墨香劇話〉，因《宋元戲曲考》彙列唐宋滑稽戲，亦曰：

按清代相聲，即其遺也。其調謔善語，亦不亞古人。

綜合以上諸家觀點，所以認為相聲和參軍戲有傳承關係的理由，約有以下三點：

其一，參軍戲一參一鶻演出對手戲，一個發喬一個打諢，猶如對口相聲一愚一黠，一個逗哏的，一個捧哏的，其基本演出方式一樣。

其二，參軍戲的調謔善語和相聲一樣。

其三，參軍戲的參軍後來叫副淨，蒼鶻後來叫副末，副末可以打副淨，也和相聲捧哏的可以打逗哏的一樣。

任半塘對於這些意見，用了一句「實則唐宋參軍戲之滑稽，寓於表演故事之中，終是戲劇，並非說話或講唱」而完全否定參軍戲和相聲有任何關係。也就是說，任氏認為參軍戲是戲劇，是經過化裝代言來表演故事的，其與說唱曲藝是兩回事，根本不能相提並論。

我們在評論以上諸家和任氏看法的是非之前，對於諸家和任氏說法有先作修正的必要。徐氏謂參軍戲與相聲，兩者雅俗相去甚遠，這是貴古賤今的錯誤觀念，其實如上文所舉，參軍戲雅的固有，俗的也不算少。董氏謂參軍戲和相聲之間有百分之九十相近似，只要將兩者稍作比較，就知道言過其實。羅氏以徐知訓事說明參軍戲的演法是以偏概全。由上文的論述，我們知道參軍戲的演出不止如此；又演出時「扑擊」的動作，是宋雜劇中正雜劇的一種發展，不能用以說明參軍戲演出的特色。至於任氏，則執著於戲劇與曲藝為絕然不同的東西，因而對於其間可能的傳承關係就視若無睹。其實曲藝與戲劇間的密切關係，自古已然[58]，曲藝固可以發展為戲劇，戲劇的演出形式，又何嘗不可以為曲藝所取法。因之，任氏一語抹煞其間可能存在的傳承關係，未免失之過拘。以下且略述筆者個人的看法，請先說明什麼是「相聲」，「相聲」有

[58]詳拙作〈中國古典戲劇的形成〉、〈中國地方戲曲形成與發展的徑路〉二文，均收入拙著《詩歌與戲曲》。

什麼特質。

二、相聲概述

根據侯寶林等所著《曲藝概論》，謂「相聲」一詞雖早見於清乾隆間翟灝《通俗編》「相聲」條，但其按語云：

今有相聲技，以一人做十餘人捷辯，而音不少雜，亦其類也。

可見是屬於一種口技。而明確的含有今天意義的「相聲」一詞，最早見於光緒三十四年（一九〇八）出版的英歛之《也是集續篇》裡的「大人來了」：

北京人供人消遣之雜技，如崑、弋兩腔，西皮二黃，說評書，唱時調種種之外，更有一種名曰相聲者，實滑稽傳中特別人才也。其登場獻技並無長篇大論之正文，不過隨意將社會中之情態摭拾一二，或形相，或音聲，摹擬仿效，加以譏評，以供笑樂，此所謂相聲也。該相聲者，每一張口，人則捧腹，甚有聞其趣語數年後向人述之，聞者尚笑不可抑，其感動力亦云大矣。猶憶童年聞其形容九門提督出門之威風一段，今述之以供當道之一察焉。京中雖親王貴冑出門，並無儀仗，且無驅逐行人之事，獨九門提督出，則有囚首喪面，破帽鶉衣之看街兵在前，執黑皮鞭，高聲唱喝云：「大人來了，大人來了！」相聲者摹看街兵之腔調，喝云：「大人來了，駱駝抱起來（惡其礙路也）。大人來了，驢車趕溝裡去（嫌其破蔽也）。大人來了，老太太把孩子摔死（恐其啼聲聒耳也）。」這裡說到的相聲，包括摹聲、擬形和組織「包袱」[59]，表示那時相聲藝術已經成熟。據此推測，「相聲」起碼在咸同年間即已存在，因為作者是記其童年見聞的。

相聲藝人十分重視「說、學、逗、唱」的本領，「說」是指說大笑話、小笑話、反正話、俏皮話，說個字義兒，打個燈謎，說個「綳綳綳兒」、「蹦蹦蹦兒」、「憋死牛兒」、「繞口令兒」；「學」是指學天上飛的，地下跑的，水裡伏的，草棵裡蹦的，學人言鳥語，做小買賣的吆喝；「逗」是指抓哏取笑，幽默風趣；「唱」是指唱太平歌詞，學唱各種戲曲小調。

相聲的形式有單口相聲、對口相聲和「群活」三種。「單口相聲」，藝人稱之為「單春」，是相聲裡最早出現的形式，以「說」的段子居多，它的源流可以追溯到古代的笑話和「說話」，其特點是：必須與「包袱」結合，必須有打諢式的評點，必須有虛擬化的色彩。「對口相聲」由兩個演員來表演，一為逗哏，一為捧哏。又分「一頭沉」、「子母哏」、「貫口」三種。「一頭沉」以逗哏的敘述為主，捧哏的居於輔助地位，通過二人聊天，對話進行表演。逗哏的向捧哏的講述故事，而捧哏的則進行評點或提問，以便使故事波瀾起伏、生動活潑。「子母哏」則

---

[59]「包袱」是相聲術語。意思是採取種種藝術手段把可笑的東西包起來，等待時機成熟，突然把它打開，讓那些可笑的東西一下子呈現在觀眾面前，這就叫做「包袱」。

是甲乙互相爭辯，組織「包袱」，揭露矛盾，往往是逗哏的敘述片面、歪曲、誇張、謬誤，形成捧逗之間的對立，以不同的觀點進行爭辯，以便抓哏取笑。「貫口」是以流利的，有節奏的，一氣呵成的語言進行表演，類似韻誦體的形式，極富語言情趣；但它不能單獨存在，必須輔以「一頭沉」或「子母哏」的表現方式方能進行表演。「群活」是指三人或三人以上的相聲，除捧哏、逗哏以外，還有一個「膩縫的」。捧逗之間的關係類似「子母哏」，而「膩縫的」從中調停、滑稽取笑。

相聲的結構，一般把一段相聲分為「墊話」、「瓢把兒」、「正活」和「底」四個層次。「墊話」就是開場白，要具有集中情緒，引向正話的作用，有如唐代俗講的「押座文」，藉以招徠觀眾。「瓢把兒」是「墊話」和「正活」之間的過渡段落，必須首先體現相聲的喜劇風格。「正活」又叫做「活」，是靈活運用節目和段子的意思。它是一段相聲的主要部分，要一步緊一步，一環套一環，一個「包袱」接一個「包袱」，直趨高潮，為「攢底」作好準備。「底」又叫「攢底」，就是一段相聲的結尾，也是一段相聲的最高潮。如果「底」沒有響，觀眾不笑，那麼演員下臺都是灰溜溜的。

相聲的旨趣，大抵是通過真實性、誇張性和喜劇性來到達諷刺嘲弄的目的，即使要有所歌頌，也往往出現「傻子」形象，先藉以插科打諢，抓哏逗趣，然後再通過這傻子歌頌「卑賤愚昧者其實最聰明」的旨趣。

三、「相聲」中的參軍戲姿影

通過以上對「相聲」的了解，我們再來觀察它和「參軍戲」的關係，有以下幾點相近似的地方：其一，相聲和參軍戲都無長篇大論之正文，不過就時事摭拾一二，予以摹擬仿效，加以譏評，以供笑樂。當然，也有同樣純以為笑樂的。

其二，相聲藝人「說學逗唱」的本領，比起參軍戲嫡派之宋金雜劇院本之正雜劇正院本，其主演者副淨要有散說、道念、科汎等技藝是可以前後呼應的。亦即相聲之「說」對其「散說」，相聲之「學」對其「科汎」，相聲之「逗」對其「道念」，相聲之「唱」對其如劉采春之「歌聲徹雲」。

其三，相聲之「單口相聲」，與宋金雜劇院本之「豔段」演出似乎有相近的情形；「對口相聲」則顯然中唐以後參鶻鹹淡或宋金雜劇院本副淨、副末發喬打諢的演出模式，相聲之所謂「一頭沉」、「子母哏」，乃至於「貫口」，也都可以在參軍戲、宋金雜劇院本中找到痕迹。「一頭沉」譬如「三教論衡」，「子母哏」譬如「雙鬥醫」，「貫口」的譬如《竇娥冤》雜劇淨腳賽盧醫上場的一段滾白。至於「群活」，則有如參軍戲之群優會演或宋金雜劇院本之「五花爨弄」，具體的例子如「長壽仙」院本。

其四，至於相聲之結構：墊話、瓢把兒、正活、底四個層次，如果拿李開先「打啞禪」院本來比附的話，除了「塾話」不明顯外，其他三個層次是宛然可睹的。

其五，相聲中的「傻子」形像和扑打動作，正是五代以後「弄癡」被參軍戲吸收以後的演出特徵。

有此五點相近似的地方，我們能說「相聲」和「參軍戲」以及其嫡派宋金雜劇院本毫沒有關係嗎？

那麼其間的關係又是如何來的呢？那是因為「參軍戲」的演出方式及其滑稽詼諧寄寓諷刺嘲弄的特質，其實一直依存於中國戲劇宋金雜劇院本、宋元南戲北劇、明清傳奇，乃至於近代皮黃國劇之中，而到了清咸同之際，又被藝人從中提取出來，發揚光大，因而蛻變轉型成為再度娛樂教育廣大群眾的曲藝。因為它是以藝人之相貌形容喜怒哀樂，使人觀而解頤；以話的聲音變出癡癡呆傻，倣倣聾瞎啞，學各省人說話不同之聲音以發人笑柄，因名之為「相聲」[60]。這樣的「相聲」因為淵源有自，雖然止取資於「參軍戲」的「嫡派子孫」，但既是「嫡派子孫」，也自然與「乃祖」多所近似。我想以此來解釋「參軍戲」和「相聲」的關係是比較合理而接近事實的。

結語

綜上所論，可見「參軍戲」原是宮廷優戲，起於東漢和帝之戲弄贓官，上承漢代角觝遺風，而定名於後趙石勒。入唐而一變為假官戲，用作諷諫與笑樂。中唐以前，主演之參軍謂之「參軍樁」，其後「參軍」與「蒼鶻」鹹淡對比，同時亦流入民間，音樂歌舞等表演藝術亦因之大進。五代以後，演出形式加入「扑擊」的動作，而且將北朝以來流行的「弄癡」吸收其中。到了宋代，「參軍樁」變成教坊十三部色中的「參軍色」，職司樂舞戲劇的指揮和導演，參軍戲本身變成狹義的宋雜劇中的「正雜劇」，夾在樂舞雜技中演出，一場必須兩段，而為教坊十三部色中的「正色」。這時的「參軍」變成「引戲」，亦即「淨」，職司導演；「蒼鶻」變成「末泥」，亦即「末」，為劇團之團長；而主演者則由他們的副手所謂「副淨」、「副末」去擔任。

---

⑥⓪清雲游客《江湖叢談》云：「八角鼓班的鼓兒，向有生旦淨末丑。其丑角每逢上場，皆以抓哏逗樂為主。在那時八角鼓之有名丑角為張三祿。其藝術之高超勝人一籌者，仗以當場抓哏，見景生情，隨樣應變，不用死套話兒，演來頗受社會人士歡迎。後因其怪癖，不易搭班，受人排擠，彼憤而撂地。當其上明地時，以說學逗唱曰大技能作藝。游逛的人士皆欲聽其玩藝兒。張三祿不願說八角鼓兒，自稱其為相聲。『相』之一字，是以藝人之相貌形容喜怒哀樂，使人觀而解頤。『聲』之一字，是以話的聲音變出癡癡呆傻，做做聾瞎啞，學各省人說話不同之語音。蓋相聲之藝術能圓的住粘兒，餽的下杵來（二句言能吸引觀眾、能掙錢），較比搭班作藝勝強多多，張三祿乃相聲發始創藝之一。」此段文字說明相聲之發始與何謂「相聲」，可備作參考。

雜劇的演出，每場通常四人或五人，如果五人，不是加上一位扮飾官員的「裝孤」，就是加上一位妝扮婦女的「裝旦」。劇團雖然通常也以四五人為準，但有時一團可以副淨三人而多至八人。宋雜劇在宮廷或官府的演出，純出笑樂的幾乎沒有，大抵是寓諷諫於滑稽；而從文獻記載與田野考古資料多起印證，可知民間雜劇之盛行，已成日常娛樂。正雜劇二段又先後加入和吸收所謂「豔段」和作為散段的「雜扮」而形成四段各自獨立的「小戲群」。與南北宋對峙的遼金，亦同樣有「雜劇」，金雜劇後來改稱作「院本」，所以「雜劇、院本」其實一也。但金院本有其發展與進步的地方，譬如在演藝方面，副淨更講求散說、道念、筋斗與科汎，而金末更出現所謂「院么」，實質上已是元人雜劇之所謂「么末」的前身。宋金雜劇院本到了南戲北劇，院本先與北劇同臺先後並演，然後一方面作插入性的演出，一方面逐漸融入其中，作用都在調劑場面。而既融入其中，就成為南戲北劇不可分割的一部份，亦即所謂「插科打諢」。金院本和南戲北劇中的「淨、副淨」和「末、副末」，由於原來「淨」引戲吩咐和「末」主張為長的職務和作用逐漸消失，又由於腳色綱目相同，因此「淨、副淨」和「末、副末」乃每有混稱的現象。而在元雜劇裡，末既職司主唱全劇，於是原本「打諢」的任務也減至最低限度；此時之「淨」雖然負起院本融入後滑稽調笑的大部份責任，但其所扮飾之人物性質，也有向罪惡奸邪發展的趨向；而在宋元南戲裡，末、淨則保留頗濃厚的院本特質，同時更加上丑腳助陣；但到了明清傳奇，滑稽調笑的任務已大部分為「丑」腳所取代；而至清皮黃，末腳幾於消失，併入生行之中，淨亦轉變為氣度恢容或性情剛猛之腳色，而將滑稽調笑的任務完全交給「丑」腳去承擔了。

縱觀「參軍戲」的演化史，雖然隨代易名，有所轉變和發展，但其精神和面貌則依存於歷代劇種之中，而且隨時隨地宛然可睹；甚至於降及晚清更蛻變再生而為所謂曲藝「相聲」，則可見中華文化一脈相傳，深厚廣遠，生生不息的原動力是多麼偉大而永垂不息。

七十七年九月一日凌晨一時四十分

（原載《台大中文學報》第二期）

宋代福建的樂舞雜技和戲劇

引言

根據民國五十一年的調查統計，我國有四百六十多個劇種，其中偶戲近百種，戲曲三百六十餘種①，大多數是百年來新興的劇種，只有福建的莆仙戲保留許多宋金雜劇院本的遺規和面貌，福建泉州的梨園戲也幾乎使宋元南戲宛然可睹②；也就是說福建的莆仙戲和梨園戲，簡直

①見《中國戲曲曲藝辭典》「劇種」條。

②有關莆仙戲和梨園戲的考述詳下文。另有流行於廣東汕頭地區和閩南、臺灣的「潮劇」，也保留了相當多的宋元古樂曲。

就是宋代戲曲的活標本。因此乃引起筆者從文獻上探討宋代福建樂舞雜技和戲劇的興趣，一方面藉此了解宋代有「海濱鄒魯」③之稱的福建，其表演藝術的情況；一方面也藉此對於今日尚流傳的古老藝術，略作追本溯源的工夫。

壹、福建的移民與開發

福建僻處我國東南海隅，雖然《周禮》有「職方氏」掌理「七閩」，戰國時越王無疆子孫建立了「閩越」小國④，但仍屬蠻夷之邦。秦始皇統一天下，始設閩中郡；其後東漢獻帝建安元年（一九六）置南平縣，建安十年（二〇五）置建陽縣，建安十二年（二〇七）置浦城縣，建安十五年（二一〇）置閩侯縣，魏陳留王景元元年（二六〇）置邵武、將樂、東安三縣，晉

③黃仲昭《八閩通志・自序》：「閩雖為東南僻壤，然自唐以來，文獻漸盛。至宋，大儒君子接踵而出，仁義道德之風於是乎可以不愧於鄒魯矣！」

④《四庫全書・百越先賢志・提要》云：「南方之國越為大，自勾踐六世孫無疆為楚所敗，諸子散處海上，各為君長。其著者：嶺南為南越；自東冶至漳泉為閩越，永嘉為甌越，自湘漓而南為西越，牂牁西下，邕、雍、綏、建為駱越。統而名之，謂之百越。」

武帝太康元年（二八〇）置溫麻縣，又崇安縣也發現西漢古城址，則秦漢以後，永嘉晉室南渡以前，福建已陸續有中原移民⑤。但士族入閩，使閩中文化發達，則誠如彭韶〈八閩通志序〉所云：

自漢武徙其民於江淮，永嘉板蕩，乃有衣冠而南；王氏割據，復有文從而南；及宋氏都杭，諸名家又益南矣！華俗由是丕變。

也就是說閩中文化的發達，是經由三次歷史變故而促成的；其一是晉永嘉之亂，唐杜佑《通典》卷一八二云：

永嘉之後，帝室東遷，衣冠避難，多所萃止。藝文儒術，斯之為盛。今雖閭閻賤品，處力役之際，吟旅不輟，蓋因顏謝徐庾之風扇焉。

又陳壽祺《重纂福建通志》卷五十六〈風俗〉引唐《十道志》云：

清源郡（即今福建仙遊），秦漢土地。……晉南渡，衣冠族多萃其地。

又宋陳振孫《直齋書錄解題》卷八引唐林諝《閩中記》云：

永嘉之亂，中原仕族，林黃陳鄭四姓先入閩。

又明何喬遠《閩書》卷一五二〈畜德志〉上云：

晉永嘉二年，中州板蕩，衣冠始入閩者八族，所謂林黃陳鄭詹丘何胡是也。

---

⑤見莊為璣《晉江新志》第五卷〈晉江專題志〉第五篇〈移民志〉。

其二是唐宋末審知入閩，明何喬遠《閩書》卷一五二〈畜德志〉上云：

王氏父子據有全閩，雖號不知書，然一時浮光世族，多與之俱南；其後頗折節下士，開學館，以育才為意，故閩之風聲氣習，浸與上國爭列。

所云「王氏父子」即指王審知、王延翰。又歐陽修《五代史記》卷六十八〈閩世家〉云：

審知雖起盜賊，而為人儉約，好禮下士。王倓，唐相溥之子；楊沂，唐相涉從弟；徐寅，唐時知名進士；皆依審知仕宦。又建學四門，以教閩士之秀者。

其三是宋代靖康之難，《福建通紀》卷五引《中興小紀》云：

建炎初，詔西外宗司居高郵軍，南外宗司居鎮江府；及渡江以來，遷徙不常，是年西外宗居福州，南外宗居泉州，其後兩宗學各置教官如諸州例云。

又引《續通鑑》謂南外宗正曾經「自鎮江募海舟載宗子及婦女三百四十餘人至泉州避兵」。

就因為歷史上的這三次變故，使中原衣冠士族，乃至於宗室王孫紛紛入閩避難，終於定居而為閩人，帶動了閩中文化的發展。到了宋室南渡以後，可以說是閩中文化最昌盛的時代。宋光宗紹熙元年（一一九〇）朱熹知漳州，於是而又有所謂「閩學」，其他如蔡沈、真德秀、蔡元定、劉克莊、胡安國諸人都是著名的儒者⑥，閩中至此真正成為「海濱鄒魯」了。

⑥見清陳壽祺《重纂福建通志》卷一八五〈道學傳〉。

成為「海濱鄒魯」的閩中，又因為有「泉州」這樣一個國際商埠，更增加了它的繁榮，《五代史記》卷六十八〈閩世家〉云：

（審知）招徠海中蠻夷商賈。海上黃崎，波濤為阻，一夕風雨雷電震擊，開以為港。閩人以為審知德政所致，號為甘棠港。

又《宋史》卷一六八〈食貨市舶〉云：

（神宗）熙寧五年（一〇七二），詔發運使薛向曰：東南之利，舶商居其一。比言者，請置司泉州，其創法講求。

又成於宋理宗寶慶二年（一二二六）的《諸蕃志．外國傳》云：

大食在泉之西北，去泉州最遠。（〈大食國傳〉）

自泉州舟行，順風月餘日可到。（〈真臘國傳〉）

自泉州至本國，順風舟行二十餘程。（〈占城國傳〉）

在泉之正南。（〈三佛齊國傳〉）

于泉州丙巳方，王冬月發船。（〈闍婆國傳〉）

又成於宋度宗咸淳十年（一二七四）的《夢粱錄》卷十二云：

若有出洋，即從自泉州港口，至岱嶼門，便可放洋過洋，泛往外國也。

由以上可見：所謂「甘棠港」雖迹近神話，但可證泉州在五代王審知據閩時已開港，而在北宋神宗時始置市舶司，到了南宋末理，度宗時泉州已成為國際大商港，也因此當時外國與中國間的距離和方位，皆以泉州為基準。元初馬可波羅由陸路來中國，歸國時則由泉州揚帆，他在遊記裡稱泉州為Zayton，他說：

在這座城市Zayton港，交通著帶來了香料及其他所有種類之貴重貨物的全部印度船隻。這裡又是南中國一切商賈輻輳，由此輸入的貨物、寶石、真珠，數量之多令人驚嘆。通過這裡把這些分配到南中國全境。我起誓，為供給耶穌教國，有一艘胡椒船進入亞里山大及其他港口，則有百艘乃至以上的胡椒船來這個Zayton港。因而，這裡是世界二大貿易港之一。

馬可波羅所說的泉州港雖屬元初，但實與宋末銜接，由此當可概見泉州在宋代的情況。閩中在宋代既是「海濱鄒魯」，又有泉州這樣的世界性貿易大港，則其樂舞雜技和戲劇的繁盛也就很自然了。

貳、宋代福建的樂舞

有關宋代福建樂舞的情況，可由以下資料來觀察：

1.《宋史》卷一三〇〈樂志〉第八十三樂五云：

（紹興）十有三年，郊祀。詔以祐陵深弓劍之藏，長樂遂晨昏之養，昭答神天，就臨安行在所修建圜壇，於是有司言：大禮排設備樂，宮架樂辦一料外，登歌樂依在京夏祭例，合用兩料。其樂器，登歌則用編鐘、磬各一架；柷；敔二；搏拊鼓二；琴五色，自一二三五七至九弦各二；瑟四；塤、箎、簫并二；巢笙、和笙各四；并七星、九曜、閏餘匏各一；麾幡一。宮架則用編鐘、編磬各十二架；柷敔二；琴五色，各十；瑟二十六；巢笙及簫并一十四；七星、九曜、閏餘匏、笙各一；竽笙十，塤一十二、箎一十八，篴二十，晉鼓一，建鼓四，麾幡一。乃從太常，下之兩浙、江南、福建州郡；又下之廣東西、荊湖南北，刮取舊管大樂，上於行都。有闕則下軍器所製造，增修雅飾，而樂器寖備矣。

因為金人攻入北宋國都汴京，宮廷樂器皆已散失；南渡後，於紹興十三年（一一四三），為在臨安修建圜壇郊祀祭天，必須大排禮樂，只好派官員到福建與兩浙、兩廣、兩湖等地訪求樂器，充作宮廷雅樂之用。福建既為訪求之地，則可見亦有雅樂。

2.宋祝穆《方輿勝覽》云：

幔亭峰在大王峰後。古記云：秦始皇二年八月十五日，武夷君與皇太姥、魏王子騫輩，置酒會鄉人於峰頂。召男七二千餘人虹橋跨空，魚貫而上；設彩屋幔亭可數百間，飾以明珠寶玉。中設一床，謂之玉皇座；西為太姥、魏真人座；東為武夷君座。悉施紅雲裀、紫霞褥、金盂貯花，異香氳靄。初鄉人至幔亭外，聞鼓聲。少頃，空中有贊者呼鄉人為

「曾孫」，使男女分東西，依次進拜畢。真人抗聲言：「汝等曾孫各安好。」遂命男女以東西坐。又亭之東西，有青綾幃幄，內各設床，陳樂器。又聞贊者命鼓師張安陵打引鼓，趙元奇拍副鼓，劉小禽坎鈴鼓，曾小童擺𪔂鼓，高智滿振曹鼓，高子春持短鼓，管師鮑公希吹橫笛，二板師何鳳兒拊節鼓；於是東幄奏「賓雲左仙」之曲。次命弦師董嬌娘彈坎篌，謝英妃撫長琴，呂荷香藁圓鼓，管師黃次姑噪篳篥，秀淡鳴洞簫，宋小娥運居巢，金師羅妙容揮鐃鈸，於是西幄奏「賓雲右仙」之曲。乃命行酒，其食品皆非人世所有；酒數行，命歌師彭令昭唱「人間可哀」之曲。曲云：「天上人間兮會何稀？日落西山兮夕鳥飛，百年一瞬兮事與願違。天宮咫尺兮恨不相隨。」

「幔亭峰」位於福建武夷山九曲溪的第一曲，是武夷三十六峰中的一座名峰。祝氏所述雖然是根據「古記」所記的一段神話，但神話莫不規模人間。也因此，文中所記的引鼓、副鼓、鈴鼓、𪔂鼓、曹鼓、短鼓和橫笛、節板、坎篌、長琴、圓鼓、篳篥、鐃鈸等樂器，以及「賓雲左仙」、「賓雲右仙」、「人間可哀」等樂曲，還有許多男女樂師的名字，雖然對研究古代樂舞和藝人是很重要的資料，但它們所反映的也應當是福建的樂舞現象，而祝穆既為宋人，則所記也應當和當時有某種程度的關係。

3. 清陳與祚《仙遊縣志》卷三十六〈摭遺〉引黃仲昭《舊志》云：

陳洪進據泉、漳二州，有沙門行雲者，謂人曰：「陳氏當有王侯之象，去此五年，戎馬千萬眾，前歌後舞入此城。」……王師入城，作笳鼓為樂，悉如其言。

陳洪進於宋太宗太平興國三年（九七八）四月，以獻漳泉二州故，封為武陵節度使。可見宋初漳泉一帶，盛行歌舞，而且還有笳鼓。

4.宋真德秀《西山文鈔》卷六〈謝黃南劍樂語啟〉云：

伏以申命泉山，再續十六年之舊。經行劍水，適逢二千石之賢。平時素切星風之瞻，一見遽諧膠漆之好；羅羞水館，極既醉既飽之歡。諭意伶工陳善頌喜禱之語，顧惟不敏，豈所克堪。

真德秀於宋理宗紹定六年（一二三三）第二次知泉州時，途經劍水（今福建南平），當時知州黃某設宴，並聽了歌舞藝人演唱樂曲。由此可以看出宋代官府以樂侑酒的情況。

5.宋陳起《南宋羣賢小集中興羣公吟稿》戊集卷七華谷嚴坦叔〈觀北來倡優詩〉云：

見說中原極可哀，更無飛鳥下蒿萊；吾儂尚笑倡優拙，欲喚新翻歌舞來。

嚴坦叔即嚴粲，字坦叔，一字明卿，福建邵武人。官清湘令。右錄之詩當是嚴氏家居時看到「北來倡優」所發的感慨，這也說明南渡時北方歌舞藝人已有避難福建的。

6.宋林光朝《艾軒集》卷一〈閏月九日登越王臺次韻經略敷文所寄詩〉云：

閒陪小隊出山椒，為有吳歌雜楚謠；縱道菊花如昨日，要看湯餅作三朝。……

越王臺在福建莆田縣。林光朝，字謙之，莆田人，宋孝宗隆興元年（一一六三）進士，詩中所敘為林氏在家鄉莆田所看到的民間歌舞，而既云「吳歌雜楚謠」，則流行於今江蘇一帶的所謂「吳歌」和湖北一帶的所謂「楚謠」，也在宋代流入了福建的莆田。

7.宋劉克莊《後村先生大全集》卷二十三〈神君歌十首〉之六云：

村樂殊音節，蠻謳欠雅馴；老儒無酌獻，歌此送相迎。

劉克莊，字潛夫，號後村，莆田人。宋理宗淳祐初（一二四一）特賜同進士出身，官至龍圖閣直學士，晚年致仕家居。右詩所詠為迎神賽會，所云「村樂」為民間音樂，有別於「雅樂」；所云「蠻謳」指南方之俗曲。由此可見當時迎神賽會，充滿民樂俗曲的情況。後村自稱「老儒」，當為其致仕家居時所作。

8.宋劉克莊《後村大全集》卷二十六〈研鼓〉云：

本子流傳自柳營，著行線彩鬥鮮明。似從傀儡家□出，又說熙河帥教成。邊地烽烟差向里，中州燈火尚承平。何嘗夜奪崑崙隘，真為君王奏凱聲。

9.宋彭乘《續墨客揮犀》卷七云：

王子醇初平熙河，邊陲寧靜，講武之暇，因教軍士為訝鼓戲，數年間遂盛行於世。其舉動舞裝之狀，與優人之詞，皆子醇初製也。或云：「子醇初與西人對陣，兵未交，子醇命軍士百餘人，裝為訝鼓隊，繞出軍前，虜見皆愕眙，進兵奮擊，大破之。」

10.宋黎靖德編《朱子語類》卷一百三十九云：

如舞訝鼓，其間男子、婦人、僧道、雜色，無所不有，但都是假的。

以上三條資料，後村所云「砑鼓」，彭乘與《朱子語類》均作「訝鼓」，按楊慎《升庵全集》卷四十六「迓鼓」條云：

宋語錄：「今之古文，如舞迓鼓。」人多不解為何語。按元人樂府有「村里迓鼓」之名。宋人樂苑有「衙鼓格圖」，官衙嚴鼓之節也。「衙」訛為「迓」。

則「砑鼓」、「訝鼓」與「迓鼓」三者音同字異，當亦即「衙鼓」。蓋「衙鼓」本為官府嚴鼓之節，王子醇帥熙河時始製為軍中之戲，有化妝，有身段，有致語，但由「裝為訝鼓隊」與「舞訝鼓」之語觀之，當屬百戲中之「樂舞」。

11.《永樂大典》戲文三種之《張協狀元》第八出有四支〈福州歌〉，第二十三出有一支〈福清歌〉，錄之如下：

（淨）〈福州歌〉伊奪擔去，我底行貨，都是川裡買來底。我妻我兒，家裡望消息。

（合）雪兒又飛，今夜兩人在那裡睡。

（末）〔同前〕它來打你，你不肯和順，好言告它去。使槍使棒，一心逞雄威。（合）擔兒把去，今夜兩人在那裡睡。

（淨）〔同前〕朔風又起，擔兒裡，紙被襖兒盡劫去。手兒腳兒，渾身悄如冰。（合）雪兒又飛，今夜兩人在那裡睡。

（末）（同前）你莫打渠，苦必苦，廝打你每早先輸。你腰我腰，沒錢又無米。（合）擔兒把去，今夜兩人在那裡睡。

〈福清歌〉自離故鄉，尋思斷腸，兩個月得共鸞凰。許多時守空房，到如今依舊恁，似我不嫁郎。燕銜泥，尋舊壘，骨自成雙。

《張協狀元》戲文錢南揚《宋元南戲百一錄》考定為南宋作品，其中已有〈福州歌〉和〈福清歌〉兩個曲牌，福州歌和福清歌顯然就是流行於福建和福清一帶的俗曲小調，而既被南戲所吸收，也可見福建與南戲有密切的關係。

12.宋梁克家《三山志》卷四十〈土俗類〉二「上元」云：

綵山：州向譙門設立，巍峨突兀，中架棚台，集俳優倡妓，大合樂其上。渡江後，停寢。紹興九年，張丞相浚為帥，復作，自是不廢。

觀燈：舊例，太守以三日會監司，命僚屬招郡寄居者，置酒臨賞。既夕，太守以燈炬千百，群伎雜戲，迎往一大剎中，以覽勝。州人士女，卻立跂望，排眾爭睹以為樂。本州司理王子獻詩：「春燈絕勝百花旁，元夕紛華盛福唐；銀燭燒空排麗景，鰲山聳處現祥光。管弦喧夜千秋歲，羅綺填街百和香。欲識使君行樂意，姑循前哲事祈禳。」又司理方孝能詩：「街頭如畫火山紅，酒面生鱗錦障風；佳客醉醒春色裡，新妝歌舞月明中。……」

「三山」即福州之古稱。梁克家，字叔子，晉江人，宋高宗紹興三十年（一一六〇）狀元，孝宗淳熙六年（一一七九）出知福州。由右錄「綵山」中的「中架棚台，集俳優娼妓，大合樂其上」和「觀燈」中的「群伎雜戲」、「管弦喧夜」、「新妝歌舞」諸語，可見宋代的福州，歌舞雜技乃至戲劇已經很盛行。

由以上所列舉的十二條資料，可知宋代福建的樂舞相當盛行，有雅樂和各式各樣的樂器，有衙鼓的表演，有迎神賽會的村樂俗曲，有俗曲小調〈福州歌〉和〈福清歌〉，官府宴會以歌舞侑酒，北方的歌舞藝人南下福建，而吳歌楚謠甚至於宮廷中的「小兒隊舞」也傳入莆田了。「小兒隊舞」見劉後村詩，詳下文。

宋代福建這樣盛行的樂舞中，起碼有一種音樂還流傳到今天，那就是被稱為南音、南曲、南樂、南管、五音、絃管或郎君樂的一種古老音樂。筆者曾有〈南管中古樂與古劇的成分〉一文⑦，從曲牌結構、套曲結構、宮調板眼三方面論述南管含有很濃厚的唐宋大曲成分。其後筆者所指導的臺大中文研究所學生沈冬小姐，更以〈南管音樂體製及歷史初探〉作為她的碩士論文，進一步研究，獲得有關南管音樂「古老性」的結論有以下六條：

㈠「絲竹相和，執節者歌」的演出形式可溯自六朝清商樂。

㈡「絲先竹後」的樂曲形式淵源自唐樂。

---

⑦原載《國際南管會議特刊》，中華民俗藝術基金會，收入拙著《詩歌與戲曲》一書，聯經出版事業公司。

㈢「打撩」按拍之法，脫胎於唐代羯鼓演奏技法。
㈣琵琶、洞簫、二絃、五木拍板、響盞等樂器仍存唐宋舊製。
㈤琵琶維持橫彈，以彈「相」為主，指法板拙；拍板雙手捧擊，皆為宋元以前演奏方式。
㈥譜樂具有唐宋大曲規模。

如此說來，所謂「南管」，甚至於可以說就是唐宋音樂的「活標本」了。

叁、宋代福建的雜技

上文所引宋人梁克家《三山志》，已經說到宋代福州的「雜技」很盛行，其次由以下資料，也可以看出宋代福建雜技的種類和情況。

1. 劉克莊《後村先生大全集》卷二十一〈即事三首〉之一云：

抽簪脫袴滿城忙，大半人多在戲場。膈膊雞猶金爪距，勃跳狙亦袞衣裳。湘累無奈眾人醉，魯蜡曾令一國狂。空巷冶游惟病叟，半窗淡月伴昏黃。

右詩為宋理宗寶祐三年（一二五五）所作，時劉後村領提舉明道宮閒職，退居莆田。詩中所云「膈膊雞猶金爪距」，韓愈〈鬥雞聯句〉云：「膈膊戰聲喧」，膈膊為雞的鼓翼聲；《淮南子・原道》：「雞有鈎箴芒距」，金爪距謂雞爪如金鈎一般的銳利；則所詠為「鬥雞」。詩中又云

「勃跳狙亦袞衣裳」，謂旋轉跳躍之猿猴尚且穿著官吏的禮服，則所詠為「弄猢猻」；「狙」，原刊本作「徂」，當為「狙」之誤。後村〈神君歌十首〉之四，另有「狙裹周公服」之語，卷四十三「再和」亦有「狙公加之章甫飾」之語，皆詠猴戲。

2.劉克莊《後村大全集》卷二十一「又三首」之一云：

冠蓋幢幢有許忙，直從墟市到毬場。寶珠似得于佗冢，卉服疑來自越裳。鬢雪難勾小兒隊，眼花休發少年狂。幾時游女歸蠶織，勿學施朱與約黃。

後村此詩所詠有雜技之「毬場」，為打毬之場所，打毬即古代蹴踘之戲，類似現代的足球比賽；由「冠蓋幢幢」之語看來，打毬似為官吏所好之遊戲。詩中所詠另有「小兒隊」，宋代教坊樂舞有「小兒隊」，每隊七十二人，有男童隊與女童隊之分。小兒隊入場歌舞必須由參軍色竹竿子勾引和遣放，故詩云「勾小兒隊」。見《宋史．樂志》十七、孟元老《東京夢華錄》卷九「宰執親王宗室百官入內上壽」條。看來莆田一地也已流入宮廷的樂舞。

3.後村大全集卷二十三「繩技」云：

公卿黠似雙環女，權位危於百尺竿；身在半天貪進步，腳離實地駭傍觀。愈悲登華高難下，載卻尋橦險不安。誰與貴人銘座右，等閒記著退朝看。

此詩藉「繩技」以諷身在高位的貴人。「繩技」略如今之走鋼絲；詩中所詠又有「尋橦」，橦為旗竿，尋橦即爬竿。

由《後村大全集》所記載的資料，我們可以考察到宋代福建的雜技，起碼有鬥雞、弄猢猻、打毬、繩技和尋橦。而真德秀《西山文鈔》卷七〈再守泉州勸農文〉云：

莫喜飲酒，飲多失事；莫喜賭博，好賭壞人；莫習魔教，莫信邪師，莫貪浪游，莫看百戲。

所云「百戲」實為歌舞雜技乃至戲劇之總稱，則宋代福建之雜技，當不止後村所記數種而已。

肆、宋代福建的戲劇

上文所引錄梁克家《三山志》有「集俳優倡妓，大合樂」於「棚台」之語，因而可見宋代福州戲劇已經很昌盛。又由以下資料，亦可見福建戲劇之盛行，及其所涵括之劇種。

1.清薛凝度主修《雲霄廳志》卷四十六〈藝文〉六引宋陳淳《朱子守漳實迹記》云：

朱先生守臨漳，未至之始，闔郡吏民得於所素，竦然望之如神明，俗之淫蕩於優戲者在悉屏戢奔遁，及下班蒞政，究嚴合宜，不事小惠。

2.清沈定均主修《漳州府志》卷三十八〈民風・宋郡守朱子諭俗文〉云：

約束城市鄉村，不得以禳災祈福為名，斂掠財物，裝弄傀儡。

3.宋陳淳《北溪文集》卷二十七〈上傅寺丞論淫戲〉云：

某竊以此邦陋俗，當秋收之後，優人互湊諸鄉保作淫戲，號「乞冬」。群不逞少年，遂結集浮浪無賴數十輩，共相唱率，號曰「戲頭」。逐家聚斂錢物，豢優人作戲，或弄傀儡，築棚於居民叢萃之地，四通八達之郊，以廣會觀者；至市廛近地，四門之外，亦爭為之，不顧忌。今秋自七八月以來，鄉下諸村，正當其時，此風在在滋熾。其名若曰戲樂，其實所關利害甚大：一、無故剝民膏為妄費；二、荒民本業事游觀；三、鼓簧人家子弟，玩物喪恭謹之志；四、誘惑深閨婦女，出外動邪僻之思；五、貪夫萌搶奪之奸；六、後生逞鬥毆之忿；七、曠夫怨女邂逅為淫奔之醜；八、州縣二庭紛紛起獄訟之繁，甚至有假托報私仇，擊殺人無所憚者。其胎殃產禍如此，若漠然不之禁，則人心波流風靡，無由而止，豈不為仁人君子德政之累。謹具申聞，欲望臺判，按榜市曹，明示約束；並貼四縣，各依指揮，散榜諸鄉保甲嚴止絕。如此，則民志可定，而民財可紓；民風可厚，而民訟可簡。闔郡四境，皆實被賢侯安靜和平之福，甚大幸也。

朱先生即朱熹，字元晦，原籍婺源（今江西婺源縣），寄籍福建建陽縣。宋高宗紹興十八年（一一四八）進士，累官煥章閣待制，光宗紹熙元年（一一九〇）知漳州，三年後去任。陳淳，字安卿，號北溪，福建龍溪人，朱熹知漳州時，嘗從之學。寧宗嘉定十一年（一二一八）特奏名，授安溪主簿，不就。傅寺丞即傅伯成，字景初，原籍濟源（今屬河南省），遷居福建泉州。少從朱熹學，孝宗隆興元年（一一六三）進士，寧宗慶元三年（一一九七）知漳州，歷官大理寺丞。由右引三段資料，可見朱熹和他的門弟子都非常反對戲劇，但由「俗之淫蕩於優戲」、「優人互湊諸鄉保作淫戲」諸語，以及所描述城鄉熱烈演戲的情形，可見朱熹和傅伯成守漳時，漳州一帶真是演戲成風。其中所說到的劇種，除「傀儡戲」明言外，均但云「優戲」或「優人作戲」，此優戲當指宋雜劇和南戲而言。

4.《後村大全集》卷十〈田舍即事十首〉之九：

兒女相攜看市優，縱談楚漢割鴻溝；山河不暇為渠惜，聽到虞姬直是愁。

5.《後村大全集》卷二十一〈聞祥應廟優戲甚盛二首〉：

空巷無人盡出嬉，燭光過似放燈時；山中一老眠初覺，棚上諸君鬧未知。游女歸來尋墜珥，鄰翁看罷感牽絲；可憐樸散非渠罪，薄俗如今幾偃師。

巫祝讙言歲事詳，叢祠十里鼓簫忙；衣冠優孟名孫□，……□□閼氏成妬婦，幻教穆滿作□□……□□必區區笑郭郎。

6.同上卷二十二〈無題二首〉：

郭郎線斷事都休，卸了衣冠返沐猴；棚上偃師何處去，誤他棚上幾人愁。

棚空眾散足凄涼，昨日人趨似堵墻，兒女不知時事變，相呼入市看新場。

7.同上卷四十三〈觀社行用實之韻〉：

吾家世南折簡呼，有目曷不見子都。牽衣沉復幼吾幼，閉戶大似愚公愚。鮮妝袨服出空巷，鈿沉綉轂來塞塗。展烏絲欄擁小玉，設錦步障盛綠珠。爾時病叟亦隨喜，攜添丁郎便了奴。非惟兒童竟嗤笑，更被傀儡旁揶揄。平生不識琥珀枕，況敢擊碎珊瑚株。□言香火□埒霍，漸覺風俗侔徽衢。一國若狂孰醉醒，宋玉奚必譏登徒。殺牛欲賽西鄰祭，若狗翻哂東門儒。恍然墮在化人境，又似跳入仙翁壺。麟台學士固窮者，歲晚與婦爭襌襦。獨余太乙舊藜杖，夜窗耿耿供清臚。平明踐淖行百里，輕快勿假靈壽扶。安石出山不免耳，德公入州破戒無。矧君口素銜清議，紛紛詒子愁斧誅。如齊而觀竊未喻，或曰有心擊磬乎。君如精金豈易鑠，十年風雪快饕虛。粵人自昔尚巫鬼，魯俗何曾廢儺較。渠能七步追險韻，聊復一吸空罰爵。北風清塵宿泥乾，西日漏光陰雪駁。邊頭刁斗幸小休，棚上鼓笛姑同樂。苦吟久無玉（當作王）官采，盡言深恐朋友數。君豪盛氣欲回瀾，吾衰袖手觀返壑。荔蕉堪薦神送迎，葵棗勿妨農烹剝。剛腸憤發論尤健，枵腹冥搜詩轉惡。先持一事試靈君，敢問何年相玉樸。

以上四條資料所錄諸詩，皆為劉克莊致仕家居時所作，可以看出當時莆仙一帶戲劇的盛況，使男女雜沓，舉國若狂。其中〈觀社行〉一詩，更描寫了當日里社賽會，展演各種民俗技藝的情形。所云「實之」即王邁之字，王邁號臞軒，福建仙遊人。宋寧宗嘉定十年（一二一七）進士，歷漳州通判，知邵武軍，提點廣東刑獄。劉克莊此詩，題稱「用實之韻」，前後凡五和。其中「再和」一首尚有「陌頭俠少行歌呼。方演東晉談西都。哇淫奇響蕩眾志，瀾翻辨吻矜群愚。狙公加之章甫飾，鳩盤謬以脂粉塗。荒唐兮父走棄杖，恍惚象罔行索珠。效牽酷肖渥洼馬，獻寶遠致崑崙奴」諸語關涉賽會中戲劇的搬演。又王邁《臞軒集》有十六卷本收入《四庫全書》，惟未見劉克莊所唱和之原作。乾隆《仙遊縣志・藝文志》雖著錄有王邁《臞軒文集》二十七卷，卻未見傳本。從後村諸詩來觀察：「縱談楚漢割鴻溝」的市優和「衣冠優孟名孫口」的表演，都應當是宋代雜劇和戲文。其次所云「偃師」，相傳為周穆王時工匠，作木人，能歌舞；見《列子・湯問》⑧；又所云「郭郎」，見段安節《樂府雜錄》「傀儡子」條與《顏氏家訓・書證篇》⑨，都顯然指傀儡戲的演出而言；再由「鄰翁看罷感牽絲」⑩與「郭郎線斷事都休」二語觀之，則此傀儡當係懸絲傀儡。

---

⑧《列子・湯問》：「周穆王西巡狩，越昆侖，下至弇山。反還，未及中國，道有獻工，人名偃師，穆王薦之，問曰：『若有何能？』偃師曰：『臣唯命所試。然臣已有所造，願王先觀之。』穆王曰：『日與俱來，吾與若俱觀之。』越日，偃師謁見王。王薦之，曰：『若與偕來者何人邪？』對曰：『臣之所造能倡者。』穆王驚視之，趨步俯仰，信人也。巧夫頷其頤，則歌合律；捧其手，則應舞節。千變萬化，唯意所適。王以為實人也，與盛姬內御並視之。技將終，倡者瞬其目而招王之左右侍妾。王大怒，立欲誅偃師。偃師大慴，立剖散倡者以示王，皆傅會革、木、膠、漆、白、黑、丹、青之所為。王諦料之，內則肝、膽、心、肺、脾、腎、腸、胃，外則筋骨、肢節、皮毛、齒髮，皆假物也，而無不畢具者。合會復如初見。王試廢其心，則口不能言；廢其肝，則目不能視；廢其腎，則足不能步。穆王始悅而嘆曰：『人之巧乃可與造化者同功乎？』詔貳車載之以歸。」或以為此即中國偶戲之始。

8.宋梁克家《三山志》卷四十〈歲時〉：

驅儺：鄉人儺，古有之。今州人以為「打夜狐」。曾師建云：「《南史》載：曹景宗為人好樂，在揚州日，至臘月則使人邪呼逐除，遍往人家乞酒食以為戲。迄今閩俗迺曰『打夜狐』。」　唐敬宗夜捕狐狸為樂，謂之「打夜狐」。閩俗豈以作邪呼逐除之戲，與夜捕狐狸之戲同，故云；抑亦作邪呼之語，訛而為「打夜狐」歟？

按孟元老《東京夢華錄》卷十「十二月」條云：

自入此月，即有貧者三數人為一火，裝婦人神鬼，敲鑼擊鼓，巡門乞錢，俗呼為「打夜胡」，亦驅祟之道也。

---

⑨段安節《樂府雜錄》「傀儡子」條：「自昔傳云：起於漢祖在平城，為冒頓所圍。其城一面，即冒頓妻閼氏，兵強於三面。壘中絕食，陳平訪知閼氏妬忌，即造木偶人，運機關，舞於陴間。閼氏望見，謂是生人，慮下其城，冒頓必納妓女，遂退軍。史家但云『陳平以秘計免』，蓋鄙其策下爾。後樂家翻為戲，其引歌舞有郭郎者，髮正禿，善優笑，閭里呼為『郭郎』。凡為戲場，必在俳兒之首也。」又顏之推《家訓．書證篇》：「或問：俗名傀儡子為『郭禿』，有故實乎？答曰：《風俗通》云：『諸郭皆諱禿。』當是前代有姓郭而病禿者，滑稽戲調，故後人為其象，呼為『郭禿』，猶文康象庾亮耳。」

⑩這裡的「牽絲」是一語雙關，因唐宋有懸絲傀儡亦稱牽絲傀儡，而古時官吏所執之印綬亦稱牽絲。故此句意謂因看懸絲傀儡的表演而感念宦海的浮沉。

所云「打夜胡」應即是「打夜狐」。則這種歲暮的驅祟之戲，不止閩中一地成為習俗，即北宋汴京亦然。

9.宋周密《齊東野語》卷二十一「溫公重望」條：

宣和間，徽宗與蔡攸輩在禁中，自為優戲。上作參軍趨出，攸戲上曰：「陛下好個神宗皇帝！」以上杖鞭之曰：「你也好個司馬丞相！」

10.《宋史》卷四七二列傳二三一〈奸臣〉二云：

攸……與王黼得預宮中秘戲，或侍曲宴，則短衫窄褲，塗抹青紅，雜倡優侏儒，多道市井淫媟謔浪語，以蠱帝心。

以上二條記蔡攸在宮中演戲。蔡攸，字居安，蔡京長子，福建仙遊人。宋徽宗崇寧初（一一〇二）賜進士出身，封英國公，領樞密院，出入宮禁，常侍曲宴。蓄有家樂，後被劾，貶回仙遊家居。蔡攸在宮中所演的戲，顯然就是唐參軍戲的嫡系、居宋教坊十三部「正色」之「正雜劇」。蔡攸既能在宮中躬踐排場，則其被劾家居，很可能將家樂攜帶返鄉，因之，宋雜劇亦可能流入閩中。有關參軍戲及其演化，筆者已有專文論述[11]。

縱觀文獻上所見宋代福建之劇種，有宗教劇「打夜狐」，偶戲「懸絲傀儡」，雜劇和南戲。

---

[11] 拙作〈參軍戲及其演化之探討〉，見臺灣大學《中文學報》第二期，收入本書頁一。

其中懸絲傀儡流傳至今，其藝術聞名中外⑫；而福建莆仙戲今日的演出形式，若與周密《武林舊事》、陶宗儀《輟耕錄》所記宋金雜劇院本的體製和爨弄情況比對，乃至於與南戲《張協狀元》、元人高安道〈般涉哨遍散套．嗓淡行院〉參較，都不難看出莆仙戲保留許多宋金雜技的遺規和面貌，譬如開臺的鑼鼓、打和，收場後的斷送、打散，尤其正戲的「豔段」、「正雜劇」、「雜扮」，以及「淨」腳之稱「靚粧」等都是顯而易見的具體證據⑬。而福建梨園戲的劇本，以前認為明嘉靖丙寅年（一五六六）重刊的《五色潮泉荔鏡記戲文》是最古老的傳本，近年發現了道光間手抄本「朱文」，證明竟是南宋戲文傳下的「海內孤本」⑭；「宋人詞益以里巷歌

⑫廈門鷺江出版社有陳瑞統編《泉州木偶藝術》一書詳敘其事。

⑬見《華東戲曲》陳嘯高、顧曼莊之〈福建莆仙戲〉，胡忌《宋金雜劇考》第五章〈宋劇遺響〉。

⑭《泉州文史》第五期吳捷秋〈宋元南戲在泉州的活文物〉第五節〈海內孤本朱文的發現〉云：「上路的傳統劇目『朱文』，那是全國注目的宋元南戲《朱文太平錢》，這劇早已失傳，故事不見記載。《永樂大典》一三九八九，戲文二十五，作《朱文鬼贈太平錢》，在未見梨園戲這一傳本，是無從知其劇情梗概的，這個清道光間手抄本，已成為稀有文物，珍藏在福建省戲曲研究所。它雖只有『贈綉篋』、『試茶續認真容』、『走鬼』三折，但就已保留全戲的主要場口，……據戲曲史家錢南揚著《宋元戲文輯佚》所錄『朱文太平錢』三支殘曲，與梨園戲這一抄本對照，文詞情節是一致的，足證它是南宋戲文傳下的『海內孤本』。」

謠」⑮是南戲的特點，現在梨園戲的戲詞也具有同樣的風格；又梨園戲的主要曲調是流行泉州、廈門一帶的「南曲」（又名絃管、南音，在臺灣叫南管），「南曲」三十六大套，除佛道兩套外，所有曲文都跟梨園劇本相同，多是仿照宋元詞曲體裁而雜用方言，並保留了相當數量的古詞調名，至於泉州當地的民歌、山歌之類，也被採入「南曲」之內，編為各種滾調，如此以宋元詞曲與地方民歌相融合的「南曲」，就成為梨園戲內容極其豐富的樂曲。可見梨園戲是以南戲為基礎再吸收民歌小調所形成的地方戲劇；也因此，它的南戲面目宛然可睹⑯。

宋代的傀儡戲、雜劇、南戲，在今日的福建尚能保存流傳，則福建簡直就是我國民族戲劇的巨大動態博物館，是很值得我們好好珍惜的。

---

⑮徐渭《南詞敘錄》云：「南戲始於宋光宗朝，永嘉人所作趙貞女、王魁二種實首之，故劉後村（應作陸放翁）有『死後是非誰管得，滿村聽唱蔡中郎』文句。或云：宣和已濫觴，其盛行則自南渡，號曰『永嘉雜劇』，又曰『鶻伶聲嗽』。其曲，則宋人詞而益以里巷歌謠，不叶宮調，故士大夫罕有留意者。」又云：「永嘉雜劇興，則又即村坊小曲而為之，本無宮調，亦罕節奏，徒取其畸農、市女順口可歌而已。諺所謂『隨心令』者，即其技歟？間有一二叶音律，終不可以例其餘，烏有所謂九宮？」

⑯有關南戲與梨園戲之傳承關係，請參考《華東戲曲》陳嘯高、顧曼莊〈福建的梨園戲〉，拙作〈南管中古樂與古劇的成分〉與〈宋元南戲的活標本〉，沈冬《南管音樂體製及歷史初探》，以及《泉州文史》第五期王愛群、吳世忠〈小議南音同中原古樂的關係〉。

結語

總上所論，福建因為晉代永嘉之亂、唐末王審知入閩和宋室南遷三次歷史大變動，中原士族與宗室南下避難，使得福建在南宋成為「海濱鄒魯」，泉州更成為世界貿易大港，不止人文薈萃，經濟亦發達，從而形成樂舞雜技和戲劇滋生競陳的溫床。我們從文獻上能考述到的有各式各樣的雅樂器，官府中的衙鼓，迎神賽會的村樂俗曲，被南戲吸收的〈福州歌〉、〈福清歌〉，吳歌楚謠，小兒隊舞，和鬥雞、弄猢猻、打毬、繩技等雜技，以及打夜狐、傀儡戲、雜劇、南戲等劇種。而最可注意的是，今日福建的音樂戲劇中，其南管、傀儡戲、莆仙戲、梨園戲，都保存很具體的宋人規模，其在民族的藝術文化上自然有極其崇高的意義和價值，我們應當進一步的研究和發揚。

這裡要補充說明的是，福建的樂舞雜技，在唐五代間已經有相當的成績，譬如唐代宗時福州觀察使以樂妓數十人進獻宰相元載之子伯和[17]，宣宗時晉江人陳蝦作「霓裳羽衣曲賦」[18]，

---

[17] 宋王灼《碧雞漫志》卷三「涼州曲」條：「又《幽閑鼓吹》（唐張固撰）云：『元載子伯和，勢傾中外。福州觀察使寄樂妓數十人，使者半歲不得通；窺伺門下有琵琶康崑崙出入，乃厚遺求通。伯和一試，盡付

懿宗咸通間（八六〇—八七三）莆田的百戲就有很盛行的跡象⑲，而唐代泉州官府宴會早就有音樂歌舞⑳，五代時泉州樂舞也很盛行㉑，福建優伶王感化對南唐中主唱「南朝天子愛風流」㉒；凡此皆可見宋代福建之樂舞雜技和戲劇之所以隆盛是在唐五代的基礎上進一步發展的。

（原載《宋代文學與思想》，民國七十八年學生書局印行）

崑崙。段和上者，自制「道調涼州」，崑崙求譜不許，以樂之半為贈，乃傳。』據張祜詩，上皇時已有此曲，而『幽閑鼓吹』謂段自制，未知孰是。」

⑱明陳鳴鶴《東越文苑》卷一〈唐列傳〉「陳蝦」條：「陳蝦，字錫之，晉江人。舉開成三年進士。宣宗時，蝦為刑部郎中，帝讀其《霓裳羽衣曲賦》而善之：『安得琬琰器哉！』其辭曰：『我玄宗心崇至道，化協無為。制神仙之妙曲，作歌舞之新規。被以衣裳，盡法上清之物；序其行綴，乃從中禁而施。原夫采金石之清音，象蓬壺之勝概，俾樂工以交泰，儼彩童而相對。漓灑合節，初聞六律之清和；搖曳動容，宛似群仙之態。爾其絳節回互，霞袂飄颻。或眄睞以不動，或輕盈而欲翔。入風韻肅，清音思長。引洞雲於丹墀之下，颯天風於紫殿之旁。懿乎樂洽人和，曲含仙意。雜管絃之繁節，澹君臣之玄思。清淒滿耳，無非沖漠之音；颯沓盈庭，盡是雲霄之事。吾君所以凝清慮、慕玄風，無更舊曲，用纂成功。既心將道合，乃樂與仙同；說康平於有截，延聖壽於無窮。美矣哉！調則沖虛，音惟雅正；於以增逍遙之境，於以暢恬和之性。遂使俗以廉平，人無紛競；是天地之訢合，致朝廷之清淨。小臣忭而歌曰：聖功成兮

至樂修，大道協兮皇風流。願揣侔於竹帛，贊玄化於鴻休。』帝既善嘏作賦，遂有意欲大用之。會嘏卒，為之愐然。」

⑲宋沙門道原纂《景德傳燈錄》卷十八：福州玄沙宗一大師，沙名師備，福州閩縣人也。姓謝氏，幼好垂釣，泛小艇於南臺江，狎諸漁者。唐咸通初年，甫三十，忽慕出塵，乃棄釣舟，投芙蓉山靈訓禪師落髮，往豫章開元寺。……師南游莆田，縣排百戲迎接。來日師問小塘長老：「昨日許多喧鬧，向什麼處去也？」小塘長老提起衲衣角。師曰：「料掉，勿干涉。」

⑳泉州圖書館藏本《唐歐陽四門先生文集》卷七〈泉州刺史席公宴邑中赴舉秀才於東湖亭序〉云：「求絲桐匏竹以將之，選華軒勝景以光之。後一日，遂有東湖亭之會，……樂遍作，……於時老幼來窺，盡室盈岐。」又〈泉州泛東湖餞裴參知南游序〉云：「指方舟以直上，繞長河而屢迴，弦管鐃拍，出沒花柳。」

㉑五代詩人詹敦仁〈余遷泉山留侯招游郡圃作此〉云：「萬灶貔貅戈甲散，千家綺羅管弦鳴，柳腰舞罷香風度，花臉勾妝酒暈生。」見陳衍《閩詩錄》。

㉒陳衍重修《福建通志》卷五十、第一百冊〈福建伶官傳．五代〉：「王感化，建州（今福建建甌縣）人，南唐伶人。保大初，中主初嗣位，春秋鼎盛，留心內寵，宴私擊鞠，略無虛日，嘗乘醉令感化奏水調進酒。惟歌『南朝天子愛風流』一句，如是數四。上覆杯不懌，厚賜金帛，以旌敢言。且曰：『使孫、陳二主得此一句，固不當有銜璧之辱也。』翌日，罷諸宴賞，留心庶事，圖閩弔楚，幾致強霸。感化善謳歌，聲振林木。……感化少聰敏，未嘗執卷，而多識故實，詼諧捷急，滑稽無窮。」

宋元南戲的「活標本」

——爲藝術學院梨園戲的演出而寫

在福建地方戲劇中莆仙戲和梨園戲是現存最古老的劇種。莆仙戲可以說就是宋雜劇的具體寫照，而梨園戲則是宋元南戲的活標本。

梨園戲的根本在泉州，分大梨園和小梨園。大梨園亦稱老戲，又分上路、下南兩支；小梨園由童伶演出，又稱七子班。梨園戲唱絃管南曲，絃管南曲傳入台灣後，因與傳自北方亂彈系統的北管對稱，乃稱之為南管；也因此梨園戲在台灣叫做南管戲。

梨園戲雖然已經含藏有明清兩代的戲曲因素，但由以下證據，可以說明它保留宋元南戲的面目宛然可睹。

其一，試舉梨園戲傳本與徐渭《南詞敘錄·宋元舊編》所列南戲名目對比，相同者就有趙貞女、王魁、王十朋、孫榮、王祥、朱買臣、孟姜女、朱文、林招得、劉文龍、趙盾、蘇秦、呂蒙正、蔣世隆、劉知遠、郭華等十六本相同。其中最可注意的是「朱文」這個劇目，尚存道光間手抄本「贈綉篋」、「試茶續認真容」、「走鬼」三折，錢南揚《戲文概論》謂「將戲文的三支佚曲和梨園戲對照一下，不但情節全同，而且辭句也有些相似。」由此可以斷言，今日梨園戲所保存之「朱文」，簡直就是宋元南戲《朱文鬼贈太平錢》的傳本。「朱文」一本如此，則其他十五本也有可能如此，則梨園戲與南戲關係之密切可知。

其二，錢南揚又謂南戲《張協狀元》中有「太子遊四門」一調，此後無論在其他戲文、傳奇、地方戲，以及各家曲譜中，從沒發現過；而在梨園戲中有此調，泉州民間音樂也很流行。可見作為南宋戲文的《張協狀元》早已傳入泉州，同時影響了梨園戲。

其三，漢魏樂府每曲分數疊，一疊即一樂章；宋詞有單調、雙調、三疊、四疊；其每曲必盡疊數始為完整。而南北曲則不然，一疊即為曲一支，可以獨用，如須疊用，北曲稱「么篇」，南曲稱「前腔」。而南管中的曲牌，無論樂曲或戲劇，每曲皆盡其疊數，且又如樂府之前有豔、後有趨與亂，乃至於間含泛聲；其較諸南北曲為古，甚為顯然。

其四，梨園戲所用的腳色是生旦淨末丑貼外等七種，所以又叫「七色」或「七子」班，這七種腳色，從《永樂大典》戲文三種考察，正是如此；也就是說，那正是宋元南戲的腳色。

其五，發展完成後的南曲聯套規律是：同宮調或管色相同的曲牌按照音程板眼聯綴為一套樂曲。《永樂大典》戲文三種雖然好用重疊隻曲成套的組織方式，而大體已注意到宮調、管色的諧同。徐渭《南詞敘錄》謂南戲：「其曲，則宋人詞而益以里巷歌謠，不叶宮調，故士夫罕有留意者。」這是南戲的最初形式。而我們考查梨園戲最古的明嘉靖丙寅年（四十五，一五六六）刊本《荔鏡記》戲文，無論其排場配搭之拙劣，即其套式組織，則真是「不叶宮調」，如第六出「五娘賞燈」混用中呂南呂仙呂三宮而雜入里巷歌謠之〈水車歌〉；又如第二十二出「梳妝意懶」雜用商調仙呂中呂南呂四調，凡此所在不鮮，而與劇情轉換之「移宮換調」無關。則《荔鏡記》戲文雖然為宣正化治間作品，而由於其出自泉潮，所保留之早期南戲面貌反較《永樂大典》戲文三種為多，這是很可注意的現象。

其六，元周德清《中原音韻．作詞起例》云：「逐一字調平上去入，必須極力念之，悉如今之搬演南宋戲文唱念聲腔。」元人芝菴《唱論》論元曲云：「凡歌一聲，聲有四節：起末、過度、搵簪、顛落。」可見無論南北曲均極注重語言旋律與音樂旋律的密切融合無間。今日崑曲咬字運腔，多用反切吐出，而南管的歌唱同樣注意這種「分析字音」的唱法，其一聲四節正與元曲相合，其圓融精練雖不如崑曲，而其頓挫質樸則顯示其未如崑曲之藝術加工，保存的是南曲唱法更原始的面貌。

其七，梨園戲的表演方法有所謂「進三步、退三步、三步到台前」，與「舉手到目眉、分手到肚臍、指手到鼻尖、拱手到下頦」的一套成規。大抵說來，其肢體的運作顯得比較生硬，有如傀儡戲的身段；而宋代傀儡戲非常發達，福建一地亦甚為昌盛，其舞台動作影響到人演的戲劇是很自然的；也因此，梨園戲便保存如許傀儡身段的「古風」。

以上七點包括劇目傳本、曲調及其結構、腳色、套數結構、咬字吐音、身段動作等構成戲劇最基本而重要的因素，誰能說梨園戲和宋元南戲沒有瓜葛？而其關係既然如此密切，我們甚至於可以說，梨園戲簡直就是宋元南戲的「活標本」。

梨園戲既然可以說是宋元南戲的「活標本」，則其歷史地位是多麼的崇高！其文化價值是多麼的貴重！可惜數十年來由於台灣的社會急遽變遷，傳統藝術文化遭受重大的打擊，梨園戲和其他民族技藝一樣，一蹶不振，由原來作為台灣的重要劇種，變成今日無法成班的情況。有識之士莫不因此感到憾恨，而思有以挽救之道。就中國立藝術學院傳統藝術中心主任邱坤良教授，可以說是最積極從事而著有成績的一位。

邱教授在獲得國家劇院委託製作南管戲曲節目之後，乃以傳統藝術中心的同仁為基礎，並對外招收學員，邀請兩位教育部民族藝術薪傳獎得獎人李祥石先生和吳素霞女士悉心教導，迄今十月有成，擬將所演習之梨園戲名劇《白兔記》與《陳三五娘》公諸社會，為民族藝術之維護與發揚竭盡所能。本人為此甚為感佩，乃不揣譾陋，撰作此文為賀，並期望梨園戲之薪傳，從此綿延不絕。

（原載《中央日報・長河版》，民國七十七年元月三日）

元雜劇體製規律的淵源與形成

引言

從現存元雜劇觀察，其體製規律非常謹嚴：每一單位叫做一本或一種。每本分四段，有時還可以加上一兩個「楔子」。劇本開頭有「總題」，結尾有「題目正名」。每段由一套北曲加上賓白和科範組成，有時在套曲中還用上插曲，在劇末另有「散場曲」。每段宮調大體一定，如首段必用仙呂宮；二段多數用南呂或正宮；三段、四段大致用中呂、雙調。套數的組織相當嚴密，那些曲牌該在前，那些曲牌該在後，那些必須連用，那些可以互相借宮，都有一定的規矩。每套曲限押一個韻部；一本四段更由一人獨唱到底，幾無變例，由正末獨唱的叫末本，正旦獨唱的叫旦本。腳色除旦末兩行外，還有淨行。

以上是元雜劇體製規律的大要，由此可見每一本元雜劇的體製規律，其所包含的必要因素有四段、題目正名、四套不同宮調的北曲、一人獨唱、全劇、賓白、科範、腳色等七項，另有可有可無的次要因素楔子、插曲、散場等三項，總計十項構成因素。這十項構成因素都有其來源，本文就是要探索其來源，並以觀其構成元雜劇體製規律的情形。

壹、四段

雜劇一本包含四個段落，每個段落一般叫做一折，但現存最早的元刊本《古今雜劇》不止不分折，連段落也是不很明顯的，這種情形就和《永樂大典・宋元戲文三種》也是不分出一樣。可見像《元曲選》那樣的分折和像明清傳奇那樣的分出，不是元雜劇和宋元戲文的原貌。然而元刊本《古今雜劇》中，卻有許多「一折」字樣，如《關大王單刀會》有「淨開一折」、「關舍人上開一折」之語，《詐妮子調風月》有「老孤正末一折」、「正末卜兒一折」之語。合計一本中的這些「一折」，絕不止「四折」，可見這個「折」字的意義，和現在所認知的不同，它只是劇中的片段，大抵等於一個場的演出。明朱有燉《誠齋雜劇・牡丹品》〈仙呂點絳唇套〉中有「簫笛旦吹簫一折了，笛一折了。」也還是這個意思。

然而元人鍾嗣成《錄鬼簿》張時起名下有《賽花月秋千記》一本，注明「六折」。又李時中名下有《開壇闡教黃粱夢》一本，注明「第一折馬致遠，第二折李時中，第三折花李郎學士，第四折紅字李二」，而天一閣本賈仲明〈凌波仙・挽詞〉亦云：

元貞書會李時中、馬致遠、花李郎、紅字公，四高賢合捻《黃粱夢》，東籬翁頭折冤，第二折商調相從，第三折大石調，第四折是正宮，都一般愁霧悲風。

所記《黃粱夢》宮調秩序正與今本相同。又汪勉之名下云：

勉之，慶元人。由學官歷浙東帥府令史。鮑吉甫所編《曹娥泣江》，公作二折（按天一閣本作內有先生兩折）。樂府亦多。

鮑吉甫名天祐，吉甫其字，《錄鬼簿》其名下果有《孝烈女曹娥泣江》一本。由《錄鬼簿》中這三條證據，可見在鍾嗣成序《錄鬼簿》的年代（元文宗至順元年，一三三〇），元雜劇已經有現在一般所了解的分折情況。

我們再進一步考察：被認為明初寧獻王朱權所著的《太和正音譜》①，其卷下的「樂府」，即曲譜部分所引用作為格式之曲，皆注明來源。其中錄有鄭德輝《倩女離魂》第四折〈黃鍾水

①筆者有〈太和正音譜的作者問題〉一文，原載《書目季刊》第九卷第四期，收入拙著《說戲曲》一書，臺北聯經出版事業公司。結論是：《太和正音譜》應當是寧獻王晚年門客所依託的著作，而卷首的〈自序〉必出自後人偽託。其編成年代在明宣德四年（一四二九）以後，正統十三年（一四四八）以前。

仙子〉等元雜劇與明初雜劇四十七劇九十支曲②，也就是其出於雜劇之曲，俱明注其劇名和折數。尤其在〈越調拙魯速〉下更注「王實甫《西廂記》第三折」，〈小絡絲娘〉下更注「王實甫《西廂記》第十七折。」弘治十一年（一四九八）金臺岳氏家刻本《金相注釋西廂記》亦已分五卷，每卷一本，每本又分四折。可見明初雜劇分折似乎已到了習焉自然的地步。但是明宣德金陵積德堂原刻本劉兌《金童玉女嬌紅記》、宣德正統間周藩原刻本朱有燉《誠齋雜劇》，

②所錄的四十七劇九十支曲是：黃鍾〈水仙子〉和〈尾聲〉俱為鄭德輝《倩女離魂》第四折，正宮〈端正好〉、〈袞繡毬〉、〈煞〉、〈煞尾〉為費唐臣《貶黃州》第二折，〈倘秀才〉為尚仲賢《歸去來兮》第四折，〈伴讀書〉、〈蠻姑兒〉、〈芙蓉花〉為白仁甫《梧桐雨》第四折，〈笑和尚〉為無名氏《鴛鴦被》第二折；〈白鶴子〉為鮑吉甫《尸諫衛靈公》第四折，〈貨郎兒〉為無名氏《貨郎旦》第四折，〈窮河西〉為無名氏《罟罟旦》第三折，〈啄木兒煞〉為谷子敬《城南柳》第二折，大石調〈六國朝〉、〈歸塞北〉、〈卜金錢〉、〈怨別離〉、〈雁過南樓〉、〈催花樂〉、〈淨瓶兒〉、〈玉翼蟬煞〉為花李郎《黃粱夢》第三折，〈念奴嬌〉、〈喜秋風〉為鄭德輝《翰林風月》第二折，仙呂〈點絳唇〉、〈混江龍〉、〈油葫蘆〉、〈天下樂〉、〈哪吒令〉為喬夢符《金錢記》頭折，〈寄生草〉為費唐臣《貶黃州》頭折，〈六么序〉為無名氏《夢天臺》頭折，〈醉中天〉、〈雁兒落〉、〈賺煞尾〉為馬致遠《黃粱夢》頭折，〈醉扶歸〉為鄭德輝《王粲登樓》頭折，〈憶王孫〉為馬致遠《岳陽樓》頭折，〈玉花秋〉為花李郎《釘一釘》頭折，中呂〈叫聲〉、〈鮑老兒〉、〈古鮑老〉、〈紅芍藥〉為白仁甫《梧桐

雨》第二折，〈迎仙客〉為王伯成《貶夜郎》第三折，〈石榴花〉為無名氏《收心猿意馬》第三折，〈柳青娘〉為白仁甫《流紅葉》第三折，南呂〈牧羊關〉、〈菩薩梁州〉、〈玄鶴鳴〉、〈烏夜啼〉、〈紅芍藥〉為馬致遠《陳摶高臥》第二折，〈賀新郎〉為無名氏《藍關記》第三折，〈梧桐樹〉為馬致遠《岳陽樓》第二折，〈草池春〉為高文秀《謁魯肅》第二折，〈煞〉為范子安《竹葉舟》第三折，雙調〈新水令〉、〈梅花酒〉為范子安《竹葉舟》第二折，〈駐馬聽〉為無名氏《風雲會》第四折，〈五供養〉為王實甫《麗春堂》第四折，〈鎮江迴〉為無名氏《勘吉平》第三折，〈滴滴金〉為谷子敬《城南柳》第四折，〈漢江秋〉為唐進之《黑旋風負荊》第四折，〈小將軍〉為秦簡夫《趙禮讓肥》第四折，〈慶豐年〉為無名氏《火燒阿房宮》第三折，〈太清歌〉為尚仲賢《越娘背燈》第四折，〈秋蓮曲〉為無名氏《連環說》第四折，〈掛玉鈎序〉為王仲文《五丈原》第四折，〈荊山玉〉為賈仲名《度金童玉女》第四折，〈收尾〉為馬致遠《悞入桃源》第四折，〈離亭宴煞〉為王實甫《麗春堂》第四折；越調〈聖藥王〉為無名氏《赤壁賦》第三折，〈麻郎兒〉、〈東原樂〉、〈絡絲娘〉、〈綿荅絮〉為王實甫《麗春堂》第三折，〈送遠行〉為鄭德輝《月夜聞箏》第二折，〈拙魯速〉為王實甫《西廂記》第三折，〈雪裡梅〉為周仲彬《蘇武還鄉》第二折，〈古竹馬〉為陳孝甫《悞入長安》第三折，〈眉兒彎〉為無名氏《豫讓呑炭》第三折，〈酒旗兒〉為白仁甫《流紅葉》第三折，〈青山口〉為無名氏《伯道棄子》第二折，〈三臺印〉、〈煞〉為無名氏《赤壁賦》第三折，〈耍三臺〉為無名氏《敬德不伏老》第三折，〈小絡絲娘〉為王實甫《西廂記》第十七折；商調〈集賢賓〉、〈上京馬〉、〈金菊香〉為喬夢符《兩世姻緣》第二折，〈掛金索〉為無名氏《夢天臺》第二折，〈雙雁兒〉為無名氏《水裡報寃》第二折。

以及嘉靖戊午（三十七，一五五八）刊本《雜劇十段錦》，則皆首尾銜接，其不分折有如元刊本《古今雜劇》三十種，則或可看作此時尚有人保存雜劇不分折的「古風」，或可證明此時雜劇分折的風氣尚未十分盛行。但無論如何，到了萬曆間，則雜劇一本分作四折已變作規律了。因為萬曆刊刻的劇本很多，沒有不明標四折的。

現存元雜劇一百六七十種，其中只有《趙氏孤兒》、《五侯宴》、《東牆記》、《降桑椹》四種各有五折，其餘都是四折。但是元刊本《趙氏孤兒》止四折，《五侯宴》等三種皆非元人舊作③，可見所多出來的一折都有明人加入的嫌疑。至於《錄鬼簿》所著錄之張時起《賽花月秋千記》，特別注明六折，舊鈔本《錄鬼簿》則無此注，《秋千記》已亡，無從查考。而據此已可見元雜劇一本四折幾無例外。「折」字亦有作「摺」字者，譬如明富春堂本《金貂記》卷首附刊楊梓《敬德不伏老》雜劇就是如此，蓋同音假藉，都是指雜劇一個段落的意思。

元雜劇何以會產生如此謹嚴的「一本四折」呢？許多學者為此爭論不休④，日本青木正兒

③見鄭師因百先生〈元劇作者質疑〉，原載《大陸雜誌特刊》第一輯，收入《景午叢編》，臺北中華書局；又見嚴敦易《元劇斟疑》。

④如周貽白《中國戲劇史》第四章〈元代雜劇〉謂有人認為四折的體製來自古希臘悲劇，周氏本人則認為來自唐宋大曲，因為大曲「四解」是最常見的體例。

《中國近世戲曲史》第二章〈南北曲之起源〉謂宋雜劇由「豔段（一段）——正雜劇（兩段）——雜扮（一段）之四段而成，其後元雜劇之以四折為定形之體例，已萌芽於此。」雖然鄭師因百和徐扶明都不同意這種看法⑤，但筆者以為，元雜劇的一本四折實即宋金雜劇院本「四段」的進一步發展。請證成其說如下。

吳自牧成書於宋度宗咸淳十年（一二七四）的《夢粱錄》卷二十「妓樂」條云：

散樂教坊十三部，唯以雜劇為正色。……且謂雜劇中末泥為長，每一場四人或五人。先做尋常熟事一段，名曰「豔段」。次做「正雜劇」，通名兩段。……又有「雜扮」，或曰「雜班」，又名「紐元子」，又謂之「拔和」，即雜劇之後散段也。頃在汴京時，村落野夫，罕得入城，遂撰此端：多是借裝為山東、河北村叟，以資笑端。

此段記載大抵根據成書於宋理宗端平二年（一二三五）耐得翁《都城紀勝》「瓦舍眾伎」條修

---

⑤鄭師因百先生《景午叢編・元人雜劇的結構》有云：「日本青木正兒氏說：元劇的四折或係源於南宋官本雜劇的四段。其說不能成立，因為青木把官本雜劇的段數弄錯了。我認為官本雜劇只有兩段或三段；這不是幾句話所能說清的，容另文詳述。」可惜鄭師沒有進一步為文說明。徐扶明《元代雜劇藝術》第五章〈折子〉有云：「既然雜扮可以不跟正雜劇一道演出，那末宋雜劇的演出形式，並不一定是四段，而有時只有三段。這和元雜劇劇本的四折形式，又有什麼淵源呢？事實證明，沒有淵源。」

飾而成，《都城紀勝》「雜班」作「雜旺」，「拔和」作「技和」，當以《夢粱錄》為是⑥。由此可見宋雜劇每一場的演員四人或五人，每場包含先做的尋常熟事一段叫做「豔段」和次做而通名兩段的「正雜劇」。所以一場完整的宋雜劇演出共有三段；後來又加入一段「散段」叫「雜扮」或「雜班」，又叫「紐元子」或「拔和」。所以發展完成的「宋雜劇」結構共有四段：「豔段」和「散段」是各自獨立的，前者是「尋常熟事」的引子，後者是「以資笑端」的結尾；而「正雜劇」的「通名兩段」自然是主體。王國維《唐宋大曲考》引史浩劍舞，此舞曲演二事，一為項莊刺沛公，一為公孫大娘舞劍器；所以前有漢裝者，後有唐裝婦人服者，其動作姿態記述頗詳。王國維所加按語云：

> 大曲與雜劇二者之漸相近，於此可見。又一曲之中演二故事，《東京夢華錄》所謂雜劇入場，一場兩段也。

如果推測沒錯，那麼正雜劇「通名」的兩段，所演的即是同一名目、性質相類，但各自獨立的兩個故事。由此看來，宋雜劇的四段，事實上是由四個獨立的小戲所組成的，它可以說是一個

---

⑥「旺」當為「班」之形近而誤，「技」與「拔」亦然。「雜班」蓋言其組成之複雜，又「班」與「扮」音近，「雜扮」或為「醜扮」之義。「拔和」即「拔禾」，為農夫之稱，元雜劇《薛仁貴衣錦還鄉》有「拔禾」，為薛仁貴之父，正是鄉下農夫。

「小戲群」。王國維所云「雜劇入場，一場兩段」，見孟元老《東京夢華錄》卷九「宰執親王宗室百官入內上壽」條：

> 第一盞御酒，歌板色……第三盞左右軍百戲入場……第四盞……參軍色執竹竿拂子，念致語口號，諸雜劇色打和，再作語，勾合大曲舞。……第五盞御酒，獨彈琵琶……參軍色執竹竿子作語，勾小兒隊舞。……參軍色作語，問小兒班首近前，進口號，雜劇人皆打和畢；樂作群舞合唱，且舞且唱，又唱破子畢，小兒班首入進致語，勾雜劇入場，一場兩段。……雜劇畢，參軍色作語，放小兒隊。……第七盞御酒慢曲子，……參軍色作語，勾女童隊，……女童進致語。勾雜劇入場，亦一場兩段訖，參軍色作語，放女童隊。……第九盞御酒……

可見宮中宴會，雜劇一場兩段是夾在樂舞百戲中演出，這「一場兩段」的雜劇，自然是指「正雜劇」而言。又周密《武林舊事》卷一「聖節」條所記「天基聖節排當樂次」和吳自牧《夢粱錄》卷三「宰執親王南班百官入內上壽賜宴」條也都記載御前樂次，同樣有雜劇夾在樂舞百戲中演出。可注意的是《夢粱錄》所記在第五盞進御酒時有「雜劇入場，一場兩段」，第七盞進御酒時有「雜劇入場，三段」。所云「兩段」當如前文所云，即指正雜劇；至於「三段」，則顯然是正雜劇兩段又加上豔段作引子的緣故。宮中演出宋雜劇，至多止見此「三段」的記載，未見有完整四段的演出。其緣故可能是「散段」畢竟是後來加入的，而且內容是村人戲謔以資笑，登不得大雅之堂。但是到了金院本，元陶宗儀《輟耕錄》卷二十五「院本名目」條錄有六百九十種名目，其中「衝撞引首」一百九十目，「拴搐豔段」九十二目；胡忌《宋金雜劇考》謂前者疑是以武術雜技為開場的豔段，後者疑是以簡單情節為開場的豔段。院本名目中又有「和曲院本」十四目，「上皇院本」十四目、「題目院本」二十目、「霸王院本」六目、「諸雜大小院本」一百八十九目，胡氏謂都屬於「正院本」，而陶氏云「院本、雜劇，其實一也。」則「正院本」即「正雜劇」。院本名目中另有「打略拴搐」一百十目，「諸雜砌」三十目。胡氏謂打略拴搐普通是一人所擔任的數板念詞，由「猜謎」及「難字兒」推想，有時也是二人以上的演出，內容是以各種名目做為滑稽打諢，而諸雜砌則是各種戲謔表演的名稱。凡此都屬院本的「散段」，以作為「散場」之用。由此可見，「散段」雖然不容於御前演出，但實質上它是與豔段和正雜劇並存於宋金雜劇院本之中的，也就是說完整的宋金雜劇院本是包括四段各自獨立的「小戲群」。

元雜劇緊接宋金雜劇院本之後，其間有所傳承是很自然的事。元雜劇的四折四個段落，很顯然就是來自宋雜劇的四段。其理由如下：

其一，元雜劇四折四個段落是極謹嚴的規律，它和前後相接的宋金雜劇院本的「四段」絕不是偶然的巧合，也就是說它是直接師法宋雜劇的。

其二，元雜劇四折雖然故事連貫，但演出時並不是一氣演完，而是每折間要參合「爨弄隊舞吹打」⑦，也因此事實上是一折一折獨立演出的，是夾雜著樂舞百戲輪番上場的。而這種搬演形式，豈不正是宋金雜劇院本的「遺規」嗎？

其三，宋金雜劇院本的四段和元雜劇的四段，其最大的不同是前者為四個故事情節各自獨立的小戲，而後者為故事情節一氣呵成的大戲。但若仔細觀察，卻不難發現，元雜劇的「一氣呵成」，其實是在宋雜劇獨立小戲的基礎上進一步的發展。

上文說過，宋金雜劇院本是以正雜劇二段為主體，前加「豔段」作引子，後加「散段」為散場的小戲群；那麼元雜劇四折的關係又是如何呢？由於元雜劇限定四折，而故事又必須一氣連貫，於是其情節的安排和推展，便形成了起承轉合的刻板形式；也就是說，劇情的發展是採取單線式的。其首折大致為故事的開端，前半多虛寫，為劇中人自敘身世懷抱，作者也可以乘機發發牢騷，指桑罵槐一番，動人的警句多數在此。二三兩折為故事的發展，也可以說就是雜劇的主體，尤其第三折大都為全劇的最高潮，所以情文並茂的曲子以此折為多。到了第四折則成為強弩之末，只填三五支曲子即草草結束，像《梧桐雨》、《漢宮秋》第四折的長篇大套，

⑦見鄭師因百〈元人雜劇的結構〉，拙作〈有關元雜劇的三個問題〉，原載《國立編譯館館刊》第四卷第一期，收入拙著《中國古典戲劇論集》，臺北聯經出版事業公司。又見拙作〈元人雜劇的搬演〉，原載《幼獅月刊》四十五卷五期，收入拙著《說俗文學》，臺北聯經出版事業公司。

旨在以音樂見長，是很特殊的例外。

像這樣以二三折為主體，以首折為開端，以末折為收煞的元雜劇結構，誰能說它不是仿自宋金雜劇院本的四段關係呢？

有以上三點理由，我們應當可以相信元雜劇的四折四個段落和宋金雜劇院本的四段有必然傳承的關係。然而元雜劇何以要執著這個傳統呢？徐扶明在所著《元代雜劇藝術》第五章〈折子〉的注四中說：

在《金瓶梅》裡，一再寫到，一本雜劇的演出時間，經常是一個下午。第四十二回演出雜劇，到西門慶吩咐點燈時，「扮了四摺」。第四十三回，演出《王月英月夜留鞋記》，「四摺下來，天色已晚。」第四十八回，西門慶在墳莊上演戲，也是「扮了四摺」，「看看天色晚來」。可見，當時演出一本雜劇所需要的時間，確實如此。這對於觀眾來說，比較合適，吃過午飯看戲，到一本雜劇演畢，恰好傍晚。

我想這種演出所需時間的恰到好處，應當就是元雜劇所以堅持以四折為律的緣故吧！

貳、四套北曲

元雜劇一折一套北曲，四折四套北曲。每一套曲皆聯合宮調相同或管色相同之曲牌若干，以成組織頗為嚴密的長篇樂曲。而元雜劇無論在宮調、曲牌，乃至聯套方式，也同樣有所傳承和開展。

一、宮調

中國古代音樂，有所謂十二律與七聲相旋為宮所得到的八十四調，但實際上從未全用，到隋唐只存燕樂二十八調，到金元，根據《輟耕錄》和《中原音韻》，只剩下六宮十一調，即：仙呂宮、南呂宮、中呂宮、黃鍾宮、正宮、道宮、大石調、小石調、高平調、般涉調、歇指調、商角調、雙調、商調、角調、宮調、越調，但當時通行的只有十二調，即去其道宮、高平調、歇指調、角調、宮調等五調，成為五宮七調；而元代雜劇，又減為五宮四調，即：仙呂宮、南呂宮、中呂宮、黃鍾宮、正宮、大石調、雙調、商調、越調。可見宮調有逐朝逐代減少的趨勢，而元雜劇所選用的五宮四調，應當是最適合戲劇搬演的樂調。這五宮四調根據元人燕南芝庵《唱論》是各具聲情的⑧：

⑧芝庵《唱論》云：「大凡聲音，各應於律呂，分於六宮十一調，共計十七宮調。」文中所錄止五宮四調，其餘一宮七調是：道宮唱飄逸清幽，小石唱旖旎嫵媚，高平唱條物滉漾，般涉唱拾掇坑塹，歇指唱急併虛歇，商角唱悲傷宛轉，角調唱嗚咽悠揚，宮調唱典雅沉重。

仙呂宮唱清新綿邈，南呂宮唱感嘆傷悲，中呂宮唱高下閃賺，黃鍾宮唱富貴纏綿，正宮唱惆悵雄壯，大石唱風流醞藉，雙調唱健捷激裊，商調唱悽愴怨慕，越調唱陶寫冷笑。

這些宮調是否果然各具聲情，雖然學者有不同的看法⑨，但無論如何，芝庵是元曲音樂家，以當代行家論當代音樂，其觀點是不能輕易抹煞的。

⑨譬如徐扶明《元代戲劇藝術》第八章〈聯套〉對於芝庵論宮調聲情的看法是：「這些解釋，有的說得比較明確，還容易理解；有的卻說得很抽象，令人難以捉摸。連明代研究曲律的行家王驥德，也覺得有些解釋『殊不可解』。何況聯系具體作品來看，有些解釋並不一定準確。比如按照燕南芝庵的解釋，仙侶是清新綿邈，而《陳州糶米》第一折，張撇古唱的〈仙呂後庭花〉卻表現了悲憤激昂的感情。」又如一九八〇年《戲曲研究》第一期張庚〈北雜劇聲腔的形成和衰落〉云：「所謂『清新綿邈』，就是聽起來清新有味，給人以難忘的印象。因此，仙呂調在元雜劇中多用於楔子，多用於第一折。喬夢符論雜劇創作時說：『起要美麗』，在劇本結構上如此，在音樂結構上也是如此相適應的。南呂宮的感嘆悲傷，在《漢宮秋》的第二折就運用了這個特點。正宮惆悵雄壯，在《西廂記》〈惠明下書〉一折，就是運用這個宮調比較雄壯的特點，由惠明來唱，就容易突出他的性格。《單刀會》第四折是雙調，這套曲子就是由關羽來唱的『大江東去浪千疊』。雙調的特點是『健捷激裊』，也就是長於表現慷慨激昂的情緒，而這一折中所表現的，正是關羽慷慨悲歌，單刀赴會的情緒。」楊蔭瀏《中國古代音樂史稿》亦不贊成宮調聲情之說。

宮調聲情和上文所云元雜劇四折宮調大致一定，應當也有關係。周貽白《中國戲劇發展史》第四章〈元代雜劇〉，曾就《元曲選》、元刊《古今雜劇》、孤本《元明雜劇》合計一百四十五種元雜劇分別其各折所用宮調，獲得如下之統計：（來楊蔭瀏《中長音樂史稿》也作了統計）

首折：仙呂宮142　正宮2　大石調1

二折：南呂宮55　正宮38　中呂宮24　越調10　商調9　雙調5
仙呂宮2　黃鍾宮1　大石調1

三折：中呂宮47　正宮30　越調30　雙調16　商調10　南呂宮8
黃鐘宮3　大石調1

四折：雙調102　中呂宮19　正宮12　黃鍾宮6　越調3　南呂宮2
商調1

可見首折幾乎必用仙呂宮，次折以南呂宮、正宮和中呂宮為主，三折以中呂宮、正宮和越調為重，末折大抵為雙調，二三兩折所用宮調幾盡九宮，可見變化最大。如果再進一步統計，則九宮依被使用次數之多少得表如下：

仙呂宮144　雙調123　中呂宮90　正宮82　南呂宮65　越調43
商調20　黃鍾宮10　大石調3

對於元雜劇宮調的使用現象，清代梁廷枏《藤花亭曲話》首先提出看法：

百曲中第一折必用〈仙呂點絳唇〉套曲，第二折多用〈南呂一枝花〉套曲，餘則多用〈正宮端正好〉，〈商調集賢賓〉等調。蓋一時風氣所尚，人人習其聲律之高下，句調之平仄，先已熟記於胸中，臨文時或長或短，隨筆而赴，自無不暢所欲言。不然，何以元代才人輩出？心思才力，日趨新異，獨於選調一事不厭黨同也。

梁氏對於四折宮調的使用，雖然觀察未盡細密真切，但已覺察其大抵雷同的特性。對於這種情形，他只提出蓋一時風氣所尚，人人習焉自然來解釋，則不免塘塞和草率。鄙意以為，這和元雜劇限定四折，四折故事情節的發展採取起承轉合的一貫手法有密切的關係。因為首折既然為故事之開端，則自然以「清新綿邈」之韻調引人入勝為適合，末折既已成為強弩之末欲草草結束，則自以「健捷激裊」的節奏最為合拍。而二三兩折既為全劇之主體，使故事開展而進入高潮，則變化自然最多，所以必須運用各種聲情來相配合，這也正是二折使用宮調多達九種，三折多達八種的原因。而南呂之「感嘆傷悲」、正宮之「惆悵雄壯」，以及中呂之「高下閃賺」，無論聲情或節奏之變化皆最適合此開展而進入高潮之情節推展，故使用較為頻繁。至於大石之「風流醞藉」、黃鍾之「富貴纏綿」，蓋元劇中此等情調最少，也因此它們就被冷落了。

然而宮調聲情有如韻文之韻協聲情，皆極精微幽渺，雖然古人製作每講求擇宮選韻，但迄無絕對法則可以依循，因為意義情境往往帶動旋律節奏的變化，也因此最後只能說「運用之妙存乎一心」了。雖然，如就元雜劇來觀察，每一宮調的套曲，大抵開頭數曲較為固定，芝庵所云之「聲情」也多能在此數曲中顯現出來，則芝庵之聲情說，並非毫無道理。

二、曲牌

其次說到曲牌。北曲所用的曲牌，根據《中原音韻》與《太和正音譜》，共有三百三十五。王國維《宋元戲曲考》第八章〈元雜劇之淵源〉謂：「就此三百三十五章研究之，則其曲為前此所有者幾半。」他進一步分析，則：

出於大曲者十一。

出於唐宋詞者七十有五。

出於諸宮調中各曲者二十有八。

可證為宋代舊曲者九⑩。

合計一百二十三曲。王氏接著說：

由此推之，則其他二百十餘章，其為宋金舊曲者，最復不鮮；特無由證明之耳。

可見元曲與宋金舊曲的傳承是多麼的豐厚。但元曲中顯然也有胡樂的成分，如〈忽都白〉、〈呆骨朵〉、〈者刺古〉、〈阿納忽〉等即是。宋曾敏行《獨醒雜志》云：

---

⑩王氏原作「十章」，但其中所舉之〈喬捉蛇〉一曲已見於所舉，出於諸宮調各曲中，當為重出，故應刪作九曲。

先君嘗言，宣和末客京師，街巷鄙人多番曲，名曰〈異國朝〉、〈四國朝〉、〈六國朝〉、〈蠻牌序〉、〈蓬蓬花〉等。其言至俚，一時士大夫亦皆歌之。

可見北宋末年在汴京已經流行「番曲」，又金末劉祁《歸潛志》卷十三云：

唐以前詩，在詩；至宋則多在長短句。今之詩，在俗間俚曲也，如所謂〈源土令〉之類。……今人之詩，惟泥題目事實句法，將以新巧取聲名，雖得人口稱，而動人心者絕少，不若俗謠俚曲之見其真情，而反能蕩人血氣也。

可見金代俚曲之發達。像這樣的番曲俚歌，應當也給元曲提供了不少的資源。

元曲三百三十五個曲牌，據筆者分析統計，計得小令專用曲四十六調，小令散套兼用曲六十八調，小令雜劇兼用曲十一調，帶過曲三十三調，總計散曲用曲一百五十八調，此外之一百七十七調俱為雜劇專用曲，如再合小令雜劇兼用之十一曲，計得雜劇用曲一百八十八調。

何以散曲、雜劇之用曲有所分野？這應當和音樂的性質有密切關係。因為散曲用以清唱，雜劇用以搬演，自然要品味有別。也因此，散曲襯字少而劇曲襯字多，可為窺豹一斑。

三、套曲結構

再其次論套曲的結構方式。鄭師因百在《北曲套式彙錄詳解・序例》中，列舉其分析研究北曲套式所獲致的結論如下：

(1)雜劇、散曲，每有其專用之套式而不相通假。雜劇用者偶可通用於散曲，散曲用極少用於雜劇。因雜劇所受之限制較多，散曲所受之限制較少。（參閱下第三條）

(2)劇套所用首曲，均可用於散套，散套所用首曲，多數不能用於劇套。故劇套可用之首曲甚少，散套可用之首曲較多。

(3)雜劇每套所用牌調數量總在七八支至十四五支之間，甚少太短或太長者；散套則短者只二三支，長者可至二三十支。因劇套須與劇情配合，太短不足以發揮，太長則須顧及演唱者之體力與聽眾之興趣；散套係清唱，有時且只供吟咏，較可自由支配。

(4)雜劇所用套式甚少重複者，散曲則有若干作品，其套式完全相同。此亦因劇套須配合排場，排場變化，套式隨之；散套則抒情寄意，全類詩歌，故一個套式可多次使用，例如「南呂一枝花、梁州第七、尾聲。」之一式是也。

(5)元初至元中葉為一期，元末及明初為一期，此兩期作品所用套式頗有差別。例如，元末人楊景賢撰《西遊記》雜劇，其中若干套式甚為特殊，顯與關馬諸人作品不同。散曲則前一期大多數為五六曲以下之短套，後一期漸多十曲以上之長套。

(6)各種套式中所用牌調數量偶可按一定之法則增減，而次序不容顛倒錯亂。此點觀雜劇各種版本及諸選本所載同一劇之異同情形，可以知之。

(7)北曲聯套規律甚嚴，無論雜劇、散曲、前期、後期，守常規者居多，變異者佔少數。此蓋由於聯套所根據者為音樂，牌調之組織搭配、位置先後，無一不與樂歌之高下疾徐有關，自不能遠離成規而以意為之。若夫神明變化，自出機杼，雖異常規而不悖樂理，則是專門名家之事矣。

因百師的「結論」止說明北曲套式的基本現象和原則。而楊蔭瀏在《中國古代音樂史稿》第二十三章〈雜劇的音樂〉則舉例說明劇套的七種類型：

(1)一般的單曲聯接：例如吳昌齡的《唐三藏西天取經》中「餞送郊關開覺路」一折是由下列六個單曲聯接而成：

（仙呂）點絳唇、混江龍、油葫蘆、天下樂、後庭花、青哥兒、煞尾。

(2)參用兩曲循環相間的手法：例如羅貫中的《風雲會》中第三折用到單曲十六次；對其中的〈滾繡球〉和〈倘秀才〉兩曲計循環相間地運用了五次。其各曲的排列次序如下：

（正宮）端正好、滾繡球、倘秀才、呆骨朵、倘秀才、滾繡球、倘秀才、滾繡球、倘秀才、滾繡球、倘秀才、滾繡球、脫布衫、醉太平、二煞、收尾。

(3)「么篇」用曲變體的連用：雜劇或北曲重複連用兩次以上時，從第二曲起稱為「么篇」。在馬致遠《黃粱夢》雜劇的第二折中，曾連用〈醋葫蘆〉曲十次之多，就是說有九個〈醋葫蘆〉的「么篇」。其全折中所用各曲的排列次序如下：

（商調）集賢賓、逍遙樂、金菊香、醋葫蘆、么篇、么篇、么篇、么篇、么篇、么篇、

么篇、么篇、么篇，後庭花、雙雁兒、高過浪裡來、隨調煞。

(4)「煞」——結尾前同曲變體的連用：有時在套曲近尾處連用某曲的幾段變體，由前至後，直至「煞尾」為止。可以用「煞」或用作引入「煞尾」的樂曲，僅是許多樂曲中的一小部分。如南呂宮的〈牧羊關〉、〈烏夜啼〉、〈採茶歌〉、〈菩薩梁州〉、〈轉青山〉等曲，中呂宮的〈耍孩兒〉等曲，正宮的〈耍孩兒〉、〈滾繡球〉、〈叨叨令〉、〈倘秀才〉、〈醉太平〉、〈小梁州〉、〈笑和尚〉、〈塞鴻秋〉等曲，雙調的〈太平令〉、〈太清歌〉等曲，都曾有過如此應用之例。玆舉白仁甫《御溝紅葉》劇[11]中所用〈耍孩兒〉曲的「煞」為例如下：

（正宮）端正好、滾繡球、倘秀才、叨叨令、白鶴子、么篇、紅繡鞋、快活三、鮑老兒、古鮑老、柳青娘、道和、耍孩兒、三煞、二煞、一煞、煞尾。

(5)「隔尾」——引用「隔尾」之例，只見於南呂宮的套數中，其形式與作為全套尾聲的「收

⑪仁甫此劇不見傳本，僅存部分佚文及曲譜，但幸而是全折。《雍熙樂府》、《九宮大成南北詞宮譜》劇名均作「御溝紅葉」，《太和正音譜》、《詞林摘豔》均作「流紅葉」，《北詞廣正譜》作「流紅劇」。所存全折曲詞見《盛世新聲．正宮卷》頁二三～二五、《詞林摘豔》卷六、《雍熙樂府》卷二頁三二～三四；曲詞見《九宮大成南北詞宮譜》卷三十四頁六四～七〇。

尾」並無兩樣，只是它被用在套數中間，作為劇情轉變的關鍵。玆舉關漢卿《蝴蝶夢》第二折為例：

（南呂）一枝花、梁州第七、賀新郎、隔尾、草池春、牧羊關、隔尾、牧羊關、紅芍藥、菩薩梁州、水仙子、煞尾。

(6)一曲的著重運用：雜劇套數中有一形式，是在相聯的多個曲牌之中，突出運用一個曲牌及其變體，使它多次出現於別的曲牌之間，成為前後貫串的線索。例如馬致遠《黃粱夢》第三折，前後用〈歸塞北〉五次。其各曲排列次序如下：

（大石調）六國朝、歸塞北、初問口、怨別離、歸塞北、么篇、雁過南樓、六國朝、歸塞北、擂鼓體、歸塞北、淨瓶兒、玉翼蟬煞。

(7)轉調：譬如〈貨郎兒〉原是由小販叫賣聲直接發展起來的一支民間歌曲，但後來有許多種變異。僅就《九宮大成南北詞宮譜》卷三十三所引的三個〈貨郎兒〉體式而言，已有相當的不同：其第一體出於元楊顯之《臨江驛瀟湘秋夜雨》雜劇第四折，由六句構成；其第二體出於散曲〈金殿喜重重〉套，由五句構成；其第三體出於元無名氏《楊氏女殺狗勸夫》雜劇第二折，由六句構成。〈貨郎兒〉的進一步發展形式是〈轉調貨郎兒〉。這是將〈貨郎兒〉曲牌的樂句，前後分成兩個部分，保留首尾數句，在其間插入了另一個或另幾個曲牌，而形成一種新的結構形式。譬如無名氏《風雨像生貨郎旦》雜劇第四折：

（南呂）〈一枝花〉、〈梁州第七〉、「轉調〈貨郎兒〉（本調）、二轉（貨郎兒首三句、中呂賣花聲二至四、貨郎兒末句）、三轉（貨郎兒首五句、中呂鬥鵪鶉首五句、貨郎兒末句）、四轉（貨郎兒首三句、中呂山坡羊首至九、貨郎兒末句）、五轉（貨郎兒首三句、中呂迎仙客全、中呂紅繡鞋首至五、貨郎兒末句）、六轉（貨郎兒首三句、正宮叨叨令首句、中呂上小樓三至末、么篇首至八、貨郎兒末句）、七轉（貨郎兒首三句、雙調殿前歡二至七、貨郎兒末句）、八轉（貨郎兒首二句、雙調快活年首二句及其疊字、中呂堯民歌五至六、正宮叨叨令五至六、正宮倘秀才第三句、雙調快活年首二句及疊字、中呂堯民歌五至六、正宮叨叨令五至六、貨郎兒末句）、九轉（貨郎兒首三字、脫布衫全、貨郎兒末句）」、煞尾⑫。

以上所舉七種「套式」儘管不同，但基本上都是由「首曲」、「正曲」、「尾」三部分組成的。元雜劇的首曲和尾曲相當固定，茲據鄭師因百《北曲套式彙錄詳解》列舉如下：

(1)黃鍾宮：首曲〈醉花陰〉；尾曲〈尾聲〉（又名隨尾、煞尾、收尾）。

(2)正宮：首曲〈端正好〉；尾曲〈尾聲〉、〈煞尾〉（有七體，其第二體又名〈隨煞尾〉、〈隨尾〉；其第五體又名〈黃鍾尾〉、〈黃鍾煞〉）、〈啄木兒煞〉（又名〈鴛鴦兒煞

---

⑫所引「九轉貨郎兒」之結構分析，根據拙編《中國古典戲劇選注》，臺北國家書局。「九轉貨郎兒」在《貨郎旦》第四折中作「插曲」用，其「轉調」之方式，其實即〈貨郎兒〉本調之「犯調」。

〉)、〈收尾〉(有二體，一體用於散套，一體用於劇套，俱只見一例)。

(3)仙呂宮：首曲〈點絳唇〉、〈八聲甘州〉；尾曲〈賺煞〉(又名〈賺煞尾〉、〈賺尾〉、〈煞尾〉、〈尾聲〉)。

(4)南呂宮：首曲〈一枝花〉；尾曲〈黃鍾尾〉(與正宮合用)。

(5)中呂宮：首曲〈粉蝶兒〉；尾曲〈尾聲〉、〈隨煞〉、〈啄木兒煞〉(與正宮通用)。

(6)大石調：首曲〈六國朝〉；尾曲〈雁過南樓煞〉、〈玉翼蟬煞〉、〈好觀音煞〉。

(7)商調：首曲〈集賢賓〉；尾曲〈浪來裡煞〉(又作〈浪裡來煞〉、〈隨調煞〉、〈尾聲〉)。

(8)越調：首曲〈鬥鵪鶉〉、〈梅花引〉、〈耍三臺〉；尾曲〈收尾〉。

(9)雙調：首曲〈新水令〉、〈五供養〉；尾曲〈收尾〉、〈隨煞〉、〈本調煞〉、〈煞〉、〈鴛鴦煞〉、〈離亭宴煞〉、〈歇指煞〉、〈離亭宴帶歇指煞〉、〈絡絲娘煞尾〉、〈尾〉。

北曲的套數聯曲體，有明顯的首曲、正曲、尾曲，而這種「三部曲」的結構，其實是中國樂曲的傳統，宋郭茂倩《樂府詩集》卷二十六云：

又諸調曲皆有辭有聲。大曲又有豔有趨有亂。辭者，其歌詩也；聲者，若「羊吾夷伊那何」之類也。豔在曲之前，趨與亂在曲之，亦猶「吳聲」、「西曲」，前有和，後有送也。

明方以智《通雅》卷二十九〈樂曲〉引南齊王僧虔之語云：

大曲有豔有趨有亂，豔在曲前，趨與亂在曲之後，亦猶吳聲西曲，前有和後有送也。

可見《樂府詩集》蓋本王氏之語。按春秋時《論語・泰伯》孔子曾云「師摯之始，〈關雎〉之亂。」戰國時楚辭亦有亂，漢樂府有〈豔歌行〉、〈豔歌羅敷行〉、〈豔歌何嘗行〉等，又如〈婦病行〉、〈孤兒行〉等詩中皆明標「亂曰」。所云之「豔」顯然為曲前之引子，所云之「趨」與「亂」為曲末尾聲之節拍形式，「趨」顯然為快速之義。所云之「辭」既為歌詩，而聲之為「羊吾夷伊那何」，則指泛聲而言。又《樂府詩集》卷四十三引《宋書・樂志》所舉大曲十五曲，並云：

> 其〈羅敷〉、〈何嘗〉、〈夏門〉三曲，前有豔，後有趨；〈碣石〉一篇，有豔；〈白鵠〉、〈為樂〉、〈王者布大化〉三曲，有趨；〈白頭吟〉一曲，有亂。

又舉〈滿歌行〉為晉樂所奏者分作「四解」，並有「趨」。所云「解」，按《樂府詩集》卷二十六〈相和歌辭〉云：

> 凡諸調歌辭，並以一章為一解。《古今樂錄》曰：「傖歌以一句為一解，中國以一章為一解。」王僧虔啟云：「古曰章，今曰解。解有多少，當時先詩而後聲；詩敘事，聲成文，必使志盡於詩，音盡於曲。是以作詩有豐約，制解有多少，猶詩君子陽陽兩解，南山有臺五解之類也。」

由此可見一解即一個樂章[13]，於是古樂府的完整結構是：豔——解——趨與亂，而「豔」、「趨」、「亂」似為可有可無，因之《宋書》所舉大曲十五曲，有「豔」、「趨」、「亂」者皆特別指出。這種情形和後來南曲以引子、過曲、尾聲所構成的套式很接近⑭。

又根據劉宏度《宋歌舞劇考．總論》所敘，大曲結構可分成三部分：首為散序；次為排遍，亦名中序，始有拍，其第一遍為歌頭，又名引歌；末為入破，舞者入場，其節拍之變化有虛催、前袞、實催、中袞、歇拍、煞袞。可見大曲亦為「三部曲」，即：散序——排遍——入破。而大曲既前有艷、後有趨，則「散序」即「艷」，而「入破」即「趨」。

綜合以上所述，樂府、大曲、北曲、南曲皆由三部分構成，其關係如下：

艷——解——趨或亂（樂府）

散序——排遍——入破（大曲）

首曲——正曲——尾曲（北曲）

⑬楊蔭瀏《中國古代音樂史稿》第四編第五章〈解是什麼〉中認為「漢代的大曲已是歌舞曲，它有歌唱的部分，所以有歌詞，但它又有不須歌唱而只須用器樂演奏或用器樂伴奏著進行跳舞的部分，那就是『解』。『一解』是第一次奏樂或跳舞，『二解』是第二次奏樂或跳舞，餘類推。」如果劉氏之說果然，事實上也無妨「一解」即是「一章」之義；因為在歌詩之間插入樂器演奏或舞蹈，就整首樂歌而言，也自然構成「分章」。

⑭南曲有引子、過曲、尾聲，其套式有以下四種類型：㈠引子——過曲——尾聲。㈡引子——過曲。㈢過曲——尾聲。㈣過曲。

引子——過曲——尾聲（南曲）

又上述北雜劇套式第四式結尾前同曲變體的連用，使這種形式的套數產生相當長的「尾聲」，這應當是保留大曲「入破」的形式，因為大曲屬於編組體，為一調重頭的變奏體。

四、宋樂曲對元劇套數的影響

接著來考察宋代其他樂曲對元雜劇套式所產生的影響。首先對宋代其他樂曲作簡單的考述。成書於宋理宗端平二年乙未（一二三五）的耐得翁《都城紀勝》「瓦舍眾伎」條⑮云：

「諸宮調」本京師孔三傳編撰傳奇靈怪，入曲說唱。……「唱叫小唱」，謂執板唱慢曲、曲破，大率重起輕殺，故曰淺斟低唱，與四十大曲舞旋為一體，今瓦市中絕無。「嘌唱」，謂上鼓面唱令曲小詞，驅駕虛聲，縱弄宮調，與叫果子、唱耍曲兒為一體，本只街市，今宅院往往有之。「叫聲」，自京師起撰，因市井諸色歌吟賣物之聲，採合宮調而成也。若加以「嘌唱」為引子，次用四句就入者，謂之「下影帶」。無影帶者，名「散叫」。若不上鼓面，只敲盞者，謂之「打拍」。「唱賺」在京師日，有「纏令」、「纏達」；有引子、尾聲為「纏令」；引子後只以兩腔互迎，循環間用者為「纏達」。中興後，張五牛大夫因聽動鼓板中，又有四片太平令，或賺鼓板——即今拍板大篩揚處是也，遂撰為「賺」。賺者，誤賺之義也，令人正堪美聽，不覺已至尾聲，是不宜為片序也。今又有「覆賺」，又且變花前月下之情及鐵騎之類。凡「賺」最難，以其兼慢曲、曲破、大曲、嘌唱、耍令、番曲、叫聲諸家腔譜也。

由此可見宋代之樂曲有諸宮調、唱叫小唱、嘌唱、叫聲、唱賺等五種。其中「唱叫小唱」，張炎《詞源》云：「惟慢曲、引、近則不同，名曰小唱。」則是從已有之大曲中，選取其慢曲、引、近部分，進行清唱；唱時用板打拍，歌唱中充分運用強弱變化來加強抒情的效果⑯。這和

⑮成書於宋度宗咸淳十年甲戌（一二七四）的吳自牧《夢粱錄》卷二十「妓樂」條亦有相近的記載：「更有小唱、唱叫，執板慢曲、曲破，大率輕起重殺，正謂之『淺斟低唱』。若舞四十六大曲，皆為一體。但唱令曲小詞，須是聲音軟美，與叫果子、唱耍令不犯腔一同也。……說唱諸宮調，昨汴京有孔三傳編成傳奇靈怪，入曲說唱；今杭城有女流熊保保及後輩女童皆效此，說唱亦精，於上鼓板無二也。蓋嘌唱為引子四句就入者謂之『下影帶』。無影帶，名為『散呼』，若不上鼓面，止敲盞兒，謂之『打拍』。唱賺在京時，只有纏令、纏達。有引子、尾聲為纏令。引子後只有兩腔迎互循環，閒有纏達。紹興年間，有張五牛大夫，因聽動鼓板中有太平令或賺鼓板，即今拍板大節抑揚處是也，遂撰為『賺』。賺者，悞賺之之義也，正堪美聽中，不覺已至尾聲，是不宜為片序也。又有『覆賺』，其中變花前月下之情及鐵騎之類。今杭城能唱賺者，如竇四官人……等。凡唱賺最難，兼慢曲、曲破、大曲、嘌唱、耍令、番曲、叫聲，接諸家腔譜也。……今街市與宅院，往往效京師叫聲，以市井諸色歌叫賣物之聲，採合宮商成其詞也。」

元人唱散曲雖相似，但大曲為單調重頭之變奏曲，因此「小唱」之結構必與元曲套式無關，其相關者有下列三種：

1.嘌唱和叫聲：「嘌唱」，宋程大昌《演繁露》云：「既舊聲而加泛拍者名曰嘌唱」，如此而加上《都城紀勝》所云，可知嘌唱是民間的小型歌曲，如令曲小詞，加上變奏，以鼓聲為節。而「叫聲」，宋高承《事物紀原》云：

嘉祐末（一〇六三），仁宗上仙，四海遏密，故市井初有「叫果子」之戲。其本蓋自至和（一〇五四～五五）、嘉祐（一〇五六～六三）之間叫「紫蘇丸」樂工杜人經「十叫子」始也。京師凡賣一物，必有聲韻，其吟哦俱不同，故市人採其聲調，間於詞章，以為戲樂也。

由此加上《都城紀勝》所云，可知「叫聲」，北宋仁宗時已有，是根據民間各種歌吟和賣物之聲，創造出來的一種歌曲形式。當時所謂「耍曲兒」應屬歌吟，所謂「叫果子」應屬賣物之聲，今存《九宮大成南北詞宮譜》中以「叫聲」題名的曲牌，都相當短小，可見它不是大型的歌曲。「叫聲」與「嘌唱」都可以獨立演唱，但也可以在「叫聲」前面加「嘌唱」而結合成為有「下

⑯以上對「小唱」之說明，參考楊蔭瀏《中國古代音樂史稿》第十四章；下文有關嘌唱、叫聲、唱賺、諸宮調之說明亦然。

影帶」的新曲形式。

上文所述的元雜劇曲套式第七式〈轉調貨郎兒〉，顯然就是在「叫聲」和「嘌唱」的基礎上發展完成的。

2.唱賺：由《都城紀勝》所記，可見在北宋時即已流行，當時已有兩種形式，基本形式是「纏令」，即正曲前後有引子、尾聲的套曲；而若將不同形式之正曲改由兩個牌調迎復循環，即所謂「纏達」。到了南宋，張五牛因聽到民間稱為「鼓板」的歌唱藝術，有分為四段的〈太平令〉，從而創造了一種稱為「賺」的新歌曲形式。這種新歌曲的特點，是在聽者津津有味之際，卻不覺已到尾聲。因此它不宜單獨使用，必須聯於「纏令」之中，也因此使得「纏令」有進一步的發展。到了《都城紀勝》成書的時候（一二三五）又有所謂「覆賺」，即一再使用「唱賺」的套曲形式來歌唱愛情和英雄的故事，本身已經是說唱文學。

所云「纏令」之套式，如董解元諸宮調之〈仙呂調醉落魄纏令〉：

仙呂調〈醉落魄纏令〉、〈整金冠〉、〈風吹荷葉〉、〈尾〉。

這種套式和上文所舉元劇七種套式之第一式，即「一般單曲聯接」者相同。而宋大駕鼓吹，恆用〈導引〉、〈六州〉、〈十二時〉三曲。梓宮發引，則加〈袝陵歌〉；虞主回京，則加〈虞主歌〉；各為四曲。南渡後郊祀，則於大駕鼓吹三曲外，又加〈奉禋歌〉、〈降仙臺〉二曲，共為五曲[17]。其〈導引〉為引子，〈十二時〉為尾聲；則「纏令」之形式實始於宋大駕鼓吹曲，元劇套曲第一式可謂即源於此。

所云「纏達」，則與上文所舉元劇套曲第二式相同，當為此式之根源。而「纏達」又源自「傳踏」，王灼《碧鷄漫志》卷三云：

世有般涉調拂霓裳曲，因石曼卿取作傳踏，述開元天寶舊事。曼卿云「本是月宮之音，翻作人間之曲。」近夔帥曾端伯增損其辭為勾遣隊口號，亦云開寶遺音。

按曾慥《樂府雅詞》卷上錄有無名氏〈調笑集令〉及鄭僅與晁補之之〈調笑〉，又秦觀《淮海長短句》與毛滂《東堂詞》亦均有〈調笑〉，洪适《盤洲樂章》亦有〈番禺調笑〉，而其體均謂之「轉踏」。「轉踏」與「傳踏」一音之轉，為同物異名無疑。其體製：首用駢語為勾隊詞，次口號，次以一詩一詞詠一故事。詩共八句，四句為一韻，詞用〈調笑令〉，故稱「調笑轉踏」，詞首二字與詩末二字相疊，有宛轉傳遞之意。郭茂倩《樂府詩集》卷八十二〈近代曲辭類〉錄有王建與韋應物之「宮中調笑」各四首與二首，另戴叔倫則謂之「轉應詞」，又錄有崔液、謝偃、張說、劉禹錫之「踏歌」各數首。劉禹錫踏歌有「新詞宛轉遞相傳」一首，鄭僅調笑曲即全引之為放隊詞，可證此體與唐人調笑詞、轉應詞、踏歌皆有關[18]。

---

⑰見王國維《宋元戲曲考》第四章〈宋之樂曲〉。

⑱以上參考近人《宋代歌舞劇曲錄要・總論》。

由「傳踏」或「轉踏」之體例看來，其勾隊詞與放隊詞即「纏達」之引子與尾聲，而其一詩一詞遞用亦與「纏達」之兩腔迎互循環相當。「纏達」與「傳踏」或「轉踏」更是音近相轉，可見「纏達」其實是「傳踏」或「轉踏」的進一步發展。

至於所云「賺」，王國維於《事林廣記》戊集卷二發現一套〈圓社市語：中呂宮圓裡圓〉，其構成的曲牌是：

〈紫蘇丸〉、〈縷縷金〉、〈好女兒〉、〈大夫娘〉、〈好孩兒〉、〈賺〉、〈越恁好〉、〈鶻打兔〉、〈尾聲〉。

按董解元《西廂記諸宮調》有〈道宮憑欄人纏令〉一套，其結構如下：

〈憑欄人〉、〈賺〉、〈美中美〉、〈大聖樂〉、〈尾〉。

此套有「賺」插入一般單曲聯接的套曲之中，而亦自名為「纏令」，〈圓社市語〉之套式與此既相近，則均可視之為「帶賺的纏令」，此類纏令當即張五牛所創者。從〈圓社市語・圓裡圓〉之套曲牌名看來，則〈縷縷金〉、〈好孩兒〉、〈越恁好〉三曲均在南曲中呂宮，〈紫蘇丸〉則在南曲仙呂宮為引子，〈鶻打兔〉則南北曲皆有，唯皆無〈大夫娘〉一曲，則帶賺之纏令為南曲所專有，也難怪北曲中無此套式。（又《董西廂・憑欄人》諸曲亦均非北曲所有）

3.諸宮調：《都城記勝》謂諸宮調是北宋孔三傳所創。按王灼《碧鷄漫志》卷二云：

熙豐元祐間……澤州孔三傳者，首創諸宮調古傳，士大夫皆能誦之。

熙寧、元豐是宋神宗年號，元祐是宋哲宗年號，其時間是西元一〇六八年至一〇九三年。澤州即今山西省晉城縣。由此可見諸宮調的創始在西元十一世紀中葉以後的北宋時代，創始人孔三傳是澤州人，所以是屬於北方的說唱文學。

現存宋金諸宮調只剩下一個殘篇、一個殘本和一個整本，殘篇見《永樂大典》戲文三種之《張協狀元》，其中有末色所唱的一段「諸宮調」。《張協狀元》，錢南揚《宋元南戲百一錄》考定為南宋作品，則此段保留在戲文裡的「諸宮調」，可以看作是南宋諸宮調，而由此也可見成於北方的諸宮調，事實上已流入南方。殘本即《劉知遠諸宮調》，是在甘肅西部發掘出來的西夏文物之一，大約是十二世紀的作品。全本是《西廂諸宮調》，為金章宗時（一一九〇～一二〇八）董解元所作。

諸宮調是運用各種宮調套曲、曲白相間的一種大型說唱音樂。其套數形式除上文所舉的「纏令」和「帶賺的纏令」之外，尚有單曲或單曲加尾聲，以及纏令帶纏達等三種形式。其單曲之例如：

仙呂調〈一斛義〉[19]。

其單曲加尾聲者如下：

中呂調〈牧羊關〉、〈尾聲〉。

---

[19] 以下所舉之例均見《董西廂》，這種單曲成套的形式很多。

其纏令帶纏達者如下：

仙呂調〈六么〉、〈六么實催〉、〈六么遍〉、〈哈哈令〉、〈瑞蓮兒〉、〈哈哈令〉、〈瑞蓮兒〉、〈尾〉。

單曲和單曲加尾聲的形式為北劇套式所無，但卻見於南曲套式。而纏令帶纏達的套式，在北曲正宮套中不乏其例，上文所舉元劇套式第二類型即是。至於純粹的「纏達」則沒有，元劇中只有馬致遠《陳摶高臥》第三折和鄭廷玉《看錢奴》次折比較接近⑳。但無論如何，諸宮調與南北曲關係密切，則是不爭的事實。對此，鄭因百師已有專文㉑詳論，大意說諸宮調「是一部從詞到曲蛻變時期的作品，也是南北曲將分未分時的作品。往上說與詞有關；往下說不只為北曲之祖，與南曲也有極密切的關係。」南曲非本文範圍，姑且不論；因百師論「董西廂與北曲的關係」是從宮調、曲調、尾聲格式、套式組織、音樂用韻及方言俗語等六方面來說明，從而見

⑳《陳摶高臥》第三折套式：〈端正好〉、〈滾繡球〉、〈倘秀才〉、〈滾繡球〉、〈倘秀才〉、〈叨叨令〉、〈倘秀才〉、〈滾繡球〉、〈倘秀才〉、〈滾繡球〉、〈倘秀才〉、〈滾繡球〉、〈倘秀才〉、〈三煞〉、〈二煞〉、〈煞尾〉。《看錢奴》次折套式：〈端正好〉、〈滾繡球〉、〈倘秀才〉、〈滾繡球〉、〈倘秀才〉、〈滾繡球〉、〈倘秀才〉、〈塞鴻秋〉、〈隨煞〉。

㉑鄭師專文題目作〈董西廂與詞及南北曲的關係〉，見所著《景午叢編》下集，臺北中華書局。

出《董西廂》在宮調、曲調、尾格、套式等方面之被北曲所沿用，而在音樂、用韻及方言俗語等方面，兩者又復相同。可見像《董西廂》那樣的諸宮調，與北曲的傳承關係是多麼的密切。

除《都城紀勝》所舉諸樂曲外，宋代尚有一種樂曲叫「鼓子詞」。鼓子詞皆用一調連續歌唱以詠事物。其方式有二，一是並列同性質的事物，以同一詞調來歌詠；一是從頭至尾敘述一個事物，亦以一調反復歌詠。前者如歐陽修《六一詞》以〈采桑子〉十一首分詠穎州西湖景物、楊元素《時賢本事曲子集》載歐陽修以〈漁家傲〉十二首詠十二月景物、洪适《盤洲樂章》以〈生查子〉十四首詠盤洲一年景物；後者如《侯鯖錄》載趙令畤以商調〈蝶戀花〉十二首敘元微之會真記事。可見鼓子詞是運用一種重頭的方式來增加樂曲的長度，這種情形和上文所舉元劇套式第三類型，亦即採用多數「么篇」連用的方式很接近；也就是說，曲中採用多數「么篇」連用的方式，應當是受到鼓子詞的影響[22]。

在上文所舉元劇套式第六類型，亦即一曲的著重使用，似乎也可以看作是對「鼓子詞」同調重頭的師法。若此，則元劇套式七種類型，便一一可以在宋代的大曲、鼓吹曲、唱賺、諸宮調、鼓子詞中找到根源了。

㉒同調重頭的聯套方式在北曲不多見，但南曲卻成了極重要的聯套方式。

叁、其他

本章所要討論的，包括元雜劇體製規律構成因素十項中的八項，亦即除了「四段」和「一套北曲」外的其他因素：總題題目正名、一人獨唱、賓白、科範、腳色、楔子、插曲、散場曲。茲依次論述如下：

一、總題、題目、正名

元雜劇劇本在最開頭和最末後，都有一行內容相同的所謂「總題」，在末後的總題之前，則有「題目」、「正名」，這是一般都知道的體製規律。但是，何謂「題目」？何謂「正名」？它們之間是否有關係，它們究竟是一物之異名、還是根本不同的兩樣東西；它們除了給劇本提供「總題」之外，對於戲劇的搬演是否有所作用；而它們的根源又是如何？凡此都為學者所疑惑而未得確解的問題。

對於這些問題，筆者在〈有關元人雜劇搬演的四個問題〉一文㉓中，特以「題目、正名之

㉓原載《中外文學》第十三卷第二期，收入拙著《詩歌與戲曲》，臺北聯經出版事業公司。

分別與關係及其作用」一節詳加討論，所獲得的結論有以下三點：

其一，現存宋元南戲四種在卷首末色開場之前，必有「題目」四句㉔。南戲雖然止有「題目」而無「正名」，且置於卷首，但其內容形式實與北劇之「題目」、「正名」不殊；如果將此四種南戲的「題目」，分其前兩句為「題目」，後兩句為「正名」，有如北劇規律，亦無不可。所以南戲之「題目」，可視同涵括北劇之「題目」、「正名」。何況元雜劇刊本之「題目」、「正名」，有置於劇本開頭者，如《顧曲齋》、《雜劇十段錦》、《柳枝集》、《酹江集》本等，明代雜劇劇本亦有如此者，如《中山狼》、《不伏老》、《真傀儡》、《易水寒》等㉕。

㉔《張協狀元》卷首之題目作：

張秀才應舉往長安　王貧女古廟受饑寒　呆小月村口調風月　莽強人大鬧五雞山

《宦門子弟錯立身》卷首之題目作：

衡州撞府粧旦色　走南投北俏郎君　戾家行院學踏爨　宦門子弟錯立身

《小孫屠》卷首之題目作：

李瓊梅設計麗春園　孫必貴相會成夫婦　朱邦傑識法明犯法　遭盆吊沒興小孫屠

陸貽典鈔《元本琵琶記》在卷首末色上場之前，仍舊有：

極富極貴牛丞相　施仁施義張廣才　有貞有烈趙貞女　全忠全孝蔡伯喈

此四句雖未標示「題目」，但為「題目」無疑。

即此可見南戲但作「題目」置之卷首，可能是較原始的形式。

其二，就現存元雜劇傳本觀察，「題目」和「正名」有分別與沒有分別，各佔「旗鼓相當」的勢力，難怪自古以來就是一個搞不清的問題。而筆者以為「題目」、「正名」原本是有分別的，但因為涵義有寬窄與重疊，世人不明，乃逐漸混淆，以致糾纏不清；這種混淆不清的情形在元代就已開其端。其過程應當是這樣子的：起先止有「題目」作為劇本的內涵綱領，其後為點出劇名，即劇本的正式名稱，乃加注「正名」二字；「正名」本止加在最末一句，此由做為劇名之「總題」幾乎皆取自末句可知；其後為求其勻稱，於是將「題目」、「正名」所統攝之語句使之相等；「題目」、「正名」所統攝之語句既然相等，於是其輕重相稱，別無軒輊；再其後因有強調「正名」者，於是泯除「題目」而止以「正名」出現。到了明代，「題目」、「正名」在元劇體制規律中，成為習慣口語，於是有的根本視為一物而連書為「題目正名」，甚至於有的乾脆省作「正目」了。

其三，「題目」、「正名」的作用是：一為演出前作為「花招」上的廣告詞，一為雜劇結束時用作宣念。將題目正名用作「宣念」，有如說唱文學每一段終了，多要「繳題目」一樣。

㉕元雜劇之題目正名置於劇本末尾者如《元刊雜劇》、《古名家雜劇》、《息機子》、《元曲選》、明抄本等；明雜劇置於劇本末尾者如《卓文君》、《沖漠子》、《誠齋雜劇》。

由以上三條結論可知：「題目」、「正名」原止作「題目」，這是繼承說唱文學的傳統，南戲正保留其原始形式，其後的分化糾纏，都是因為不明究裡所產生的現象。

二、一人獨唱

雜劇由末色獨唱的叫「末本」，由旦色獨唱的叫「旦本」，例外之作甚少㉖。這種由正末或正旦一種腳色主唱到底的情形，除了正末或正旦扮飾一個人物之外，還有扮飾二個人物以上的情形，在《元曲選》百種，這類劇本有三十八本，約佔三分之一強，不可謂之不多。徐扶明在《元代雜劇藝術》第九章〈一人獨唱〉中，從這類劇本歸納出三個基本原則：第一，改扮人物只能男換男，女換女；第二，改扮人物登場，則原扮人物不同場㉗；第三，不論改扮兩個或

㉖只有《貨郎旦》正旦唱一折，副旦唱三折；《張生煮海》旦唱三折，末唱一折；《生金閣》末唱三折，旦唱一折是例外之作。《西廂記》有時一折之中旦末合唱；《東牆記》中也有旦末合唱；但此二劇皆有明人竄改之嫌。見鄭師因百〈元人雜劇的結構〉。

㉗只有《生金閣》第三、四折，正末原扮的郭成之鬼魂與改扮的包待制同場；《盆兒鬼》第三、四折，正末原扮的楊國用之鬼魂與張撇古同場。但劇本對於郭成與楊國用之鬼魂俱作「魂子」而不標示腳色，則此時之「魂子」事實上已不是原來人物，所以另由「雜」腳所扮飾。因此仍不違背一個劇團止一位正末和原扮人物不與改扮人物同場的原則。

三個人物，必須有一個居於主要地位，由他主唱兩折或三折套曲[28]。徐氏云：

再者，變換主唱人物，又可以減輕一本戲中主唱演員的負擔，不致於過累。既然在一本四折戲裡，要變換兩個或三個主唱人物，那麼，由一個演員改扮「趕場」，自然來不及的，勢必要由幾個演員妝扮，輪流登場。在當時，一個劇團不會只有一個正末和一個正旦，何況有些演員還能兼演末旦兩種腳色。

徐氏所舉出的三個原則，驗諸元雜劇，非常正確；但是由於沒弄清「劇中人物」、「演員」與「腳色」三者之間的關係；又不明白元雜劇一本四折不是一氣演完，而是折間插入吹打歌舞雜技；再者也未考察元雜劇的劇團有多少人，所以才會有「改扮趕場來不及」的錯誤想法，從而產生「一個劇團不會只有一個正末和一個正旦」的錯誤結論。筆者在〈中國古典戲劇腳色概說〉一文[29]中說：

中國古典戲劇的「腳色」只是一種符號，必須通過演員對於劇中人物的扮飾才能具體的顯現出來。它對於劇中人物來說，是象徵其所具備的類型和性質；對於演員來說，是說

---

[28]《黃粱夢》正末首折扮鍾離權，次折扮院公，三折扮樵夫，四折扮邦老。徐氏認為院公、樵夫、邦老都是鍾離權化身，可算是同一人物。

[29]原載《國立編譯館館刊》六卷一期，收入拙著《說俗文學》，臺北聯經出版公司。

明其所應具備的藝術造詣和在劇團中的地位。

這是就發展完成後的「腳色」來定義的，如果就元雜劇的正末和正旦來說，那麼它對於劇中人物只是象徵男女性別，而不具類型，所以元劇中的正末可以扮飾各色各樣的男性人物，而正旦可以扮飾各色各樣的女性人物；對於演員，則說明其主唱全劇，為劇團之主腳。徐氏因為將腳色、演員、劇中人物三者混淆，所以才會產生在章節標題作「一人獨唱」而文中卻說「由幾個演員妝扮輪流登場」的「矛盾現象」。

元雜劇一本四折由一種腳色（正末或正旦）獨唱是否即一人獨唱呢？這是學者常常迷惑的問題。對此筆者在〈元人雜劇的搬演〉一文㉚中已經有詳細的考述，結論是：元雜劇一般劇團只有一個正末或正旦，因此正末或正旦獨唱，即一個演員獨唱，亦即一人獨唱。理由如下：

其一，從元雜劇劇本與田野考古資料可證金元戲劇搬演，每場以五、六人為尋常，如果加上司樂或雜務者，一個劇團只要十餘人即可應付演出。如此一來，各門腳色便只能有一人。洪趙縣的元雜劇壁畫也可以看出只有一個正末。

其二，直到明萬曆以前，北雜劇的搬演，每折間仍然參合「爨弄隊舞吹打」，因此通本四折由正末或正旦一人獨唱，既得休息，自有餘力。

㉚原載《幼獅月刊》四十五卷五期，收入拙著《說俗文學》。

其三，由元雜劇中「重扮」或「改扮」之例觀之，雖人物不同，而俱由同一演員所充任之「正末」或「正旦」扮飾則無可疑。由於元劇搬演時，折間參合歌舞雜技，所以「改扮」人物，自然綽有餘裕。

如此說來，元雜劇一本四折不止是一腳獨唱，而且是一人獨唱了㉛。元雜劇「一人獨唱」，正是繼承說唱文學的傳統：

其一，唐代俗講的講經文，主講者為法師，司唱經題、韻文者為都講。

其二，宋代隊舞，導引講說者為竹竿子參軍色，歌唱者為歌伴。「歌伴」齊唱，亦猶一人獨唱。

其三，陸游〈捨舟步歸〉四絕之一：「斜陽古柳趙家莊，負鼓盲翁正做場；身後是非誰管得，滿村聽唱蔡中郎。」此蓋為宋代「陶真」演唱之情形，很明顯的是由盲翁一人擊鼓說唱。

其四，一百二十回本《水滸傳》第五十一回述白秀英一人演唱諸宮調《豫章城雙漸趕蘇卿》。又《古今雜劇三十種》石君寶《諸宮調風月紫雲庭》首折〈混江龍〉有「我唱的是三國志先饒十大曲，俺娘便五代中續添八陽經」之語，皆可證諸宮調係由一人獨自說唱㉜。

㉛《元曲選》無名氏《硃砂擔》，楔子、首折正末扮王文用，三折扮太尉神；而次折由扮王文用之正末獨唱，卻另有正末扮飾之太尉神同場出現。這只是孤例，也許是刊本有誤。

㉜明張元長《梅花草堂筆談》卷五謂曾見演唱《董西廂》，係「一人攝弦，數十人合座，分諸色目而遞歌之。」但這只是明人偶然現象，並非金元本來如此。

由以上四點足可說明元雜劇不止一腳獨唱而且是一人獨唱，其淵源固然既遠且深，直從說唱文學而來。但元劇曲辭可為對話之代用，可表白劇中人物之心意，用為抒情、願望、抱負、企圖、想像之寫照；可表明事態，或用之表示事件之過去、現在；或為他人之形容，或說明自己現狀及動作等；可用以描寫四周之景象。可見元雜劇雖然師承說唱文學一人獨唱的規律，然而由於由說唱之敘述改為戲劇妝扮之代言體，因而可以發揮的餘地就較說唱為多；所以在「一人獨唱」的基礎上，元雜劇還是有進一步的發展和提昇的。

三、賓白

元雜劇的賓白，就其有韻無韻分，有散白與韻白兩大類。散白包括：(1)獨白：一人敘述自身的經歷或心事。(2)對白：二人或二人以上的對話。(3)分白：二人各說各的，但又互有呼應。(4)同白：二人或二人以上，同時說話。(5)重白：一人說的話，另一人重複一遍；或者兩人同時各說各的，但他們說的話卻是一樣的。(6)帶白：即帶云，主唱腳色自己在歌唱中帶入說白。(7)插白：即插話。主唱腳色正在歌唱，旁的腳色插入說白，借以引發主唱腳色下邊的歌唱。(8)旁白：即背云，後世戲曲稱為背拱。即是在劇中兩人或數人對話之際，其中有一人要表白自己的心事，不使對方知道，但又必須讓觀眾了解，也就採用這種旁白方式。(9)內白：即內云。一種是前臺演員與後臺演員，一呼一應，後世戲曲行話稱為「搭架子」。(10)外呈答云：這裡的「外」，本身是劇外人而不是劇中人，但卻置身於場上，竟可與劇中花面腳色一再對話，甚至給以評論或譏嘲。韻白包括：(1)詩對的賓白，含上場對、上場詩、下場對、下場詩，上下場對都是兩句，字數不定，一人獨念；上場詩大都四句，間或八句，字數不定，一人獨念；下場詩都是四句，字數不定，有一人獨念，也有兩人或三人同時下場分念。(2)類似快板、順口溜之類：這類韻白大都出於花面腳色的插科打諢。其念唱好像京劇的乾板或乾牌子，乾板又叫念板也叫數板；乾牌子如「撲燈蛾」、「金錢花」、「雜板令」、「馬夫贊」等等，因為只念不唱，故云[33]。(3)另外還有一種詩讚詞的韻白：元雜劇中時有整段七言或十言詩讚體的唱念詞（間有五、八、九等雜言），或稱「詩云」、「詞云」，或謂「訴詞云」、「斷云」，有時直書「云」，其作用在敘述和總結，也有作為形容的[34]。

以上計散白、韻白十有三種，可見元雜劇賓白的豐富性，這些種類的賓白除詩讚詞外，大抵皆被後世戲曲所採用。然而元雜劇這十三種賓白，是否也是前有所承呢？上文曾說到鄭因百師比較《董西廂》與元雜劇，在方言俗語方面兩者相同，則兩者在賓白上有所近似也是很自然

---

[33] 以上散白、韻白之種類及說明見徐扶明《元代雜劇的藝術》第十章〈賓白〉。

[34] 作敘述者如孟漢卿《魔合羅》第三折旦訴詞云，作總結者如關漢卿《竇娥冤》第四折詞云，作形容者如楊顯之《瀟湘雨》第四折解子云。

的事。《董西廂》屬於敘述體，所以其散說部分便有如「旁白」，而這「旁白」，如係個人口胳，則改用代言體就成了「獨白」；如係對話口胳，則改用代言體就成了「對白」；而《董西廂》中引了許多本傳中的歌詩或其他韻文，諸如此類一變之下也就成了詩讚詞之「韻白」，此外，就元雜劇的賓白而言，起碼有兩樣是深受講唱文學的影響：

其一，自讚姓名履歷等：元雜劇乃至於整個中國古典戲曲，腳色上場都先念詩詞，然後自表姓名、履歷或自述性情懷抱，甚且為同場腳色道姓名說履歷。前者如說唱文學的「致語」，有押座定場的作用；後者則如說書人的介紹人物，只是將第三身改作第一身而已。

其二，上文說過元雜劇所使用的賓白有一種「詩讚詞」。這種詩讚詞和散文賓白及曲文的配合關係，則或詩曲夾用，如關漢卿《單刀會》首折〈油葫蘆〉及末之詞云；或韻散相生，如楊顯之《瀟湘雨》第三折之張天覺詩云、白；翠鸞（正旦）白、詩云；第四折之解子白、詞云；正旦詞云、張天覺白、詞；興兒白、詞云；驛丞白、詞云；解子詞云、正旦詞云；或韻散相重，如無名氏《魯齋郎》第四折之包拯曲與賓白。按韻散相生與韻散相重，為講唱文學韻散結構的兩種形式，早見於變文㉟。又七字句為詩讚體說唱文學的主要句式，元雜劇中文詩讚詞最為習

㉟變文韻散的結構形式，請詳拙作〈關於變文的題名、結構和淵源〉，原載《中國文學研究叢刊・小說之部》一，收入拙著《說俗文學》。

見；亦有全用十言者，如鄭光祖《醉思鄉王粲登樓》第四折之蔡相詞云，無名氏《王月英月夜留鞋記》第四折之詞云，說唱文學中每有「攢十字」之語，即指此體㊱，元代及明初雜劇，極大多數皆使用詩讚詞，據葉德鈞《宋元明講唱文學》的統計，《元曲選》一百種中，有詩讚詞者計九十二種。九十二種中，每種皆不止一見，每折亦不只一處，共計有一百八十處。而最值得注意者為見於全劇之末者計八十七種，一百十九處（在其他各折者僅六十九處），可能是藉此作為「打散」用的。由此可見，元雜劇簡直就是把自變文、陶真以來的詩讚體說唱文學涵容其中；而元雜劇曲白相間使用，顯然來自唱賺與諸宮調等詞曲系的說唱文學。則元雜劇事實上是結合了詩讚系與詞曲系說唱文學，將敘述體改作代言體，發展而完成的劇種。

至於上述賓白類別中之分白、同白、帶白、插白，則為說唱文學所無，當為詩讚、詞曲兩系的說唱文學結合成為戲劇之後的進一步發展，而「外呈答」的情形，則頗使我們想起宋教坊十三部色中「參軍色」手執竹竿子的作用，他在樂舞和戲劇之外作導引和指揮。而「引戲」和

㊱「攢十字」在《明成化說唱詞話》中只有《花關索下西川》和《薛仁貴》二本用上幾段，其餘十四種都是七言為主的韻語。「攢十字」在明代的詞話中才得到充分的發展，像稍後楊慎《歷代史略十段錦詞話》，其韻文除了首尾的〈西江月〉和詩詞外，便完全是三三四四的十字詩讚。如此說來，元雜劇中的攢十字，頗疑係明人竄入的筆墨。

「捷譏」也有類似的情形。只是「引戲」和「捷譏」可以加入劇中演出而成為劇中腳色，而這裡的「外」則為劇外人物；這也可能是「引戲」和「捷譏」發展的結果，不再在劇中充任腳色而游離於劇外，專任導引呈答之事，更加恢復了「參軍色」本來的面目㊲。

四、科範

科範指元劇身段動作，有規範可資依循者，範亦作泛或汎，顯然為同音之訛變，「科範」，簡稱「科」。徐渭《南詞敘錄》云：

科者，相見、作揖、進拜、舞蹈、坐跪之類，身之所行，皆謂之科。

就元雜劇的「科範」來觀察，大抵包括以下五個類型：(1)做工，元代稱作「做手兒」，著重表情動作，後世戲曲稱為「身段」。元雜劇本中對此最為重視，注明詳細，其種類也很複雜。(2)武功，有毬子功和把子功。前者如筋斗、搶背、扑旗；後者即刀槍箭戟之類的功夫，所謂「刀對刀」、「鞭對鞭」。(3)劇中穿插的歌舞，一般只寫作「舞科」。(4)音響效果，如「雁叫科」、「內做風科」。(5)檢場性質的動作，如「做掇桌兒科」、「卒子做托砌末上科」。元雜劇的「科」

㊲請詳見拙作〈參軍戲及其演化之探討〉第三章「參軍戲的變化——南戲北劇中的院本成分」第一節「南戲北劇中插入性的院本」，原載臺大《中文學報》第二期，收入本書頁一～一二二。

主要是指做工和武功而言，其他都算次要㊳。

元雜劇的這五個類型的科範，其有關「淨」腳者，大抵來自宋金雜劇院本。陶宗儀《輟耕錄》卷二十五「院本名目」條云：

其間副淨有散說，有道念，有筋斗，有科汎。教坊色長魏、武、劉三人鼎新編輯。魏長於念誦，武長於筋斗，劉長於科汎；至今樂人皆宗之。

可見金院本中魏武劉三人的技藝，到了元代尚受到演員的崇拜和效法，則金院本之科汎影響於元雜劇者可見。譬如《燕青博魚》第二折「做打楊衙內科，楊衙內打筋斗科。」《襄陽會》第一折淨曰：「我打的筋斗，他調的百戲。」《黃花峪》第一折：「酒也賣不成，整嚷了這一日，收了鋪兒，往鐘鼓司學行金斗去來。」其中「金斗」即「筋斗」，這些都是明言「筋斗」的例子。又宋金雜劇院本的本質務在滑稽，由副淨「發喬」，副末「打諢」㊴。這種滑稽的表演，在元雜劇裡，主要由淨腳擔任。淨腳的科範往往是「喬」，道念往往是既「諢」且「砌」。所謂「插科打諢」就是指淨腳做些滑稽的動作和說些可笑的言語，引人興會，發人一粲。所謂「喬

㊳以上元雜劇「科範」的五個類型和說明，見徐扶明《元代雜劇藝術》第十二章〈科介〉。

㊴吳自牧《夢粱錄》卷二十「妓樂」條：「且謂雜劇中末泥為長，每一場四人或五人。……末泥色主張，引戲色吩咐，副淨色發喬，副末色打諢。……大抵全以故事，務在滑稽，唱念應對通徧。」

禮拜」（見《伊尹耕莘》）、「喬遞書」（《劉弘嫁妹》）、「喬嘴臉」（《西廂記》）、「喬軀老」（《爭報恩》），以及習見的「喬趨蹌」，都是由淨腳表演的滑稽動作；所謂「習行院，打諢通禪」（《藍采和》），以及習見的「諢科」，大都是由淨腳道念和做表的可笑言語和動作。

至於「末」、「旦」的科範，大抵是在元雜劇的體製規律下，配合劇情所琢磨出來的表演藝術吧！因為其所充任的人物不定型，不像淨行不是滑稽突梯就是無賴奸邪。

至於「劇中穿插歌舞」的科範，明代周憲王朱有燉《誠齋雜劇》最喜歡以此調劑場面，這種情形和本是折間插演的武術雜技一樣，都逐漸的融入戲劇之中。

五、腳色

「腳色」的定義在上文討論「一人獨唱」時已經加以說明。而有關「腳色」的問題相當的煩雜，必須作全面的觀察才能真正洞燭其肌理；為此筆者有〈中國古典戲劇腳色概說〉一文詳論其事。茲截取其中有關元劇腳色之要點如下：

「腳色」一詞始見於《永樂大典》戲文《張協狀元》，此劇時代屬南宋，所云「後行腳色」，顯然指戲劇之腳色而言。又見於南宋理宗時趙升所撰《朝野類要》卷三〈入仕欄〉，但那是指簡單的身家履歷或名銜之意，有如科舉時代，應試者於殿試策上自敘出身後，所必須開列的三代「腳色」。兩者時代相近，因之腳色之本義究為「名銜」、「履歷」，或為戲劇之所謂「腳色」已不可得知；但以戲劇語言每借作生活語言之例㊵觀之，應以戲劇之所謂「腳色」為源始。再考「腳色」一詞之形成，則由宋教坊十三「部色」之「色」與「外腳、雜腳」之「腳」所構成之聯合式合義複詞。

戲劇不同，腳色的繁簡也隨之有異，譬如宋金雜劇院本只有末、淨二類，元雜劇則擴充為末、旦、淨、雜（眾）四門，南戲傳奇又加上生、丑而成為六綱，到了皮黃，更有七行之稱，即生、旦、淨、丑、流、武、上下手。嚴格說來，皮黃的流、武、上下手三行，和元雜劇、明清傳奇的「眾」、「雜」類似，都是指那些不入流的演員而言。因此，中國古典戲劇中的腳色，就其門類而言，不外乎生、旦、淨、末、丑、雜（眾）六綱，其孳乳繁衍，亦就此六綱而分派滋生。

腳色門類之名稱，莫不源自市井口語，但由於俗文學有省文與訛變的習慣，當其演變至符號性之專稱後，就很難追求其本義了。也因此，腳色名義之說最為紛紜而莫衷一是。雖然，就元雜劇末、旦、淨、雜（眾）四門而言，筆者考述的結論是：

末，即參軍戲之「蒼鶻」，「鶻」字韻屬入聲八黠，「末」字韻屬入聲七曷，兩者為一聲之轉；又「下末」、「卑末」、「晚末」諸語，古來皆為男子之謙稱；故由蒼鶻之「鶻」轉為

㊵如「講究排場」、「自吹自擂」、「後臺老闆」、「英俊小生」、「當家花旦」、「一板一眼」，乃至於「開場白」、「開鑼」、「亮相」、「客串」、「玩票」等等莫不由戲劇語言而作為生活語言。

「末」而作為腳色名。馬令《南唐書》說到韓熙載曾和舒雅易服燕戲，「入末念酸」，以為笑樂。這應當是「末」色最早出現的記載。

旦，妓女稱「姐」早見於繁欽與魏文帝牋；宋元以來，妓女為戲劇之重要演員。「姐」字演變為「旦」，有兩條線索：一是訛作「妲」，再省為「旦」；一是省作「且」，再訛作「旦」。二者皆有跡象可尋：按《元刊雜劇三十種．李太白貶夜郎》之「駕旦」，《拜月亭》之「小旦」，《任風子》之「旦」，《魔合羅》之「旦」，其「旦」字俱或作「且」字，當為「姐」字省文之遺，而又作「旦」，則當為「且」字之訛，後來以訛亂真，「旦」卻寖假而居正名。「且」既可訛作「旦」，則「姐」自亦可訛作「妲」；故宋金雜劇院本名目中，或作「妲」、或作「旦」。官本雜劇段數中稱「妲」者有「老孤遺妲」、「偌賣妲」，而金院本名目中亦有此兩目，而「妲」俱作「旦」，其為省文，明顯可知。北宋釋文瑩《玉壺野史》卷十記韓熙載「與賓客生旦雜處」，「旦」色始見於此。

淨，即參軍戲之「參軍」，「參軍」之合音先取「靚」字以見參軍臉部化妝「粉白黛綠」之特質，再衍聲為同音假借之「靖」與「淨」，此種情形在宋代已然；今日福建之莆仙戲淨腳尚保留古稱「靚妝」。後來因為「淨」字通行易識而流行，遂湮滅「靖」、「靚」二字而終致不可解。宋雜劇有「副淨」，「淨」色始見於此。

雜，在劇中地位如王驥德《曲律》所說「雜腳備員，第可供把盞執旗而已。」其名義為「雜當」一詞省文而來。雜當指管雜事之人。另有「眾」，原是指眾多不入流之腳色人物而言，後來例扮軍卒、百姓。

中國戲劇腳色一向專稱與俗稱並行，專稱由於省文、訛變已成為符號，俗稱則尚保留市井口語，元雜劇習見者如下：

捷譏：這是一個學術爭議的問題。鄙意以為，在宋元之間，縣級之地方政府原有「節級」之官職，其手下有若干兵丁以維持治安，本來和樂官無關，觀《夢粱錄》「妓樂」條所舉教坊官職無「節級」一稱可知。後來因為雜劇院本每有扮演節級者，乃寖假而為腳色，亦即為俗稱之腳色；又因其繼承軍中節級率領兵丁之遺意，故在教坊中又為樂官。後來又因為在雜劇院本中「節級」每為便捷譏誚之人物，乃取其音近而為「捷譏」。「捷譏」一語既通行，終於將「節級」淹沒不彰，即連應作「巡軍節級」者亦作「巡軍捷譏」。「捷譏」在《長壽仙》院本與《王勃》院本中均有導引之作用，實即「引戲」。也就是說，如就戲劇之導引而言，則稱「引戲」；如就其便捷譏誚而言，則為「捷譏」；而「引戲」實為「正淨」，則「捷譏」如就腳色而言，亦為「正淨」㊶。

孤：當場妝官者。

㊶詳見拙作〈參軍戲及其演化之探討〉第三章第二節，臺大《中文學報》第二期，收入本書頁一～一二一。

卜兒：老婦人。元刊本「娘」皆作「外」，「卜」字當為「外」字之又省文。「兒」為詞尾。

邦老：盜匪惡人。為「幫老」之省文。「幫」字省作「帮」再省作「邦」。「老」為詞尾。

倈兒：或作徠兒，或省作徠、倈，為孩童之義。

爺老：與「曳剌」一音之轉，為走卒之義。

駕：扮演帝王后妃者，由「鑾駕」、「駕頭」省文而來。

張千：為官員侍從。

梅香：例作丫環。

祗候：例作衙役。

胡子傳、柳隆卿：本為市井人物，以其性行而為劇中「幫閒小人」之典型。

其他如舍人、卒子、夫人、店家、媒人、使命、尊子、女色、屠戶、婿、眾、窮民、侍婢、樂探、太后、雜當等，則本義尚存，可以了然；此外亦有直用人物之姓名者。

元雜劇末、旦、淨三綱，每綱之下，又或因其地位輕重有別，或因所扮飾人物之身分性情有殊，而孳乳繁衍，產生許多名目。筆者曾根據《元刊雜劇三十種》與《元曲選》百種統計元雜劇之腳色，因《元曲選》頗經明人竄改，故其名目較《元刊雜劇》為多，茲以末、旦、淨為綱，《元刊雜劇》所見為甲類，《元曲選》所見為乙類，列舉元雜劇腳色名目如下：

末—甲：正末、外末、駕末、外孤、小末、孤末。

乙：正末、沖末、外、小末、副末、眾外。

旦─甲：正旦、外旦、小旦、老旦。

乙：正旦、副旦、貼旦、小旦、外旦、大旦、二旦、老旦、旦兒、駕旦、搽旦、色旦、魂旦、眾旦、林旦、岳旦。

淨─甲：淨、外淨、二淨。

乙：淨、副淨、董淨、薛淨、胡淨、柳淨、高淨。

《元曲選》中尚有「丑」行，有「丑」、「劉丑」、「張丑」等名目。按丑為南戲系統之腳色，與北劇之副淨相同，元曲選所見之「丑」，實明人所增入，非元劇之本然。

以上孳乳分化之腳色，其名義皆可由在劇團地位之輕重（如正末、外末，正末為主要，外末為額外為次要）與人物之身分與性質（如駕末為扮帝王之末色，老旦為年老之婦女）求得，詳見拙作〈中國古典戲劇腳色概說〉，此不更贅。

六、楔子

元雜劇一本四折表演完整故事，如果四折表演不完，穿插不起來，可以另加小段，名曰「楔子」，以補四折之不足；楔子的本義即是作木工時填補縫隙的小木頭。楔子普通只用一個，放在第一折之前；把楔子放在折與折之間，或用兩個楔子的都居少數。楔子也有曲和賓白，但曲子不用成套，只用一兩支，而且照例用仙呂〈賞花時〉或〈端正好〉。

元雜劇現存一百六七十本，有楔子的凡一百零五本，不用〈賞花時〉或〈端正好〉的只有三本：《崔府君》用仙呂〈憶王孫〉，《雙獻功》用越調〈金蕉葉〉，《村樂堂》用雙調〈新水令〉㊷。

若論楔子補足四折之作用，如以四折作「正場」，則在首折之前的楔子即「引場」，在折與折之間的楔子即「過場」。

以上是我們根據類似《元曲選》那樣的元雜劇體製，對於楔子所作的詮釋。但是像《古名家雜劇》中的《岳陽樓》、《梧桐雨》、《青衫淚》等劇，卻是在〈賞花時〉或〈端正好〉曲牌下注明「楔子」。另外於顧曲齋本《㑳梅香》、《柳毅傳書》、《金錢記》、《倩女離魂》、《梧桐葉》等五本都把卷首的楔子當作「第一折」而使全劇有五折。又元明雜劇本《羅李郎大鬧相國寺》，把〈端正好〉二支和〈點絳唇〉套曲合為第一折，把〈賞花時〉一支和〈一枝花〉套曲，又合為第二折；而《元曲選》本則把此劇〈端正好〉二支別出為第一個楔子，把〈賞

㊷以上見鄭因百師〈元人雜劇的結構〉。又元史九敬先《莊周夢》第一折與第二折間之楔子用〈賞花時〉、〈端正好〉、〈滾繡球〉三曲；《西廂記》第二本楔子，用正宮〈端正好〉奔十一曲，實際上等於一折。此二例亦屬規矩之外。

花時〉一支別出為第二個楔子。王驥德《曲律》云：

登場首曲，北曰楔子，南曰引子。

朱有燉《誠齋雜劇·得騶虞》在第一支曲〈賞花時〉之上標明「楔子」，正合王氏之說；但《曲江池》卻把〈賞花時〉及其〈么篇〉包括在第一折裡；可見明人對於「楔子」的觀念還是莫衷一是，直到《元曲選》和息機子本《古今雜劇選》才有今日我們觀念中整齊畫一的形式。儘管明人對楔子的觀念莫衷一是，但是其所用曲仙呂〈賞花時〉與〈端正好〉，及其周遭的科白，則是確實存在的，其引場或過場的作用也是具備的。

若要追尋「楔子」的根源，則在卷首者，恐怕是宋金雜劇院本「豔段」（即衝撞引首）在形式上的遺留，它們相同的是都作為短小的開首導引，所不同的是，豔段為獨立之個體，而楔子則與其後四折血脈相關；而我們可以說楔子與其後四折之血脈相關，正是楔子取豔段之形式與作用之後，在內容上進一步的發展。至於折與折間的「楔子」，則應當是卷首楔子的更進一步運用，因為「引場」與「過場」雖因所處地位不同而導致功能的些微差異，但其對主體「正場」的填補性質則不殊。就因為折與折之間的「楔子」是卷首「楔子」的更進一步運用，所以為數不多；拿《元人百種曲》來觀察，在六十九種有楔子的劇本中，把楔子安排在卷首的有四十九種，在折與折之間的才二十種而已。

如此說來，宋金雜劇院本的豔段，對元雜劇體製的形成便產生了三種作用：其一，由於「豔段」和「正雜劇」二段及「散段」共四段而使元雜劇產生四折的形式；其說已見前論。其二，由於「豔段」短小和導引的體製和作用，使元雜劇保留其特質而別生卷首之「楔子」。其三，又由卷首之「楔子」擴充其效能而產生折間之「楔子」，而這事實上也是「豔段」更進一步的師法和變化。

七、插曲

元雜劇的套曲相當謹嚴，但在任何一折套曲的中間或是前後，可以插入曲子一兩支，這個沒有專名，借用現代語名之為「插曲」。插曲不必與本套同宮調和韻部，反而是不同的居多。不一定用北曲，有時用南曲，有時用不入調的山歌小曲。插曲都是「打諢」性質，其詞句都是無理取鬧，詼諧滑稽，大都由淨、搽旦唱，正旦向來不唱插曲，正末偶爾唱也還是打諢，無關正經。但另有一種插曲，或在劇中唱道情以勸世覺迷，如《竹葉舟》第四折套曲前列禦寇所唱；或為劇中穿插歌舞場面所唱的舞曲，如《金安壽》第一折眾歌兒所唱及第四折八仙所唱；這種插曲語氣都很正經，也不限定只用一兩支曲，也不一定由一人唱。打諢的插曲比較常見；道情或舞曲比較少見，而且是元劇末期的產物[43]。

---

[43] 以上見鄭因百師〈元人雜劇的結構〉。

打諢的插曲還可進一步歸納出以下四種現象：

其一，多為小曲，如〈醉太平〉、〈豆葉黃〉、〈金字經〉之類；或唱「尾曲」，如《劉弘嫁婢》中淨扮王秀才唱「尾聲」。這類小曲一般只用一兩支，但《圯橋進履》中的喬仙唱四支〈上小樓〉和一支〈朝天子〉共五支，是很特殊的例子。

其二，唱這類小曲有獨唱，如《瀟湘雨》中試官唱〈醉太平〉；有兩人分唱，如《破窰記》、《九世同居》都是由大淨、二淨分唱一支小曲；有合唱，如《望江亭》第三折的〈馬鞍兒〉，先由李稍、張千、楊衙內各唱一句，然後三人合唱四句。

其三，這類小曲一般是放在折前或折尾，作為此折的開場或結尾，尤其放在第二、三折前後的比較多。放在第二折前後的，有《瀟湘雨》、《小尉遲》、《還牢末》、《東坡夢》等；放在第三折前後的，有《薛仁貴》、《蝴蝶夢》、《望江亭》、《羅李郎》等。安排在套曲中間的，在元代早期劇本中頗為罕見，而在中晚期劇本中則較多。

其四，這類小曲歌唱時，往往由歌唱腳色自己說明，甚至於由「呈答」的劇外人給予應和，引人發笑[44]。

元雜劇師法說唱文學形成「一人獨唱」的規律，就戲劇的搬演而言，本來是既刻板而不合

---

[44] 以上見徐扶明《元代雜劇藝術》第九章〈一人獨唱〉第四節。

理。而每一個時代都會自然產生歌謠小調來滋潤和豐富人們的心靈，也因此在元劇中不能主唱的淨腳，便是自然的吸收了適合自家特質的小曲來顯現滑稽詼諧的趣味。而就中國古典戲劇及地方戲劇形成與發展的徑路來觀察，其源始絕大多數是由鄉土踏謠為基礎所形成的滑稽小戲㊺，也因此，元劇中的淨腳歌唱小曲打諢，也就很自然的了。而這種現象，其實也是宋金雜劇院本淨腳歌唱隻曲小調的遺留。

八、散場

《元刊雜劇三十種》本的《單刀會》、《貶夜郎》、《東窗事犯》；《元曲選》本的《氣英布》、《倩女離魂》，以上五劇在第四折套曲收尾後，都有與本折套曲同宮調而換韻，或者宮調及韻全不相同的曲子兩三支。前者如《單刀會》第四折雙調〈新水令〉套用車遮韻，套後有〈沽美酒〉、〈太平令〉二曲，宮調雖同而改支思韻；後者如《貶夜郎》第四折雙調〈新水令〉套用先天韻，套後有仙呂〈後庭花〉、〈柳葉兒〉二曲改車遮韻。《東窗事犯》第四折正宮〈端正好〉套用真文韻，套後亦有仙呂〈後庭花〉、〈柳葉兒〉二曲改皆來韻。《氣英布》

㊺筆者有〈中國古典戲劇的形成〉與〈中國地方戲曲形成與發展的徑路〉二文，前者原載《中國國學》第十期，後者原載《中央研究院第二屆國際漢學會議論文集》，均收入拙著《詩歌與戲曲》。

第四折黃鍾〈醉花陰〉套用魚模韻，套後有雙調〈側磚兒〉、〈竹枝兒〉、〈水仙子〉三曲改江陽韻。《倩女離魂》第四折黃鍾〈醉花陰〉套用庚青韻，套後亦有借雙調〈側磚兒〉、〈竹枝歌〉（即〈竹枝兒〉）、〈水仙子〉三曲，前兩曲改支思韻，後一曲又改真文韻。

這些在第四折套後饒出來的曲子，根據《北詞廣正譜》之說，就是作「散場」用之曲。可見「散場」是附在雜劇劇尾，即第四折之後的東西，也有曲子，也有賓白科範（《元刊本三十種》無賓白科範是刊本省略），或用以完成劇情，或是另起餘波，其性質作用與楔子非常相近，而決不是所謂「插曲」。所用唱詞，都是照例帶用的曲牌（〈沽美酒〉例帶〈太平令〉，〈後庭花〉例帶〈青哥兒〉或〈柳葉兒〉，〈側磚兒〉例帶〈竹枝歌〉，甚少例外），這些曲子與第四折所用套曲，宮調異同均可，但必須換韻，只限一次。《倩女離魂》劇散場曲換韻二次，乃是因為〈側磚兒〉、〈竹枝歌〉二曲為時本所加，並非原文。

每種雜劇不一定有「散場」，正如每種雜劇不一定有楔子。而散場較楔子似乎更為次要，所以元刊本雜劇，於各劇楔子曲文，都詳細載出，而於各劇散場，或者載出曲文，或者只注出「散場」二字㊻。

㊻以上見鄭因百師〈論元雜劇收場〉，收入《景午叢編》。因百師所謂之「散場」，有些人認為這是「劇末楔子」，有些人認為這是「饒戲」，見徐扶明《元代雜劇藝術》第六章〈楔子〉第四節。

按《元刊雜劇三十種》注有「散場」二字的，只有《拜月亭》、《氣英布》、《薛仁貴》、《介子推》、《霍光鬼諫》、《竹葉舟》、《博望燒屯》七種。可見散場乃是可有可無之物。又「散場」與「打散」不同，這一點必須弄清楚，不可混淆㊼。

如果「楔子」是對宋金雜劇院本「豔段」在形式的規模並作進一步的發展和運用，那麼「散場」也可以說是宋金雜劇院本「散段」在形式上的規模和進一步的發展和運用。在形式上，「散場」規模了「散段」之作為戲劇結束的末尾，由於非主體，所以體製短小；在進一步的發展和運用上，散場雖在規律上獨立於第四折之外，但劇情則與前文血脈相連，不像「散段」之為獨立小戲。如此說來，「散段」和「豔段」一樣，對於元雜劇體製的形成也產生了兩種作用：其一，由於「散段」和「豔段」及「正雜劇」二段共四段而使元雜劇產生四折的形式；其說已見前論。其二，由於「散段」短小和結尾的體製和作用，使元雜劇偶然保留其特質而別生卷末之「散場」。若此，則宋金雜劇院本與元雜劇之間的傳承關係，真是密切極了。

㊼元雜劇結束之後，尚有以歌舞為餘興，所舞之曲牌例用〈鷓鴣天〉，因謂之「舞鷓鴣」，是為「打散」；詳見拙作〈元人雜劇的搬演〉，收入《說俗文學》一書。

肆、結論

總結以上的論述，元雜劇體製規律非常謹嚴，細繹這謹嚴的體製規律，其所包含的必要因素有四段、總題題目正名、四套不同宮調的北曲、一人獨唱全劇、賓白、科範、腳色等七項，另有可有可無的次要因素楔子、插曲、散場等三項，總計十項構成因素。這十項構成因素都有其根源，也有其在根源的基礎上進一步的發展。

元劇一本四折，而事實上原來是首尾連貫的，只因為一本包含四套不同宮調的北曲，所以也就有明顯的段落。「折」的意義原來也只是指一個片段的演出而言，如此一本中就不止四折。以「四折」代替「四段」而作明顯的畫分，應當始於元末明初，直到明萬曆間才整齊畫一而成為體製。

若論元劇四折的根源，則應當來自宋金雜劇院本豔段、正雜劇二段、散段一共「四段」。元雜劇四折雖然故事連貫，但搬演時並非一氣演完，而是每折間要參合「爨弄隊舞吹打」，也因此事實上是一折一折獨立演出的，是夾著樂舞百戲輪番上場的，而這種搬演方式，正是宋金雜劇院本的「遺規」。也就是說，元雜劇繼承了宋雜劇院本四段獨立演出夾雜樂舞百戲的形式，而在這四段的基礎上進一步發展，將故事貫串，一氣呵成。然而四折關目情節的結構大抵採取起承轉合的程序，則尚未擺脫宋金雜劇院本以豔段為引首，以散段為收束，以正雜劇二段為主體的影響。因為元雜劇的重點還是在二三折，而首折止是故事端緒，末折又往往草草收場。而據實際演出，四折正好一個下午可以演完，則四折的體製也有其實際的需要吧！

元雜劇四折之外又有「楔子」和「散場」，都用以補劇情之不足。楔子多數置於卷首用作「引場」，亦有置於折間用作「過場」，而散場必置於劇末用作收場。對於它們的根源似乎也可以從宋金雜劇院本中求得。那就是「楔子」原是「豔段」在形式上的遺留，它們同是作為短小的開首導引；而楔子又進一步發展，把豔段的獨立性化除，使之與其後的四折血脈相關。而折間的楔子，則應當是卷首楔子更一進步的運用，因為「引場」與「過場」雖因所處地位不同而產生功能的些微差異，但其對主體「正場」（元劇四折可視為四個正場）的填補性質則不殊。

如果「楔子」是對宋金雜劇院本「豔段」在形式上的規模並作進一步的發展和運用，那麼「散場」對「散段」也有相同的情況，亦即在形式上，「散場」規模了「散段」之作為戲劇結束的末尾，由於非主體，所以體製短小；在進一步的發展和運用上，散場雖在規律上獨立於第四折之外，但劇情則與前文血脈相連，不像「散段」雖作為末段而仍為獨立之小戲。

其次說到四套北曲，每一套皆由宮調、曲牌構成套式。宮調是由十二律和七聲旋宮所形成，原有八十四調，隋唐只存二十八調，金元又剩十七調，而元雜劇實際使用的只有五宮四調，即仙呂、南呂、中呂、黃鍾、正宮等五宮與大石調、雙調、商調、越調等四調，每個宮調都有所屬的聲情，如仙呂「清新綿邈」、雙調「健捷激裊」。北曲曲牌約有三百三十五調，考其來源，則有大曲、唐宋詞、諸宮調、宋代舊曲，以及胡曲番曲和金代俚曲，當然也有時代歌謠小調。散曲與劇曲有時可以通用，有時則有分野，不容假藉。

元劇套式基本上是由宮調或管色相同的曲牌按照一定的板眼形式聯合而形成的。有首曲、正曲和尾聲。此種結構「三部曲」，其實淵源有自；在樂府為豔、解、趨（或亂），在大曲為散序、排遍、入破，而並時之南曲則為引子、過曲、尾聲。

再就元劇套式觀察，約有七式：其一為一般單曲聯接，有首曲有尾聲，此從宋鼓吹曲與纏令而來。其二為參用兩曲循環相間的手法，此為宋纏令帶纏達之結構形式。其三「么篇」用曲變體之運用，此即鼓子詞同調重頭之規模。其四，結尾前煞曲變體的運用，此為保存大曲入破長篇尾聲的痕跡。其五，以隔尾作為套數中間劇情轉變的關鍵，此為南呂套中之特殊現象，前世樂曲未見其例。其六，一曲著重運用，此亦為鼓子詞之變化運用。蓋鼓子詞為同調重頭，如間入數曲異調，而保留多數之同調重頭，即成此式。其七，轉調〈貨郎兒〉，此由〈貨郎兒〉犯調；亦即〈貨郎兒〉保留首尾，插入一至三支其他樂曲所形成的新曲。

由此可見，元劇套式大抵有所淵源傳承，也可見其對前代樂曲之廣汲博取。而七種套式中，實以一般單曲聯用，有首曲有尾聲之所謂「纏令」者最為習見；「纏令」固為唱賺之基礎，實亦諸宮調套式之根本；可見纏令，尤其諸宮調套式對元劇套式所產生的影響。

其次又說到總題題目正名，總題在劇本的首尾，大抵皆擇取題目正名中的末句而來。題目正名本止作「題目」，為劇本之綱領，原是在雜劇結束時用作宣念，演出前用作「花招」上的廣告詞。後來為點出劇名，即劇本的正式名稱，乃加注「正名」二字；「正名」本止加在末句，此由做為劇名之「總題」幾乎皆取自末句可知；其後為求其匀稱，於是將「題目」、「正名」所統攝之語句使之相等；「題目」、「正名」所統攝之語句既然相等，於是其輕重相稱，別無軒輊；再其後因有強調「正名」者，於是泯除「題目」，而止以「正名」出現。到了明代，「題目」、「正名」在元劇體製規律中，成為習慣口語，於是有的根本視為一物而連書為「題目正名」，甚至於有的乾脆省作「正目」了。

若論「題目」之根源，當係搬演傀儡時之「宣白題目」或說唱之「繳題目」；而南戲之置於卷首，則有如傀儡；元劇之置於卷末，則有如說唱。

元劇一本四折，不止是「一腳獨唱」，而且是「一人獨唱」；這正是繼承唐代俗講、宋代隊舞、陶真和諸宮調的傳統；但元劇將敘述改為代言，因而唱辭可為對話之代用，可表白劇中人物之心意，可表明事態，可用以描寫四周之景象，其作用有所發展，較原本為多。

與曲辭血肉相關的「賓白」，就其有韻無韻分，有「散白」與「韻白」兩大類。散白包括獨白、對白、分白、同白、重白、帶白、插白、旁白、內白、外呈答等十種；韻白包括詩對的賓白、順口溜之類的賓白、詩讚詞的賓白等三種；有此十三種賓白，使得元劇產生機趣活潑的特色，而其中之「獨白」、「旁白」、「對白」，以及詩讚詞之「韻白」，都可以從說唱文學中找到根源。

與賓白合稱為「科白」的「科範」，在元劇中大抵包括做工、武功、歌舞、音響、檢場等五個類型；其中自以「做工」最為主要，此為正末、正旦主唱腳色所必須修為；而淨腳則繼承宋金雜劇院本之遺風在於「發喬」與「打諢」。

元劇腳色，俗稱之外，其專稱者有末、旦、淨、雜四門，《元曲選》所見之「丑」，為明人增入，並非本然。由於劇情之需要，末又分化為正末、外末、駕末、外孤、小末、孤末等，旦又分化為正旦、外旦、小旦、老旦等，淨又分化為淨、外淨等；其分化之原理，一者由其地位分，以資鑑別其在該行中之輕重，一者用以說明所扮飾人物之身分或性質。

元劇腳色固然繼承宋金雜劇院本之末、淨、裝旦而來。但由於劇種不同，其主要腳色亦因之有異，譬如宋金雜劇院本由副淨、副末主演，元雜劇則由正末、正旦主演；又由於劇種不同，名目相同之腳色所涵蓋之意義亦因之而異，譬如宋金雜劇院本之淨、末為職司「發喬」與「打諢」，扮飾男性人物腳色，裝旦則為臨時性之腳色；而元雜劇之正末、正旦則俱為主唱之劇中男女性人物，故由其所扮飾之人物類型觀之，實包括傳奇、皮黃中之各門腳色；而元雜劇之「淨」則除扮飾滑稽詼諧之人物外，又有進一步發展，即性別兼男女，而性情有趨向奸邪者。

元劇除四套北曲與可有可無之楔子曲、散場曲之外，尚有所謂「插曲」，插曲多為時調小曲，大抵為淨腳打諢時所歌唱，用作調劑場面；此實為宋金雜劇院本歌唱隻曲小調之遺留。

由以上構成元劇體製規律的十個因素看來，固然皆有其深厚的淵源，但也都有向上的發展。也因此，使得元劇能以「大戲」的姿態光耀中國的劇壇。但也由於元劇的規律相當謹嚴，對於劇作便產生了以下幾點影響：

第一，由於限定四折，於是關目的安排和推展，便形成了起承轉合的刻板形式；也就是說，劇情的發展是採取單線展延式的，沒有逆轉也沒有懸宕。

第二，由於限定一人獨唱，作者筆力因而只能集中此人，其他腳色遂無從表現，有時劇中主要人物卻不任唱，而改由其他次要人物，因而顯得本末倒置，喧賓奪主；又有時為湊足套式，只好唱些不必要的曲文，不止因之有拖沓蛇足之感，而且也教人昏昏欲睡。元雜劇的搬演，雖然折間插入其他技藝，主唱者可以休息，但四大套北曲出自一人之口，單調之外，亦覺氣力難支。

第三，元劇宮調雖各具聲情，但套式變動不大；雖然由於唱辭不同，語言旋律可以變化，但總不免刻板之失。大抵說來，元雜劇這樣的戲劇形式事實上是結合了詞曲系與詩讚系說唱文學，將敘述體改作代言體，發展而完成的劇種，由於傳統包袱太重，受到說唱文學藝術的影響太深，所以其結構、排場實在不易生動，只能以文字見長；因而其戲劇藝術之提升與發展，則有待於明清傳奇了。

（原載台大《中文學報》第三期）

所謂「元曲四大家」

唐詩宋詞元曲各為一代代表文學，元曲歷來有所謂「四大家」之稱，但是所謂「四大家」究竟是指那幾個人，他們的成就高下又是什麼樣的秩序，卻是歷來聚訟紛紜的問題。本文想對這兩個問題加以探討，並表達個人的意見。

首先請將述及「元曲四大家」的資料臚列如下：

(1)元周德清《中原音韻．序》：樂府之盛，之備，之難，莫如今時。其盛，則自縉紳及閭閻歌詠者眾。其備，則自關、鄭、白、馬一新制作，韻共守自然之音，字能通天下之語，字暢語俊，韻促音調；觀其所述，曰忠曰孝，有補於世。其難，則有六字三韻，「忽聽一聲猛驚」是也。諸公已矣，後學莫及！

(2)明賈仲明〈凌波仙．挽馬致遠〉：萬花叢裡馬神仙，百世集中說致遠，四方海內皆談羨。

戰文場、曲狀元，姓名香貫滿梨園。漢宮秋、青衫淚，戚夫人、孟浩然，共庾、白、關老齊肩。

(3)明胡應麟《少室山房筆談》卷四十一辛部〈莊岳委談〉下：勝國詞人王實甫、高則誠，聲價本出關、鄭、白、馬下，而今世盛行元曲僅西廂、琵琶而已。

(4)明何良俊《四友齋叢說》卷三十七〈詞曲〉：元人樂府，稱馬東籬、鄭德輝、關漢卿、白仁甫為四大家。馬之辭老健而乏滋媚；關之辭激厲而少蘊藉；白頗簡淡，所欠者俊語；當以鄭為第一。

(5)明劉楫《詞林摘豔・序》：至元、金、遼之世，則變而為今樂府。其間擅場者，如關漢卿、庾吉甫、貫酸齋、馬昂夫諸作，體雖異而宮商相宣，皆可被於弦竹者也。

(6)明王驥德《曲律・雜論》上：勝國諸賢，蓋氣數一時之盛。王、關、馬、白，皆大都人也；今求其鄉，不能措一語矣。

世稱曲手，必曰關、鄭、白、馬，顧不及王，要非定論。

作北曲者，如王、馬、關、鄭輩，創法甚嚴。終元之世，沿守惟謹，無敢逾越。

(7)明沈德符《顧曲雜言》：若《西廂》，才華富贍，北詞大本未有能繼之者，終是肉勝於骨，所以讓《拜月》一頭地。元人以鄭、馬、關、白為四大家而不及王實甫，有以也。

(8)明卓珂月《殘唐再創》雜劇〈小引〉①：作近體難於古詩，作詩餘難於近體，作南曲難於詩餘，作北曲難於南曲。總之，音調、法律之間，愈嚴則愈苦耳。北如馬、白、關、鄭，南如荊、劉、拜、殺，無論矣。入我明來，填詞者比比，大才大情之人，則大愆大謬之所集也，……必也具十分才情，無一分愆謬，可舉馬、白、關、鄭、荊、劉、拜、殺頡之頏之者，而後可以言曲，夫豈不大難乎？

(9) 明徐復祚《花當閣叢談》：大率吾輩為唐律、絕句，自應用唐韻；為古體，自應用古韻；但夫作曲，則斷當從《中原音韻》，一入沈約四聲……不但歌者棘喉，聽者亦自逆耳。試觀元人馬、關、王、鄭諸公雜劇，有是病否？

(10) 清焦循《易餘曲錄》：詞之體盡於南宋，而金元乃變為曲，關漢卿、喬夢符、馬東籬、張小山等，為一代巨手，乃談者不取其曲，仍論其詩，失之矣。

(11) 清永瑢、紀昀等撰《四庫提要》詞曲類「張小山小令」：自宋至元，詞降而為曲，文人學士，往往以是擅長。如關漢卿、馬致遠、鄭德輝、宮大用之類，皆藉以知名於世，可謂敝精神於無用。然其抒情寫景，亦時能得樂府之遺。小道可觀，遂亦不能盡廢。

(12) 清阮葵生《茶餘客話》卷十八：梨園所扮雜劇，大半藍本元人，而增飾搬演，改易名目耳。……詞曲著名者北曲則關、鄭、馬、白，南曲則施、高、湯、沈，皆巨子矣。

---

① 轉引自焦循《劇說》卷四。

(13)清王季烈《螾廬曲談》卷四：關、白、馬、鄭四家，為北曲泰斗。……關、白、馬、鄭諸家，皆生於金末元初，其距楊誠齋、董解元為時至近，而雜劇體裁，至此乃斠若畫一，且作者群起，為有元一代文學之中堅，誠不解其何以至此。

以上十三條資料包括元明清三代，由此可以看出論曲者心目中的「元曲四大家」。雖然元代的周德清首將「關鄭馬白」並列，但明白的說出「四大家」這個名號頭銜的，則晚至明嘉靖間何良俊《四友齋叢說》，其後也只有明人沈德符《顧曲雜言》和清末王季烈《螾廬曲談》。他們所舉的四家人物雖然和周氏所舉相同，但次序已各自有別：

何氏是馬鄭關白

沈氏是鄭馬關白

王氏是關白馬鄭

其他也舉此四家而次序與周氏相同的有明胡應麟《少室山房筆談》、清阮葵生《茶餘客話》，次序不同的有明卓珂月《殘唐再創．小引》作：

馬白關鄭

另外所舉人物與周氏有所出入者則有：

馬庾白關（明賈仲明〈凌波仙．挽馬致遠〉）

王關馬白（明王驥德《曲律》）

王馬關鄭（明王驥德《曲律》）

馬關王鄭（明徐復作《花當閣叢談》）

關馬鄭宮（清永瑢、紀昀《四庫提要》）

至於明劉楫《詞林摘豔．序》所舉之「關漢卿、庾吉甫、貫酸齋、馬昂夫」四家和清焦循《易餘曲錄》所舉之「關漢卿、喬夢符、馬東籬、張小山」四家，顯然是就散曲而言的，因為劉氏所舉的貫酸齋、馬昂夫和焦氏所舉的張小山都不作戲曲，而元曲實以戲曲為首要，若論其所以為名家，也應當以戲曲為主。

如果進一步觀察歷來對於「四大家」人物的爭論，則關馬完全被肯定，而白仁甫曾被王實甫和宮大用取代過，鄭德輝也曾被庾吉甫和王實甫取代過。也就是說自從元人周德清首先以「關鄭白馬」並列為元曲代表作家以來，所謂「元曲四大家」在「鄭白」二家中也只出入了王實甫、庾吉甫、宮大用三家；而王實甫被王驥德和徐復祚一再「抬舉」，較諸庾宮二氏的聲勢似乎又要大些。

對於所列舉「四大家」的次序，看來應當以成就高下為基準②，但像何良俊置鄭德輝為第二，而於論列馬關白三家長短之後，卻說「當以鄭為第一」，則似乎又不盡然。至若評騭「元曲四大家」的優劣長短，並舉而予以論斷的，何氏外，似未見其人。有的話，也只能算胡應麟的《少室山房筆談》。上文所臚列的資料第三條，胡氏於其後又云：

今王實甫《西廂記》為傳奇冠，北人以並司馬子長，固可笑，不妨作詞曲中思王、太白也。關漢卿自有《城南柳》③、《緋衣夢》、《竇娥冤》諸雜劇，聲調絕與鄭恆問笑語類，《郵亭夢》後，或當是其所補，雖字字本色，藻麗神俊大不及正。然元世習頗殊，所推關下即鄭，何元朗亟稱第一。今《倩女離魂》四折，大概與關出入，豈元人以此當行耶？要之，公論百年後定，若顧、陸之畫耳。

可見胡氏所論雖未及四家並列，但細觀其旨，則以為王實甫《西廂記》既為元曲第一，則元人所謂「關鄭馬白」四家實有未的，當置王實甫於關氏之上而為之首，但他未說明原舉四家應作如何處置。而何良俊所以躋鄭德輝為第一，在他的書裡有這樣的話語：

《王粲登樓》第二折，摹寫羈懷壯志，語多慷慨，而氣亦爽烈，至後〈堯民歌〉、〈十二月〉，託物寓意，尤為妙絕，豈作調脂弄粉語者可得窺其堂廡哉！

又舉《㑳梅香》中曲文，謂「何等蘊藉有趣」，謂「語不著色相，情意獨至，真得詞家之味者

---

②「四大家」次序絕不可能以「年輩」為基準，因為關白為同輩，馬致遠稍後，鄭光祖最晚，而除王季烈以「關白馬鄭」為序外，自周德清以下皆不如此。王氏之序列未知受王國維《宋元戲曲考》之影響否。請詳下文。

③關漢卿劇作中未見《城南柳》一劇，胡氏未知何故屬諸關氏。按明初十六子谷子敬有《城南柳》雜劇，現存。

也。」又舉《倩女離魂》曲文，謂「清麗流便，語入本色；然殊不穠郁，宜不諧於俗耳也。」可見何氏主要是從造語來論斷優劣的。

而真正評騭四家高下次第的，則是王國維《宋元戲曲考》，其第十二章〈元劇之文章〉云：

> 元代曲家，自明以來④稱關馬鄭白⑤。然以其年代及造詣論之，寧稱關白馬鄭為妥也。關漢卿一空倚傍，自鑄偉詞，而其言曲盡人情，字字本色，故當為元人第一。白仁甫、馬東籬，高華雄渾，情深文明。鄭德輝清麗芊綿，自成馨逸，均不失為第一流。其餘曲家，均在四家範圍內。唯宮大用瘦硬通神，獨樹一幟。以唐詩喻之：則漢卿似白樂天，仁甫似劉夢得，東籬似李義山，德輝似溫飛卿，而大用則似韓昌黎。以宋詞喻之：則漢卿似柳耆卿，仁甫似蘇東坡，東籬似歐陽永叔，德輝似秦少游，大用似張子野。雖地位不必同，而品格則略相似也。明寧獻王「曲品」⑥，躋馬致遠於第一，而抑漢卿於第十。蓋元中葉以後，曲家多祖馬鄭而祧漢卿，故寧王之評如是。其實非篤論也。

可見靜安先生認為所謂「元曲四大家」，不止論年輩先後應作「關白馬鄭」，即使是就造詣高

---

④靜安先生謂「自明以來」有語病，根據上文所臚列之資料應作「自元以來」為是。

⑤由上文所論亦可見靜安先生「關馬鄭白」一語亦有問題，因為在靜安先生之前，論者從未如此說。

⑥靜安先生所稱寧獻王「曲品」即指《太和正音譜》而言。

下而言也應作「關白馬鄭」。也許是靜安先生的學術地位和他論四家的言簡意賅、切實明快，所以此論一出，即成定案，再也看不到爭議的地方。然而仔細考量，則靜安先生這段話，似乎尚有斟酌和補充的地方。

首先靜安先生說明寧獻王躋馬致遠於第一，抑漢卿於第十⑦是因為「元中葉以後，曲家多祖馬鄭而祧漢卿」的緣故。此語未知何所據而云然。今所見評論關馬雜劇，於《正音譜》之前僅見賈仲明〈凌波仙〉弔詞，如前文所臚列之資料，賈氏於東籬固稱之為「戰文場、曲狀元，姓名香貫滿梨園。」甚見推崇。但於關氏弔詞亦云：

珠璣語唾自然流，金玉詞源即便有，玲瓏肺腑天生就。風月情，忒慣熟。姓名香四大神物。驅梨園領袖，總編修師首，捻雜劇班頭。

較諸馬氏，其揄揚之語甚且有過之而無不及。再就元人所論散曲來觀察，貫雲石〈陽春白雪序〉云：

---

⑦《太和正音譜》非明寧獻王朱權所著，乃其門下客所託名，詳見拙著〈太和正音譜的作者問題〉，收入《說戲曲》一書。《太和正音譜．古今群英樂府格勢》謂「馬東籬之詞，如朝陽鳴鳳。」並云：「其詞典雅清麗，可與靈光景福而相頡頏。有振鬣長鳴，萬馬皆瘖之意。又若神鳳飛鳴于九霄，豈可與凡鳥共語哉？宜列群英之上。」故置馬東籬於元一百八十七人之首，而置關漢卿於第十，謂「關漢卿之詞，如瓊筵醉客。」並云「觀其詞語，乃可上可下之才，蓋所以取者，初為雜劇之始，故卓以前列。」

北來徐子芳滑雅，楊西庵平熟，已有知音。近代疏齋媚嫵，如仙女尋春，自然笑傲；馮海粟豪辣灝爛，不斷古今事，又與疏翁不可同古共談。關漢卿、庾吉甫，造語妖嬌，適如少美臨杯，使人不忍對殢。

《陽春白雪》是元人散曲中第一部選本，有作者八十餘家，小令四百餘首，套數五十餘套，足以表見元曲之藝術手法與思想內容；而身為元人散曲名家之貫氏所品評諸家中但見關漢卿而不及馬東籬。又楊維楨《東維子集》也有兩段論散曲的文字，其〈周月湖今樂府序〉云：

士大夫以今樂成鳴者，奇巧莫如關漢卿、庾吉甫、楊淡齋、盧疏齋，豪爽則有如馮海粟、滕王霄，醞藉則有如貫酸齋、馬昂父。其體裁各異，而宮調相宣，皆可被於絃竹者也。

又〈沈氏今樂府序〉云：

今樂府者，文墨之士之游也。然而媟邪正，豪俊、鄙野則亦隨其人品而得之。楊、盧、滕、李、馮、貫、馬、白，皆一代詞伯，而不能不游於是。雖依比聲調，而其格力雄渾，正大有足傳者。

比較兩段話語，則不難看出關漢卿即使在散曲中的地位，元人心目中絕不下於馬東籬。因此，靜安先生的話語是沒有根據的，恐怕是他個人「想當然」之詞而已。也因此我們應當說，馬東籬的地位超過關漢卿實始於《太和正音譜》，其後明人論曲便受到很大的影響；除了上文所舉何氏、卓氏外，譬如臧晉叔編輯《元曲選》，置東籬《漢宮秋》於卷首，便是明顯的例子。

其次在靜安先生之前，被論列為元曲四大家的尚有王實甫、庾吉甫、宮大用三人。靜安先生除論定宮大用「瘦硬通神，獨樹一幟」外，未及王庾二人。細繹其意，蓋以王庾之地位不足與「關白馬鄭」並列，即其成就亦不出四家範圍。今按宮大用作劇六種，就其現存《范張雞黍》、《七里灘》二種觀之，誠有足多者；而庾吉甫作劇十五種，惜皆未傳，可置不論；至於王實甫作劇十四種，尚存《西廂記》、《麗春堂》、《破窰記》三種，佚文《芙蓉亭》、《販茶船》二種，賈仲明〈凌波仙〉弔詞云：

風月營，密匝匝列旌旗；鶯花寨，明飆飆排劍戟；翠紅鄉，雄赳赳施謀智。作詞章，風韻美，士林中等輩伏低。新雜劇，舊傳奇，西廂記天下奪魁。

如果《西廂》五劇可以確定為王實甫所作⑧，那麼像「西廂記天下奪魁」這樣的話語就不能視若無睹；而如果《西廂》的作者為關漢卿所作⑨或關王所合作⑩，那麼就現存其他諸劇觀之，誠然如明王驥德《曲律》所云「多草草不稱」，自然不能與於四大家之列。靜安先生〈宋元戲曲考〉云：

---

⑧歷來認為《西廂》五劇是王實甫所作的有：元鍾嗣成《錄鬼簿》、明朱權《太和正音譜》、明都穆《南濠詩話》。近人主張是說者有趙景深〈西廂記作者問題辨正〉、馬玉銘〈西廂記第五本關續說辨妄〉、王季思〈西廂記敘說〉、邵曾祺〈關漢卿作品考〉、吳曉鈴〈西廂記前言〉、劉大杰《中國文學發展史》等。

《西廂記》五劇，《錄鬼簿》屬之實父。後世或謂王作而關續之（都穆《南濠詩話》、王世貞《藝苑卮言》）；或謂關作而王續之者（《雍熙樂府》卷十九無名氏〈西廂十詠〉）。然元人一劇，如《黃粱夢》、《鷫鸘裘》等⑪，恆以數人合作，況五劇乎？且合

---

⑨認為《西廂》五劇為關漢卿所作的有：明金合魯氏〈新編題西廂記咏十二月賽駐雲飛〉、明劉麗華〈題西廂記〉、明顧玄緯〈增編會真記雜錄序〉，明無名氏〈高文舉珍珠記〉、明張羽〈古本董解元西廂記序〉、明施國祁《禮耕堂叢說》、明汪道昆〈水滸傳序〉、明沈伯英、湯若士〈西廂會真傳、會真記批語〉、明毛奇齡〈毛西河論定西廂記釋語〉、清羅以桂《祁州志》、近人楊晦〈再論關漢卿〉等。

⑩認為關王合作的有：明弘治岳家刻本《西廂記》、明郭勳《雍熙樂府》、明徐士范《重刻元本題釋西廂記》、明王士貞《曲藻》、〈題畫會真記卷〉、明胡應麟《少室山房筆叢》、明王驥德《新校注古本西廂記》、明凌濛初〈西廂記凡例十則〉、明《張深之先生正北西廂記秘本》、明槃邁碩人《增改定本西廂記》，明徐復祚《曲論》、明蔣一葵《堯山堂外紀》、清聖嘆先生《評點綉像第六才子書西廂記》、清焦循《劇說》、清梁廷枏《曲話》、清姚燮《今樂考證》、清李漁《閑情偶寄》、清李調元《雨村曲話》、清王季烈《螾廬曲談》、近人劉世珩〈暖紅室匯刻西廂記序〉、董康等《曲海總目提要》等。

⑪元鍾嗣成《錄鬼簿》著錄《黃粱夢》，注謂「一折馬致遠，一折紅（原誤作經字）字李二，一折花李郎，一折李時中。」《太和正音譜》著錄《鷫鸘裘》於范居中名下，注謂「四人共作。第二折施均美，第三折黃德潤，第四折沈珙之。」

作者皆同時人，自不配以作者與續者定時代之先後也。則實父生年，固不後於漢卿。實甫一作實父。由靜安先生語意觀之，顯然趨向於關王合作《西廂記》之說。若此則靜安先生未及論列實甫就很自然了。也因此，靜安先生心目中的「元曲四大家」就只是「關白馬鄭」了。

第三，靜安先生論斷「關白馬鄭」的高下次第，似乎止從曲文風格入手。而個人以為，論劇作家之優劣和成就當從質和量兩方面著眼。就量而言，當注意其作品之多寡與內容之多樣化；就質而言，當從其戲劇文學與戲劇藝術兩方面同時觀察，約有八端可循，即：本事動人、主題嚴肅、結構謹嚴、曲文高妙、音律諧美、賓白醒豁、人物鮮明、科諢自然等⑫，倘劇作止於本事動人、主題嚴肅、曲文高妙三者具備，或甚至於僅曲文一項高妙，則不失為案頭之曲；倘結構謹嚴、音律諧美、科諢自然、賓白醒豁四者兼備，則堪為場上佳劇。倘曲文高妙，又加益以場上四項，則不失為案頭、場上兩兼之佳作；而若七者健全，又益以人物鮮明一項，則堪稱無懈可擊之妙品。若以此八端又兼具其量來衡量，則關漢卿作劇六十餘種⑬，內容無所不包，文

⑫筆者有〈評騭中國古典戲劇的態度和方法〉，原載《幼獅月刊》四十四卷第四期，收入拙著《說戲曲》一書。

⑬關漢卿雜劇傳惜華《元雜劇全目》著錄六十七劇，其中存世者十八種，僅見佚文者三種，完全失傳者四十六種。但其傳世者如《魯齋郎》、《單鞭奪槊》、《五侯宴》、《裴度還帶》等四劇，學者已考定非關氏所作。故鄭師因百（騫）先生〈關漢卿雜劇總目〉訂為所撰雜劇凡六十四本：存十四、殘三、佚四十七，見所著《景午叢編》。

學藝術兩擅其美，為有元第一人，應屬當之無愧。鄭德輝作劇十八種，雖出語不凡，而藻縟恨多，其關目排場亦有可議者，則敬陪四家之末座，自無可疑。其有可爭議者則在白馬二家。白仁甫作劇十六種，今存可信者止《梧桐雨》、《牆頭馬上》二種⑭，雖「風骨磊落，詞源滂沛」，不少俊語，然較諸馬東籬則未足以為一代文人劇之代表。

馬東籬作劇十六種，今存《漢宮秋》、《陳摶高臥》、《青衫淚》、《薦福碑》、《岳陽樓》、《任風子》、《黃粱夢》等七種。此七種實包含四個雜劇類型：在《漢宮秋》這本歷史劇裡，他將時代意識、民族意識，乃至於南宋覆亡的「根柢」都寓寫其中；在《薦福碑》一類的文士劇裡，他雖不能免俗的為自己構築空中樓閣，而其不甘落拓之憤懣激越，則是其他同類作品所未見，其所流露的正是那個時代的讀書人不平的心聲；在《岳陽樓》等三本度脫劇裡，他則運用全真教的神仙故事來寫他開闢的桃源福地和嚮往的蓬萊境界。而那本事實上只是表現元代文人團圓夢的《青衫淚》，其實也反襯了當世文人的另一種共同悲哀，這種情場上的失落，同樣啃噬著他們的心靈。而由此也可見東籬雜劇不止是寫他個人的身命遭遇和思想情感，同時也反映了元代文人的身命遭遇和思想情感；又由於他的曲詞如朝陽鳴鳳，燦爛清綺、風骨勁健、

---

⑭白樸另有所謂《東牆記》，《孤本元明雜劇》從趙琦美鈔校本題白樸撰，但鄭師因百先生〈元劇作者質疑〉考訂決非白氏所作，謂「蓋一劇二本，或元明間人依仁甫原本重作。」

俊逸超拔，文學成就甚高，所以他就成為元代文人的典型，他的雜劇也成為元代詩人之劇一派的代表。他在元代劇壇上，與關漢卿堪稱一時瑜亮，有如詩中的李杜，文中的韓柳，各具境界、各具格調，是很難有所軒輊的⑮。但若就作品多寡與劇場藝術而言，則東籬實不能不讓漢卿一席之地。因此個人以為，若就成就高下論列四大家次第，則應作「關馬白鄭」為宜。

今人譚正璧編著《元曲六大家評傳》，舉關漢卿、王實甫、白樸、馬致遠、鄭光祖、喬吉為六大家；熊文欽等校注《元曲四大家名劇選》，舉關漢卿、白樸、馬致遠、鄭光祖為四大家，而均未論述其所以然。雖然，靜安先生《宋元戲曲考》之後，所謂「關白馬鄭」之說蓋已成定論；而小子不敏，敢更以「關馬白鄭」就正於方家，倘有以教我，則是莫大的榮幸。

（原載《河北師院學報》一九九〇年第二期國際元曲學術會議特刊）

---

⑮筆者有〈馬致遠雜劇的四種類型〉一文，原載《幼獅學誌》第十九卷一期，收入拙著《詩歌與戲曲》一書。

國劇的過去、現在與未來

前言

我國的戲曲可以大別為小戲、偶戲、大戲三大類。小戲如果從漢武帝時的「東海黃公」算起，已經有兩千多年；大戲從南戲北劇開始，約有八百年；偶戲也早見出土的漢代文物和文獻資料。根據民國五十一年所作的調查統計，全國有四百六十幾個劇種，其中偶戲近百，小戲六十餘，大戲約三百。可見我們是個喜好戲曲的民族，戲曲是我國根深柢固的傳統文化。

若就歷代的大戲小戲而言，那麼有西漢的角觝戲、東漢至六朝的百戲、隋唐雜戲、宋金雜劇院本、金元北劇、宋元南戲、明清南雜劇、明清傳奇、清亂彈、清京戲等，宋金雜劇院本之前涵括小戲與雜技，南戲北劇之後才進入大戲的時代。可見中國戲曲小戲的時代相當長，但整個中國戲曲是與時推移，不停在發展的。

而當前若欲舉一劇種作為中國戲曲的代表，則「平劇」，仍然最為合適。「平劇」在道光中葉以前稱作「皮黃」，其後稱「京戲」，民國改北京為北平，故稱「平劇」。但「京戲」在同光間逐漸流播全國，民國二十一年乃有「北平國劇學會」之設立，並出版《國劇叢刊》和《國劇畫報》，梅蘭芳、余叔岩、齊如山、傅惜華、張伯駒皆為主要成員，則「平劇」被尊為「國劇」，實不始於台灣。

可是數十年來，社會變遷急遽，國劇隨著傳統文化的沒落而衰頹，也是不爭的事實。本文希望透過對國劇之「過去」的認識和對「現在」的了解，試圖為國劇的「未來」尋覓和設計可行的路途與可發展的方案。所謂「過去」是指它成立的脈絡和成熟後又改良的概況，所謂「現在」主要是指政府遷台以後的大致情形。而本文為對「平劇」表示尊重，所以標題皆作「國劇」，但行文之際，則按照其形成發展的時代，或稱「皮黃」、或稱「京戲」、或稱「平劇」、或稱「國劇」。請先從「國劇的過去」說起。

壹、國劇的過去

國劇的「過去」，可以分作孕育形成、成熟繁盛、改良運動等三個時期。國劇大抵孕育於乾隆末至道光間，形成於道光末咸豐間，成熟繁盛於同光民初，而改良運動亦起於清末革命之際與民國五四運動之時。請依次敘述如下：

一、孕育形成期（一七九〇—一八六一）

崑山水磨調自明嘉靖間創製以後，即逐漸廣被劇壇，使得我國戲曲由體製劇種轉變為聲腔劇種，此即所謂「崑曲」，至清康熙間猶有餘勢。但康熙以後，全國各地聲腔競起，乾隆時統稱作「亂彈」為「花部」，與「雅部」的「崑腔」爭衡。從此亂彈越來越興盛，崑腔越來越衰頹。嘉慶間，有所謂「南崑北弋東柳西梆」之說，是指當時蘇州的崑山腔、河北的高腔（由弋陽腔演變而來）、山東的弦索腔（以柳子戲為代表）、山西陝西的梆子腔等四大聲腔體系而言。

清代的北京劇壇，康乾間是崑弋競爭的局面，弋陽腔因為勝過崑山腔，所以被稱作「京腔」；乾隆四十四年（一七七九）四川人魏長生率領一批秦腔（即梆子）藝人到北京搭入「雙慶班」，風靡一時，「京腔由是冷落」（《燕蘭小譜》）。魏長生「演戲能隨事自出新意」（《檐曝雜記》），如改旦腳的「包頭」為「梳水頭」，又創旦腳的「踩蹺」等。

乾隆五十五年（一七九〇），在南方已享盛名的安慶徽戲班「三慶徽」，由高朗亭領入北京向高宗皇帝祝壽，是京戲史上一件大事。就徽戲而言，其腔調原本不過吹腔、撥子而已。所謂「吹腔」即「石牌腔」，因其以笛和嗩吶為主奏樂器，故云；所謂「撥子」亦稱「高撥子」，即「安慶梆子」，「撥、梆」音近，所以「撥子」為「梆子」之音轉。而進京之際，其腔調已有吹腔、撥子、二黃、崑腔、柳子、羅羅等，可見它事實上是一個以徽戲為主，吸收其他聲腔劇種的綜合戲班。

「三慶徽」在北京受到盛大歡迎後，又有「四喜」、「和春」、「春台」聲名與「三慶」相伯仲，即所謂「四大徽班」。徽班除了擁有豐富優美的聲腔曲調和題材廣、通俗容易的眾多劇目外，藝人的廣汲博取、精益求精和唱念日趨京化，也是使得徽班能在北京扎根成長的重要原因。譬如米喜子習扮正生，「家設等身大鏡，日夕對影徘徊，自習容止，積勞成疾，往往嘔血。」（齊如山《京劇之變遷》）

促進京戲形成的另一件大事是「漢戲」入京給徽班添加許多滋養。漢戲亦稱「漢調」或「楚調」，腔調以「西皮」、「二黃」為主。秦腔傳到湖北稱「襄陽調」，因湖北人稱「唱」為「皮」，「一段唱」為「一段皮」，所以把傳自我國西部陝甘一帶的腔調叫「西皮」；而「二黃」則吸收安徽二黃加工而成。所謂「二黃」，眾說紛紜，較可取的是：二黃腔系源於江西的「宜黃腔」，因為江浙口音「二、宜」音近，故訛「宜」為「二」。葉調元〈漢皋竹枝詞〉中有云：「曲中反調最淒涼，急是西皮緩二黃。」「月琴弦子與胡琴，三樣合成絕妙音。」可見其寫作時的道光十三年（一八三三）之前，湖北漢戲已是皮黃合奏的局面，而且使用了胡琴。

吳太初於乾隆年間所著的《燕蘭小譜》，其〈詠四喜官〉詩有句云：「本是梁谿隊裡人，愛歌楚調一番新。」則乾隆間漢戲已傳入北京。而粟海庵居士於道光八年（一八二八）至十二年（一八三二）所著的《燕台鴻爪集》有云：「京師尚楚調，樂工中如王洪貴、李六，以善為新聲稱於時。」則漢戲於道光間已在北京居重要地位。

漢戲在進入北京以前，既然已有西皮、二黃合奏的情況，因此進入北京之後，漢戲演員皆投身於勢力強大的徽班之中，使徽班成為「皮黃班」，演出的戲叫「皮黃戲」。於是演員陣容加強，使得當時以旦行為主的北京劇壇，逐漸發展為以老生行為主。道光二十五年（一八四五），北京的劇壇，如三慶的程長庚、春台的余三勝、四喜的張二奎、和春的王洪貴、嵩祝的張如林，新興金鈺的薛印軒，便都由老生行任領班人。而唱腔藝術也因此提高許多，使得聲腔旋律更豐富，如漢調二黃在最初的「平板」基楚上，繁衍出「搖板」、「散板」、「導板」、「滾板」、「快三眼」、「慢三眼」、「反二黃」等板式，西皮式如「二六」、「流水」、「散板」、「搖板」、「原板」、「慢板」，也發展得相當完備。而北京字音與湖廣音結合，形成了演唱語言的規範化，如所謂「十三轍」、「四聲」、「上口字」、「尖團字」、「韻白」等，便是其重要標幟。而所謂「京胡」終於確立為主奏樂器；在演出劇目上也以徽漢崑梆的舊基礎創出許多新劇目。於是在道光末期與咸豐年間（一八四〇—一八六一），北京的皮黃戲，轉型蛻變為新劇種，所謂「京戲」於焉成立。若從徽班進京的乾隆五十五年（一七九〇）算起，大約經歷了六、七十年的光景。從此所謂「京戲」，便是北京的代表劇種，是以皮黃為主，兼擅崑腔以及吹腔、撥子、南鑼等地方腔調的板腔體音樂，和唱詞為七字、十字的詩讚系新劇種了。

二、成熟繁盛期（一八六二—一九一八）

京戲成立以後，歷經同治、光緒、宣統三朝到民初，在藝術上已臻於成熟，在搬演上則非常繁盛。

京戲是以演員為中心的劇種，其藝術成就即為演員逐步改良體現的成果。譬如老生這一行，就有余三勝、程長庚、張二奎的所謂「前三傑」和孫菊仙、譚鑫培、汪桂芬的所謂「後三傑」，其中尤以譚鑫培上承前三傑的藝術基礎加上自己的琢磨創造，將京戲藝術提昇到一個新的成熟境界，被譽為「伶界大王」。其他像俞菊仙創立「武生」這一行，龔雲甫自立「老旦」為專行。「淨行」也細分為「銅錘」與「架子」兩工，前者重唱工，以金秀山為代表；後者重身段，以黃潤甫為代表。王鴻壽（三麻子）因演關公戲而確立了「紅生」這一流派。於是旦行也隨著表演藝術的專精而加以分工了，諸如「青衣」、「花旦」、「刺殺旦」、「玩笑旦」、「刀馬旦」、「武旦」等等。而這些行當腳色的唱腔旋律也跟著發展得更豐富、更細膩委婉了；各行當之間在唱腔上也相互影響和吸收，從而也使得唱腔旋律和板式發生多樣的變化。譬如當時老生的唱腔，有些唱段就揉進了青衣、老旦甚至於花旦的唱腔。而此時在演唱吐字發聲運腔的技法上也不停在轉變和提高。齊如山《京劇之變遷》說：「光緒初年最時興宏亮，……後來時興拉長腔，再後時興拔高，現在時興垛字轉彎，只要連垛幾句詞，或連拐幾個彎，就必能得好，俗叫疙疸腔。」至於伴奏場面也逐漸由管弦打擊樂組成樂隊，文場包括笛、胡琴、月琴、南絃、嗩吶、海笛；武場包括單皮鼓、鑼、鐃鈸等。當時有所謂「六場通透」的說法，指的就是對胡琴、南絃、月琴、單皮鼓、大鑼、小鑼都能演奏的意思。

隨著表演藝術的變革，舞台藝術此時也出現求新求美的趨向。譬如上下場門的彩帘，桌圍椅帔的裝飾，一物多用的台帳，各種腳色行當的服飾盔靴和各種道具，漸漸形成規範和定製。但在服飾上隨著「名腳制」的產生，由於「私房行頭」的競相爭艷，就使得服飾日趨華麗了。此外，隨著時代的演進，其妝扮藝術，無論是臉譜和砌末，也有不停的創造和改良，終於有如砌末製作和梳頭乃至於掌管盔頭方箱的大批專業藝人產生。

在演出場所方面，此時的京戲也有進一步的發展，除了原有的王府戲台、會館戲台、飯莊戲台和農村草台更加繁盛外，民間專門性固定性的演出公共場所，所謂「城市戲園」也在此時大量湧現。各類型的戲園，在北京就有五十餘處。不止如此，同治、光緒間慈禧太后當政，宮中演戲之風盛行。光緒九年（一八八四）、十九年（一八九四）均曾召民間班社入宮承應，並形成定制。直到光緒二十七年（一九〇二）才不再召整班，止選名腳入宮，習稱「內廷供奉」。而早在光緒九年，宮內已成立「普天同慶」科班，選年幼太監專學皮黃，習稱「本宮」，由慈禧直接管轄。就因為慈禧酷愛京戲，影響所及，連王公大臣有許多也都成為京戲的「裡手」。

因為這些至高統治者對京戲演唱要求嚴苛，自然推動了京戲表演的更加規範化和體系化，加上宮中舞台規模宏偉，服裝道具考究，演出排場浩大，自然提昇了京戲的境界；又由於宮廷演出聚集許多京戲名腳，一方面加強演出陣容，一方面也藉此切磋，從而促進了京戲的藝術水準，再者為應付慈禧的喜好，翻製了許多崑曲劇本為皮黃劇本，使得京戲增加一些新的劇目。可見宮廷演戲對京戲的成熟提供了不少助力。

這時期培養京戲人材的主要場所，即所謂「科班」也紛紛成立，咸豐同治年間已經有雙慶班、全福班、小和春、小福勝、得勝奎、小金奎等六個班，光緒八年（一八八二）有楊隆壽的榮春堂後改名小榮春，光緒十五年（一八八九）成立的有劉趕三黃三雄的小丹桂、姚增祿的小吉利、余玉琴的小福壽、田際雲的小玉成、陸華雲的長春社等，而光緒三十年（一九〇四）成立的喜（富）年成科班則存在時間最長、培養人材最多。「科班」比起早先的「投師學藝」和後來的「以班帶班」教育方式更專門更正規化，不止有專業教師，而且有系統的教育程序，這種戲曲教育體制的建立，是京戲藝術成熟的重要標幟，也為京戲的繁盛，提供必要條件。

另一種京戲成熟和繁盛的重要標幟，則是票房林立。票房是隨著京戲業餘愛好者的所謂「票友」之增多而出現的。著名的票房如光緒間的關帝廟、松筠庵、南月牙、風流自賞、肅王府等，其中歷史最久、聲名最著的是同治末年創立的「翠峰庵」票房。票房不僅是京戲業餘愛好者的演出團體和演出場所，同時又是研究京戲藝術，培養京戲演員的民間組織。不少京戲的著名演員即由票友「下海」後出身的，其對京戲的發展，起了不少推波助瀾的作用。

至於這時的觀眾，在光緒二十六年庚子（一九〇〇）以前，婦女止能聽堂會戲；此後為籌措賠款上演「義務戲」，才能走進劇場；辛亥革命後，北京第一舞台建立，又突破男女分座界限，婦女可以自由買票看戲，京戲的觀眾為之增加許多。它的情況據說是「若打聽得某處有串客做戲，則約妯娌、會姐妹、帶兒女、邀鄰舍，成群結隊、你拉我扯，都去看戲，做一日、看一日，做一夜、看一夜，全然不厭。」（《得一錄》）也因此使得整個戲劇界起了急遽的變化，那就是旦行的青衣、花旦超過了原來老生領袖的地位。又據《元明清三代禁毀小說戲曲史料》中的一段記載說：「新邑內外城大小街巷，共計二百有餘；四司屬大小鄉村，不啻千數。……而鑼鼓之聲，無日不聞，沖僻之巷，無日不有。」可見戲曲已成為與人民生活不可分離的娛樂。

三、改良轉變期（一九一九—一九三五）

晚清民初的京戲雖然進入成熟昌盛期，但改良的京戲也早見於光緒二十八年（一九〇二）的報刊，據不完全統計，至民國元年為止，約有四十種。

但若論京戲實質的革新變化，實始於所謂「南派京戲」。同光以來，來自北京的京戲，在上海與里下河徽班、直隸梆子會同演出，形成一種有鮮明地域性藝術特色的京戲派別，即是「南派京戲」。而若考「南派京戲」形成的過程大抵是這樣子的：上海戲園的京徽合演始於同治八年（一八七二）開設的金桂軒茶園；而光緒三年（一八七七）以來，直隸梆子藝人源源南下，上海各戲園普遍進入皮黃、梆子合演時期，這種情況延續到民國初年。於是大量徽梆傳統劇目移植到京戲中來，同時徽梆班社的許多演員也改搭京班，從而使京戲的舞台藝術更趨豐富完善。由是而形成「南派京劇」，又有「海派」、「外江派」之稱。其特色是：身段較誇張，唱工較靈活流暢，重視情節的趣味性，舞台布景裝置充分運用近代燈光等科技以追求新奇，因之又有「燈彩戲」之稱。另外值得一提的是，同治年間由南來上海的京伶李毛兒所創造的女戲班，亦稱「坤班」或「髦兒班」。光緒二十年（一八九四），上海更出現了第一家京戲女班戲園「美仙茶園」，從此逐漸流布各大城，至民初以後，京戲坤班就在全國盛極一時。

而京戲改良運動的倡導，則主要見於辛亥革命前後，其相關理論發表於光緒二十六年到民國七年之間的各種報刊，其中創刊於光緒三十年（一九〇四）十月的《二十世紀大舞台》是最早的京戲專門性期刊，「以改革惡俗，開通民智，提倡民族主義，喚起國家思想為唯一之目的。」考察這期間京戲改良運動的主要內容傾向，約有以下數點：其一，攻擊舊戲的思想內容，但知傷風敗俗，煽惑愚民，而不知國家之治亂與科學之用途。因此提出「不可演神仙鬼怪之戲」、「不可演淫戲」、「除富貴功名之俗套」的主張；並明確指出京劇的高下美醜，在於思想內容，而不僅僅在於形式。其二，把京戲視為「普天下之大學堂」，作為「改良社會之不二法門」，甚至於認為京戲的好壞是「國家興亡之根源」；於是極力提高京戲的地位，藝人的社會地位因此也受到尊重。其三，主張京戲新編之劇當適應觀眾的需要，認為光編演具有時代精神的歷史劇是不夠的，重要的是要演直接反映現實的「時裝新戲」，才能「洞悉人情，通達世故，頗具有對症發藥之手段。」其四，提出京戲要具有悲劇美學的要求，認為悲劇「發乎至情，感人者深」，能使人盪氣迴腸，不可抑制，從而鼓舞人們的鬥志；甚至於認為，演劇時以聲淚俱下的演說來挽救社會，以表現英雄的悲慘來喚起國民。

在這種改革理論的趨向之下，對於京戲舞台藝術形式，自然也有所主張，主張要採用西方之聲光科技作布景，裝出山是山，橋是橋；以致改良京戲在「新舞台」上表演，非常接近歐洲話劇的寫實形式；甚至演員皆「盡力描摹」，「該演至劇中不幸之處，只當作自己身上有不幸之事，能使顧客皆為之悲惋。」

於是改良京戲的作品，一般都較注重劇作的情節，但卻忽略人物心理的刻劃和性格的塑造：也因此劇中人物的唱詞道白，經常運用政治宣傳式的演講，或口號式的唱念，有時甚至完全游離於劇情和人物性格的發展之外。於是劇本唱腔的安排，經常設置大段唱詞，一唱就是數十百句；而劇作語言一般力求通俗，甚至不避俚俗，運用地方土語；有的劇本因受西方影響，改變分場形式為分幕形式。

而上海「新舞台」的建立，則是京戲改良運動高潮的標幟，它第一次將「茶園」式的劇場，改為鏡框式的月牙形舞台，唯存一面朝向觀眾；並且從國外引進了布景與燈光設備和新技術，其台下有地下室，建一大轉盤，舞台可以轉動，可以同時搭成兩台布景，只需一轉，即換成另一布景。舞台面積之大可以在台上騎真馬、開汽車演新戲。以這樣的舞台，汪笑儂為首的劇作家，編演了大量時新京戲，「抨擊封建，宣傳革命思想」。譬如《玫瑰花》用以推翻清王朝統治：《新茶花》和《潘烈士投海》用以要求富國強兵、抵禦外侮；《秋瑾》、《鄂州血》用以歌頌革命志士；《波蘭亡國慘》、《越南亡國慘》用以揭露帝國主義侵略罪行；《宦海潮》、《黑籍冤魂》、《賭徒造化》，用以針砭時弊，表現官場與社會的黑暗。而汪笑儂等，因受當時「文明戲」的影響，認為京戲中一些傳統表演程式，不適合時裝的演出。如「叫頭」、「定場詩」、「自報家門」、「背躬」、「搭架子」等應當儘量少用。

所謂「時裝京戲」，即指京戲改良運動中，表現現實生活的新編京戲，以其穿戴當時服飾而得名。就其形式內容而言，有取用外國題材的「洋裝京戲」，有取用時事新聞的「時事新戲」，有事屬清王朝的「清裝戲」。據不完全統計，辛亥革命前後在舞台上所演的時裝新戲劇目多達二百餘種，但它們通常採用幕表形式（止提綱無劇本），隨編隨演，結構靈活，表演自由，不拘守舞台成規。與傳統京戲比較，則說白多，唱工少，說白不用中州韻而以京白與蘇白為主，有時還用方言；鑼鼓主要止用於上下場，表演不講程式，追求生活化；歌唱時多半是「把手插在西裝褲子裡扯四門唱西皮」，甚至在戲中還穿插唱外文歌曲。於是當時的「時裝京戲」和「文明戲」在內容和形式上區別就不很清楚了。而民國四年以後，隨著民族革命政治情勢的轉變，時裝新戲就每下愈況，趨向色情、迷信、兇殘的末路了，所謂「京戲改良運動」終於落了幕。

但是在五四新思潮的沖激之下，對於京戲藝術的「改良」，也有正面的影響。譬如以往的青衣行當，以唱為主，「行不動裙，笑不露齒。」但王瑤卿演《汾河灣》中的柳迎春，就把柳迎春的喜悅、憤怒刻劃得維妙維肖；旦腳舊時所講究的「蹺工」被梅蘭芳、尚小雲等人拋棄；對於唱工則從強調高調門，轉而講究圓潤富於韻味，以「聲情並茂」為尚。此外，如伴奏樂器，胡琴之外加上月琴、絃子，腳色妝扮也在色彩和造型上力求美好。民國七、八年之際，北京准許男女同班演出；民國十五年男女合演的情況也出現了，雖然直到民國十九年才被核准。

而此時期最值得一提的是，四大名旦之首的梅蘭芳，數度將京戲作文化輸出，獲得極大的迴響。民國八年四月他率團訪日，是京戲藝術首次出國演出；民國十三年又赴日作短期的小型演出。民國十八年十二月赴美演出，為期四月有餘，以「發揚國劇」、「溝通中美兩國文化」為宗旨。民國二十四年赴蘇聯演出，取道英法德和埃及返國。程硯秋也在民國二十一年一月至二十二年四月間先後到法德瑞義等國訪問和參加學術會議並蒐集戲劇資料。

梅蘭芳和程硯秋的出國演出和考察，雖屬私人性質，但對於京戲本身的發展和對外的影響都是很大的：

其一是中國的京戲藝術使異國人士刮目相看。譬如在美國演出，一位叫司塔克・楊的劇作家讚嘆中國的京戲藝術是「藝術的真」，具有含蓄不露的美和深沈的意味，而美國寫實派戲劇的做工表情，比起來就顯得呆板膚淺多了。另一位叫卑爾格德的大學教授，是美國著名的光學家、建築學家，他非常羨慕京戲的舞台處理，他認為京戲不要布景實在是「藝術組織最高的地方」。在蘇聯演出時，德國著名的戲劇家布萊希特正在蘇聯避政治難，他很興奮的說：「這種演技比較健康，它和人這個有理智的動物更為相稱。它要求演員具有更高的修養，更豐富的生活知識，更敏銳地對社會價值的理解力。」他更對京戲的虛擬象徵藝術讚不絕口。

其二是對被訪問國的戲劇產生影響：譬如日本古典劇吸收了我國京戲在動作、化妝上的某些特長；三十年代初美國流行的「活報劇」，便運用了我國京劇藝術的寫意手法：德國戲劇家布萊希特的「間離效果」演劇理論，也是吸收了中國京戲「程式化」的藝術特徵，謂之「有規則的自由行動」。

其三是為京戲改良做了有意義的嘗試：譬如為適應國外演出，對於舞台進行美化和改革，宮燈、紗燈的運用，使之顯得富麗堂皇；同時將樂隊隱蔽，廢除飲場、檢場、踩蹺、吐痰等有損舞台形象的舊習。於是國內演劇界也群起效法。

其四是借鑒了外國在戲劇活動方面的經驗：譬如重視戲劇藝術的社會宣傳教育作用，把戲劇看成是進行國民教育的重要手段；建立較為系統、先進的演劇理論和演劇制度；並成立有能夠充分發揮作用的戲劇界社會組織。這三方面的學習和借鑒，對於提昇和發展京戲藝術，起了促進的作用。

但是民國二十六年七七盧溝橋事變後，全國對日抗戰，民國三十四年八月雖然日本投降，而緊接著又是國共戰爭，民國三十八年國民政府遷到台灣。這些歲月真是戰亂無寧日，京戲的活動自然不得不沈寂許多了。

貳、國劇的現在

雖然民國三十四年台灣光復，三十八年政府播遷來台，但京戲流傳到台灣，卻早在光緒十二年（一八八六）台灣建省劉銘傳任巡撫的時候。其後日據時代，陸陸續續也有上海、北京的京戲班來台公演，但數十年間，也不過二十幾個班社而已。

光復後，有客家人組成「宜人園京班」，國內平劇團體也紛紛來台。民國三十六年，台北公演平劇的戲院就有五處之多；其後平劇團也紛紛登記成立，三十八年更有顧正秋所率領的顧劇團和由王振祖所領導的中國劇團由滬來台。平劇之風，駸駸乎有在台復興之勢。

但是由於政府遷台之初，百廢待興，未遑計及文化事業，而本土的歌仔戲又進入顛峰期，因此平劇劇團逐漸無力支持，至民國四十三、四年間光景已甚黯淡。所幸有志之士，竭盡所能，力挽頹波，三十餘年來，國劇不止在台灣維繫不墜，而且扎根播種、開花結果，甚至於更有發展，著有相當的成績。以下就國劇之劇團、教育、演出、劇本、改良轉型等五方面來說明國劇在台灣的現況。

一、劇團

目前在台灣的國劇劇團有國防部的三軍劇隊，即陸光、海光和大鵬，有教育部復興劇校附屬的復興國劇團，有民間的雅音小集、盛蘭國劇團、當代傳奇劇場、新生代劇團、龍套劇團以及為數近百的業餘國劇社。這裡簡介三軍劇隊和復興劇團，雅音、盛蘭、當代三團屬改良轉型的劇團，新生、龍套以講解推廣為主，均留待下文說明。

1.大鵬國劇隊：成立於民國三十九年，為三軍最早的國劇隊，迄今已整整四十年。民國五十年劇隊盛時達二百餘人。目前演出情形大致如此：每一季國軍文藝中心有一檔為期七天的定期公演，每年四季，因為旦腳人才較多，所以在安排戲碼上，較偏重感情戲：每檔至少推出一齣新戲，或是新編，或是舊戲新排，多半是只有大鵬演員才會的戲。其次，對外應邀演出或勞軍活動，非常頻繁，每針對觀眾好尚，安排適當的戲碼。譬如到「榮民之家」，則安排偏重唱工的老戲；若到軍中，則以丑角或武戲和熱鬧滑稽的劇情為主。

2.陸光國劇隊：成立於民國四十七年，目前全隊有八、九十名成員。演出情況與大鵬相近。近年來積極致力國劇藝術的研究發展，分作三組，其一為劇本研究發展小組，負責資料的蒐集運用與劇本情節的整理，並定期舉辦學術講演，提供演員與專家學者面對面交換心得的機會，以拓展其表演領域。其二為國劇音樂研究小組，希望日後能達到全面用譜的階段。民國七十四年在原有的場面組中增設國樂組，從襯底音樂到創新編曲皆在嘗試中有所突破。其三為服裝道具電腦化管理小組，以此培養專長人員，減少後台工作的時間。

3.海光國劇隊：民國四十三年成立於高雄左營，六十四年北遷淡水，團員編制七十人，公演情況與大鵬、陸光相近。其排練作業程序大致為：每檔公演完畢，即稍事休息，而後召開由隊長、劇務與主要演員組成的檔期會議，討論下檔公演戲碼。定案之後，大戲由劉玉麟主排，武戲由張慧川負責，隨即進入排練階段，學戲、對戲直至下檔公演前一天為止。如此循環相續，是為主幹。早年隊上有專人整理劇本，目前則多由上一輩老團員直接帶戲，並於每次公演時錄影存記。

4.復興劇團：附屬於國立復興戲劇實驗學校。民國四十六年私立復興戲劇學校成立，民國五十五年第一期學生畢業，成立劇團，民國五十七年改制為國立，並遷校址於內湖。團員全部來自該校經評鑑合格的學生，經費與演出通知均由學校負責。除國內外應邀演出外，每週二、四上午九時三十分在學校中正堂免費演出，劇校生演出則是每週三、六。

二、教育

戲劇是一門綜合的文學和藝術，西方藝術發達的國家很早就重視戲劇教育，但在我國把戲劇列入正規教育中，為時卻相當的晚。京戲表演藝術人材的培養方式，起先是「投師學藝」或「以班帶班」，直到所謂「科班」成立，京戲教育才更專門更正規化。而辛亥革命以後，上海戲劇界聯合創辦了我國第一所子弟學校「榛苓小學」，接著著名演員潘月樵、馮子和也自行出資興辦「藝人義學」，同時歐陽予倩等辦了「南通伶工學社」，民國十九年也有「北平戲曲學校」的設立，這幾所戲曲學校實行知識與藝術並重的教育方式，也培養不少才藝兼優的平劇演員，而若說由政府設立的學校，則始於民國二十四年成立於南京的「國立戲劇學校」，從此我國的戲劇教育才被正式列入教育之中。

政府遷台後，第一所私人創辦的劇校，即上文提到的「復興劇校」，民國四十六年首期招生一百二十名，自民國七十一年後改制為「劇藝實驗學校」，加設「綜藝科」。每年招收年齡不超過九足歲的學童四十名，入學後，自國小五年級讀起，歷經國小部二年、國中部三年、高職部三年，畢業後，視成績好壞，留校實習。自私立第一期起，按「復興中華傳統文化，發揚民族倫理道德，大漢天聲遠播寰宇，河山重見，日月輝煌」為班輩號序，已有十五期畢業離校。

其次是三軍劇團所設立用以培養劇團人材的劇校。空軍大鵬先設有「大鵬國劇訓練班」，後改為「大鵬戲劇補習班」，成立於民國四十八年，共有十期畢業生。民國六十八年獲教育部立案，改為「大鵬戲劇實驗學校」。海光劇團起先附設「海光國劇訓練班」又名「小海光」，民國六十八年改為「海光戲劇實驗學校」，陸光劇團起初也附設「陸光國劇訓練班」，民國六十九年改為「陸光戲劇實驗學校」。三軍劇校的學制和復興劇校相近，同樣培養了許多國劇人材。民國七十四年七月，三軍劇校奉命歸併於國光劇校。

國光劇校未設立之前為隸屬於國防部藝工總隊的「國光綜藝訓練班」，設有音樂、舞蹈、戲劇、特技四科，其中「戲劇」一科專指話劇，並未包含國劇，迄民國七十年獲准立案命名為「國光劇藝實驗學校」時尚如此，直到民國七十四年三軍劇校奉命歸併後，方特設「國劇組」以資容納，而統籌國劇教學，將三軍劇校的師資菁英和明駝劇隊的資深演員齊集一堂。其學制採九年一貫制，前兩年習基本功，兩年後分科，學生享受公費待遇，必須住校。

此外尚有國立藝術專科學校在民國四十四年即設有「國劇科」，但四年後停辦。民國七十二年又開始辦理國劇科的五專夜間部，修業期間四年，招收戲劇職業學校高職畢業生，作為國劇的延伸教育。而目前國內大學中，設有國劇科系的，只有私立中國文化大學戲劇系國劇組，為提高學生專業水準，該組設有甄試保送辦法，選拔部分有志深造且成績優異的劇校生接受大學教育。

我國的戲劇教育，一向各自為政，直到民國六十五年復興劇校才首先成立「國劇教育改進顧問小組」。多年來顧問小組在整理劇本、出版鑼鼓經和臉譜、訂定劇校課程、改進教學方式、推展國劇方面都著有成績和貢獻。

近年來對於國劇觀眾的培養受到相當的重視，教育部早有「少年國劇欣賞」的措施，大鵬國劇隊也舉辦「國劇下基層」的活動，到各縣市的空軍單位去「播種扎根」，陸光國劇隊也與大專學生社團舉辦聯誼活動，將國劇作深入淺出的講解和示範演出。民間劇團像「新生代」每週六晚上在幼獅文化中心，「龍套」不定期在國家劇院小劇場辦理「講座」，對國劇藝術作示範和解說。而中視「菊壇薪火錄」與「藝海人傑」、華視「顧正秋專輯」、公視「粉墨春秋」，以及三台定期的國劇節目，對於國劇藝術的社會教育也具有相當的成效。

三、演出

國劇的演出活動，定期而經常性的，只有三軍劇隊在國軍文藝中心的輪番公演，和每年一度的金像獎競賽戲。其他主要的是參與政府主辦的「文藝季」或登入國家劇院演出。以民國七十八年文建會文藝季為例，其國劇系列發表公演，就包括以下內容：

1. 嚴蘭靜國劇公演——《珍珠衫》。
2. 盛蘭國劇團、國光藝校——全部《四郎探母》。
3. 雅音小集訪美回國公演——《孔雀膽》。
4. 海內外名家聯合公演——《龍鳳呈祥》等。
5. 周少麟國劇公演——《群英會》、《打嚴嵩》。
6. 聯友國劇團巡迴公演——《大八義圖》（彰化、基隆、花蓮文化中心）。

7.當代傳奇劇場巡迴演出——《慾望城國》(雲林、屏東文化中心)。

8.復興劇團巡迴演出——《白蛇傳》等(高雄市、台南市文化中心、逢甲大學)。

9.陸光國劇隊巡迴演出——《春草闖堂》(苗栗、台中縣、南投、彰化、雲林文化中心)

10.海光國劇隊巡迴演出——《天下第一家》(台南縣、高雄縣、屏東縣、澎湖縣、高雄市文化中心)。

11.大鵬國劇隊巡迴演出——《天山風雲》(桃園、基隆、宜蘭、台東、台中縣文化中心)。

12.國軍國劇競賽演出。

13.國軍國劇精選演出。

14.陸光國劇隊輪檔公演。

15.海光國劇隊輪檔公演。

16.大鵬國劇隊輪檔公演。

17.胡少安國劇公演——《十老安劉》、《大八義圖》。

18.復興劇團——《倩女離魂》。

19.盛蘭國劇團——《紅樓夢》。

接著再轉錄民國七十七年至七十九年〈國家劇院國劇節目一覽表〉如下:

國家劇院國劇節目一覽表

節目名稱	演出團體	演出日期
包公傳	大鵬國劇隊	77年 4月 2日
十三太保	海光國劇隊	77年 4月15日
淝水之戰	陸光國劇隊	77年 4月15日
起解會審	海光國劇隊	77年 4月16日
鴛鴦淚	陸光國劇隊	77年 4月16日
四郎探母	陸光國劇隊	77年 4月17日
八義圖	海光國劇隊	77年 5月14日
十三太保	海光國劇隊	77年 5月15日
起解會審	海光國劇隊	77年 5月16日
白蛇傳	大鵬國劇隊	77年 6月15日
同窗記	大鵬國劇隊	77年 6月16日
楚宮春秋	大鵬國劇隊	77年 6月17日
貴妃醉酒	夏華達等	77年 6月28日
三叉口、梵王宮	程景祥等	77年 6月29日
白蛇傳	嚴蘭靜等	77年 6月30日
陸文龍	陸光國劇隊	77年 7月15日
龍鳳閣	陸光國劇隊	77年 7月16日
通濟橋	陸光國劇隊	77年 7月17日
陸文龍	復興劇團	77年 9月22日
美猴王	復興劇團	77年 9月23日
西廂記	復興劇團	77年 9月24日
國軍文藝金像獎競賽戲	陸光國劇隊	77年10月 8日
國軍文藝金像獎競賽戲	海光國劇隊	77年10月 9日
國軍文藝金像獎競賽戲	大鵬國劇隊	77年10月10日
秦香蓮	海光國劇隊	77年11月11日
棒打薄情郎	海光國劇隊	77年11月12日
鐵面無私	海光國劇隊	77年11月13日
忠義臣	大鵬國劇隊	77年12月 9日
人面桃花	大鵬國劇隊	77年12月10日
火燄山	大鵬國劇隊	77年12月11日
漢光武	復興劇團	78年 1月20日
香妃	復興劇團	78年 1月21日
戰宛城	復興劇團	78年 1月22日
林沖	陸光國劇隊	78年 2月16日

望江亭	陸光國劇隊	78年 2月17日
春草闖堂	陸光國劇隊	78年 2月18日
百花公主	大鵬國劇隊	78年 3月31日
伐子都、南天門	大鵬國劇隊	78年 4月 1日
包公傳	大鵬國劇隊	78年 4月 2日
國劇之夜——坐宮示範演出	魏海敏、吳興國	78年 5月14日
大伐東吳	復興劇團	78年 5月26日
武松	復興劇團	78年 5月27日
飛龍傳	復興劇團	78年 5月28日
白蛇傳	海光國劇隊	78年 6月28日
虹霓關、斷密澗	海光國劇隊	78年 6月29日
三叉口、霸王別姬	海光國劇隊	78年 6月30日
紅綾恨	雅音小集	78年 7月20日
十老安劉	聯友國劇團	78年 9月29日
大八義圖	聯友國劇團	78年 9月30日
倩女離魂	復興劇團	78年10月18日
紅樓夢	盛蘭國劇團	78年11月16日
孔雀膽	雅音小集	78年12月 2日
國劇之美Ⅰ——生旦淨丑講座及示範演出	龍套劇團	78年12月16日 79年 1月13日
一口劍	海光國劇隊	79年 1月15日
溫侯傳	海光國劇隊	79年 1月16日
鍘包勉、天女散花	海光國劇隊	79年 1月17日
紅梅閣	大鵬國劇隊	79年 2月15日
投軍別窰、逍遙津	大鵬國劇隊	79年 2月16日
白馬坡、富春院	大鵬國劇隊	79年 2月17日
馬陵道	陸光國劇隊	79年 3月24日
鳳凰二喬	陸光國劇隊	79年 3月25日
兩將軍、陳三兩	陸光國劇隊	79年 3月26日
狀元媒	陸光國劇隊	79年 4月13日
李克用	海光國劇隊	79年 4月14日
陶三春	海光國劇隊	79年 4月15日
國劇之美Ⅱ——生旦淨丑講座及示範演出	龍套劇團	79年 5月 4日 25日、26日
十八羅漢收大鵬	陸光國劇隊	79年 6月 9日
壯別、李逵探母	陸光國劇隊	79年 6月10日
龍鳳閣	陸光國劇隊	79年 6月11日
岳飛傳	復興劇團	79年 9月15日

此外，大專院校的國劇社和民間業餘劇團也時有演出。從整體看來，今日國劇比起其他民族藝術，可謂得天獨厚了。

在國劇演出方面，尚有兩件事值得一提，那就是大陸藝人來台公演和以國劇作國際文化交流。民國七十七年解嚴後，已取得外國護照或已赴第三國五年以上的大陸藝人，紛紛應邀來台公演，但水準良莠不齊。如馬崇恩於七十八年底演出《龍鳳呈祥》，雖係「四大鬚生」馬派創始人馬連良之子，但已二十三年未登台，技藝退步，不及本地演員，所以雖造成轟動，卻全無交流或觀摩之實質意義。然而童芷苓和李寶春二人就不同了。

童芷苓於七十九年五月初由美來台，演出《王熙鳳大鬧寧國府》，五月底演出《金玉奴》、《烏龍院》，均為「經典」代表作，令人刮目相看，但年底二度來台演出的《武則天》，卻惹人爭議。其故留待下文再予詳論。

李寶春為名武老生李少春之子，李少春在文革時被批鬥而死，寶春來台時，其父之死亦成為受注目之焦點。寶春於七十九年三月首演《林沖》、《群英會》、《打金磚》，五月總統就職演《美猴王》，十一月底演《戰太平》、《古城會》、《斷橋》、《周瑜歸天》、《臥龍弔孝》等，均有水準以上的表演，其中如《林沖》、《戰太平》、《打金磚》等皆為其父之代表作，李寶春的演出真是展現了「藝術薪傳」的意義。

其次以國劇作國際文化交流，如復興劇團的訪美訪歐，顧正秋、郭小莊、胡少安等赴美，當代傳奇劇場赴英，嚴蘭靜赴新加坡等，都獲得熱烈的迴響。

四、劇本

國劇劇目非常繁多，約有三千餘本，常見於舞台的也不下千餘本，民國七十七年教育部有增新劇目之編輯，七十九年更有「國劇劇目本事稿」。這裡要特別提出討論的是演出時使用大陸新編的劇本和本地新編的劇本。

解嚴之前，明駝國劇隊曾於三軍競賽戲時推出《岳飛傳》，因為是襲自大陸劇本《滿江紅》，除未能獲首獎外，電視轉播時也因此「自動除名」。解嚴後，三軍劇隊及復興劇團開始大量推出民國三十八年以後大陸新編的劇本。此一現象反映台灣國劇編劇人才缺乏與新編劇目太少，以及表演師資缺乏的事實。而各劇隊爭演大陸戲時卻產生以下幾個問題：

其一，根據大陸流入之錄影帶學戲，但演員多半只為爭取票房、爭取時效，甚至只排練十幾天即匆匆登場，演出成績自然不理想，而他們演出的錄影又回流香港或大陸，終至落人笑柄。

其二，在民國七十九年六月教育部決定廢止劇本審查制度之前，大陸劇本必須送審。而評審委員標準不一，又對「大陸劇原本照搬」十分反感。所以各劇隊送審時，通常都會先請台灣的編劇修改或刪去其中小部分的說白和唱段，即此就擅自更改劇名，甚至更冠上新的編劇名字，使得大陸編劇之智慧財產，在台灣全無保障，而台灣有些編劇又平空添出許多「創作」。

其三，雖然教育部審查甚嚴，但大陸戲演出後，仍對此地的文化思想產生嚴重衝擊。如大陸新改本《金玉奴》結局改團圓為愁恨，痛打莫稽並上奏定其殺人未遂之罪；大陸新編戲《陳三兩》結局大義滅親；大陸新改本《宇宙鋒》結局亦改為大義滅親；大陸新編戲《三閏宴》，佘太君逼死楊四郎；都引起廣泛討論。再如上文提到的童芷苓所演的《武則天》，係根據郭沫若在文革時期所編之話劇劇本加上若干唱腔而形成，由於原創之特殊時代背景，全劇所表現之歷史觀遂十分怪異。本劇顯然為武則天翻案，將她塑造為慈母賢妻，具有民主思想，愛國愛民的賢明君主，文詞中亦顯然有以武則天比擬江青之意。當場演出，即產生「觀眾一邊為演員鼓掌叫好，一邊又因劇本明顯之政治目的而頻頻發笑」的現象。

近三年來，或明或暗演出之大陸戲約有：《春草闖堂》、《林沖》、《桃花酒店》、《狀元媒》（改名《珍珠衫》）、《西廂記》、《穆桂英掛帥》（改名《穆桂英》）、《陳三兩爬堂》（改名《陳三兩》）、《柳蔭記》（改名《梁祝》）、《百花公主》、《八仙過海》（改名《蟠桃會》）、《楊門女將》（改名《葫蘆谷》）、《三打陶三春》（改名《陶三春》）、《紅梅閣》、《掛畫》、《賣水》、《秦瓊觀陣》、《十八羅漢鬥悟空》、《九江口》（改名《忠義臣》）、《滿江紅》（改名《岳飛傳》）、《張飛私訪》（改名《猛張飛》）、《鳳凰二喬》（改名《鳳凰谷》）、《周仁獻嫂》（改名《鴛鴦淚》）、《李逵探母》、《十三妹》、《佘太君抗婚》、《武則天》、《謝瑤環》等二十七種。

至於台灣新編的國劇，最具影響力的是俞大綱先生、魏子雲先生和王安祈小姐。

俞大綱先生所編的劇作有《李亞仙》、《王魁負桂英》、《楊八妹》、《兒女英豪》、《人面桃花》、《百花公主》等六種，總題為《寥音閣劇作》，收在《俞大綱先生全集》之中。以前三種最具影響力，都是為郭小莊的演出而編寫的。

魏子雲先生所編的劇作總題為《魏子雲戲曲集》，分作四集，第一集收有《莊子試妻》（《蝴蝶夢》）、《碾玉觀音》、《新荀灌娘》、《雙嬌逃嫁》、《活捉三郎》等五種，第二集收有《忠義臣》、《金玉奴》、《秦良玉》、《馬寡婦》、《老門官》（《又名席》）等五種，第三集為《全本雙嬌奇緣》（第一本〈拾玉鐲〉、第二本〈孫家莊〉、第三本〈雙嬌會〉、第四本〈法門寺〉、第五本〈大審判〉），第四集收有《大唐中興》、《忠孝全》（《大唐中興續編》）、《寧親公主》、《保鄉衛國》、《忠義雙友》等五種，總計十六種二十本。其中約四分之一為全部新編，其餘則為「舊戲新寫」；《寧親公主》、《秦良玉》二劇使徐露獲獎，《大唐中興》、《新荀灌娘》、《雙嬌逃嫁》使大鵬劇團獲得競賽首獎。

王安祈小姐著有《王安祈劇集》，收國劇劇本八種，其目為：《紅樓夢》、《紅綾恨》、《通濟橋》、《孔雀膽》、《淝水之戰》、《再生緣》、《陸文龍》、《劉蘭芝與焦仲卿》，另有與張啟超合編的《袁崇煥》一種，其中《紅樓夢》獲教育部國劇劇本創作首獎，《陸文龍》、《淝水之戰》、《通濟橋》、《袁崇煥》四種皆為陸光國劇隊競賽戲而編寫，均獲編劇首獎，其餘除《紅樓夢》由盛蘭國劇團演出外，皆為雅音小集的演出而編寫。劇集中另有為當代傳奇劇場編寫的舞台劇一種《王子復仇記》。又有為雅音小集編寫的《問天》一種未及收入劇集之中。

以上三位劇作家古典文學的修養都相當好，信筆拈來，都成佳趣；尤其場次結構的安排，更是冷熱相濟、針線血脈前呼後應。因此能將國劇的文學和藝術提昇許多。可惜這樣的「文人編劇家」畢竟有限，使得國劇迄今尚未能全面進入「文士化」的境地。

五、改良轉型

國劇在台灣除了運用傳統劇本作傳統演出外，民國六十八年郭小莊小姐成立「雅音小集」，以「傳統中的新生」為努力從事的原則，並結合同好，欲為國劇另闢蹊徑。迄今十有餘年，著有相當的成績：民國六十八年首演《白蛇與許仙》、《林沖夜奔》、《思凡下山》；六十九年首演新編國劇《感天動地竇娥冤》及《木蘭從軍》；七十年演新編《梁山伯與祝英台》，嘗試熔國劇與歌劇於一爐，同時演出傳統劇《楊八妹》；七十二年演新編《韓夫人》、《紅娘》；七十四年演新編《劉蘭卿與焦仲卿》和傳統名劇《紅樓二尤》；七十五年演新編《再生緣》；七十七年演新編《孔雀膽》；七十八年演新編《紅綾恨》；七十九年演新編《問天》。

綜觀雅音創新國劇的成就是：擺脫說唱文學的冗煩，使情節顯得乾淨俐落；講求結構的緊湊和氣氛的營造，而將高潮置於矛盾與衝突的關鍵時刻；突破腳色行當的限制，使人物的塑造更為生動；在不妨礙虛擬象徵的表現原理之下，適度的運用布景與燈光，以渲染舞台情境，強化演出效果；加入國樂以充實文武場陣容，因劇情帶出合唱曲以表明時空與情境的流轉，從而循循導引以激起濃厚的感染力。就因為「雅音小集」能不「故步自封」，講求現代劇場藝術的理念和精神，所以能「扎根傳統，更予創新」，將國劇的經濟劇場所具有的藝術特質，不止有更美好更充分的發揮，而且別開境界，從而再度融入人們的藝術生活，其受到廣大的迴響和擁護，絕不是平白得來的。

繼雅音之後，民國七十五年成立，由吳興國、林秀瑋主持的「當代傳奇劇場」先後推出兩部由莎翁名劇改編的《慾望城國》和《王子復仇記》，所揭櫫的是「以國劇的表演為基礎，運用現代劇場的觀念，借用西方戲劇的素材以刺激並強化思想內涵」，因此較諸雅音，更進一步突破國劇腳色行當間藝術特質和人物類型的拘限，而予以巧妙的融通，由此更生動的塑造人物，更深刻的詮釋人性。譬如吳興國所飾演的馬克白，是武生、也是老生，而當他最後被自己的慾望操縱支配而幾近瘋狂時，無論在性格上或表演上，都更接近花臉了；所以吳興國的表演是必須融武生、老生與花臉的藝術特質和人物類型於一爐的，如此一來，國劇花臉所特具的「臉譜」也就非破除不可了。

另外，當代傳奇劇場較諸雅音更為「前進」的是慢動作處理，擴大鏡頭式的表演手法，幻燈的特寫效果呈現，及用聲光製造風雨雷電，使真實與夢幻交錯，都是當代傳奇製造「坐在劇院看電影」的奇異效果。演員們的服裝扮相、演法，也都與國劇似是而非。在傳統與創新的轉換中，正如《王子復仇記》編劇王安祈所言：「當代傳奇是藉由慾劇與王劇的實驗，考慮創一新劇種的可能性。」（見七十九年七月三日，《中國時報》趙雅芬〈話說：國劇現代化〉）也因此，現代傳奇劇場所演出的兩齣戲，已經不被視作國劇而被定位為「現代舞台劇」了。

比起當代傳奇劇場來，那麼成立於民國七十八年的「國民大戲班」，走的則是另一種「鄉土」的路線了。其首度演出的《棋機》，由歌仔戲團「明華園」製作，但卻由國劇演員在野台上唱皮黃，穿插黃梅調和民謠，念白全用標準國語，服飾採用「武俠劇」古裝扮相，舞台上則乾冰、雷射、吊鋼絲齊來，使人眼花撩亂。導演劉光桐說：傳統國劇過於精緻化，與觀眾產生無形的隔閡，而國民大戲班擷取京戲「無聲不歌、無動不舞」的精髓，卻也打破了國劇含蓄寫意的肢體語言，這正是吸引年輕一輩觀眾的最大本錢。

由以上可見，目前台灣活躍於舞台的國劇，事實上是呈現著「保持傳統」、「從傳統中新生」、「嘗試創立新劇種」等三類不同類型的局面。

而隨著傳播媒體的日新月異，國劇除了通過錄音，在廣播頻道中愉人之聽外，更在民國五十一年隨著電視畫面深入家庭。電視國劇由於播演時打上字幕，增進觀眾了解，加以傳播力大，自然培養了許多新的觀眾。但由於劇場由舞台轉移到螢光幕，所以在表演與製作上也自然和舞台國劇有許多的不同，譬如對劇目主題、劇本幅度、表演內容、腳色演員、音樂伴奏、化妝服飾、導演導播等等都要有不同的因應方式，如此才能運用最適當的鏡頭，傳達最美好的畫面，使觀眾獲得最賞心悅目的享受。而王元富先生著有《電視國劇論述》，則電視國劇，今日顯然已成為一門新的國劇藝術了。

叁、國劇的未來

通過上面對於國劇的過去和現在種種情況的認識與了解，我們自然可以獲得一些重要的體會，藉助這些重要的體會，如果再能掌握一些重要的前提，那麼自然能夠為國劇的未來提供一些正確而通達的路途。

一、一些重要的體會

歸納上文所得的一些重要體會，可由下面幾點來說明：

1.戲曲藝術是隨著時間和空間不停在發展和改變的：在國劇之前的歷代劇種和所謂「南戲北劇」以及品目繁多的地方性劇種，已不難看出這種現象；就國劇二百年的歷史來觀察，其孕育、形成、成熟、改良等不同階段和所謂「南北派京戲」，也都各具不同的面貌。

2.戲曲藝術的發展和改變莫不以「扎根於傳統的創新」為不二的原理：譬如南戲北劇是在宋金雜劇院本和南北諸宮調的基礎上形成的，國劇也是在崑劇和亂彈的體系中蛻變而出的。

3.一個時代的代表劇種必是融會眾長而完成的：譬如光就音樂而言，元雜劇的曲調集合了唐宋大曲、詞牌和宋金諸宮調以及胡曲、時令、小調而形成；崑劇水磨調也以崑山腔為基礎，揉合了北曲絃索調和南曲海鹽、弋陽、餘姚諸腔而形成；國劇中的唱腔，雖然以西皮、二黃為主，但還吸收了梆子、四平、慢二六、南鑼、銀紐絲、大釭調等地方小調，以及屬於崑曲範圍的各種曲調吹腔。

4.國劇過去的「大陸時代」，在晚清民初，已經出現高漲的改革聲浪和相當大幅度的變化，但由於過分重視政治目的和迷信西方技法，結果粗製濫造，喪失了國劇舞台程式化的藝術美，以致為觀眾所唾棄，無疾而終。國劇現在的「台灣時期」，雖然僻處東南海隅，起先走的是「維持傳統」的路子，但改良國劇的呼聲，近十年來，已經由頻頻舉辦的「座談會」，到舞台上的具體實驗。但殷鑒不遠，今日倡導國劇新生或創立新劇種者，似乎也應當重視前人所以失敗的原因，如此才不致於重蹈覆轍。

5.劇場的形製和設備不同，戲劇的藝術形態自然不同。中國過去的劇場，有廣場、露台、舞亭、戲樓、茶園、乃至宮廷大型舞台，今日也有野台、鏡框式內台、國家劇院舞台和螢光幕劇場之別。也因此，野台戲、內台戲、電視劇即使同樣演出「國劇」，也要形成名同實異的劇種。

6.現在台灣的國劇，雖然盛況不能和大陸時代相比，已隨著傳統藝術文化的衰落而衰落；但國劇比起其他民族藝術，普遍受到重視，從事的人還算不少，演出的機會還算不差，觀眾也有逐漸增多的趨勢；所以國劇在未來的台灣，仍是可有作為的事業。

7.國劇藝術是一個以演員為中心的劇場，也就是說，國劇藝術的提昇和推展主要是掌握在演員手中。所以諸如余三勝、張二奎、程長庚、譚鑫培、汪桂芬、孫菊仙、楊月樓、余叔岩、言菊朋、馬連良、梅蘭芳、程硯秋、荀慧生、尚小雲等，便成為國劇各階段中的代表人物和各門派的宗師。所以國劇人材的培育非常的重要。

二、一些重要的前提

這裡所說的「一些重要的前提」，包含以下三點：一是對中國傳統戲曲藝術特質的了解，二是認識每一種藝術往往同時具有三個不同的層面，三是確實認清藝術文化汲取外來以創新固有的方法。先說第一個前提。

筆者曾經給「中國古典戲曲」下了這樣一個定義：

中國古典戲曲是在搬演故事，以詩歌為本質，密切結合音樂和舞蹈，加上雜技，而以講唱文學的敘述方式，通過演員妝扮，運用代言體，在狹隘的劇場上所表現出來的綜合文學和藝術。

如果把中國戲曲的源流比作長江，那麼「綜合文學和藝術」就有如長江吳淞口之水，故事、詩歌、音樂、舞蹈、雜技、講唱文學、演員妝扮、代言體、狹隘的劇場等九個因素，就有如它的發源青藏高原上的沱沱河以下逐次會聚的諸水。又由於中國戲曲的構成因素如此，從而產生以下幾個特點：

1.美學基礎建立在歌舞樂的密切融合：歌辭所傳達的意義情境，用歌聲、身段、樂器聲同時傳達出來。歌聲以語言旋律為基準，身段用肢體語言詮釋歌辭，樂器伴奏營造歌辭傳達的氣氛。

2.表現方式在虛擬、象徵、誇張的基礎上，建立一套與觀眾溝通的程式：虛擬是模擬現實生活的身段動作；象徵用在腳色分類、服飾化妝、砌末使用之上；誇張表現在服飾化妝者使人物形象鮮明，表現在人物情性者使善惡判然。由此而腳色技藝、服飾、砌末、化妝、科汎各有其規範，即是所謂「程式性」。而所以用此方式表現的緣故是以歌舞樂為美學基礎，又在簡單狹隘的劇場上演出不得不如此。而也因此結構採用分場，使得時空的流轉非常自由。

3.故事題材很少跳出歷史故事和傳說故事的範圍，作者很少專為戲劇而憑空結撰、獨運機杼，甚至於同一故事，作而又作，不惜蹈襲前人。

4.中國戲曲由小戲蛻變為大戲，主要是注入說唱文學的養分，因此情節的推動採用敘述的方式，僅止於直線延展，而沒有逆轉與懸宕，有時更運用大量回憶的敘述場面，以致關目結構顯得刻板與冗煩。

5.由於保留參軍戲以來滑稽小戲的成分，丑腳科諢的運用，往往使觀眾產生疏離感；又由於吸收雜技於其中，雖然豐富了表演，但為此使得戲曲的節奏顯得鬆散而遲緩。

6.中國戲曲於喜慶娛樂之外，又加上道德教化的宗旨，所以表現的不過是一些傳統的宗教信仰和儒家思想。我們如果要從中發掘時代意義和探尋人生哲理，如果不涉牽強附會的話，恐怕往往要教人失望。

其次我們要弄清楚的第二個前提，筆者在民國七十五年〈台灣地區民俗技藝的探討與民俗技藝園的規畫〉一文中已經說到：筆者觀察民俗技藝在同一個時代的同一個社會裡，存在著三種不同的層次。其一是具原始性或傳統性而呈顯衰頹或瀕臨滅絕的，其二是扎根於傳統的創新有所涵容和開展的，其三是保留傳統的某些因素而在形式技巧內容上極盡創新之能事已屬蛻變轉型的。以歌仔戲為例，則宜蘭大福歌仔戲尚屬醜扮階段的「落地掃」，極富自然樸實的鄉土氣息，但隨時都有後繼無人而散班的可能，為第一層次；屏東明華園歌仔戲團能注意情節布置和場面調劑，同時運用現代聲光電化，使得歌仔戲在原有的基礎上發揮得淋漓盡致，為第二層次；至於電視歌仔戲則為第三層次，誰都知道它除了保留一些唱調外，和傳統歌仔戲已大相逕庭，幾於脫胎換骨，其主要原因是劇場發生根本的改變，由舞台走上螢光幕，以致表現方式大異其趣，相信有一天它就不再叫做歌仔戲了。

對於極具原始性或傳統性而瀕臨滅絕的民俗技藝，當急之務，莫過於作調查、蒐集、整理、研究的功夫然後再作完整性的保存，使之繫一線於不墜為子孫後世留下完整的「動態的文化標本」。保存的最佳方法，莫過於設置民俗技藝展示傳習與表演中心，也就是「民俗技藝園」。

其次對於紮根於傳統的創新有所涵容和開展、可塑性較高的民俗技藝，則當考慮其推展與發揚之道。因為這一層次是以傳統為基礎，加入可以使之豐富，使之煥發而揉和為一體的新因素，如此既能保存傳統的美質，同時也能涵蘊當代的精神和情趣，必能為廣大的群眾所接受而進入日常的生活之中。

至於保留傳統的某些因素而在形式技巧內容上極盡創新之能事已屬轉型蛻變的這一層次，如果也論及推展之道，則可能持反對意見的人相當多。但是藝術必然隨著時代而推移，其間有的蛻變得面目全非而猶不更易名稱；而這種蛻變往往是一種新生藝術的前身，就整個藝術文化的體系而言其實更富意義。因此因應之道，當樂觀其成。

「民俗技藝」是如此，「國劇」何嘗不也如此？準此為例，則三軍劇院和復興劇團演出傳統戲時當屬第一層次，雅音小集當屬第二層次，而當代傳奇劇場則為第三層次。

第三個要認清的前提是掌握藝術文化汲取外來以創新固有的方法。對此筆者在民國七十五年已有「文化輸血論」，大意說：以輸血為例，如果一個人需要輸血，他的病才會消除，他的身體才會更強壯，而他的血是A型，他固然可以輸入健康的A型血，也可以輸入健康的O型血。因為A型血是相同族類，自然一體；而O型雖是異族別類，卻可渾然融通，終歸一體。但是若不慎而誤輸B型血，則其為禍，豈止沈疴加重而已。所以創造新文化之道，當在傳統文化的基礎上汲取和發揚它的美質，有如輸入A型的血；當從外來文化中擇取可以生發的滋養，有如輸入O型的血。如果迷信外來文化為救命萬靈丹，毫不考慮是否與傳統文化美質相衝突，一味的吸收，全盤的移植，則必然會發生有如誤輸B型血的情況；如此所產生的新文化，對國家民族不止沒有益處，反而有荼毒之害了。

筆者也曾經在福壽山農場看到我們土生土長的毛桃，接上矮枯木再接上日本水蜜桃，於是在我們的土地上就成長為我們中國的水蜜桃，芳香多汁而甜美。據專家說，日本品種的水蜜桃如果直接種在我們土地上，則只有夭折而死，無一能夠存活。這就好像如果我們無視於自己的歷史背景、社會背景、文化背景，而硬將外來文化切入我們生活中，則必然扞格不適。而那使毛桃能融接水蜜桃的「矮枯木」，豈不象徵著那隻調和中外的「妙手」嗎？就我國當前的文化建設而言，我們真的亟需那許許多多在音樂、美術、舞蹈、文學、戲劇等方面調和中外的「妙手」，只有這樣的「妙手」才能建設起我們現代的新文化。

三、國劇未來因應與開展的路途

藉助對於國劇之過去現在所獲得的一些重要體會和掌握上述的一些重要前提，筆者認為國劇未來因應與開展的路途，最重要的是三種不同層次的國劇，使之各得其所，給予具體扶持的措施；其次是發展電視國劇，其三是以國劇作文化輸出。

三種不同層次的國劇，其作為維持國劇傳統的第一層次，主要見於三軍劇隊和復興劇團。但是由於三軍劇隊和復興劇團已時作創新的演出，所以如果要使國劇維持傳統風貌，作為「活的文化標本」，那麼實有成立諸如「國家劇團」的必要。

「國家劇團」的成員當由對國劇研究著有成績的學者和對國劇傳統藝術造詣高深的演員組成。其學者比照大學教授、演員視同民族藝師，唯有提高他們的地位和待遇，才能將作為民族藝術文化根源的「傳統國劇」切實的保存下來。而比照大學教授的劇團學者，對於國劇的資料，應有蒐集保存和整理研究的責任；視同民族藝師的劇團演員，對於傳統的劇藝，應有切磋精進和傳習教導的義務。若此，對於前者，宜於成立「國劇資料館」或「國劇博物館」，用作展示和研究的地方；對於後者，宜於成立「國劇院」作長年定期的傳統國劇演出，而演員也應當充任諸如復興劇校和國光藝校的師資。其教育方式，固然要學習通識課程和充實相關的戲曲素養，對於往日「科班」式在技藝上的訓練方法，也應當酌予採取；而大學中也應當設置國劇科系乃至於研究所，使之有逐段進修的機會。總而言之務使傳統國劇的薪傳綿綿不絕。

其次作為第二層次的國劇，雖然三軍劇隊和復興劇團也在努力從傳統中創新，但用力之勤與影響之大則莫過於「雅音小集」。誠如上文所云，創新端賴一隻「妙手」知所去取和融通。因此，對於國劇藝術中的包袱，譬如影響結構導致鬆懈的說唱文學成分和敘述方式，應當予以擺脫；故事題材應當推陳出新，加強主題思想的闡發，使之既能不俗又能發人深省。而對於國劇藝術中的美質，譬如歌舞樂的密切結合和語言旋律與音樂旋律的渾融無間，以及虛擬象徵的表現方式和分場時空流轉自如的經濟劇場，不止要加以保留，而且要進一步加以發揮。其他傳統國劇所沒有的新成分，其是否增入運用的關鍵，只在於能否與國劇藝術中的傳統美質相契合，從而增加戲劇效果、提高表演的水準。譬如適度布景的妝點，由此而強化了舞台的美感和豐富了劇情的氣氛，則自然可以運用；但若用之過當，因之破壞了虛擬象徵與分場時空流轉的自如，則反而是沒有意義的「累贅」了。準此以類其餘，無論燈光設計、國樂伴奏、後台合唱等等，都可以舉一隅作三隅反。

然而「扎根於傳統以創新國劇」，是絕不能一人獨力完成的，也就是說那一隻知所去取的「妙手」，事實上是集思廣益，通力合作的綜合。因為戲劇是綜合的文學和藝術，所以必需編劇家、音樂家、舞台美術家、表演家和導演的總體協調運作才能完成，而最後又必需經由觀眾的考驗和認同才算成立。也因此，「創新」的歷程是非常艱難而辛苦的。

然而綜觀目前國內對於國劇趨向創新的劇團，繼雅音之後的當代傳奇和盛蘭，乃至於國民大戲班，同樣都是民間的劇團，演出時雖然也能獲得文建會等文教機關的補助，但比起三軍劇隊和復興劇團來，可以說很被冷落了。而上文說過，此一層次的藝術，其實更能豐富現代人的生活，提高國民的素質，其意義與價值，實不下於作「文化標本」者。所以筆者以為，政府應當有計畫的予以扶持和鼓勵，企業家也應當慷慨解囊多所贊助。而其優秀的從事者，更應獎勵在國內或到國外進修，使之涵養更精確的傳統之美質和更豐富的現代理念。

至於第三層次，其實就是第二層次進一步解脫傳統的結果，但其欲蛻變而成為新劇種也同樣要經由許多的考驗，最後在觀眾的認同下才算成功。

目前國內國劇屬於這一層次的，被公認成就最大的是當代傳奇，但迄今只演出兩個戲碼，而且必需假藉莎翁名劇以自重；如果有朝一日能自創名劇反映現代中國人的思想和心靈；能譜出名曲，融通中外音樂的菁華，同時調適了傳統與現代劇場的藝術理念，那麼所謂「中國現代歌劇」的新劇種也許就可以誕生了。而國民大戲班則止在嘗試蛻變的初步階段，其野台草根性能否在現在中國獨樹一格，則尚有待日後「百尺竿頭，更進一步」。

而植根於傳統國劇以創立現代新劇種，筆者除了主張嘗試「中國現代歌劇」外，更認為完全螢光幕化的「電視國劇」，應當也是可行之道。「電視國劇」雖然行之有年，但比較多量運用電視媒體特色的，似乎只有華視在將三軍競賽戲首獎錄作爭取「金鐘獎」節目時才會出現，其他於國軍文藝中心或棚內錄製時，雖已注意媒體的特質，但較諸完全螢光幕化還有相當的距離。

完全螢光幕化的所謂「電視國劇」，必然要遷就媒體，趨向寫實，國劇虛擬象徵的程式化特質，所能保存運用的就微乎其微，其可行路途，恐怕只有類似「電視歌仔戲」那樣，保留可被採用的一些曲調唱腔和可以與之相為生發的身段，其他則與製作一般電視劇不殊；如此一來，傳統國劇的藝術特質所存有限了，國劇也就蛻變轉型為另一劇種了。但無論如何，國劇的曲調唱腔卻可依存其中。

這種完全螢光幕化的「電視國劇」無論劇本、表演、場景、音樂等等，都與舞台國劇不同，必須遷就電視媒體的特質。三年前公視小組就有這樣的構想，迄今止有魏子雲先生的《蝴蝶夢》在製作之中，未知效果如何，我們只有拭目以待。但是一個新劇種的誕生並非一蹴可幾，只要群策群力，共同琢磨，必然有逐漸完成的一天。

最後要談的是「以國劇作文化輸出」，筆者曾在〈以民族藝術作文化輸出〉一文中說：民族藝術由於有悠久的歷史傳承，與全民的生活息息相關，所以最具民族文化的氣息和色彩，可以說是民族精神思想情感最具體的表現。我們如果從中擇菁取華，有計畫的作國際性的文化輸出，相信比起任何政治宣傳、商品推銷，乃至影歌星作秀，都要獲致更為根深柢固的情誼。這分情誼的日積月累，逐年廣布，無形中就可以美化民族形象，提高國家地位。

而眾所週知「國劇」是民族表演藝術的代表，地位和成就最崇高，其作為文化輸出的意義自然最為重大。但是這裡要強調的是，要事先有正確的選擇和安排。以筆者四度率領布袋戲團和民俗技藝團巡迴訪問歐、美、日本、新加坡、南非的經驗，認為：所選擇的團體，應當具有國家榮譽的觀念、團隊一體的精神、高妙的藝術水準、健康愉快的身心，四者前後有秩而缺一不可。其次要考慮到，除了要有周密的聯繫和妥貼的安排外，更重要的是如何向外國人展現我們的藝術，又如何透過這樣的藝術來傳達民族文化的特質。試想：如果人家不認識你，如何能了解你；如果不了解你，如何能欣賞你；如果不欣賞你，如何能喜歡你；如果不喜歡你，如何能肯定你；而既能肯定你，自然與你共鳴。所以我們如果能以民族藝術的菁華為基礎，運用藝術解析整合的方法，設計一套演出的節目和方式，使外國觀眾能由認識，進而了解、欣賞、肯定，終於相與共鳴；如此焉能不贏得深切的國際情誼？

國劇作文化輸出的卓著成績，早見於梅蘭芳的美日俄之行，近年「以民族藝術作文化輸出」已制定為文化政策，國劇屢次都有良好的表現，倘能努力不懈，妥善計畫安排，必然可以獲得更豐碩的果實。

結語

筆者一向認為，「文化是大家的事」，也曾著文說道：國家文化建設近十年來雖然已經頗著績效，但是總令人覺得無法跟上時代的腳步。這一方面固然由於文化建設不能立竿見影，但其最大癥結乃在於社會沒有正確的認識。所謂「正確的認識」，那就是：文化建設不只是政府的事，而是大家的事。就因為沒有這樣正確的共識，所以國內文化建設就產生如此現象：儘管文化主管機構有意推動各種文化措施，但是專家學者未必熱心奉獻所學所長，新聞傳播媒體對於宣傳興趣缺缺，有錢的企業家更吝於資助，而一般國民則懵懵然無關痛癢，如此則文化建設的績效焉能與時代共彰顯？

倘若文化主管機構能夠積極不推諉勇於擔當，專家學者能夠不袖手旁觀專作冷嘲熱諷而鼓起傻勁勇於付出，新聞傳播媒體能夠不刪減文化篇幅、不冷落文化節目勇於多作正面宣導，有錢的企業家能夠省下一擲千萬金的錢勇於投資，乃至於捐獻文化事業；那麼文化事業的從事人員，焉有不個個自愛奮發全心全力以赴者？我一般國民在薰陶浸潤之餘，焉有不人人成為文化事業的擁護者？如此一來，我們社會的文化水準必然提高趨於安和樂利，我們的國家文化建設的成績必然彰顯而躋入世界先進之列了。

戲劇是藝術文化中重要的一環，國劇在目前尚且是國家戲劇的代表，倘若國民都有「文化是大家的事」的認識，進而了解國劇藝術的維護創新發揚也是大家共同的事，那麼我們上文為國劇所作的「未來因應與開展的路途」，也必然可以企及而行之於坦蕩蕩的大道了。

後記

寫完本文，要說明三件事：其一是有關國劇的「過去」，主要參考北京市藝術研究所、上海藝術研究所編著的《中國京劇史》上卷、蘇移《京劇二百年概觀》、梅蘭芳《舞台生活四十年》、齊如山《京劇之變遷》、呂訴上《台灣電影戲劇史》等書。其二是有關國劇的「現在」，其資料是我的學生王安祈、吳瑞泉、張啟超、蘇桂枝、蔡欣欣幫我蒐集的，我非常感謝他們。其三是有關國劇的「未來」實是見仁見智，筆者不過發「一得之愚」而已，希望讀者指正和鑒諒！

民國八十年元月七日於台大長興街宿舍

（原載行政院文化建設委員會七十九年度《中華民國文化發展之評估與展望》）

從〈項王祠記〉的劉項論說起

前言

劉邦和項羽都是不世出的英雄人物，一個暗噁叱咤，毫不吝惜的閃灼生命最亮麗的火花，至死而無悔；一個老謀深算，步步為營的屢挫屢奮的往成功的路途前進，終於成就帝業。他們雖然有成功與失敗的分別，但都是時代的核心，為千古以來所矚目。他們的是非成敗自然也成為人們的話題。筆者因為以「霸王虞姬」為題，編撰中國現代歌劇，也留意劉邦、項羽的是非成敗，沒想在陳慶浩、王三慶兩位先生所主編的《越南漢文小說叢刊・傳奇類》中，讀到一篇〈項王祠記〉，論述劉項成敗功過，不偏不袒，詞理俱足，不禁驚嘆，南陲異邦，亦有如此佳作；所以乃從〈項王祠記〉說起，並綴以個人涉獵所及，庶幾對於劉項一生之是非功過成敗有較全面而公允的了解。

壹、阮嶼的〈項王祠記〉

《越南漢文小說叢刊・傳奇類》中，其首本是阮嶼所著的《傳奇漫錄》，而《漫錄》的壓卷之作就是〈項王祠記〉。

〈項王祠記〉敘述工於詩的承旨胡宗鷟，陳末奉命北使中國，經項王祠下，題詩云：

百二山河起戰鋒，攜將子弟入關中。煙消函谷珠宮冷，雪散鴻門玉斗空。一敗有天亡澤左，重來無地到江東。經營五載成何事？銷得區區葬魯公。

為此，項王之神極為不滿，乃請胡公入夢。項王謂「一敗有天亡澤左，重來無地到江東」，則誠是矣；至於「經營五載成何事，銷得區區葬魯公」，無乃譏評失當。於是自敘滅秦之功，自家人才之盛不下於劉邦，本可以輕易滅漢，但因為自己不能察納雅言，又不欲天下生靈塗炭，乃自殉烏江。楚漢之興亡，實是天意，豈可以成敗論英雄。對於後人以「非天亡」議之，甚不以為然；唯有杜牧「江東子弟多才俊，捲土重來未可知」，為委曲忠厚之論。

胡公反駁他，謂「天理人事，相為始終」，項羽捨人而談諸天，可見至喪敗而不悟。因為運天下之勢在機不在力，收天下之心在仁不在暴；而項羽戮宋義、殺子嬰、烹韓生、焚阿房，實集無君、不武、淫刑、虐焰諸罪於一身，如此焉能不失人心而自取滅亡。

項羽於是自辯其作為，謂戮一宋義以活百萬生靈之命，殺一子嬰實為報六國滅亡之仇，烹韓生乃欲使不忠之人知所戒，焚阿房則為示天下知所尚儉。

胡公則以漢王因懼失君臣之分與帝王之統，乃為被項王所弒之義帝發喪；又憂道學之泯滅與聖人之澤不存，乃親往曲阜祠孔；以故有以倡豪傑忠憤之心，有以為後世憑藉之地。漢之所以得天下，正在於此。

項王聽罷，為之語塞，面色如土。其老臣范增乃向前置詞，謂項王有曹咎為他死節，而漢王卻有雍齒、陳豨對他背叛；項王有貞烈的虞姬，而漢王卻有穢亂的呂雉和成為人彘的戚姬；所謂「君使臣以禮，臣事君以忠」。所謂「刑于寡妻，以御于邦家」。項王則有之矣，而何有之於漢王？又漢王忍於天性之親而肆杯羹之語，溺於趙王之愛而輕國之搖，則父子之綱又安在哉？

胡公因其言頗有理，頷之者再。

作者在篇末的評論是：

嗚呼！擬楚於漢漢為優，進漢於王漢則未。何則？鴻門釋憾，太公遣歸，楚不為不仁，但仁淺而暴深；穎川之屠，功臣之戮，漢不為無失，但失少而得多。楚因仁義之反，漢亦仁義之似。楚項之不霸，漢高雜之。治天下者，當進於純王之道，漢楚之仁與不仁，姑置勿論。

阮嶼這篇〈項王祠記〉，形式雖為小說，實質卻是史論，文中假設胡宗鷟、項羽、范增互相論難，以見自家對於劉項是非功過成敗的看法，而歸結於他的「王者論」，即：治天下者，當進於仁義的純王之道。其文辭駢散互生、典麗簡約，其結構整然有秩，起言不煩，結語明淨，中幅兩兩對比，鏗鏘有力。像這樣的篇章，即使置於中國古文中，也是出色的作品。

阮嶼的字號和生卒年均不詳，何善漢〈傳奇漫錄序〉云：

其錄乃洪州之嘉福人阮嶼所著。公前朝進士翔縹之長子也。少劬于學，博覽強記，欲以文章世其家。粵領鄉薦，累中會試場。宰于清泉縣，纔得一稔，辭邑養母，以全孝道。足不踏城市，凡幾餘霜，於是筆斯錄以寓意焉。觀其文辭，不出宗吉藩離之外，然有警戒者、有規箴者，其關於世教，豈小補云。時永定初年秋七月穀日。大安何善漢謹識。

這是序的全文，也是最早有關作者阮嶼的生平資料。序署永定初年，永定只得一年，故知序於西元一五四七年，時當明世宗嘉靖二十六年；又書中徐式仙《婚錄篇》末敘及黎延寧五年（一四五八）事，則此書之寫成年代，當在其間①。序又云「觀其文辭，不出宗吉藩籬之外」，其下新編甲本有注云：「瞿宗吉著《翦燈新話》。」可知受瞿氏影響甚大②。再從序中對阮氏所

①以上《傳奇漫錄》之著成年代，參考《傳奇漫錄．出版說明》，臺北學生書局。

②陳益源有〈剪燈新話與傳奇漫錄之比較研究〉，為中國文化大學中國文學研究所七十七年碩士論文。

敍簡單生平可知，阮氏與中國明代的讀書人不殊，既領鄉薦、又中會試，而且性行修為也是中國士君子的樣子：「辭邑養母，以全孝道。」也難怪他在〈項王祠記〉中對劉項成敗的議論，較之中國歷代論者，就觀點而言，有頗為近似者。

貳、《史記》所見的劉項成敗論

對於劉項成敗的論說，其實早見於劉項生活的年代。因為楚漢之際是個大時代，而轉動這個大時代的，正是劉邦和項羽這兩位成敗英雄。首先對項羽和劉邦提出批評的是韓信。《史記・淮陰侯列傳》云：

（韓信）曰：「大王自料勇悍仁彊孰與項王？」漢王默然良久，曰：「不如也。」信再拜賀曰：「惟信亦以為大王不如也。然信嘗事之，請言項王之為人也。項王暗噁叱咤，千人皆廢，然不能任屬賢將。此特匹夫之勇耳。項王見人，恭敬慈愛，言語嘔嘔，人有疾病，涕泣分食飲；至使人，有功當封爵者，印刓敝忍不能予；此所謂婦人之仁也。項王雖霸天下而臣諸侯，不居關中而都彭城，有背義帝之約，而以親愛王諸侯，不平。諸侯之見項王遷逐義帝江南，亦皆歸逐其主而自王善地。項王所過，無不殘滅者；天下多怨，百姓不親附，特劫於威彊耳。名雖為霸，實失天下心。故曰『其彊易弱』。今大王誠能反其道，任天下武勇，何所不誅！以天下城邑封功臣，何所不服！以義兵從思東歸之士，何所不散……大王之入武關，秋豪無所害；除秦苛法，與秦民約，法三章耳。秦氏無不欲得大王王秦者。於諸侯之約，大王當王關中，關中民咸知之；大王失職入漢中，秦民無不恨者。今大王舉而東，三秦可傳檄而定也。」

韓信對劉邦論劉項優劣，是在項羽分封天下，劉邦入蜀為漢王，思欲東出爭天下的時候，那時在形勢上項羽仍強過劉邦許多；但在曾經服事過項羽的韓信眼中，已經看出「其彊易弱」。分析韓信論劉項優劣，約得要點如下：其一，論稟賦之勇悍仁彊，劉不如項；其二，論待人之慈愛恭敬，項亦較劉為優；其三，論任屬賢將與使人為功，則項之勇悍仁彊反成「匹夫之勇」、慈愛恭敬反成「婦人之仁」，而劉則能因才適任，故破格以韓信為大將。其四，論行事作為，則項不居關中而都彭城、違背義帝之約、以親愛王諸侯、所過殘滅，因之天下多怨、百姓不親附；而劉則入武關無所害，約法三章，甚得民心。總起來說，項羽雖然表面強悍，但因為不會用人，吝於賞賜有功，政治措施又失當，所以比得民心的劉邦就要差得多。

其次再來看看劉邦獲得天下以後，和群臣之間的一番議論。《史記・高祖本紀》云：

五年……五月……高祖置酒洛陽南宮。高祖曰：「列侯諸將無敢隱朕，皆言其情。吾所以有天下者何？項氏所以失天下者何？」王陵對曰：「陛下慢而侮人，項羽仁而愛人。然陛下使人攻城略地，所降下者，因以予之，與天下同利也。項羽妒賢嫉能，有功者害之，賢者疑之。戰勝而不予人功，得地而不予人利。此所以失天下也。」高祖曰：「公知其一，未知其二。夫運籌策帷帳之中，決勝於千里之外，吾不如子房。鎮國家、撫百姓、給餽饟，不絕糧道，吾不如蕭何。連百萬之軍，戰必勝，攻必取，吾不如韓信。此三者皆人傑也，吾能用之；此吾所以取天下也。項羽有范增而不能用，此其所以為我擒也。」

王陵是從他做為一個部將的立場來論劉項成敗，他所說的項羽妒賢嫉能、吝於賞賜有功的「致命傷」，和韓信早先的看法一致；他只是就項羽的「仁而愛人」來突顯劉邦的「慢而悔人」而已。而劉邦則就一個帝王的立場來論成敗的根本，他指出的「根本」就是他能信用三傑，而項羽則有一范增而不能用；其實劉邦的觀點也不出韓信論項羽不能「任屬賢將與使人為功」的範疇。也就是說，在楚漢之際，劉項的成敗，其實韓信早已洞燭先機。

劉邦是位成功的英雄，項羽是位終歸失敗的英雄；對於這位失敗英雄，司馬遷在他的《史記．項羽本紀》中，有這麼一段論贊：

吾聞之周生，曰「舜目蓋重瞳子」，又聞項羽亦重瞳子。羽豈其苗裔邪？何興之暴也！夫秦失其政，陳涉首難，豪傑蠭起，相與竝爭，不可勝數。然羽非有尺寸，乘勢起隴畝之中，三年遂將五諸侯滅秦。分裂天下而封王侯，政由羽出，號為霸王。位雖不終，近古以來未嘗有也。及羽背關懷楚，放逐義帝而自立，怨王侯叛己，難矣。自矜功伐，奮其私智而不師古，謂霸王之業，欲以力征經營天下，五年卒亡其國，身死東城，尚不覺悟。而不自責，過矣，乃引「天亡我，非用兵之罪也」；豈不謬哉！

司馬遷是就史家的觀點來論項羽一生的功過成敗，他不否定項羽滅秦的功績和「政由羽出」的事實，這也大概是他不把項羽擺在「列傳」而躋之入「本紀」的緣故。他認為項羽終歸失敗的原因：在政治措施上，既背關懷楚，失去有利的形勢；又放逐義帝自立為霸王，授人以叛變的藉口。而在個人性行上，既自矜功伐，奮其私智而不師古；又迷信力征經營天下。也因此到最後敗亡的時刻，尚兀自說：「此天之亡我，非戰之罪也。」司馬遷所指出來的項羽敗亡的因素，主要強調他的性格，那就是「自矜」和「力征」。所謂「自矜」，也就是韓信所說的不能「任屬賢將與使人為功」，也就是劉邦所說的「有一范增而不能用」；所謂「力征」也就是韓信所說的「勇悍仁彊」、「喑噁叱咤、千人皆廢」。可見英雄所見是略同的。

叁、歷代名家論劉項

由於劉邦、項羽都是不世出的人物，所以司馬遷以後，以他們為話題的更見於煩篇累牘。光是項羽應否入「本紀」，就爭論不休。唐劉知幾《史通》卷二〈列傳〉云：

項王……以本紀為名，非惟羽之僭盜，不可同于天子；且推其序事，皆作傳言，求謂之紀，不可得也。……如項羽者，事起秦餘，身終漢始，殊夏氏之后羿，似黃帝之蚩尤。

譬如閏位，容可列紀；方之駢拇，難以成編。可見劉氏是以成敗論英雄的，也就是「成則為王，敗則為寇」，因此他把項羽比作「蚩尤」論為「僭盜」。其後唐司馬貞《史記索隱》亦以項羽「竟未踐天子之位」，因謂「斯亦不可稱本紀，宜降為世家」。宋葉適《習學紀言序目》卷十九〈史記〉謂項羽為「盜奪」，而「古人之治未嘗崇長不義之人」，因此司馬遷把他列入本紀，「欲以此接周孔之統紀，恐未可也」。但是明清以後的論者，大抵都能體會史公的旨趣，像明郝敬《史漢愚按》卷二、鍾惺《葛氏史記》卷七、清馮景《解春堂文鈔》卷七〈書項羽本紀后〉，都說史公「不以成敗論英雄」；像清湯諧《史記半解．項羽本紀》、錢大昕《十駕齋養新餘錄》卷中〈太史公李延壽〉、吳秉禮《永昌府文徵》卷十八〈讀項羽本紀〉、鄒方鍔《大雅堂初稿》卷六〈書項羽呂后本紀后〉、金錫齡《劬書室遺集》卷十二〈讀史記項羽本紀〉、尚鎔《史記辨證》卷一〈項羽本紀〉、陳漢章《綴學堂初稿》卷二〈讀史記項羽本紀〉等，不是說項羽有滅秦之功，就是說「政由羽出」，項羽有實際統御天下的權力，因此史公把他列入本紀是正確的。

對於項羽的批評，金王若虛《滹南遺老集》卷十二〈史記辨惑〉，認為史公將舜來比擬項羽很不合適，因為舜是「上當天心，下允眾望」，而項羽不過是位「暴興者」而已；清王又樸《史記讀法》卷一，謂「篇中寫羽，不但無帝王氣度，亦全不是大將身分，不過一騎將耳」。吳汝綸《桐城先生點勘史記》卷七，亦謂「羽紀以將才為主，其于戰爭極意鋪張，正見其短，所謂一將之任則有餘也」。李元度《天岳山館夕鈔》卷三十〈書項羽本紀後〉更說：

羽至東城，謂其從騎曰：「吾起兵至今八歲矣，身七十餘戰，未嘗敗北，卒困于此，此天亡我，非戰之罪。」嗚呼！此正羽覺悟而自責之言也。天何以必亡羽哉？以羽獲罪于天耳。其罪奈何？孟子曰：「不嗜殺人者能一之。」又曰：「不仁而得天下，未之有也。」羽初屠襄城，又屠城陽，又坑新安卒二十餘萬，最後屠咸陽，羽之罪于是不可逭矣。而太史遷乃謂其尚不覺悟，且以天亡我非用兵之罪為謬，則豈非羽不謬而遷謬哉！

其實李氏和史公的見解沒什麼不同，都是指責項羽行事失當，所不同的，只是他們對於所謂「天」的看法不同而已。

此外，明凌稚隆輯校、李光縉增補的《史記評林》，也有諸家的重要見解。明凌約言曰：

羽殺會稽守，則一府慴伏莫敢起；羽殺宋義，諸侯皆慴伏莫敢枝梧；羽救鉅鹿，諸侯莫敢縱兵；已破秦軍，諸侯膝行而前莫敢仰視；勢愈張而人愈懼。下四「莫敢」字，而羽當時勇猛，宛然可想見也。

又明李廷機曰：

或問項羽當滅秦之後，使項梁若在，能帝梁而為之臣乎？予竊謂羽必殺梁，何以知之？羽為章邯敗死，羽略無痛梁之心，亦無忿邯之意。分封列侯，而首建邯為雍王，則德之也；況羽以偏裨殺主將宋義，以臣弒其君義帝，亦何有於叔。

又明丘濬〈擬古樂府〉云：

公莫舞，公莫舞，不必區區聽亞父。霸王百行掃地空，不殺一端差可取。咸陽宮殿成劫灰，三秦城邑衝殺機。云何居勦七十叟，不及外黃黃口兒。公莫舞，公莫舞，公舞徒為爾。天命由來歸有德，不在沛公生與死。

又宋洪邁曰：

增始勸項氏立懷王，及羽奪王之地，已而殺之；增不能引君臣大誼爭之以死。懷王與諸將約，先入關中者王之。沛公既先定關中，則當如約；增乃勸羽殺之。羽之救趙殺上將宋義，增為末將，坐而視之；坑秦降卒，殺秦降王，燒秦宮室，增皆親為之，未嘗開一言也。至於滎陽之役，身遭反間，然後發怒而去。嗚呼！疎矣哉！增蓋戰國從横之餘，見利而不知義者也。

又元楊維禎曰：

孟子云，為天下毆民者桀與紂也。籍亦為漢毆者爾，其能與漢爭天下哉！迹其慓悍猾賊之性，嗜殺如嗜食：如起會稽即誘殺守者，其後矯殺宋義，屠咸陽，殘滅襄城，殺秦降王子嬰、斬韓生廣、王陵母，甚至于殺義帝；此真天下之桀項也。欲舉大事、伯西楚，其可得乎？或曰：籍雖好殺，欲坑外黃，而愧于舍人兒之一言；欲烹太公，而悟于項伯之微諫；使得一二賢佐，籍亦可伯。余則曰：籍之勇，匹夫之勇耳；籍之仁，婦人之仁耳。縱輔以伊尹、太公之佐，其能率桀紂為湯武也哉！

羽敗矣！訴諸將而決戰，德馬童而授首。終不脫叱咤歔欷氣息，所謂匹夫之勇、婦夫之仁，豈其性也哉！

又明淩約言曰：

以上諸家對項羽的評論，沒有一句好話，因為他嗜殺成性，所過殘滅。他的勇，不過是「匹夫之勇」，所以「勢愈張而人愈懼」；他的仁，不過是「婦人之仁」，所以才會對人言語嘔嘔，德馬童而授首。也因此，李廷機斷言項梁如不早死也難逃他的毒手，洪邁譏評他的「一范增」只是一個見利忘義的策士者流，楊維禎甚至於直指他等同為天下毆民的桀紂。

如此說來，項羽真是一個劉邦口中所叱斥的十罪不赦、大逆無道的人了③，那麼劉邦在歷

③《史記・高祖本紀》：「楚漢久相持未決，丁壯苦軍旅，老弱罷轉饟。漢王相與臨廣武之間而語。項羽欲與漢王獨身挑戰。漢王數項羽曰：『始與項羽俱受命懷王曰：「先入定關中者王之。」項羽負約，王我於蜀漢，罪一；項羽矯殺卿子冠軍而自尊，罪二；項羽已救趙，當還報，而擅劫諸侯兵入關，罪三；懷王約，入秦無暴掠，項羽燒秦宮室，掘始皇帝冢，私收其財物，罪四；又彊殺秦降王子嬰，罪五；詐阬秦子弟新安二十萬王其將，罪六；項羽皆王諸將善地，而徙逐故主，令臣下爭叛逆，罪七；項羽出逐義帝彭城，自都之，奪韓王地，並王梁楚多自予，罪八；項羽使人陰弒義帝江南，罪九；夫為人臣而弒其主，殺已降，為政不平，主約不信，天下所不容，大逆無道，罪十也。』」

代評論家眼中，又如何呢？先看《史記評林》中諸家之語。明王楙曰：

> 高祖與項羽戰於彭城，為羽大敗，勢甚急迫，魯元公主、惠帝棄之，夏侯嬰為收載行，高祖怒，欲戮嬰者十餘。借謂吾力不能存二子，不得已棄之可也，他人為收，豈不甚幸，何斷斷然欲斬之，其天性殘忍如此。高祖豈特忍於二子，於父亦然：當項羽置太公於俎上，赫然可畏，無地措身，而分羹之言，優游暇豫出其口，恬不知愧，幸而項羽聽項伯之言而赦之，萬一激其憤怒，果就鼎鑊，高祖將何以處？後人見項羽不烹太公，遂以為高祖之神，不知亦幸耳！

又明王世貞曰：

> 帝之諸功臣，孰有大於紀信者，而帝卒不錄何也？即無後，侯之可也；即不侯，祠之可也；而不然者，旌信而成其成皐之降也。非史幾乎泯矣！

又明敖英曰：

> 董公發義帝之喪，紀信代漢王之死，周苛烹項羽之鼎；論開國之勳，當以山河帶礪之盟，加恤典焉可也；胡為殿上論功之日，曾無一言及此，漢真少恩哉！

其次，清吳見思《史記論文》第一冊〈高祖本紀〉云：

> 〈高紀〉一篇，俱紀實事，不及寫其英雄氣概。只於篇首寫之，如慢易諸侯處，斬白蛇處；篇後寫之，如未央上壽處，沛中留飲處，寫其豁達本色，語語入神。

又清李晚芳《讀史管見》卷一〈高祖本紀〉云：

〈高紀〉字字是寫帝王氣象，豁達大度，涵蓋一切，前虛寫，後實寫。前如慢易諸吏，豐西縱徒，斬蛇，沛中多附；後如南宮置酒，未央上壽，沛中留飲，處處畫出豁達大度，病甚卻醫，至死亦不失本色，語語入神。

由以上諸家論述，可見劉邦是個殘忍少恩的人。他為了成就帝業，不惜對自己的尊親骨肉做出殘忍的事；而在他帝業成就以後，對於為他死節的忠臣也早已忘得一乾二淨。但是史公〈高祖本紀〉稱他「仁而愛人，喜施；意豁如也，常有大度」。吳李二氏也說他一生行事有英雄本色、豁達大度的帝王氣象。難道「英雄人物」都必須是表裡不如一，自我矛盾的人嗎？否則如項羽既是「慓悍猾賊，嗜殺如嗜食」，又何以待人「恭敬慈愛，言語嘔嘔，人有疾病，涕泣分食飲」呢？而劉邦既能「仁而愛人，喜施」，卻何以對至親骨肉罔顧倫理、對死節忠臣慳吝無恩呢？難道一個稟性善良的人，在「帝業」的前提下，就會換成一副禽獸心腸嗎？以如此禽獸心腸而成就的帝業，除了欲傳諸子孫外，果然能「奉天承運、澤被萬民」嗎？我為之大惑不解，欲起劉項於地下而質之。

肆、歷代詩人論劉項

歷代史論家之論劉項有如上述，那麼詩人筆下的劉項，又是如何呢？

對於項羽，有的認為他既志在爭奪天下，就應當有寬廣的胸懷去忍辱含羞，如此也許有轉敗為勝的可能。如唐杜牧〈題烏江亭〉云：

勝敗兵家不可期，包羞忍辱是男兒；江東子弟多才俊，卷土重來未可知。

又清何士顒〈項羽〉云：

忍辱從來事可成，英雄蓋世枉勞神；但知父老羞重見，不記淮陰胯下人。

其次有的則認為項羽性情坦率粗獷，毫無心機，不因一己之故，苦天下百姓；雖然失敗，但死得壯烈，始終是英雄本色。唐于季子〈詠項羽〉云：

北伐雖全趙，東歸不王秦。空歌拔山力，羞作渡江人。

又唐胡曾〈烏江〉云：

爭帝圖王勢已傾，八千兵散楚歌聲；烏江不是無船渡，恥向東吳再起兵。

又宋李清照〈烏江〉云：

生當作人傑，死亦為鬼雄；至今思項羽，不肯過江東。

又清汪紹焻〈項王〉云：

雖馬虞兮可奈何，漢軍四面楚人歌；烏江恥學鴻門遯，亭長無勞勸渡河。

以上四家，雖然于季子隱然有譏刺項羽「東歸不王秦」之失與自負拔山力至死不悟的意味，但基本上還是歌頌他「羞作渡江人」的英雄氣概。而李清照說他「生當作人傑，死亦為鬼雄」，可以說頌揚備至，料想她大概有感於靖康之恥、皇室南遷的憾恨吧！

其次又有對項羽加以冷嘲熱諷的。唐李山甫〈項羽廟〉云：

為虜為王盡偶然，有何羞見漢江船？停分天下猶嫌少，可要行人贈紙錢。

又清吳偉業〈下相懷古〉云：

戲馬臺前拜魯公，興王何必定關中；故人子弟多豪傑，弗及封侯呂馬童。

又清龔鼎孳〈烏江懷古〉云：

蕭蕭碧樹隱紅牆，古廟春沙客斷腸；真霸假王誰勝負？淮陰高冢亦斜陽。

以上三家，李山甫意謂志在為帝為王的人皆貪得無厭，有什麼羞恥好言？吳偉業意謂項王身邊的故人子弟，不乏豪傑之士，只因不能識拔重用，與人同利，終於落得眾叛親離，自取滅亡；龔鼎孳則直以「是非成敗轉頭空」來看項羽和劉邦的事業。他們基本上雖都否定了項羽，但尚出筆溫婉；而有人則強烈的指責項羽「欲以力征經營天下」，用人不明，殘暴不仁。宋王安石〈烏江亭〉云：

百戰疲勞壯士哀，中原一敗勢難回；江東子弟今雖在，肯與君王卷土來？

又云：

君不君兮臣不臣，如何立廟在江津？江東分半猶嫌小，何用灰錢百萬緡？

又宋張耒〈項羽〉云：

沛公百戰保咸陽，自古柔仁伏暴強；慷慨悲歌君勿恨，拔山蓋世故應亡。

王安石的兩首詩，其一顯然是針對杜牧詩唱反調，其二顯然是從李山甫詩生發而來。因為王氏別有〈范增〉詩云：

中原秦鹿待新羈，力戰紛紛此一時；有道弔民天即助，不知何用牧羊兒。

詩中指責范增勸項梁立楚懷王孫心在民間牧羊者為楚王的失策，使後來項羽背負弒君大逆不道的罪名；而烏江亭的項羽廟中，正有范增陪祀，所以王氏斥之為「君不君兮臣不臣」。至於張耒一詩，雖然指出項羽滅亡的根本原因，但過分右袒劉邦，不免有以成敗論英雄的嫌疑。

項羽如此，那麼劉邦呢？唐胡曾〈沛宮〉云：

漢高辛苦事干戈，帝業興隆俊傑多；猶恨四海無壯士，還鄉悲唱大風歌。

又王安石〈讀漢功臣表〉云：

漢家分土建忠良，鐵券丹書信誓長；本待山河如帶礪，何緣葅醢賜侯王。

又宋張方平〈歌風臺〉云：

落魄劉郎作帝歸，樽前感慨大風詩；淮陰反接英彭族，更欲多求猛士為？

以上三家，胡曾雖然說得比較含蓄，但和王安石、張方平一樣，都在批評劉邦殺戮功臣的不是。所謂「猶恨四海無壯士」，其實是說猛士俊傑都被你劉邦殺光了。

其次再看唐李商隱〈題漢高祖廟〉云：

乘運應須宅八荒，男兒安在戀池隍？君王自起新豐後，項羽何曾在故鄉。

又明朱樸〈歌風臺〉云：

酒闌歌徹大風詞，不是鴻門舞劍時；萬里中原皆漢土，高皇猶有故鄉思。

以上二家，朱樸只是隱微的說明人情眷戀故鄉，即使富有四海的帝王亦不能免；而李商隱則直以為帝王應以天下為家，區區故鄉何足留戀。

其次再看唐韓愈〈過鴻溝〉云：

龍疲虎困割川原，億萬蒼生性命存。誰勸君王回馬首，真成一擲賭乾坤。

又宋文同〈讀史〉云：

不得滎陽遂失秦，始知成敗盡由人；可憐一擲贏天下，只使黃金四萬斤。

又宋王禹偁〈滎陽懷古〉云：

紀信生降為沛公，草荒孤壘想英風；漢家青史緣何事？卻道蕭何第一功。

又清吳昌榮〈讀兩漢書雜詠〉云：

沙中偶語坐斜曛，雍齒封侯解眾紛；忘卻焚身功第一，黃金未鑄紀將軍。

又宋張方平〈漢高祖廟〉云：

縱酒疏狂不治生，中陽有土不歸耕；偶因亂世成功業，更向翁前與仲爭。

以上五家，韓愈謂劉邦孤注一擲爭奪天下，卻使億萬蒼生為之塗炭；文同更指出劉邦的成功雖由「人事」，不像項羽盡歸天命，但用的是卑鄙的賄賂手段以離間項羽君臣；王禹偁和吳昌榮則一致認為劉邦不封死節之臣紀信的錯失；張方平更指出劉邦其實是個無賴，好逸惡勞，他的成功，不過是在亂世中偶然矇上的罷了。

伍、戲曲中的劉項

劉項事迹既然為人們津津樂道，那麼詩文之外，也自然演為戲曲。其中以劉項為主角者，金院本名目中有「霸王院本」六目④、《劉三》一本，元雜劇中有白樸《漢高祖澤中斬白蛇》、張國賓《漢高祖衣錦還鄉》、鄭廷玉《漢高祖哭韓信》、石君寶《漢高祖肉醢彭越》、尚仲賢《漢高祖濯足氣英布》、鍾嗣成《漢高祖詐遊雲夢》、高文秀《禹王廟霸王舉鼎》、張時起《霸王垓下別虞姬》、王伯成《興劉滅項》⑤，元散套有睢景臣《高祖還鄉》，明雜劇有沈自徵《杜秀才痛哭霸亭秋》，清雜劇有嵇永仁《杜秀才痛哭泥神廟》、張韜《杜秀才痛哭霸亭廟》、

---

④胡忌《宋金雜劇考》謂「霸王院本就是行院表演武將故事的本子」，但既云「霸王」，當與項羽事迹不無關係。

⑤元明戲曲書目不載此目，《九宮大成譜》有此佚文數闋，題為王伯成作，王國維《曲錄》因著錄之，今從之。

唐英《虞兮夢》，平劇有《霸王別姬》。

以上現存的有元雜劇《氣英布》，明雜劇《霸亭秋》，清雜劇《霸亭廟》、《泥神廟》、《虞兮夢》，平劇《霸王別姬》，以及散曲《高祖還鄉》。

尚仲賢《氣英布》雜劇，有《元刊古今雜劇三十種》本和《元曲選》本。演漢王劉邦欲挫英布銳氣，於來降召見時，故意倨坐濯足，使之既憤怒又慚愧。其事與《史》、《漢》英布本傳略同。劇中借隨何之口說漢王：

俺漢王自亭長出身，起兵豐沛，只重武士，不貴文臣。每每看見儒生，便取其儒冠擲地，溺尿其中，嫚罵不已。……但是他生得隆準龍顏，豁達大度，所居之處，常有五色祥雲，籠罩於上。小官想來，這個是帝王氣象。

所云不出《史》、《漢》記載，可見劉邦在元明庶民的心目中，仍舊兼具流氓氣息與帝王襟度。而對於劉邦何以要倨坐濯足見英布的緣故，劇中則借劉邦之口道：

孤家想來，人主制禦梟將之術，如養鷹一般；飢則附人，飽則颺去。今英布初來歸我，於楚已絕，於漢未固，正其飢則附人之日也。孤家待先遣光祿寺排設酒筵，教坊司選歌兒舞女，到他營中供用，看他喜也不喜；再遣子房領著曹參等一班兒將官同去陪侍，致孤家殷勤之意，料他必然歡悅。

這段言語雖然是根據《漢書．英布本傳》「漢王方踞牀洗，而召布入見。布大怒，悔來，欲自殺。出就舍，張御食飲從官如漢王居，布又大喜過望」敷演，但作者所揣摩的漢王「御人權術」，實已入木三分。

明雜劇沈自徵《霸亭秋》有《盛明雜劇》本，清雜劇嵇永仁《泥神廟》有康熙刊本和清人雜劇本，張韶《霸亭廟》有康熙大雲樓集和清人雜劇本。三劇本事皆出宋洪邁《夷堅志》，亦見明彭大翼《山堂肆考》。作者皆功名不得意，故借宋杜默累舉不第，因過烏江入謁項王廟痛哭抒懷以自喻，其中《霸亭秋》的一段文字，可以作為代表：

則俺杜默三場文字，那一字不筆奪天孫之巧，那一句不文補造化之虛。直經他剝落一場，滿四海無人識得。……今日既遇大王之知音，正是可與言而不言，失人。我須索表白咱。〔攤卷案上念介〕大王你試覷咱，則杜默文字可該是不中也呵！〈青歌兒〉大王！你與我睜開那重瞳子一句句閱著，高抬起扛鼎手一段段評駁。大王也！可甚里文高中不高。或道一篇篇部伍蕭蕭，局陣迢迢，也當得詩裡射鵰，文隊嫖姚。御短處如烏江道短兵肉薄，使長處如睢水上席捲壅濤，纖麗如帳底虞腰，慷慨如垓下歌豪。一椿椿怎見得輸與時髦。（大王有言：此天亡我，非戰之罪也。）真叫做天數難逃。（我與大王恨不生同其時）。倘向中朝，驀地相遭，繫馬垂條，呼酒烹羔，和筑聲高，把臂論交，文不君驕，武不臣嘲，旗鼓雙高，半不相饒。（奈何以大王之英雄不得為天子，以杜默之才學不得作狀元）。〔嘆介〕（正是我未成名君未嫁，可能俱是不如人）恁不去問道臨朝，我不去玉珮紓腰。一般的鎩羽垂幖，灰滅煙消。子向這古廟荒郊，眼冷相瞧。坐對著牧豎歸樵，夜雨江潮，魈嘯猿號，暮暮朝朝。〔放聲大哭介〕〔泥神亦長噓流淚介〕〔徠驚醒亦哭嚷鬧介〕〔末〕淚雨嚎啕，痛恨情苗，塞滿煙霄，說向誰曹。〔泥神噓介〕〔末〕則咱兩人心相曉。

右曲中「末」是扮飾杜默之腳色，「徠」是杜默之書僕，「泥神」即項王之神像。曲中將杜默文章與項王武略相為映襯，以致惺惺相惜之意，而旨趣則在「奈何以大王之英雄不得為天子，以杜默之才學不得作狀元」，作者不遇的滿腹牢騷，也就完全寄寓其中。

至於張韜《霸亭廟》，較之沈氏《霸亭秋》，則布局相似，而文字較為平易，氣骨亦不如，場面尤為冷落。而嵇永仁《泥神廟》，則並未專眼於秀才落第，傷心自哭。其措語主在憑弔項王，惜其不能成大事。《曲海總目提要》卷二十二云：

（永仁《泥神廟》）似別有所感慨而作。其敘范承謨《和淚集》云：「閩難之作，或者議之：謂公粉飾太平則有餘，勘定禍亂則不足。此語似是而非。」然則當時固有議承謨者。永仁或有籌策，傷承謨不能用，借此寓意，未可知也。

按嵇永仁為吳縣生員，范承謨總督福建，延入幕中。清康熙十三年（一六七四），耿精忠反清，執承謨，並脅永仁降，永仁不從，投之獄中，逾三年，承謨被殺，永仁自縊死。永仁在獄中，嘗與同繫獄諸人唱和為樂。無從得筆墨，則以炭屑書於紙背或四壁。亂後，閩人錄而傳之。包含《泥神廟》之《續離騷》雜劇，即其獄中作之一。《泥神廟》中有云：

俺想大王一生好處儘多，此時也難數說得盡。你獲太公而不烹，仁也；宴漢王而不殺，義也；以亞父事范增，禮也；破釜沈舟而解趙圍，智也；屢戰屢勝而未嘗敗北，勇也。〈得勝令〉似這般本色大英雄，煞強如謾罵假牢籠。寧可將三分業輕拋送，怎學那一杯羹造孽的種。破百二秦封，秉烈炬咸陽慟，噪金鼓關中，嚇得那眾諸侯拜下風。

大王！你說失著處在那裡？自古道得人而興，失人而亡。又道是用人則哲，自用則愚。當日謀臣戰將都歸于楚，可惜這般人才大王不能用，漢王能用；楚無將，所以不成王業了。〈掛玉鈎〉把一個宰肉陳平走脫蹤，散黃金反間得你君臣鬨，因此上亞父彭城一命終。還有那跨下夫多謀勇，埋沒他執戟郎，送與他登壇用，親眼見埋伏九里威風，都是你忽略了帳下英雄。

大王！你還有一件大錯處。那項伯不是好人，偏心向漢，你卻又輕信也！〈川撥棹〉那項伯呵！賣消息透新豐，湊合了漢張良來播弄。攬得你耳畔冬烘，心下朦朧，筵上癡聾，劍團團護庇沛公，則落得自家人相欺哄。

自古道得好，當斷不斷，反受其亂。龍爭虎鬥的時節，用不著狐疑，當不得姑息。大王放沛公還漢中，千載而下，惟有杜默最服你是一個好男兒，若是那般做事業有辣手的人，便道你有些獃氣哩！

〈七兄弟〉酒席上殺風，算甚麼勇猛。放一線走蛟龍，教千秋豪傑知輕重。便宜了泗上亭長，割鴻溝無恙漢家翁，慶團圓呂雉諧鴛夢。

可見永仁此劇除了落魄士子借他人杯酒澆自家塊壘之外，尚別有用心。右舉曲文賓白，雖然把項王恭維成仁義禮智勇俱全的人物，但也惋惜他不能運用人才，無知人之明，失諸當機立斷，這其間或許正如《曲海總目提要》所云，借此寓意，把項王比作承謨，而自家建言不能為承謨採納，則有如陳平、韓信、范增不能取信於項一般。但無論如何，項王在永仁眼中，是一個真正的男子漢大丈夫。

唐英的《虞兮夢》收在所著《古柏堂傳奇》之中，有乾隆十九年董榕序刊本，含兩齣，次齣〈哭廟〉，與前敘三劇旨趣相同，只是將不第士子易名作「王訥」。首齣〈禱霸〉則別出心裁，演《霸亭廟》中項王、虞姬之神閒話昔日成敗因果，而烏江兩岸百姓來廟賽願酬功，因為項王之神對鄉民「暗保年豐，默司平浪」。其中有云：

〔旦〕當日若依亞夫之計，在鴻門宴上殺了沛公，焉有後來垓下烏江之事。〔淨〕美人！你雖然如此說，但念孤家呵！

〈十二月〉俺是個真率蓋世雄，鬥力在交鋒。重然諾我翁若翁，肯使那暗地牢籠？非不知容奸自養癰，怎忍見搖尾途窮。

當虞姬問他「既非水土之神，又無司土之責，卻怎生『暗保年豐，默司平浪』」，項羽回答說：

〈鬥鵪鶉么篇〉憑著俺英靈勇猛，精誠可動。保著他旱澇無憂，歲稔年豐，順雨調風。逐秦鹿四海空，信沛公把山河白送；似這些苦農夫越關疼痛。

〈前腔〉管教他波也不洶，浪也不猛。輕架著賈舶商舟，穩渡中流，萬里乘風。他那裡感聖功，俺這裡陰相送，纔算得神仁大勇。

〈煞尾〉若不是無面見江東，怎能彀在江天立廟容。看那些浪花兒前後相催送，嘆不盡來往忙人俱教那利名哄。

如此說來，唐英就把項羽塑造成為性情真率、胸無心機的蓋世英雄，而且死後為神，尚能庇護鄉民年豐物阜、無難無災，真是有如李清照歌頌他的「生當作人傑，死亦為鬼雄」。也難怪千古而下，萬民祀之。

平劇《霸王別姬》係齊如山為梅蘭芳所編之劇，分九場，演李左軍詐降，韓信九里山十面埋伏，而以垓下四面楚歌、霸王別姬為主場，項王終於自刎烏江。此劇於劉項無所置評，只是突顯英雄美人之纏綿悱惻而已。

最後說到睢景臣般涉調哨遍《高祖還鄉》散套。睢景臣這套曲子，並沒有正面的來寫劉邦一旦貴為天子的「龍章鳳姿」，和威加海內的「躊躇滿志」；他只用庶民的口吻，從庶民的眼中來寫劉邦的「鹵簿護衛」，所以龍鳳旗、飛虎旗，他們看成「雞學舞」、「蛇葫蘆」、「狗生翅」，銅錘他們看作「甜瓜苦瓜」，衛士他們當作「天曹判」，宮娥他們認為「多嬌女」；

如此一來，就「野趣」十足，情味活潑了。而劉邦在他們眼中只看成「大漢」，他那大模大樣，不由得使人定睛一瞧，呵！原來就是那無賴劉三！於是這些父老便掀開了劉三的根柢，把他的出身履歷，「餵牛切草、拽杷扶鋤」的營生，以及東借西挪的舊債都一齊給抖露了。儘管劉三已經貴為天子，但在父老眼中，他只是為了逃債而改姓換名叫做「漢高祖」！

高祖確是個無賴出身，《史記》說他未貴時，曾醉臥武負、王媪酒肆中，對於沛令的賀錢號稱「賀萬錢，實不持一錢」。他「不事家人生產作業」，「好酒及色」。也難怪睢景臣不說他什麼豁達大度、帝王氣象，而假藉鄉老來揶揄一番。這雖然是散曲的特質有以致之，但恐怕也正寫出了高祖的「本色」。

餘論

總結以上，可以看出一個很有趣的現象，那就是在史論家的眼中，項王嗜殺成性、所過殘滅，不君不武，簡直一無是處，因之有人甚至於比諸蚩尤，論作僭盜，斥為桀紂；最多只承認他有滅秦之功，「政由羽出」，把他躋入「本紀」不為過。而劉邦則有頌揚他具有英雄本色，豁達大度的帝王氣象，也有譏其對骨肉至親殘忍、對死節忠臣少恩的，他可以說毀譽參半。可是在詩人筆下，項羽逐漸被同情，有的賞其坦率粗獷，死得壯烈，始終是英雄本色；有的惜其不能忍辱包羞，以致失去轉敗為勝的機會；雖然，照樣也有出語譏刺、斥他殘暴必亡的。而劉邦在詩人筆下，不是說他殺戮功臣、刻薄寡恩，就是說他以卑鄙手段贏得天下，依然無賴行徑；他已經完全被否定了。到了戲曲，項羽更占盡了上風，文人拿他來比喻抒懷，「奈何以大王之英雄不得為天子」，認為是千古遺恨；對於他不能任用人才，只是給予惋惜而已；而唐英甚至於把他當作百姓的守護神，讓他和虞姬一起血食烏江，以至千秋萬世。而劉邦在《氣英布》一劇裡，則突顯了他的權謀與御人之術。

由史論家、詩人、戲劇家對劉項之是非功過的評論趨勢看來，也可見在理智而就事論事的前提下，與因同情或寄託而棄瑕錄瑜的情況下，同一個人就會產生不同的面目與觀感，所謂「是非成敗轉頭空」、所謂「身後是非誰管得」，古人其實早就很感慨的看穿了。

再就以上所舉歷代評述劉項的種種論調看來，其於劉項成敗的根本原因，諸家見解其實沒有超出韓信和史公的範疇。由此可見韓信的洞燭機先與史公的切實中肯。而若就其論述周延之完備、層次之井然與執言之公允而言，則似未有更能出越南阮嶼〈項王祠記〉之右者。〈項王祠記〉的形式雖屬傳奇小說，而其實是一篇嚴謹的史論，這也是令我們特別予以重視的原因。

降及今日，論劉項之是非功過成敗者仍大有人在，譬如一九五八年六月號《歷史教學》徐良驥之〈略論項羽〉，郭雙成《史記人物傳記論稿》之論〈項羽本紀〉，程金造《史記管窺》之〈司馬遷著項羽入本紀之本意〉，李景星《四史評議》之〈項羽本紀第七〉、〈高祖本紀第八〉，聶石樵《司馬遷論稿》之〈第七節項羽〉、〈第八節劉邦〉，方論《回首》之〈項羽〉等，皆能暢所欲言，各具見地。而其所以論項羽者多過論劉邦者許多，大概是因為史公筆下的霸王是個有血有肉的大丈夫，而劉邦則已被塗抹了許多神怪的色彩；項王的一生可資觀賞的不止更多，而且可做為人們的鏡子，所以他就被議論紛紜了。在近人眾多的議論裡，這裡只舉出吳汝煜《史記論稿・論項羽》的結論：

> 總觀項羽的一生，無疑是功勞大於過失，積極作用超過消極作用，幼稚天真多於狡詐猾賊，基本面是光明正大和忠厚誠實的。他犯過暴行，但沒有忘懷人民。正因為這樣，所以司馬遷在塑造他的形象時，筆端含著同情的淚水。在後人心目中，項羽不是一個青面獠牙的惡棍，而是一個憨直剛猛的英雄；不做皇帝，對項羽來說，並不值得遺憾。我們今天也沒有必要毫無根據地去說項羽的理想是要當皇帝。清代文學家鄭板橋對項羽一生有極生動的評價：「……項羽提戈來救趙，暴雷掠地連天掃。臣報君仇子報父，殺盡秦兵如殺草。戰酣氣盛聲喧呼，諸侯壁上驚魂逋。項王何必為天子？只此快戰千古無。千妖萬黠藏凶戾，曹操朱溫盡稱帝。何似英雄駿馬與美人，烏江過者皆流涕！」鄭板橋認為項羽好就好在不做皇帝。在人民最需要他的時候，挺身而出，率領千軍萬馬，掀翻了暴秦的統治；又在意識到自己的行為對不起人民的時候，立即結束了自己短暫的一生。這才是英雄的本色！這才是項羽形象的悲壯色素歷久不衰的奧祕！

我們仔細考察項羽的一生，這樣的見解是大抵可以教人首肯的，而筆者在《霸王虞姬》歌劇中的序曲這樣寫著：

滾滾煙塵沖大風，
世間原是一鴻蒙。
日月隨星轉，
雲霞逐夢空。
看那青山依舊隱隱在，
夕陽千古一樣紅。
更有長江後浪推前浪，
九曲黃河竟朝東。
炎黃瞬息，而今五千歲。
歷朝歷代，更迭似旋蓬。
其間多少佳人與才子，
多少豪傑共英雄。
粧點成綺麗，
奮鬥似爭鋒。

龍蛇起陸風雲會，
都在這江山萬里錦繡中。
錦繡中，思想起：
始皇有始不克終。
殘暴不仁積怨恨，
屍骨未寒、天下騷動。
揭竿而起皆百姓，
高才捷足似雲湧。
似雲湧，
最是楚項王、漢沛公，
東征西戰為一統。
五載瀝盡壯士血，
一朝成就帝王功。
帝王功，
成敗英雄。
英雄有成敗，

誰是真英雄？
今日重展楚漢史，
頓覺榮辱轉頭空。
勸英雄，說英雄，
人間禍患休多種。
烏江雲夢，
秦宮漢冢，
緣何無樹起秋風。

而在最後一場〈烏江同殉〉⑥裡，項羽有這樣的唱詞：

天道無親定是非，
天欲亡我怨他誰！
想我大小七十戰，

---

⑥〈烏江同殉〉是拙作《霸王虞姬》的第四場，前三場分別是：〈分我一杯羹〉、〈十方埋伏〉、〈四面楚歌〉。因筆者安排項王攜同虞姬突圍至烏江，項王因英雄氣盡，虞姬乃投江自殺，項王亦隨之飲劍而亡，故謂之「同殉」。拙作見民國七十七年六月十三日至十五日《聯合報副刊》。

無敵不克、無堅不摧。
不意九里山前十方埋伏，
夜半垓下四面楚歌悲。
想我使天下父子肝腦塗地，
殺已降、屠圍城、無遺類。
單只為成帝成王成霸業，
八年日月無光、煙塵亂飛。
而今吾罪已盈，悟而不迷，
可憐烏騅解人意、兩足似風追。
更渡江東欲何為？
英雄氣已短，兒女情正長，
茫茫宙宇將何歸！

而在項羽自刎之後，劉邦憑弔項羽的唱詞是：

當日你我峙立爭天下，
曾落君手未加殺。
非是君仁我為暴，

自古道兵不厭詐。
想我泗水一亭長，
與君並世砥礪相磨戛。
淘盡心思、瀝盡心血，
迸放生命最燦爛之火花。
君既已矣我帝業成就，
登峰造極轉咨嗟。
英雄更無用武之地，
臣民俯首待我皆虛假。
項王你死矣而為鬼雄，
而我則寂寞孤獨漸周匝。

最後則假藉烏江亭長之口唱出這樣的句子：

一場事旋乾又轉坤，
眼前歷歷看分明。
嘆那霸王喑嗚叱咤終氣短，
嘆那虞姬蘭心惠質枉用心；

嘆那功人功狗分封鬧嚷嚷，
嘆那劉邦帝業轉成寂寞情。
想他蓋世英雄有成敗，
想我高才偉志守江亭。
看穿是非成敗轉頭盡，
只有那英雄美人至意至性永長生。
湛湛江水，皎皎白日，
悲鴻斷雁，何事更長征！

從這些歌詞，也許就可以看出筆者個人的歷史觀、英雄觀，乃至於對楚漢爭戰、劉項成敗的看法吧！

（原載《第三屆中國域外漢籍國際學術會議論文集》，七十九年十一月聯合報文化基金會國學文獻館編印）

《九宮大成北詞宮譜》的又一體

——以仙呂調隻曲爲例

引言

一九七九年我在第一屆古典文學會議上發表一篇〈北曲格式變化的因素〉①，指出促使北曲格式變化的主要因素是「襯字」、「增字」和「增句」，次要因素是「夾白」、「減字」、「減句」、「犯調」及「曲調之入套與否」。如果能清楚而切實的掌握這八個因素，那麼北曲

①〈北曲格式變化的因素〉一文，收入《古典文學》第一集，台北學生書局出版；又收入拙著《說俗文學》一書，一九八〇年四月台北聯經公司初版。此文所提出之觀念，至今大抵不差，只是論證可作補充；又據此可以檢驗曲譜中之「又一體」；本文即緣此而作。

格式雖如神龍變化，亦百變而不離其宗。而北曲譜自《廣正》或一調列舉數格以來，至《九宮大成》之「又一體」滋生最為繁多。其實這「數格」或眾多的「又一體」，都是在「正格」的基礎上，循著上舉諸因素變化的結果。但是，由於曲譜作者未能完全辨明其理，以致自我混淆，貽誤後學頗多。因舉其最甚者《九宮大成》為例加以說明，然因《大成》卷帙浩繁，姑以其仙呂調隻曲為範圍，藉此蓋可以一斑見其全豹。

壹、其誤於句式所產生的「又一體」

任何一種韻文學的體製規律，莫不由字數、句數、句長、句式、聲調、韻協、對偶等七個因素所構成，就曲而言，體製規律所必須具有的「字」，是為本格「正字」；在不妨礙腔調節拍情形下，可於本格正字之外添出若干字，以作轉折、聯續、形容、輔佐之用。此添出之若干字，即所謂「襯字」，蓋取陪襯、襯托之意②。

前人論襯字，首見於周德清《中原音韻・作詞十法》，提出「切不可用襯墊字」，並云：

套數中可摘為樂府者能幾？每調多則無十二三句，每句七字而止，卻用襯字加倍，則刺眼矣。

②「襯字」之定義據鄭師因百（騫）〈論北曲之襯字與增字〉一文，載《幼獅學誌》十一卷二期。

周氏所說的「樂府」是指「小令」而言。小令文字謹嚴，體製短小，固以少用襯字為佳，若謂切不可用，則過矣。其後王驥德《曲律》卷二有〈論襯字第十九〉、淩濛初《南音三籟・凡例》有「曲每誤於襯字」，要皆就南曲而論，王氏但云「北曲配絃索，雖繁聲稍多，不妨引帶。」近世學者吳梅《曲學通論》第十章〈務頭〉，止截取王氏之說以論襯字；許之衡《曲律易知》卷下云：

> 南曲句讀，固須嚴守譜法，北曲亦然。惟北曲襯字，多少不拘，雖虛實字並用亦無妨。襯字不拘四聲。南曲襯字，總以勿過三字為妙；蓋南曲有一定之板，襯字上不能加板，襯字過多，則搶板不及。北曲無一定之板，襯字上亦可加板故也。

王季烈《螾廬曲談》卷二〈論作曲〉亦有與許氏相近似的論述③。其所云「北曲襯字毫無限制」，甚有商榷之餘地④；又「襯字上加板」，則已為「增字」（詳下文），不再是襯字矣！

---

③北曲襯字當下於句首與句中音步，且每處不過三；又許王二氏將下文所論之「增字」、第一式「增句」與曲中「帶白」皆誤作「襯字」，故有「毫無限制」之說。

④王季烈《螾廬曲談》卷二〈論作曲〉云：

> 上所言襯不過三，且襯字必加於板密之處，此就南曲言之；若北曲，則襯字毫無限制，蓋北曲之板無一定，襯字多，儘可於襯字上加板，非若南曲不許點板於襯字也。

而若欲不妨礙腔調節拍，於本格正字之外添出若干襯字，其法除明板式疏密外，當切實辨別曲句之音節形式。筆者在〈中國詩歌中的語言旋律〉一文⑤中有云：

韻文學的句子中含有兩種形式，一種是意義形式，一種是音節形式。意義形式是句中意象語和情趣語的組合方式，意象語為名詞及其修飾語，此外為情趣語。對於意象情趣的組合方式必須認清楚，然後對其所要表達的思想情感，才能有正確的體悟；這是欣賞韻文學的意境美首先要弄清楚的。音節形式則是句中音步停頓的方式，停頓的時間尚有久暫之別，必須掌握分明，然後韻文學的旋律感才能正確的傳達；這是欣賞韻文學音樂美第一要弄清楚的。意義形式和音節形式，有時是兩相疊合的；但有時則是頗為分歧的。如果彼此糾纏不清，則不止或傷意境美或傷音樂美，甚至於產生極大的誤解而不自知。音節形式又包含兩種形式：第一種形式的最末一個音節是單數，如三言之2・1，四言之1・3，五言之2・3，六言之3・3，七言之2・2・3；第二種形式的最末一個音節是雙數，如三言之1・2，四言之2・2，五言之3・2，六言之2・2・2，七言之3・2・2。單數的稱單式音節，雙數的稱雙式音節。鄭因百先生在〈論北曲之襯字與增字〉一文中說：

---

⑤〈中國詩歌中的語言旋律〉一文，原載《鄭因百先生八十壽慶論文集》，台北商務印書館印行；又收入拙著《詩歌與戲曲》，一九八八年四月台北聯經公司初版。

單式雙式二者聲響不同，或為健捷激裊，或為平穩舒徐。……詩中五言七言皆用單式，古風拗句偶可通融或故意出奇，近體如用雙式即為失律。詞曲諸調如僅照全句字數填寫而單雙互誤，則一句有失而通篇音節全亂。

茲舉元人散曲〈天淨沙〉為例作為說明如下：

枯藤老樹昏鴉，小橋流水人家，古道西風瘦馬。夕陽西下，斷腸人在天涯。

孤村落日殘霞，輕煙老樹寒鴉，一點飛鴻影下。青山綠水，白草紅葉黃花。

鶯鶯燕燕春春，花花柳柳真真，事事丰丰韻韻。嬌嬌嫩嫩，停停當當人人。

右列三曲分別為馬致遠⑥、白樸、喬吉所作。就音節形式而言，〈天淨沙〉的每一句都必須作雙式音節，亦即6（2・2・2），6（2・2・2），6（2・2・2），4（2・2），

---

⑥《全元散曲》對於題為馬致遠所作的這支〈天淨沙〉有如下的校記：

《梨園樂府》無題，《中原音韻》、《詞林摘豔》、《堯山堂外記》，題目俱作「秋思」。《庶齋老學叢談》於曲前書云：「北方士友傳沙漠小詞三闋。」餘二闋本書輯於無名氏中。《外紀》屬馬致遠，餘書不注撰人或作無名氏。《老學叢談》「枯」作「瘦」、「小橋」作「遠山」，「夕陽」作「斜陽」，「人在」作「人去」。《歷代詩餘》及《詞綜》引別本《老學叢談》，「人家」作「平沙」，「西風」作「淒陽」。

6（2・2・2）。右列三曲，除首曲末句外，人人誦讀皆作雙式，當無疑問。就其意義形式而言，則首曲作：

6（2・2・2／4　2），6（2・2・2／4　2），6（2・2・2／4　2），4（2・2／3・1），6（3・3／2・4）

白氏之曲作：

6（2・2・2／2　4），6（2・2・2／4　2），6（2・2・2／5・1），4（2・2／2・2），6（2・2・2／2・2・2）

喬氏之曲作：

6（2・2・2／4　2），6（2・2・2／4　2），6（2・2・2／2・4），4（2・2／2・2）6（2・2・2／4・2）

可見以上三家，在固定的音節形式下，可以自由變化意義形式。每一句可以有一種以上的意義形式，這也是韻文學所以會有歧義和多義的緣故之一。譬如首曲「斷腸人在天涯」句，如果意義形式作3・3，則強調斷腸的那個「人」，他是在天涯；如果作2・4，則說明所以斷腸，乃因為人在天涯，而斷腸意味也被突顯出來。此曲在台灣各級學校的教科書中一再被選用，而此句被標點為「斷腸人，在天涯」。這便是誤以意義形式作音節形式，以致「冠裳倒置」，旋律之特質全失⑦。

像這種韻文學所亟須講求的「句式」，《九宮大成》的編者，似乎也不完全明白，所以混亂音節形式與意義形式，或音節形式單雙誤置。舉例說明如下：

〈青歌兒〉一調，《大成》注云：「按〈青歌兒〉格，起二句應作上二下四六字句；其作四字句者，則將上二字作疊。」其所舉之範例為散曲⑧「春城春宵無價，星橋火樹銀花。」與《雍熙樂府》「看帶雲山雲山如畫，端的是景物景物堪誇。」，就音節形式而言，顯然皆作2・2・2雙式；《大成》所云作上二下四，顯然就意義形式而言。而韻文學格律中所求之「句式」，皆單指音節形式，可見《大成》之編者，實迷亂於音節形式與意義形式的分辨。也因此，譜中

---

⑦筆者曾就《全元散曲》加以考察，作〈天淨沙〉的含無名氏計有十五家八十五曲，其末句除了四曲可以疑似為3・3句式外，其餘八十一曲毫無疑問，皆作2・2・2句式。其疑似為3・3句式的有四曲：吳西逸作有四支，其中三支皆作2・2・2句式，只有一支作「斷腸人倚西樓」；張可久作十四支，只有二支作「紫簫人倚瑤台」、「探梅人過溪橋」；其句法皆與「斷腸人在天涯」相似，就音節形式而言，自然都應當讀作：「斷腸、人倚、西樓」、「紫簫、人倚、瑤台」、「探梅、人過、溪橋」。其他周德清兩支中有一支作「女兒港到如今」，雖較容易被讀作「女兒港、到如今」，但句法實亦與「斷腸人在天涯」相同；因此就音節形式而言，仍應讀作「女兒、港到、如今」。

⑧《大成》所云之「散曲」屬馬致遠小令，《雍熙樂府》實為喬吉《兩世姻緣》雜劇。下文皆據《大成》，不暇一一詳考。

混亂句式的情形便不少。譬如〈雙雁子〉一調的次句和末二句「定格」⑨應作六字折腰句，亦即3・3的單式音節，而《大成》所舉二例，《月令承應》作「一霎兒。昭素雲。」、「耀祥光。遙相引。縱庸愚。也索拜懇」；《明朝樂章》作「尚謙沖。防僭侈。」、「聽歌謠。稱頌美。定山河。十萬里」，將原本一句六字，分作三字兩句；乃因為編者不明六字句有作3・3單式音節的情形，以致譜中凡六字單式句皆誤分作兩三字句。又如〈憶王孫〉末句當作七言單式，而《大成》「又一體」引《元人百種》作「但得箇稚子山妻，我一世兒快活到老」，變為八言4・4的雙式句；其實此句之「到」字應作襯，仍為七言單式。又〈元和令〉第五句當作七言單式，而《大成》「又一體」引《元人百種》作「我則待竹籬茅舍。枕著山腰」，變為兩四字雙式句；其實此句之「著」字為動詞詞尾，照例為襯，仍為七言單式。又〈賺煞〉之五、六兩句當作七言雙式句，元人莫不如此，而《大成》引清宮《月令承應》作「使共那騎鶴蘇仙橘井同標，

---

⑨所謂「定格」是指韻文學牌調經由上文所云七因素所形成的固定格式。本文所指之「本格」或「定格」據鄭師因百《北曲新譜》，因為前代北曲譜專著，如《太和正音》、《北詞廣正》、《九宮大成》、及近人吳梅《北詞簡譜》，或欠詳明，或多誤漏，或傷蕪雜。而鄭師編撰此書的方法是：遍讀現存元代及明初北曲，包括小令散套與雜劇三者，取每一牌調之全部作品，加以比較歸納，自創體例，用以明句式、辨四聲、定韻協、析正襯，以確立準繩，分別正變。其謹嚴正確超出前人甚多，所以取作依據。

枯泉忽泛海音潮」為單式。凡此俱可看出，《大成》編者與並時之人，已不明白音節有單雙之分，以致「一句有失而通篇音節全亂」。

貳、其誤於正襯所產生的「又一體」

上文引《大成》「也索拜懇」句，當作「也索拜懇」，也就是《大成》誤了正襯，因為曲中加襯並非隨意，必須在音步停頓處。音步停頓處自然形成音節縫隙，首句開頭為音節將啟，各句的開頭不是上文的句末就是韻腳，其音節縫隙最大，故曲中加襯，多半在句子開頭。其次七言句單雙式粗分為4·3、3·4，六言句為3·3、2·2·2，五言句為2·3、3·2，四言句為1·3、2·2、亦即將句子分為大抵相等的兩截，其間之音步亦有相當之縫隙，故亦於此處加襯；至於上述音步段落，「4」可細分「2·2」，「3」可細分為「2·1」，其音節縫隙更為狹小，雖亦可於此加襯字，但已屬少數，尤其「3」之為「2·1」，其在句末者更是少之又少。為清眉目，茲以起首的兩七言單式句為例，以符號標示如下：

1　4　3　5　2　4　3　5　1

＊○○＊○○＊○○＊○句，＊○○＊○○＊○○＊○韻。＊

右例有「＊」號者皆為音節縫隙，其阿拉伯數字即表示其縫隙大小之等第，數字越小者，縫隙越大，可加之襯字越多；數字越大者，縫隙越小，可加之襯字越少。而其第一二字、三四字、五六字之間，絕不可加襯，因為其間沒有音節縫隙；但是帶詞尾和疊字衍聲的複詞除外，詞尾如代名詞的「的」，動詞的「著」，名詞的「兒」，疊字衍聲複詞如「蕭蕭瑟瑟」、「冷冷清清」等；因為詞尾本身即為附加成分，與詞不可分離，而疊字衍聲複詞的下字，事實上等於詞尾。例如王實甫《西廂記》正宮〈叨叨令〉曲：

> 見安排著車兒馬兒不由我熬熬煎煎的氣，有甚心情將花兒靨兒打扮的嬌嬌滴滴的媚。準備著被兒單枕兒冷則索昏昏沈沈的睡，從今後衫兒袖兒都扠溼重重疊疊的淚。兀的不悶殺人也麼哥，兀的不悶殺人也麼哥，久以後書兒信兒索與我悽悽惶惶的寄。

右舉是加襯比較顯著的例子，其首四句正字才二十八字，襯字則有四十字，幾為正字的二倍。大概北曲中有這種情形，所以才有「北曲襯字毫無限制」的說法；但是右曲所加之襯字，無一不合乎上面所說的原則，所以曲中加襯，絕非可以隨意到漫無章法。可是《大成》的編者，對此不甚了了，以故譜中誤於正襯者比比皆是。茲舉其中犖犖大者以見一般。

譬如〈那吒令〉首六句當作2、4、2、4、2、4，而《大成》「又一體」引《元人百種》作「這件事。天知地知。這件事。神知鬼知。這件事。心知腹知。」不知三「這」字實為襯字（至多可視為增字），而別立為「又一體」。〈六么序〉第三句當作四言，《大成》引《元人百種》作「我戰欽欽撥盡寒爐」，不知「我戰欽欽」俱為襯字，乃以此立為「又一體」。

〈後庭花〉首二句當作五言單式，《大成》引《雍熙樂府》作「我這裡尋梅花訪故友。踏凍雪沽釃酒。」，不知「凍」字非音步所在，絕非襯字，宜以「尋」、「踏」、二字為襯（可視為增字），並易「花」字為正，即合本格，何來「又一體」？〈三番玉樓人〉倒數第三句當作四字雙式，《大成》引散曲作「我將他臉兒上不抓」，不知「兒」字為詞尾可作襯，以故違離本格。可見《大成》不能十分辨明襯字，不甚了然襯字當下於何處，不知非音步處之詞尾可作襯字，所以「自我作祖」的在本格之外，平白的產生了許多「又一體」，徒然教人迷亂眼目。

叁、因增減字所產生的「又一體」

北曲中有與正字不易分別的「襯字」，因百師謂之「增字」。其〈論北曲之襯字與增字〉云：

襯字既為專供轉折、聯續、形容、輔佐之「虛字」，似應容易看出。但常有時全句渾然一體，字數雖較本格有者為多，而諸字勢均力敵，銖兩悉稱，甚難從語氣上或從文法上辨識其孰為正孰為襯。前人每云北曲正襯難分，即謂此種情形。細推其故，實因正字襯字之外，尚有予所謂增字。

可見「增字」就是指本格正字之外所添加出來的字，它在地位上其實是襯字，但由於其意義分量與正字「勢均力敵，銖兩悉稱」，所以在全句中便有與正字渾然一體的關係。王驥德《曲律

》卷二〈論襯字第十九〉云：

古詩餘無襯字，有之，自南北二曲始。北曲配絃索，雖繁聲稍多，不妨引帶。南曲取按拍板，板眼緊慢有數，襯字太多，搶帶不及，則調中正字，反不分明。大凡對口曲，不能不用襯字；各大曲及散套，只是不用為佳。細調板緩，多用二三字，尚不妨；緊調板急，若用多字，便躲閃不迭。凡曲自一字句起，至二字三字四字五字六字七字句止。惟〈虞美人〉調有九字句，然是引曲，又非上二下七，則上四下五；若八字、十字以外，皆是襯字。今人不解，將襯字多處亦下實板，致主客不分。如古《荊釵記》〈錦纏道〉「說甚麼晉陶潛認作阮郎」，「說甚麼」三字，襯字也；《紅拂記》卻作「我有屠龍劍釣鼇鉤射雕寶弓」，增了「屠龍劍」三字，是以「說甚麼」三字作實字也。《拜月亭》〈玉芙蓉〉末句「望當今聖明天子詔賢書」，本七字句，「望當今」三字係襯字，後人連襯字入句。……又如散套〈越恁好〉「鬧花深處」一曲，純是襯字，無異纏令，今皆著板，至不可句讀。凡此類，皆襯字太多之故，訛以傳訛，無所底止。

淩濛初《南音三籟．凡例》也有與王氏相近的觀念⑩，我們姑不論王氏所云「古詩餘無襯字」、「北曲配絃索」、「〈虞美人〉調九字句非上二下七，則上四下五」的說法是否正確⑪，他和淩氏雖旨在說明南曲之襯字逐漸演變為正字，致使本格訛亂的緣故，但南北曲之曲理其實不殊，北曲之襯字寖假而與正字難分的「過程」，應當也是如此。這與正字難分的「襯字」，也就是因百師所說的「增字」。

因百師將研究所得，列舉增字之重要原則十二條，茲為節省讀者翻檢之勞，將之臚列於後，

---

⑩淩濛初《南音三籟・凡例》云：

曲每誤於襯字。蓋曲限於調而文義有不屬不暢者，不得不用一二字襯之，然大抵虛字耳。如「這、那、怎、著、的、個」之類。不知者以為句當如此，遂有用實字者，唱者不能搶過而腔戾矣。又有認襯字為實字，而襯外加襯者，唱者又不能搶多字而腔戾矣。固由度曲者懵於律，亦從來刻曲無分別者，遂使後學誤認，徒按舊曲句之長短、字之多寡而倣以填詞；意謂可以不差，而不知虛實音節之實非也。相沿之誤，反見有本調正格，疑其不合者。其弊難以悉數。

⑪「古詩餘無襯字」，羅忼烈《詞曲論稿》（香港中華書局一九七七年八月初版）中〈填詞襯字釋例〉一文，指出詞中襯字之例頗多；徐扶明《元代雜劇藝術》（一九八一年一月第一版）第十三章〈襯字〉，謂《詩經》、敦煌俗曲已有襯字存在。按羅徐二氏論襯字，徐氏雖力求詳密，但與羅氏同樣未暇辨明音節形式與音步停頓及增字之道理，因之或舉例不精確，或觀點有所訛誤，本文未暇一一辨明。

「北曲配絃索」，那是元末明初以後的事，北曲的伴奏樂器原來只有鼓笛鑼板。傳世的元雜劇，明刊本較諸元刊本多了好些襯字，應當是由管樂改為絃樂的緣故；因為絃樂字多而猶能搶帶得及。說見拙作〈有關元人雜劇搬演的四個問題〉，原載《中外文學》第十三卷第二期，收入拙著《詩歌與戲曲》一書。

「〈虞美人〉調九字句」之音節形式，可攤破為6・3與4・5兩種單式音節，王氏作「2・7」乃誤以意義形式為音節形式。

每條並附實例以相印證。

(1)一字句增兩字變為三字（1＋2↓3）

如〈閱金經〉第四句本格為一字句，而張可久「若耶溪邊路」曲作「（鴛亂）啼」。

(2)二字句再增兩字變為四言雙式，上二下二。（2＋2↓4（2・2））

如〈朝天子〉首二句本格為二字句，而張可久作「（瓜田）、邵平」，「（草堂）、杜陵」。

(3)二字句增三字變為五言雙式，上三下二。（2＋3↓5（3・2））

如〈朝天子〉第九、十兩句本格為二字句，而張養浩「桂冠」曲作「（嚴子陵）、釣灘」，「（韓元帥）、將壇」。

(4)三字句增兩字變為五言單式，上二下三。（3＋2↓5（2・3））

如〈寄生草〉首二句本格為三字句，而白樸《牆頭馬上》劇作「（榆散）、青錢亂」，「（梅攢）、翠葉肥」。

(5)三字句再增三字變為六言單式，上三下三。（3＋3↓6（3・3））

如〈沈醉東風〉三四兩句本格為三字句，而張養浩「郭子儀功威吐蕃」曲作「（房玄齡）、經濟才」，「（尉敬德）、英雄漢」。

(6)四言雙式句增一字變為五言雙式，上三下二。（4＋1↓5（3・2））

如〈醉太平〉首二句本格是四字句，而張可久作「（洗荷花）、過雨」，「（浴明月）、平湖」。

(7) 四言雙式句增三字變為七言雙式，上三下四。（4＋3→7（3．4））

如〈賞花時〉第四句本格為四字句，而石君寶《曲江池》劇作「這（萬言策）、須當應口」。

(8) 五言句增一字變為六言單式，上三下三。（5＋1→6（3．3））

如〈賞花時〉第三句本格為五字句，而石君寶《曲江池》劇作「（題）金榜、占鰲頭」。

(9) 五言單式句增三字變為八言單式，上三下五。（5＋3→8（3．5））

如〈賞花時〉末句本格為五字句，而石君寶《曲江池》劇作「直著那（狀元名）、喧滿鳳凰樓」。

(10) 六言雙式句增一字變為七言雙式，上三下四。（6＋1→7（3．4））

如〈沈醉東風〉首二句為六字句，而盧摯作「（挂）絕壁、枯松倒倚」，「（落）殘霞、孤鶩齊飛」。

(11) 七言單式句增一字變為八言單式，上三下五。（7＋1→8（3．5））

如〈醉太平〉第五六七等三句本格為七字句，而張可久「洗荷花過雨」曲作「（泝）涼波、似泛銀河去」，「（對）清風、不放金杯住」，「（上）雕鞍、誰記玉人扶」。

(12) 七字句增兩字變為九字，平分三段。（7＋2→9（3．3．3））

如〈寄生草〉第三四五等三句本格為七字句，而無名氏「問甚麼虛名利」曲作「則不如（卸）

羅衫、（納）象簡、張良退」，「學取他（枕）清風、（鋪）明月、陳摶睡」。

增字的原則大抵以這十二條為主要⑫，可見這些原則的基礎仍在「音節形式」，也就是單式音節的句子增字之後仍要保持單式音節，雙式音節的句子增字之後仍要保持雙式音節，絕不可單雙互異。

《大成》因增字而別立「又一體」者，為數甚多。譬如〈那吒令〉的本格句式是：（・表可押可不押，。。表押韻）

2・4。。2・4。。2・4。。3・3。。7（3・4）。。

《大成》「又一體」有二例引《雍熙樂府》作：

（藍關道）擁了，（韓）退之懊惱。（灞陵橋）詩好，（孟）浩然凍倒。（尋梅）的路杳，（林）和靖翫卻。（孫康）讀誦書，（陶穀）烹茶灶。呂蒙正、風雪歸窯。

你（傳情）向那壁，啟櫻唇語遲。我（潛身）在這裡，蹴金蓮款移。他（凝眸）了半月，把春心逗起。我見他（輕將）那寶鐙蹺，（暗把）這絲鞭墜。引的人意徫徨、魄散魂飛。

右二例之增字不出上舉之「原則」，由此亦可見其「百變不離其宗」。

曲中既有「增字」，自然就有「減字」。「減字」的情形比「增字」少得多，但也是「又

---

⑫其他之情況，詳見拙作〈北曲格式變化的因素〉。

一體」產生的因素。譬如〈天下樂〉本格第四句為七言單式，《大成》「又一體」引《雍熙樂府》作「遙望著古廟間」，減一字而為六言單式。〈醉中天〉本格倒數第二句為四言雙式，《大成》引散曲作「依舊」，減二字為二字句。〈袄神急〉本格倒數第三句為七言單式，《大成》「又一體」引散曲作「雕鞍去，眉黛愁」，減一字作六言單式。〈賺煞〉本格次句六句俱作七言雙式，《大成》引《雍熙樂府》作「欲說誰明此理」、「暢道洞曉幽微」，減一字而為六言雙式。

從右舉諸例，可見減字的原理與增字完全相同，亦即字可減而不可改易音節形式之單雙。

肆、因「攤破」所產生的「又一體」

以音節形式為原理所引起的格式變化，尚有所謂「攤破」。「攤破」在詞中已屢見其例：如〈攤破江城子〉、〈攤破南鄉子〉、〈攤破采桑子〉、〈攤破浣溪沙〉、〈攤破醜奴兒〉等。因為中國韻文學的「語言長度」，是指兩韻之間的音節數，一個字一個音節，凡是超過七音節的語言長度，其間若不含有襯字或帶白的話，就非「攤破」不可。因為語言長度在八個音節以上，很難一氣讀完。譬如〈浣溪沙〉上下片各三句七言，而李璟〈攤破浣溪沙〉上下片末句各作「(還與)韶光(共)憔悴、不堪看」、「(多少)淚珠(何)限恨、倚欄杆」，括弧中的字是由襯字所躋入的增字，如此一來變成十字句，就非一口氣所能容，因此攤開原格破分為7．3兩句。

〈浣溪沙〉的本格為七言單式，攤破的7．3音節仍是單式，這一點和增字一樣，是移易不得的。也因此，如果超過八言的語言長度，在不變更音節形式的前提下，是可以有不同的攤破法的。譬如〈虞美人〉一調上下片末句皆作九字，李煜詞為「故國不堪回首、月明中」，「恰似一江春水、向東流」；蔣捷詞為「江闊雲低、斷雁叫西風」，「一任階前、點滴到天明」。亦即李煜攤破為6．3，蔣捷攤破為4．5，而都不易其單式音節之形式。下面再以〈聲聲慢〉為例比較李清照和張炎的兩闋詞。

尋尋覓覓，冷冷清清，悽悽慘慘戚戚。乍暖還寒時候，最難將息。三杯兩盞淡酒，怎敵他、晚來風急。雁、過也，正、傷心，卻是舊時相識。　滿地黃花堆積，憔悴損，如今有誰堪摘。守著窗兒，獨自怎生得黑。梧桐更兼細雨，到黃昏、點點滴滴。這次第，怎一個愁字了得。

穿花省路，傍竹尋鄰，如何故隱都荒。問取堤邊，因甚減卻垂楊。消磨縱然未盡，滿煙波、添了斜陽。空、歎息，又翻成、無限，杜老淒涼。　一舸清風何處，把秦山、晉水，分貯詩囊。髮已飄飄，休問歲晚空江。松陵試招舊隱，怕白鷗、猶識清狂。漸、溯遠，望并州、卻是故鄉。

就因為此調句句音節都屬雙式⑬，旋律「平穩舒徐」，所以叫「聲聲慢」。其語言長度⑭與攤破法如下（右李左張）：

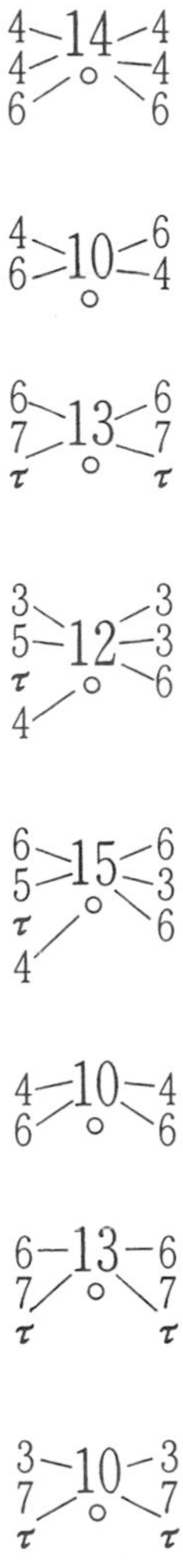

五τ七τ是指五七言雙式音節。可見在同一超過八音節的語言長度之下，李清照和張炎的「攤破法」不盡相同，但音節形式則保持同樣不變的雙式。如果不明此理，那麼勢必會把不同的攤破法作「又一體」看待了。

上文所舉因百師「增字十二原則」中，凡是增為八音節的，事實上都已有了攤破。《大成》中如〈寄生草〉本格第三句至末句皆為七言單式，而其「又一體」引《雍熙樂府》作：

鳳鸞吟，飛上青山口。鬥鵪鶉，來往攛梭走。雙鴛鴦，戲水波紋皺。賀聖朝，金殿喜重重；樂安神，享祭笙歌奏。

又如〈六么序〉第六句為七言單式，《大成》「又一體」引《雍熙樂府》作「採樵人，迷路難

⑬李清照詞「憔悴損」句屬單式，但就整個語言長度「憔悴損、如今有誰堪摘」來說，總體仍不失為雙式音節。

⑭李清照詞上下片首句皆押韻，張炎皆不押韻。就語言長度而言，以作不押韻計。

行往」。凡此皆因七言單式增一字後所作的攤破。但〈鵲踏枝〉一調，《大成》之「又一體」就迷亂了句法。按〈鵲踏枝〉之本格六句，作：

3。3。4・4。7τ。7τ。

《大成》「又一體」引《雍熙樂府》作：

我細思量。細參詳。他則待送舊迎新，惜玉憐香。管甚麼張郎李郎。在茶房酒房。若得了幾文錢、就與他成雙。

《大成》謂其第五句下「增四字一句，為增句格也。」其實這不是「增句格」，〈鵲踏枝〉一調也不能增句；這完全是《大成》的編者不明白增字攤破之理，又強襯字以為正字的結果。此曲第五句應作「管甚麼張郎李郎，在茶房酒房。」亦即此句實由七言雙式增一字為八言而攤破為兩雙式四言，並無所謂「增句」，「管甚麼」三字應作襯。又無名氏《賺蒯通》，此句作「將魏豹智取，將齊王力取。」也是同樣的情形。

伍、其他因素所產生的「又一體」

上文所舉的數端之外，《大成》譜由其他因素所產生的「又一體」，有下列三種情形：其一，與本格完全相同而誤置為「又一體」；其二，併入么篇而不自知；其三，曲中有增句。分別舉例說明如下：

1.合乎本格而誤置為「又一體」：如〈賞花時〉，以散曲「百尺鼇山簇翠煙」為本格，而其「又一體」所引散曲「車馬迎來玉府仙」、《邯鄲夢》「翠鳳毛翎扎帚叉」與「恁休要劍斬黃龍一線差」三曲，與本格相同，《大成》原注亦謂「首闋至四闋格式相同」，既云「格式」相同，則何來「又一體」？又〈油葫蘆〉一調引《月令承應》「遙望茅簷欲到難」為本格，引《元人百種》「報接鴛的宮娥且慢行」為「又一體」，除襯字外，格式全同，則何來「又一體」？又〈勝葫蘆〉一調，引《董西廂》「生死存亡在今夜」為「又一體」，實亦同本格。

2.併入么篇而不自知：如〈點絳唇〉一調，《大成》引《董西廂》「樓閣參差」為「又一體」，實則此曲自「花木陰陰」以下為「么篇」。又〈天下樂〉一調，引《董西廂》「拜了人前強問候」為「又一體」，實則此曲自「與做」下為么篇。

3.曲中有增句：根據因百師《北曲新譜》，可以增句的曲調有三十支，其屬於仙呂宮的有〈端正好〉、〈混江龍〉、〈油葫蘆〉、〈那吒令〉、〈元和令〉、〈上馬嬌〉、〈遊四門〉、〈後庭花〉、〈柳葉兒〉、〈青哥兒〉、〈六么序〉、〈醉扶歸〉等十二調⑮。既有「增句」，

⑮其餘十八調是：黃鍾〈刮地風〉，南呂〈玄鶴鳴〉、〈草池春〉、〈鵪鶉兒〉、〈隔尾〉、〈黃鍾尾〉，中呂〈道和〉，越調〈鬥鵪鶉〉、〈絡絲娘〉、〈綿搭絮〉、〈拙魯速〉，雙調〈新水令〉、〈攪箏琶〉、〈川撥棹〉、〈梅花酒〉、〈撥不斷〉、〈忽都白〉、〈隨煞〉。

則本格之外，另有「又一體」就很自然了。至於其「增句」之理，可能和弋陽腔的「滾」有相近似的情形。其說止於推測，詳見拙作〈北曲格式變化的因素〉與林鶴宜《晚明戲曲劇種及聲腔研究》下編第六章〈弋陽腔系統〉，此不更贅。

結語

《大成》仙呂調隻曲八十七調列有「又一體」的有五十三調，其中像〈賞花時〉列「又一體」五曲，〈混江龍〉六曲，〈煞尾〉五曲，每教人迷亂其格式之紛擾，好像北曲格式變化多端，無從掌握。其實不然，它的變化是依循著一定原理的。雖然北曲變化的因素不止本文所舉的襯字、增字、減字、增句和攤破，但據此以檢驗《大成》譜，已足以說明，其編者於曲理未盡了了，其所謂「又一體」，多數是可以删除的。

民國八十年八月三日

後記

寫作本文時，真是公私兩忙，身心交瘁。因為在公方面，由我主持的「高雄民俗技藝園規畫修訂案」正屆臨結案，而文化建設委員會又要我主持「中國文化園區規畫」事宜，我必須快速提出規畫構想並組成規畫小組；八月六日我更要率領漢唐樂府的南管樂團到香港、新馬、印尼、澳洲等地去做文化交流。在私方面，二十七年來教我誨我，使我如沐浴於清風、明月、春陽的鄭因百（騫）老師，在七月二十八日與世長辭。雖然老師高壽八十有六，無疾而終，但哀思之情，日夜縈懷；此間報紙副刊，推崇老師的風範，紛紛找我參預策畫紀念專集，計有《聯合報》、《中國時報》、《中央日報》、《中華日報》、《中時晚報》等五大報紙，我以為老師之生平人格不止因之可以更加彰顯，而且藉此可以敦世勵俗；於是除撰文兩篇外，更積極安排。在這種情況下，我實在無法安心專力來寫作論文，記得七月下旬執筆之後，數度中輟，一再幾於廢棄。但是想到大陸曲學界諸先進，殷勤邀請參加這次極富意義的散曲學術會議，為了報答盛情，才勉力寫出這樣一篇既倉促又草率的文章，其見笑於大方之家是極自然的事；只望博雅君子，惠然有以教我，便是我的榮幸了。

因為行色匆匆，無暇親自將稿件付印，乃委請及門林鶴宜小姐以電腦打字，並代為付郵逕寄謝伯陽教授，對鶴宜，我要特別表示感謝之意。

一九九一年八月四日曾永義謹識

（本文爲參加揚州國際散曲會議之論文）

也談蘇軾〈念奴嬌〉赤壁詞的格式

拜讀何文匯先生發表於《中國語文》第十五期〈蘇軾念奴嬌赤壁詞正格〉一文，甚為感佩。從何先生所蒐集拈出的例句之完備，從何先生所討論的問題之鉅細靡遺，都可見其治學之精勤。就因為東坡這闋〈念奴嬌．赤壁懷古〉詞為千古絕唱，而格式與「正格」略有出入，如果強扭為「正格」句法，語意便不通順，加上又有六處異文，所以久為學者所討論。何先生更因為東坡這闋詞被選入大學國文，復被定為中學會考課文，所以更非把它弄清楚不可。筆者也深知其影響的重要性，因此在拜讀感佩之餘，也在此表達個人的一點看法。

首先我還是根據萬樹《詞律》，把「〈念奴嬌〉正格」抄錄如下：

野棠花落，又悤悤過了、清明時節。剗地東風欺客夢，一枕銀屏寒怯。曲岸持觴，垂楊繫馬，此地曾經別。樓空人去，舊遊飛燕能說。　聞道綺陌東頭，行人長見，簾底纖纖月。舊恨春江流不盡，新恨雲山千疊。料得明朝，樽前重見，鏡裡花難折。也應驚問，近來多少華髮。

右舉屬稼軒詞，凡韻腳皆標示句號。《詞律》又舉東坡赤壁懷古為〈念奴嬌〉「又一體」，抄錄如下：

大江東去，浪淘盡、千古風流人物。故壘西邊人道是，三國周郎赤壁。亂石穿空，驚濤拍岸，捲起千堆雪。江山如畫，一時多少豪傑。　遙想公瑾當年，小喬初嫁了，雄姿英發。羽扇綸巾談笑處，檣艣灰飛煙滅。故國神遊，多情應笑，我早生華髮。人生如夢，一樽還酹江月。

萬樹對於東坡這一「別格」，有很長的說明。近人龍沐勛在《詞學季刊》一卷三號〈詞律質疑〉中，對於萬樹之「說明」有所批評。他列舉東坡兩闋〈念奴嬌〉，其一即赤壁懷古，文字全同《詞律》，但句讀有三處不同，即：

故壘西邊，人道是、三國周郎赤壁。

羽扇綸巾，談笑處、檣艣灰飛煙滅。

多情應笑我，早生華髮。

其二為：

憑高眺遠，見長空萬里，雲無留迹。桂魄飛來光射處，冷浸一天秋碧。玉宇瓊樓，乘鸞來去，人在清涼國。江山如畫，望中煙樹歷歷。　我醉拍手狂歌，舉杯邀月，對影成三客。起舞徘徊風露下，今夕不知何夕。便欲乘風，翩然歸去，何用乘鵬翼。水晶宮裡，一聲吹斷橫笛。

龍氏接著說：

二詞同為東坡之作，而句度差異如此。萬樹《詞律》知其不可強同，而列「赤壁懷古」為又一體，且以「故壘西邊人道是」為一句，「羽扇綸巾談笑處」為一句，「多情應笑」為一句，「我早生華髮」為一句，已屬牽強割裂，至於「小喬初嫁了雄姿英發」二句，他作皆上四下五，亦知「了」字屬下句，斷不可通，乃強為又一體，又從而為之說曰：「首句四字不必論，次句九字，語氣相貫，或於三字下，或於五字下略斷，乃豆也，非句也。」殊不知東坡此闋，語意所到，乃至不恤破壞樂句而為之；若必強縛以「曲子律」，未必果能與曲拍相應，而先喪失其詞情，且扞格而不可通。固哉萬氏，前人已言「東坡詞為曲子中縛不住者」，乃必強加以枷鎖何也？

龍氏意見如此，而何先生又別有新說，認為全詞應作：

大江東去。浪聲沈、千古風流人物△故壘西邊人道是。三國周郎赤壁△亂石穿空。驚濤拍岸。捲起千堆雪△江山如畫。一時多少豪傑△遙想公瑾當年。小喬初嫁。了雄姿英發△羽扇綸巾談笑處。檣艣灰飛煙滅△故國神遊。多情應笑。我早生華髮△人生如夢。一尊還酹江月△

何先生凡韻腳皆標示三角形記號，他突出萬氏龍氏之外的有兩個地方，其一把「浪淘盡」作「浪聲沈」，其說如下：

「浪聲沈」，南宋諸本俱作「浪淘盡」，其義固佳。然「盡」字仄聲，與北宋初仄韻〈念奴嬌〉諸製此處用平聲者異。即東坡〈念奴嬌〉詠中秋一製，此處亦用平聲「空」字。

按洪邁《容齋續筆》卷八「詩詞改字」條云：

向巨原云元不伐家有魯直（即黃庭堅）所書東坡〈念奴嬌〉，與今人歌不同者數處：如「浪淘盡」為「浪聲沈」，「周郎赤壁」為「孫吳赤壁」，「亂石穿空」為「崩雲」，「驚濤拍岸」為「掠岸」，「多情應笑我早生華髮」為「多情應是笑我生華髮」，「人生如夢」為「如寄」。不知此本今何在也。

可見東坡此詞早有異文六處，異文的緣故固不止一端，而經作者自改以異本流傳的情況，應當也很可能。何先生既知「浪淘盡」，「義極佳，朗誦亦唇胳流易」，就無須以一字之平仄非改作「浪聲沈」不可。何況《詞律》明注此三字可以平仄不拘，且何先生所舉例句中，朱敦儒「是歷徧人間，諳知物外」、李綱「算真是、天與雄才宏略」，亦皆作仄聲。如此一來，更無須以聲害義。

其二把「小喬初嫁了，雄姿英發」作「小喬初嫁，了雄姿英發」，將萬氏龍氏所不敢易置的「了」字，屬於下句之首。其說如下：

現存北宋初仄韻〈念奴嬌〉，換頭處三句字數俱是六、四、五。北宋末乃有六、五、四句式，此或誤讀東坡詞所致，「了」字屬「小喬」句或屬「雄姿」句，殆無礙合樂，然意思迥異。「小喬初嫁」，語極纏綿，足見一雙璧人；「小喬初嫁了」，語極了斷，猶如嫁出小喬，了卻心事，有似李綱〈念奴嬌〉所云：「悵念老子平生，粗令婚嫁了，超然閑適。」是則「小喬初嫁了」猶言周公瑾嫁出小喬，於意不合。「了」字在後，有完事之意。與「畢」同義。宋詞如梅聖俞〈蘇幕遮〉「落盡梨花春事了」、葉夢得〈八聲甘州〉「又新正過了」、史達祖〈雙雙燕〉「過春社了」俱是。然則謂周瑜嫁出小喬既畢，乃雄姿英發，豈不謬哉。

何先生這段話有兩點值得討論：第一，東坡詞和李綱所云，不能相提並論。李綱明說「粗令」，則令兒女婚嫁的人自然是上文的「老子」；而東坡止說「小喬初嫁了」，絕不能說把小喬嫁出去的就是公瑾；這在語法上非常的明顯。第二，「了」字在這裡止是語尾助詞，所引「又新正過了」、「過春社了」也一樣；不必強與「畢」同義。則「小喬初嫁了」，如果承上文，意思就是「小喬剛嫁給他的時候」。

對於「了」字要屬下讀，何先生的理由是：

「了」字在前，是副詞，作「了然」、「完全」解。宋詞有例可見，如東坡〈瑞龍吟〉「永晝端居，寸陰虛度，了成何事。」秦觀〈好事近〉「醉臥古藤陰下，了不知南北。」

辛棄疾〈滿江紅〉「被西風吹盡，了無陳迹。」「了」俱作副詞用。副詞後當是動詞或動詞短語……東坡「了雄姿英發」易為人誤解，乃在「了」字後置名詞短語「雄姿」而非動詞短語「英發」，語法不經。而古人文不加點，故易生惑。朱彝尊《詞綜》卷六云：

「至於『小喬初嫁』，宜句絕，「了」字屬下句乃合。」真度人金針也。

可見何先生已覺察到把「了」字置於「雄姿英發」之首，「語法不經」。而這不經的語法，是像朱彝尊和何先生那樣的學者所處置的，不能以此來怪罪東坡造句不通。而所以如此的緣故，主要是固執於譜律此二句作四字、五字。然而誠如何先生所言，此二句宋人已有作五字、四字者，即以何先生所舉之例，就有趙鼎臣「南樓依舊不，朱闌誰倚。」謝邁「一枝斜帶艷，嬌波雙秀。」曾紆「一枝重見處，離腸千結。」「佳人春睡思，朦朧初足。」徐俯「當時曾共賞，紫巖飛瀑。」葉夢得「孫郎終古恨，長歌時發。」劉一止「佳時輕過了，他年空憶。」「碧峰爭秀峙，相持如掖。」田為「當年仙夢覺，難尋消息。」朱敦儒「孤標爭肯接，雄蜂雌蝶。」「素娥新鍊就，飛霜凝雪。」「還因風景好，愁腸重結。」「新詞光萬丈，珠連錦聚。」「眠雲情意穩，風塵機息。」「靈旗收暮靄，天光相接。」「酒隨花意薄，疏狂何益。」李綱「勒兵十萬騎，橫臨邊朔。」「粗令婚嫁了，超然閒適。」（何先生既謂李綱此二句與東坡詞相似，何故未將「了」字屬於「超然閒適」之首？）張綱「華堂深穩處，頻開瑤席」等十九則，何先生所舉之例共三十六則，則此二句作五字、四字者反較作四字、五字者為多；若此，則東坡作

「小喬初嫁了，雄姿英發」，有何不可？

討論何先生突出萬氏、龍氏的兩點見解之後，接著再「研究」三家的共同問題，先列舉如下：

(1)「故疊西邊人道是三國周郎赤壁」：萬氏與何先生同在「是」字分作兩句；龍氏於「邊」字分句，於「是」字作頓。

(2)「羽扇綸巾談笑處檣艫灰飛煙滅」：萬氏與何先生同在「處」字分作兩句；龍氏於「巾」字分句，於「處」字作頓。

(3)「多情應笑我早生華髮」：萬氏與何先生同在「笑」字分作兩句，龍氏在「我」字分句。

可見「三家」的「共同問題」，何先生是支持萬氏而反對龍氏的，個人細繹「三家」之所以有此異同與爭論，實因「三家」俱未明中國韻文學的語言旋律中，有所謂「音節形式」、「意義形式」與「語言長度中攤破」的「道理」。對此，筆者已有專文，原載《鄭因百先生八十壽慶論文集》，收入拙著《詩歌與戲曲》一書中，台北聯經公司出版，茲為省讀者翻檢之勞，請撮其要以申拙見如下。請先說明「音節形式」和「意義形式」。

韻文學的句子中含有兩種形式，一種是意義形式，一種是音節形式。意義形式是句中意象語和情趣語的組合方式；意象語為名詞及其修飾語，此外為情趣語。對於意象語情趣語的組合方式必須認識清楚，然後對於所要表達的思想情感，才能有正確的體悟；這是欣賞韻文學的意境美首先要弄清楚的，音節形式則是句中音步停頓的方式，停頓的時間尚有久暫之別，必須掌握分明，然後韻文學的旋律感才能正確的傳達；這是欣賞韻文學音樂美第一要弄清楚的。意義形式和音節形式，有時是兩相疊合的；但有時則是頗為分歧的。如果彼此糾纏不清，則不止或傷意境美或傷音樂美，甚至於產生極大的誤解而不自知。

譬如五七言詩除江西詩派的「吳體」之外，其音節形式，五言粗分是2・3、細分是2・2・1，七言粗分是4・3、細分是2・2・2・1，也就是說五七言詩都各自只有一種音節形式，但意義形式則有多種的結構法。像「渚雲低暗度，關月冷相隨。」（崔塗〈孤雁〉）「嶺樹重遮千里目，江流曲似九迴腸。」（柳宗元〈登柳州城樓〉）前者五言的意義形式作「3・2」，後者七言作「3・1・3」，便都和各自的音節形式不同。

詞曲的音節形式則有兩種，三言有2・1、1・2，四言有1・3、2・2，五言有2・3、3・2，六言有3・3、2・2・2，七言有2・2・3、3・2・2，前者的末一音節為「單數」，稱「單式音節」；後者的末一音節為「雙數」，稱「雙式音節」。雙式音節聲情「平穩舒徐」，單式音節聲情「健捷激裊」。詞曲同樣有意義形式和音節形式間疊合和分歧的問題。譬如「明月幾時有，把酒問青天，不知天上宮闕，今夕是何年。」（蘇軾〈水調歌頭〉）首句兩相疊合，均作2・3，次句音節為2・3、意義為2・1・2，三句音節為2・2・2，意義為2・4。再如題為馬致遠作的一支曲子〈天淨沙〉：

枯藤老樹昏鴉，小橋流水人家，古道西風瘦馬。夕陽西下，斷腸人在天涯。

就音節而言，此曲句句皆雙式，即6（2・2・2），6（2・2・2），6（2・2・2）。4（2・2），6（2・2・2）。就意義而言，首三句可與音節疊合，但以作4・2為佳；第四句亦可與音節疊合，但另可作3・1；末句則與音節分歧，可作2・4，亦可作3・3。也就是說詞曲的音節雖有單雙二式，但每句只居其一，不可互易；而每句之意義形式，則有時不止一種，只是有高下之分而已。「斷腸人在天涯」，此句誦讀時往往被頓作3・3，便是誤以意義形式作音節形式，以致一句有失而通篇聲情全亂。

其次說明「句長」、「語言長度」和所謂「攤破」。

中國語言的特色是單音節，文字的特色是單形體，亦即一字一音節，所以四個字為一句的詩便叫「四言詩」，其句長即四音節，「五言」、「七言」亦仿此。而「語言長度」則以「韻腳」以上或之間的音節數為計算的準則，因此句句押韻的七言詩，其語言長度止七音節；而隔句押韻的五言詩，其語言長度反而有十音節。

韻文學之所以有「攤破」的緣故，是因為句長或語言長度超過七言，不得不在音節中停頓，或分開成句。譬如〈虞美人〉這個調子上下片的末句為九言，像李後主便作「故國不堪回首、月明中」和「恰是一江春水、向東流」，因為句子過長，非一氣所能自然呵成，所以在第六音節處停頓。再譬如晏殊的一闋〈浣溪沙〉：

一向年光有限身。等閒離別易銷魂。酒筵歌席莫辭頻。　滿目山河空念遠，落花風雨更傷春。不如憐取眼前人。

李璟的一闋〈攤破浣溪沙〉：

手卷真珠上玉鉤。依前春恨鎖重樓。風裡落花誰是主，思悠悠。青鳥不傳雲外信，丁香空結雨中愁。回首淥波三峽暮，接天流。

由這兩闋詞可見：〈浣溪沙〉上下片俱是三句七言，音節均為單式，上片句句押韻，下片首句不押韻而與次句對偶。〈攤破浣溪沙〉上下片首二句與〈浣溪沙〉不殊，惟末後各多出一三言句，而其第三句均不押韻。我們如果將其第四句剔出「風裡」、「誰」、「回首」、「三」等字，使之成為「落花是主思悠悠」、「淥波峽暮接天流」，那麼就完全合乎〈浣溪沙〉的調律了。也就是〈浣溪沙〉上下片末句由於增加三個字（襯字、增字都必須在音步處），使句長由七言增為十言，非一氣所能貫下，所以「攤破」為七、三兩句。

那麼「攤破」的方法是否有準則呢？有，但很簡單，只須保持音節形式即可，也就是單的不能攤成雙，雙的不能攤成單。因此，同一句長，就可能有一種以上的「攤破法」。譬如上舉〈虞美人〉末句，蔣捷就攤成「江闊雲低、斷雁叫西風」、「一任階前、點滴到天明」，其作「4・5」與李後主之作「6・3」，同樣保持了單式音節。

「句長」中「攤破」的原理既如此，同樣的，一個「語言長度」中，也可以比照來「分句」。譬如〈聲聲慢〉一調，茲舉其常體九十七字者二家為例。其一李清照詞：

尋尋覓覓，冷冷清清，悽悽慘慘戚戚。乍暖還寒時候，最難將息。三杯兩盞淡酒，怎敵他、晚來風急。雁過也，正傷心，卻是舊時相識。　滿地黃花堆積，憔悴損、如今有誰堪摘。守著窗兒，獨自怎生得黑。梧桐更兼細雨，到黃昏、點點滴滴。這次第，怎一個、愁字了得。（首句可不韻，故不獨立為一「語言長度」。）

其二吳文英詞：

雲深山塢，煙冷江皋，人生未易相逢。一笑燈前，釵行兩兩春容。清芳夜爭真態，引生香、撩亂東風。探花手，與安排金屋，懊惱司空。　憔悴欹翹委佩，恨玉奴消瘦，飛趁輕鴻。試問知心，樽前誰最情濃。連呼紫雲伴醉，小丁香、纔吐微紅。還解語，待攜歸、行雨夢中。

萬樹《詞律》舉石孝友「花前月下」詞為〈聲聲慢〉之「正格」，全詞九十六字，其語言長度、句長、音節形式之結構如下：

(一) 14 { 4 < 2 2 ， 4 < 2 2 ， 6 < 2 2 2 。

(二) 10 { 4 < 2 2 ， 6 < 2 2 2 。

(三) 13 { 6 < 2 2 2 ， 7 < 3 4 。

(四) 11 { 3 < 1 2 ， 4 < 2 2 ， 4 < 2 2 。

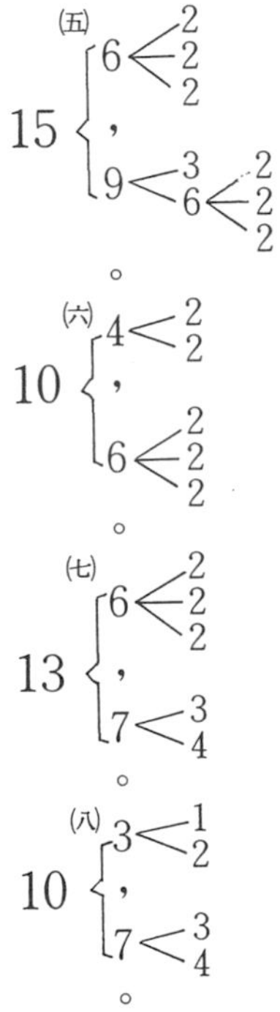

由右邊分析，可見〈聲聲慢〉一調有八個語言長度，分作十八個句子，而其音節，句句皆雙式，雙式聲情平穩舒徐，此即調名所以為〈聲聲慢〉之故。其九十七字體，即於第四「語言長度」中增一字而為十二音節，對此十二音節，右舉李清照與吳文英之「攤破」法不同，李作：

雁過也，正傷心，卻是舊時相識。

吳作：

探花手，與安排金屋，懊惱司空。

亦即李攤破為3，3，6；吳攤破為3，5，4；而其不可易者，其音節必須仍舊保持雙式。再如第五「語言長度」，李作同於萬樹《詞律》作「6，3、6」，而吳作為「6，4，5」，亦即吳氏將頓作3、6之九字句「攤破」而為四字、五字兩句，其所不可易者，亦在音節必須保持雙式。

由以上對於語言長度、句長、音節形式的說明，應當可以了解詞曲這種長短句的韻文學，其「句法」在兩韻之間的一個「語言長度」裡，是可以經由保持音節形式作不同方式的「攤破」。明乎此，許多無謂的爭議和譜中的「又一體」就可以免除了。

話說到這裡，應當回頭再看看東坡〈念奴嬌・赤壁懷古〉詞，萬氏、龍氏與何先生對於句法爭執的三個問題，請討論如下：

1.「故壘西邊人道是三國周郎赤壁」，這一「語言長度」十三音節，攤為7（4・3音節）6（2・2・2音節）固然可以；而若在不妨礙音節形式的前提下兼顧意義形式的完整性，自以攤作4・3・6為佳。但是七言單式雖由4・3兩個音節構成，而其「健捷激裊」的特質，則由下半音節所顯現，如果將七言攤破為四字三字兩句，或將三字屬下六字作頓而為九字句，使四字獨立為句，就強化了其為雙式音節「平穩舒徐」的特質，恐怕於〈念奴嬌〉聲情有礙。下片「羽扇冠巾談笑處檣艣灰飛煙滅」，實與此相應，情況完全相同。今觀何先生所舉十四家二十二例，像仲殊「竹影篩金泉漱玉，紅映薇花簾箔。」「佩結蘭英凝念久，言語精神依約。」謝邁「紫膩紅嬌扶不起，好是未開時候。」「小語輕憐花總見，爭得似花長久。」劉一止「遠憶淵明東帶見，鄉里兒曹何辱。」「夢繞籬邊猶眷戀，滿把清尊餘馥。」諸例自以攤為7・7為佳。但像趙鼎臣「淥水芙蓉，元帥與賓僚，風流濟濟。」「要識當時，惟是有、明月曾陪珠履。」米友仁「籬菊妍英，知是為、佳節重陽開也。」「端使晴霄風露冷，雲捲煙收平野。」

曾紆「東陌西溪，長記得、疏影橫斜時節。」「料想臨鸞消瘦損，時把啼紅偷浥。」又「秀色天姿真富貴，何必金盤華屋。」「笑出疏籬，端可厭、桃李漫山粗俗。」諸例雖然何先生皆作7·7，但如我所「攤破」者，可見米友仁、曾紆，既作4·3·6，亦作7·7，甚至於趙鼎臣於4·3·6之外，更作4·5·4的攤破法。這種超乎7·7的攤破法既已存在於宋代，而且「勢力」與之「旗鼓相當」，可見其將四字獨立成句，於聲情當無大礙，故可為諸家所採取。如此說來，這一「語言長度」，似可兼顧意義形式，攤破作「4·3·6」為佳，亦即作「故壘西邊，人道是、三國周郎赤壁。」「羽扇綸巾，談笑處、檣艣灰飛煙滅。」

2.〈念奴嬌〉的開頭第一個「語言長度」計十三音節，萬樹《詞律》「正格」作「4·5·4」。而東坡赤壁懷古詞，萬氏、龍氏與何先生皆同意作「4·3·6。」今觀何先生所舉諸例，兩種攤破法皆有，前者如仲殊「水楓葉下，乍湖光清淺、涼生商素。」葉夢得「雲峰橫起，障吳關三面、真成尤物。」朱敦儒「晚涼可愛，是黃昏人靜、風生蘋葉。」後者如黃庭堅「斷虹霽雨，淨秋空、山染修眉新綠。」朱敦儒「見梅驚笑，問經年、何處收香藏白。」李綱「暮雲四卷，淡星河、天影茫茫垂碧。」例中朱敦儒兼具兩種攤破法。由此益可證，在一個「語言長度」裡，只要保持音節形式，是可以就語意調適，作不同方式的攤破的。

3.〈念奴嬌〉上片「亂石穿空驚濤拍岸捲起千堆雪」這一「語言長度」十三音節，與下片「故國神遊多情應笑我早生華髮」這一「語言長度」相應，萬氏、龍氏與何先生均同意上片攤破作「4・4・5。」至於下片，萬氏和何先生認為上下兩片既然相應，就非作「故國神遊，多情應笑，我早生華髮。」而龍氏則以為「我」字非屬上不可，否則語意不通達。其實如果弄清楚「語言長度中的攤破法」，亦不難解決這個問題。這一十三音節的「語言長度」，被攤作兩個四言雙式句和一個五言單式句：如果將「我」字屬下，作「我早生華髮」，乍然看來，便與上片相應；但就其音節而言，已由「2・3」單式變作「3・2」之「雙式」，這是萬萬不可的；所以這種攤破法止是「表象」的牽合。而如果將「我」字屬上，使此一語言長度攤作「故國神遊，多情應笑我，早生華髮。」雖然與上片看似不完全相應，但就其保持兩個四言雙式句與一五言單式於一「語言長度」中而言，則是「變而不離其宗」的；如此既合乎「攤破」之原理，亦可不扭曲語意，應較作「我早生華髮」為佳。

總合以上所論，鄙意以為東坡〈念奴嬌・赤壁懷古〉詞，應作如下之格式：

大江東去，浪淘盡、千古風流人物。故壘西邊，人道是、三國周郎赤壁。亂石穿空，驚濤拍岸，捲起千堆雪。江山如畫，一時多少豪傑。　遙想公瑾當年，小喬初嫁了，雄姿英發。羽扇綸巾，談笑處、檣艣灰飛煙滅。故國神遊，多情應笑我，早生華髮。人生如夢，一樽還酹江月。

雖然筆者結論的「格式」和龍氏相同，但龍氏止就語意論斷，甚至於說「東坡此闋，語意所到，乃至不恤破壞樂句而為之。」則從上文的論述，可見龍氏於詞律攤破變化的道理未盡了然。

最後想要稍作辨證的是，東坡詞橫放傑出，是否如晁補之所云「多不諧音律」、「自是曲子中縛不住者」。這個題目很大，討論起來很複雜。在這裡，我只舉東坡所擬作的三首〈渭城曲〉，以此「窺豹一斑」。

「渭城曲」即王維「送元二使安西」這首詩：

渭城朝雨浥輕塵，客舍青青柳色新。
勸君更盡一杯酒，西出陽關無故人。

東坡擬作的三首，其一「贈張繼愿」：

受降城下紫髯郎，戲馬台前古戰場。
恨君不取契丹首，金甲牙旗歸故鄉。

其二是「贈李公擇」：

濟南春好雪初晴，行到龍堆馬足輕。
使君莫忘霅溪女，時作陽關腸斷聲。

其三是「中秋月」：

暮雲收盡溢清寒，銀漢無聲轉玉盤。
此生此夜不長好，明月明年何處看。

〈渭城曲〉不屬絕句律法，事實上就是一首詞曲。明李攀龍選、日本森大來評釋、花縣江俠菴譯述的《唐詩選評釋》卷八〈渭城曲〉，有這樣的話語：

此詩平仄尤關音律之處：第一句「渭城朝雨」四字，必用「仄平平仄」。若如一般之詩律，將其第一字及第三字，拗轉其平仄，作「平平仄仄」或作「仄平仄仄」時，則斷不諧陽關之調。第二句之「柳色新」三字，「柳」字必用上聲，若用他之仄聲，則失律矣。第三句「勸君更盡一杯酒」，當為「仄平仄仄仄平仄」，一字不容出入，而「一杯」之「一」字必用「入聲」，「酒」字必用上聲。至第四句之平仄為「平仄平平平仄平」，亦決一字不可淆亂。若不如此，則不得謂之〈陽關曲〉。

可見〈渭城曲〉的格律多麼嚴密，而東坡之擬作，竟無一處不合；尤有進者：首句首字摩詰「渭」字作去聲；而東坡三首「受」字、「濟」字、「暮」字亦然。末句摩詰「出」字作入聲、「故」字作去聲；而東坡三首「甲」字、「故」字，「作」字、「斷」字，「月」字、「處」字，無不皆然。東坡謹守律法如此之嚴，尚能說其詞：「多不諧音律」，為「長短句中詩」嗎？據我看來，東坡「曲子中縛不住者」不是「格律」，而是他「橫放傑出」、「指出向上一路，新天下耳目」的境界。

民國八十年元月八日

（摘要載香港中文大學《中國語文通訊》第二十期，
全文載台大《中文學報》第五期）

「人家」與「平沙」

——馬致遠〈天淨沙〉的異文及其意境

枯藤老樹昏鴉，小橋流水人家，古道西風瘦馬。夕陽西下，斷腸人在天涯。

右邊這支〈天淨沙〉，一般被認作是元曲名家馬致遠的作品，寫秋天的情思，是一支很有名的小令，幾乎所有的散曲選本和文學史、散曲史都選錄引用它，尤其中學國文教科書一直選為教材，更是「家喻戶曉」。最近《國文天地》的讀者來函質疑，說王國維《宋元戲曲考》引錄此曲和現行國文教科書的文字有點不同，不同的地方是「小橋流水人家」，教科書作「小橋流水平沙」，到底那個才是正確。對於這位提出疑問的同學，我感到很欽佩，因為他不止好讀書，而且書讀得很仔細，尤其有疑必問，更合乎好學敏求之道。

上面這支〈天淨沙〉是根據《全元散曲》抄錄的，和王國維《宋元戲曲考》所錄完全相同，它的題目作「秋思」。《全元散曲》有這樣的校記：

《梨園樂府》無題，《中原音韻》、《詞林摘艷》、《堯山堂外紀》，題目俱作「秋思」。《庶齋老學叢談》於曲前書云：「北方士友傳沙漠小詞三闋。」餘二闋本書輯於無名氏曲中。《外紀》屬馬致遠，餘書不注撰人或作無名氏。《老學叢談》「枯」作「瘦」，「小橋」作「遠山」，「夕陽」作「斜陽」，「人在」作「人去」。《歷代詩餘》及《詞綜》引別本《老學叢談》，「人家」作「平沙」，「西風」作「淒風」。

可見這支曲子起碼有七種不同的版本，其間的「異文」不止「人家」和「平沙」而已；甚至於作者是否為「馬致遠」也大有問題。這是古書流傳久遠以後的「共同現象」，使讀書人為此增加許多麻煩的苦事。也就因為如此，我們讀古書才必須選擇好的版本，同時也要培養分辨「異文」優劣的能力。

國文教科書所以把「人家」作「平沙」，主要的理由料想是為了避免短短的一支曲子中，重複出現兩個「人」字，因為這是古人作詩填詞製曲所講求的技巧。但是，如果意義情境必須重複才益臻其妙的話，古人甚至於不惜違拗平仄聲情而取詞情的最高境界。即此而言，我個人就覺得此曲宜作「人家」，不宜作「平沙」。其說如下：

仔細品味這支曲子，它的好處是「言在耳目之內，情寄八荒之表」。用語精練，寫景淒美，寄意遙深。首三句著眼於九樣具體的實物，每三樣自成一組，各有恰如其分的形容詞加以修飾，於是秋日的原野就顯現出三幅最醒目的圖畫：一棵殘枝敗葉的老樹，上面纏繞著枯藤，在暮色蒼冥中，棲止著一隻孤零零的烏鴉。跨著淙淙的流水，大概是一條木板橋吧！那裡隱藏著一戶人家，屋裡正充滿著溫暖和團聚的喜悅。可是我這淪落異鄉遠在天邊的斷腸人，在西風吹拂下，騎著一匹瘦馬，踽踽於荒野古道之中，眼前只有夕陽的餘暉和無窮盡的旅途。烏鴉雖然孤零，尚有棲止的時候，我既已不如，豈敢更奢望像那流水繞屋、小橋曲徑的人家，那樣的歡聚，那樣的溫暖！唉！我的人生，只是一片永無止境的茫然而已。

這支曲子布局上的特色是：將首三六字句作鼎足對，句式是2·2·2的雙式，音節一波三折，平仄配合穩諧，意象具體工緻，而且相為映襯，以發弦外之音。緊接著而來的「夕陽西下」一句，則用潑墨法染成一幅淒麗的大背景，最後再將作為主題的「人」烘襯出來，於是境界開展，感慨深邃，盡在不言中矣！

而如果我們將「人家」兩字作成「平沙」，那麼「小橋流水平沙」，至多只是秋日原野中的一幅畫象而已，它既不能與前後兩幅畫象映襯，也不能見出「斷腸人在天涯」之所以淒楚，那麼情味就枯淡多了。所以個人以為此曲次句末二字宜作「人家」為佳。

最後附帶要說明的是：此曲末句宜讀作「斷腸人、人在、天涯」，萬不可讀作「斷腸人、在天涯」。這是「音節形式」和「意義形式」必須分辨的問題（請詳拙作〈中國詩歌中的語言旋律〉，收入拙著《詩歌與戲曲》一書，台北聯經出版事業公司出版）。如果不相信，請讀下面兩支曲子：

孤村落日殘霞，輕煙老樹寒鴉，一點飛鴻影下。青山綠水，白草紅葉黃花。

鶯鶯燕燕春春，花花柳柳真真，事事丰丰韻韻。嬌嬌嫩嫩，停停當當人人。

右邊兩曲都是〈天淨沙〉，前者為白樸所作，後者為喬吉所作。請看其末句能讀作「白草紅、葉黃花」嗎？能讀作「停停當、當人人」嗎？自然應當讀作「白草、紅葉、黃花」和「停停、當當、人人」。這兩支曲的情況是其「音節形式」和「意義形式」相同，所以容易辨識，不像「斷腸人在天涯」那樣兩不相合，容易使人誤入歧途。但無論如何，誦讀時必須遵守「音節形式」，這是「天經地義」的事，絕對馬虎不得。

（原載《國文天地》五卷二期，一九八九年七月）

曾永義著作年表

1.《長生殿研究》（55年碩士論文）	商務印書館	民國60年
2.《儀禮樂器車馬考》	中華書局	民國58年
3.《中國古典戲劇論集》	聯經出版事業公司	民國64年
4.《說戲曲》	聯經出版事業公司	民國65年
5.《兩漢魏晉南北朝文學批評資料彙編》	成文出版社	民國67年
6.《元代文學批評資料彙編》	成文出版社	民國67年
7.《明雜劇概論》（59年博士論文）	學海出版社	民國68年
8.《說俗文學》	聯經出版事業公司	民國69年
9.《中國古典文學論文精選叢刊》	幼獅文化事業公司	民國69年

10.《清洪昉思先生年譜》	商務印書館	民國73年
11.蓮花步步生（散文集）	正中書局	民國70年
12.《說民藝》	幼獅文化事業公司	民國76年
13.清風明月春陽（散文集）	光復書局	民國77年
14.《詩歌與戲曲》	聯經出版事業公司	民國77年
15.《鄉土的民族藝術》（與吳騰達等合著）	行政院文化建設委員會	民國77年
16.《臺灣歌仔戲的發展與變遷》	聯經出版事業公司	民國77年
17.霸王虞姬（劇本）	聯合副刊	民國77年6月
18.台灣的民俗技藝（規劃案報告）	學生書局	民國78年
19.牽手五十年（散文集）	聯經出版事業公司	民國79年
20.參軍戲與元雜劇	聯經出版事業公司	民國81年4月
21.飛揚跋扈酒杯中（散文集）	正中書局	民國81年

參軍戲與元雜劇

2022年12月二版　　定價：新臺幣480元

著者　曾永義

出版者　聯經出版事業股份有限公司
地址　新北市汐止區大同路一段369號1樓
叢書主編電話　(02)86925588轉5305
台北聯經書房　台北市新生南路三段94號
電話　(02)23620308
台中辦事處　(04)22312023
台中電子信箱　e-mail:linking2@ms42.hinet.net
郵政劃撥帳戶第0100559-3號
郵撥電話　(02)23620308
印刷者　世和印製企業有限公司
總經銷　聯合發行股份有限公司
發行所　新北市新店區寶橋路235巷6弄6號2F
電話　(02)29178022

副總編輯　陳逸華
總編輯　涂豐恩
總經理　陳芝宇
社長　羅國俊
發行人　林載爵

行政院新聞局出版事業登記證局版臺業字第0130號

本書如有缺頁，破損，倒裝請寄回台北聯經書房更換。　ISBN 978-957-08-6660-5 (平裝)
聯經網址 http://www.linkingbooks.com.tw
電子信箱 e-mail:linking@udngroup.com

國家圖書館出版品預行編目資料

參軍戲與元雜劇 / 曾永義著 . 二版 . 新北市 .
聯經 . 2022.12 . 376面 . 14.8×21公分 .
ISBN 978-957-08-6660-5（平裝）
[2022年12月二版]

1. CST: 戲曲

824 111019129